Hanif Kureishi
SOMETHING TO TELL YOU

有话对你说

[英] 哈尼夫·库雷西 著 徐菊 译

上海文艺出版社
Shanghai Literature & Art Publishing House

我走到十字路口，双膝下跪

——罗伯特·约翰逊

第一部分

第一章

秘密是我的货币：我靠经营秘密为生。欲望的秘密。人们真正想要的是什么，最害怕的是什么，这里面隐含的秘密。爱情为何艰难，性为何复杂，生活为何痛苦，死亡为何离我们如此之近却又觉得它相距甚远，这些疑问隐含的秘密。为何快乐与惩罚密切相关？我们的身体怎样说话？为什么让自己生病？为什么想失败？为什么快乐难以承受？

一个女人刚离开我的诊室，另一个病人将在二十分钟内到达。我调整了一下诊疗沙发上的垫子，坐在扶手椅上休息，一边品茶，一边默默思考我们谈话中出现的意象、句子和词语，以及其中的衔接与停顿。

这些日子，我开始经常思考自己的工作，自己遇到的问题，以及这如何成为自己的生活、职业和乐趣。更让我困惑的是我觉得自己的工作是以一桩杀人案开始的——今天正好是周年纪念日，但是如何给那种事定性呢,在我的初恋阿其塔永远离开之后?

我是一名精神分析医生,换句话说,是思想与迹象的阅读者。有时候我被称为心理专家、治疗师、侦探、开门者、挖掘丑闻的家伙、纯粹的江湖骗子。就像修理汽车底盘的汽车修理工那样,我的工作在表层以下:幻想、愿望、谎言、梦想、噩梦——世界底下的世界,虚假外表下的真实话语。我认真对待那些不可触摸的东西,哪怕最怪异的也不例外。我进入语言去不了的地方,或者它停下的地方——"难以形容"——而且一大早就是如此。

我听过人们如何受到自身欲望和负罪感的困扰和恐吓,我给悲伤换上其他说法。那些灼痛自我、影响甚至损害身体健康的秘密,那些伤痕累累的经历,被重新敲开,以便修复心灵的创伤。

在内心的最深处,人们比自己愿意相信的要疯狂。你会发现他们害怕被人吃掉,会震惊于他们渴望吃掉别人。他们还想象自己好端端地会爆炸,爆裂,溶解或者受到侵犯。他们恐惧自己的爱情关系还包括尿液与粪便的交换,其日常生活也被这样的恐惧所渗透。

在倾听开始之前,我总是喜欢闲聊,这是这份工作的必备条件。现在我听到太多了,人的恶臭也源源不断地流入我的身体,日复一日,年复一年。与许多现代主义者一样,弗洛伊德特别优待琐碎的东西,你可以称他为首位"发现"艺术家,他从那些通常被人丢弃的垃圾中寻求意义,这份苦活儿,需要对人密切了解。

现在我的生活还出了别的事儿,几乎是乱伦的那种,谁能料到呢?我姐姐米里亚姆和我最好的朋友亨利热恋上了。我们各自的生活正在被这种不太可能的关系所改变,甚至动摇。

我说不太可能，是因为他俩是完全不同类型的人，你永远想不到他俩会凑成一对儿。亨利是戏剧与电影导演，一个无所顾忌的知识分子，他酷爱聊天、思想和新事物。而米里亚姆则粗野极了，虽然大家总认为她"生机勃勃"。他俩彼此认识多年，有时米里亚姆还陪我去看亨利的节目。

我猜姐姐那时一直在等着我约她去，我花了一阵子才注意到这点。虽然这往往颇为费力——她那破碎的膝盖骨无法承受日益增加的体重——但离开房子、孩子和邻居，对她来说是件好事。她通常会对这样的外出印象深刻，但也觉得无聊。除了不喜欢戏剧之外，她喜欢剧院的一切。她最喜欢的是幕间休息，空气中弥漫着酒精与烟草的味道。对此我与她的看法一致。我看过许多糟糕的演出，但其幕间休息却很棒。亨利自己呢，随便是什么戏剧，开幕不到一刻钟，他都会毫无例外地睡着，若是由朋友导演的戏剧，更是如此。他毛茸茸的头靠在你脖子上，在你耳边轻轻打着鼾，鼾声就像是一条受污染的小溪在汩汩流淌。

米里亚姆知道亨利从不会把她的意见当回事，她不怕他，也不怕他的浮夸。据说对亨利，尤其是对他的作品，你得赞美到自己都脸红了，还不罢休。米里亚姆不仅不赞美他，也觉得无此必要。她甚至喜欢嘲弄亨利。有次不知是看易卜生还是莫里哀的一部戏，或者某部歌剧，剧终后在休息室，她声称该戏太长了。

周围所有人都屏住了呼吸，直到亨利从灰白的胡须里用低沉的声音说："我觉得，从剧首到剧终正需要这么长时间。"

"噢，这戏本来可以更紧凑些，这就是我想说的。"米里亚姆回答。

此时,他俩之间已擦出了火花,比以前更亲密了。

故事是这样发生的:

亨利要是不排练或讲课,他会在午餐时间闲逛到我这边来,此前他会先给玛丽亚打个电话,这样有几个月了。玛丽亚在楼下慢吞吞地做饭。她为人友善,但容易大惊小怪,其实是感到没面子。她原先只是给我打扫卫生,但我日渐依赖她。我喜欢在自己看完上午最后一名病人后就能吃上午饭。

我总是很高兴见到亨利。跟他在一起,我可以放松,不做任何重要的事,想怎么说就怎么说。我们这些精神分析师每天要花很长时间拼命工作。我可能会在早晨六点见首位病人,直到下午一点才停下来。之后,我会吃东西,做笔记,散步或小睡,直到我重新开始倾听病人,一直到傍晚。

我还没走近厨房,就能听到他低沉的声音,声音是从靠后门的桌子那边传来的。他的独白对玛丽亚来说是一种折磨,因为她很不幸把别人的话当真。

"要是你能理解我就好了,玛丽亚,我多么希望你就能明白,我的生活是一种可怕的耻辱,我一事无成。"

"不是吧?理查森先生,你这样的人一定——"

"我告诉你,我患了癌症,就快死了,我的事业是一场灾难。"

(她此后会害怕地对我嘀咕:"他真的患了癌症,快死了吗?"

"就我所知,没那回事。"

"他的事业是灾难吗?"

"很少有人比他更杰出。"

"可他为什么说那种话?多么奇怪的人啊,艺术家们!")

他接着说:"玛丽亚,我近期的两部歌剧,《科丝姑娘》,以及《大师和玛格丽特》的纽约版,让我觉得无聊透顶。这两部歌剧都成功,但对我而言难度不够。我想要挑战,想面对毁灭的风险。可它们没有!"

"不!"

"我儿子带了个女人进我的公寓,那女人比荷马史诗里的海伦还要美貌!全世界人都讨厌我——连陌生人都朝我唾沫!"

"哦,不,不,不!"

"你看看报纸就知道了。我比托尼·布莱尔还令人讨厌,他这人全世界都厌恶!"

"是的,他很可怕,大家都这么说。可你没侵犯别人,也没把人关进关塔那摩监狱受折磨,"她顿了顿,说,"瞧,你知道的!"

"我不想被人爱,我想被人渴望。爱情安全,欲望肮脏。'给我额外的爱吧……'糟糕的是,这种纯粹的爱,少了反而能做爱,多了就只剩下纯粹的爱。除了你,没人理解我。你认为,我要变成同性恋,是不是太晚了?"

"我不觉得你有选择的必要,理查森先生,你得咨询可汗医生,他应该马上就来。"

门朝小花园开着,小花园里有三棵树和一块草坪。门外的桌子上摆着鲜花,亨利就坐在那里,腆着肚子,双手要是不用挠痒,搁在大肚腩上倒是方便。米里亚姆给我的灰猫马塞尔,就伏在他膝盖上,这只猫什么都想嗅,经常待在我见病人的诊室不肯出来,非得我拖出来。

亨利已干掉了半瓶好酒。"我不相信有白色的酒精!"亨利是通过玛丽亚来自言自语,或者说是自由想象,可玛丽亚认为这是谈话。

我正在厨房洗手,能听见他说话。"我想喝醉酒,"他说,"我糟蹋了自己体面的生活,我已到了女人在我身边感到安全的年龄!酒精让我脾气变好——所有人的脾气变好。"

"是吗?可你进来时就告诉我,他们要你去巴黎歌剧院。"

"他们对谁都这样说。玛丽亚,我发现你远比我喜欢文化。你是廉价座位的宠儿,每天早晨在公共汽车上读书。可文化呢,是冰淇淋,是幕间休息,是赞助商,批评人士以及那些同样无聊、优雅过度、啥都喜欢的名媛。这种文化,什么也不是,只是一片荒原。只要离开伦敦,打开电视就看得到。它们是清教徒式的,丑陋愚蠢,趣味低级,首相布莱尔这种人说他们不懂现代艺术,王储查尔斯王子正向过去狂奔。我一度相信普通艺术与高雅艺术可能有共通之处。你能相信吗?哦,玛丽亚,当我决定接受水彩画时,就知道自己的生活完了。"

"至少你不用靠扫厕所谋生。来,尝尝这些西红柿。张开嘴,别吐出来。"

"噢,很好吃。哪儿买的?"

"特易购超市买的。要用餐巾,瞧,全弄到胡子上了,你在惹苍蝇呢!"

她朝他身上拍打。"谢谢你,妈妈。"他说。我坐下时,他抬起头。"贾马尔,"他招呼道,"别傻笑了,告诉我,你最近读过《会饮篇》没有?"

"嘘,坏家伙,让医生吃饭,"玛丽亚说,"他甚至连块面包都没进嘴呢。"我想她正准备打他的手。"可汗医生今天上午已听够了。他太善良了,去倾听那些本该关在精神病院的人说的话。他们当中的一些人太下流啦!我一打开门,就算是那些平常的人也会问我关于医生的问题。比如他在哪里度假呀,他妻子去哪儿了呀。我啥也不会对他们说。"

我们开始吃饭。亨利这人名不虚传,一开口就说个没完。"'我们携带尸体一起旅行。'易卜生这里说的是死去的人——死去的父辈,死去的活人,实际上——比真实活着的人更有力量,甚至更强大。"

我咕哝了一句:"我们是由别人造出来的。"

"那你怎么去杀已死的父亲呢?就算如此,那种负罪感也会非常可怕,对不对?"

"可能吧。"

他接着说:"易卜生这出戏过于现实主义。你怎么来表现那些鬼魂呢?你有此必要吗?"

他一如既往地伸手从我的盘子里拿东西吃。"这种友好的侵略无疑是个信号,"他举起一颗豆子说,"表明这是个想分享你妻子的男人?"

"的确。欢迎。"

如果说谈话是穿着衣服的性交,亨利肯定过得很愉快;我也觉得午餐时刻的这些戏剧漫谈非常愉快,能让我放松。当米里亚姆洗碗时,亨利和我则翻阅体育杂志,或者瞧瞧小花园后墙我儿子拉菲种下的那排正在轻轻摆头的向日葵,他那兴奋劲儿也过去了。

"我知道你在午餐时间不干活。你有色拉吃,有酒喝。我们胡说八道,至少我是这样。你只讨论曼联队及其球员与教练的想法,然后就去散步了。不过,听我说。

"你知道我讨厌独自一人。我要是不说话,会发疯的。幸亏我儿子萨姆在我那里已住了将近一年。他决定不想再支付房租或账单,那是我们关系的突破口。这小子所受的教育是他妈妈花钱所能买到的最好教育。"

"他从小就专心致志地摆弄电子设备,我也许告诉过你,他在一家专门从事展示毁容和整形手术的公司工作,在处理电视垃圾方面很有一套。他们管那个叫什么来着?撞车电视?你知道前几天他说什么了吗?'爸爸,你不知道吗?高雅艺术的时代结束了。'"

"他说的你信吗?"我问。

"我感觉自己被狠狠地咬了一大口,我生命的核心,我所信奉的一切,都被撕裂开来。我的孩子们怎么都讨厌高雅文化呢?丽莎标榜'美德',她的饮食只包括豆类和纯净水。我敢肯定,她连性用品都是有机的。有天晚上,我把她拖进了歌剧院,可我们沉浸在剧情中时,她却头晕目眩,觉得太过时了。我想打赌,她会忍耐多久,才会抛出'过于精英化'这句评语。她不得不在休息时间离开。而我的另一个孩子喜欢媚俗!"

"所以?"

他继续说:"至少儿子身体健康,精力充沛,不是你想的那样愚蠢。他跟我同住,要是女朋友在伦敦,他会带过来住。但他还有别的女朋友。我们去剧院、餐馆,他会当我的面交更多的女朋友。你知道,我正在考虑打造《唐·璜》,时间是在遥远的将来。我躺在他隔壁房间的床上,戴着耳机,为《唐·璜》哭泣,构想戏剧场景的画面。可大多数夜晚,萨姆都在做爱。夜晚开始时,午夜时,运气好点是在早晨。我听到了,我是无意中听到的。我无法逃离那些飘飘然的叫床声。那些没有恐惧和早泄的爱情音乐我年轻时体验过,实际上中年时也体验过。

"早餐时我会见到那些女孩,将她们夜间的叫声与面孔对上号。最常见的是个时尚杂志作家,她一头蓬松金发,踩着一双没后跟的拖鞋,披着一件红色绸缎的晨袍,那晨袍似乎随时会脱下来,引诱着你求欢。这样的女孩给你一个吻,你会觉得淹没圣马可广场,或者烧掉一百幅维密尔的画作都不足惜。这个,"他最后说,"是地狱,哪怕对像我这样的成熟男人,像我这样习惯承受打击、如同真正的艺术捍卫者那样坚持的男人,也是如此。"

"我看得出来。"

滑稽的是,他学我与病人说话的腔调,自命不凡地说:"这让你感觉如何?"

"让我笑掉大牙。"

"我读这些当代书籍,想瞧瞧如今是怎么回事。我从不想买这些书,是出版商送的,里面充斥着男女性爱,全是些变态的趣味,比如人妖啊,朝对方身上撒尿啊,穿军服假扮塞尔维亚战士啊,乌七八糟的玩意儿。你不会相信人们会那样干的。但他们真会那样吗?你别装着相信啊。"

"他们会那样干的,真的会。"我咯咯地笑着说。

"哦,天哪!"他说,"我想嗑药。我抽过烟,但戒掉了。恶习没了,我的乐子也就没了。我睡不着,厌倦药丸。你能给我估算一下得失吗?"

"亨利,我如今没必要当毒品贩子。我有工作。"

"我知道,我知道……可——"

我笑了,说:"走吧,我们溜达去。"

我们一起走上街头。他比我高一个头,块头也比我大三分之一。我是短寸头,常穿打领带的衬衫,外套夹克,整洁得像个店员。而他呢,身上的T恤衫太大了,松松垮垮,拖着脚走路,一走似乎就有碎屑从身上掉落。他穿鞋不穿袜子,没穿短裤,今天没穿。他胳膊下夹着一堆书,包括波斯尼亚作家的小说,波兰戏剧导演、美国诗人的笔记本,还有在荷兰公园大道上买的报纸——《世界报》《意大利晚邮报》《国家报》等,这是他在返回河边寓所的途中买的。

亨利把这一带当作村庄——他是在萨福克郡长大的。他以自己的风格在这一带转悠,在街上不停地与人打招呼,碰到大家聊政治和艺术时,就一起聊。既然伦敦很多人说的英语都难听懂,他的解决之道,就是学习他们的语言。他最近宣布,在这个"引擎盖"中获得成功的唯一途径是说波兰语。他也会波斯尼亚语、捷克语和葡萄牙语,还有另几种欧洲语言,足以在酒吧和商店里与人交流,而不用因为听不懂而大叫大嚷。这让他得以在这个城市通行,而没有被边缘化的感觉。

我成年后的生活也是如此。午餐时间,我像别的工作者那样,喜欢绕着网球场溜达两圈,这片区域位于哈默史密斯和牧人丛之间,我曾听人形容它是"被痛苦包围的环岛"。还有人认为这里堪比波哥大,亨利则称它为"一个伟大的中东城市"。当然,过去这里一直是"冰冷"地带——在十七世纪,犯人在大理石拱门附近的泰伯恩被处以绞刑之后，尸体被带到牧人丛绿地示众。

现在这片区域富人和穷人混杂居住，他们大多是来自波兰和穆斯林非洲的新移民。富人住在五层楼的宅子里，我觉得这种宅子比北伦敦的乔治亚屋更窄。穷人也住这种宅子，只不过被隔成多个单间，牛奶和运动鞋放在窗台上保鲜。

新来的移民往往把所有财产装在塑料袋里随身携带，在公园里睡觉；到了夜间，他们与狐狸一起在垃圾箱里搜寻食物。酗酒者和疯子不停地在街上乞讨和争吵；毒贩骑自行车守候在街角。新的熟食店、房地产中介、餐馆都开张了，美容院也开始营业，我认为这是房价上涨的一个积极信号。

我在时间充裕的时候，会溜达到牧人丛市场，那里私人司机驾驶的汽车成排地沿着金鹰路车站停靠。戴头巾的中东妇女在该市场买东西，你可以在那里买到大量色彩鲜艳的布料、鳄鱼皮鞋、粗糙的内衣和珠宝、品质低劣的 CD 机与 DVD 机，还有鹦鹉和行李包，以及麦加和耶稣的 3D 图片。(有一次，在马拉喀什旧城，有人问我是否见过类似东西。我只能回答说，我大老远去该地，结果让我想起牧人丛市场。)

没人会在金鹰路感到愉快，但在距离此地十分钟路程的阿克斯布里奇路，则是另一番景象。我会在市场的尽头，买一个炸豆丸子，然后步入宽阔的西伦敦大街，那里的商店有加勒比海的、波兰的、克什米尔的、索马里的。从警察局走过来是清真寺，透过敞开的门，你可以看到一排排鞋子与正在祈祷的男人。后面是女王公园巡游者足球俱乐部的足球场，拉菲与我去过那里，结果感觉很失望。那里有一家商店最近遭到流弹射击。不久前，一个男孩骑车经过约瑟芬身边时,从她手里抢走了手机。不过除此之外,这一带非常平静,大多数人都忙于筹划和销售。考虑到这一带有多么易燃,我很惊讶居然没有更多的暴力事件出现。

我渴望在这个城市最贫穷最混杂的区域过着奢侈生活,但迄今为止尚未实现。在这里散步总是让我感到振奋。这不是贫民区,贫民区在贝尔格莱维亚、骑士桥以及诺丁山的部分地区。这里是国际大都市伦敦。

分手前,亨利说:"贾马尔,你知道的,对一个演员来说,最糟糕的莫过于在舞台上没有激情,只有倦怠。他宁愿是在别的地方,只要那里依然可以经历激情。语言和手势都是空洞的,怎么去交流呢?尽管羞于出口,我还是向你坦白,我有过一夜情。陌生人的身体太可怕啦!可我已经五年没跟女人上床了。"

"就这些吗?你的性欲会恢复的。你知道的。"

"太迟啦。一个缺乏爱和性能力的人也缺乏生活能力,难道不是吗?我已经闻到了死亡的气味。"

"那气味是你的午餐。其实,我怀疑你的性欲已经恢复了,这就是你如此焦躁不安的原因。"

"如果不是,那就再见了,"他用手指划过他的喉咙,说,"这不是威胁,这是承诺。"

"威胁也罢,承诺也罢,"我说,"我看看我能做点什么。"

"你是我真正的朋友。"

"娱乐的事就交给我吧。"

第二章

傍晚时分,最后一名病人走出诊室,步入夜色中,之前他已竭力把自己的心理负担甩给了我。

有人在踢前门,是儿子拉菲来接我。这孩子和他妈妈约瑟芬住在几条街外,他骑着我们在阿尔戈斯给他买的滑板车冲过来,背包里塞着游戏机、交易卡和足球球衣。他告诉过我,要是没穿对衣服,他会感到厌烦。他脖子上挂着一条粗金项链,吊坠是美元形状,脸很光滑,但有些部位有点脏,嘴巴周边糊着些食物残屑,头发是他妈妈剪的。我们碰着拳头,互致传统的中产阶级式的问候:"嗨,兄弟!"

这个十二岁的男孩看到我时,会试图把脑袋藏起来,因为他的身高正适合让人摸脑袋,可藏到哪里呢?这个脾气暴烈的小东西,我想亲吻他,拥抱他,闻闻他身上的小男子汉味道,把他拉到地上,和他摔跤。他眯着眼睛,扭着身子,头上满是虱子。他父亲很高兴见到他,满怀希望地说:"你好,儿子,我今天很想念你,你在做什么?"

他把我推开。"别碰我,走开,老头儿——不许那样!"

我们打算吃饭,找伴儿。既然我是单身汉,只能去米里亚姆家了。

拉菲喝了些果汁,我们交换了一下唱片。在开车去米里亚姆家,途中经过约瑟芬的住处时,我放慢了车速。儿子是从她那儿去找我的。约瑟芬和我已经分居十八个月了。我们当时在一起,是因为我们都喜爱孩子,因为我害怕常年对着电视一个人吃晚餐,因为有时我们喜欢彼此存在的问题。但到了最后,我们就算上街,也会在街头向对方咆哮:"你没爱过我!""你冷酷!"这样的争吵是家常便饭。你不想听,但你肯定会听到,肯定会。

我怀疑她是否在家,甚至怀疑屋里的灯是否亮着,因为她已开始见新男友了。我得出这个结论,是几周前拉菲来我这儿时,身穿一件崭新的阿森纳队服,队服背面印着亨利。他显得心里有鬼,关于是我儿子就绝不会穿这种衣服进屋这一点,他也不要求确认。我们父子俩当曼联球迷,有高尚合理的理由,这一点我后面会解释。不过,他后来还是脱掉了那件球衣,换成了留在自己房间的更体面的吉格斯。我俩谁也没再提阿森纳球衣,这种球衣也没有再次出现。男孩很爱他父亲,但他能否抗拒与一个妄想他母亲的陌生人一道去海布里呢?我们且拭目以待。

我们父子俩都明白,她为了见男友,要求儿子离开,到我身边来。在这种时候,我们感到无家可归,有被遗弃的感觉。我猜,当她和新情人在一起时,我俩都想着她正做什么,想着并不是针对我们的希望和幸福。

开车路过她那儿时，我们怎么可能不抬头看上一眼呢？我脑海里出现她的身影，她正站在那座房子的台阶上，身影高挑，一动不动，你无法碰到。她似乎把自己放得很远，遥不可及。在她年轻的时候我们相识，她当时二十三岁，我对自己的激情和她的年轻美貌感到愤怒。那时，她仍旧像个十几岁的孩子，她一直保持着这种状态，无论世界上发生什么，基本上无动于衷，仿佛看透了一切，看透了每一件事，直到没什么可做，没什么可相信。

她一门心思都放在自己的"疾病"上——癌症、肿瘤，以及各种疾病。她的身体永远处于危机和崩溃之中。她崇拜医生，对她来说，一头拥有医学学位的驴也是种马。但她的激情是要挫败他们，如果不是试图让他们发疯的话，我知道自己付出的代价。无望地寻求治疗是她的职业。弗洛伊德最初的病人就是患歇斯底里症的女人，关于这类病人，他首先说的是："她们现有的一切表现，也许可以称为病因与病理现象之间的一种象征关系，如同健康的人在梦中形成的关系。"约瑟芬醒着时还在做梦，而她作为梦游者的冒险经历是另外一回事。出外旅行，或者晚上外出，她会把脸撞到树上。当然，当你还爱着这类病人的时候，你总是问自己：我爱的是她，还是她的病？我是她的爱人，还是她的医治者？

"可以了？"等儿子看到她不在家后，我问。

"可以了。"

到我姐姐家有二十分钟车程。在车上，拉菲从包里掏出一个银色光碟，把它塞进了播放器里。与我不同的是，他更会玩这种仪器。这是墨西哥嘻哈音乐。亨利的儿子萨姆为他录制音乐，录好后亨利把唱片拿过来了,拉菲和我一起听。("爸爸,什么是'破鞋'?""问你妈妈。")幸运的是,拉菲会说两种语言。在家里,他大多数时候是中产阶级;在街头和学校里,他则用黑帮风格的语言说话。他的幸运在于能够两者兼得。

途中,拉菲拽掉风帽,对着乘客镜查看头发,并给自己飞吻——"拉皮条的,你很时髦!"我注意到他又喷了他妈妈的昂贵香水,这引起了我一阵冲动,但我忍着,什么也没说。匪夷所思的是,我们父子俩喜爱同样的音乐,还经常会喜欢同样的电影。我穿着他的T恤衫,拒绝归还。他穿着我的帽衫和我的匡威全明星鞋子,这鞋子对他而言有些大,但也不是大到不能穿。我正盼着有朝一日自己不用买牛仔裤,拿他的穿。

米里亚姆住在一个白人为主的社区,这地方并不高档,过去被称为米德尔塞克斯,最近被选为英国最不受欢迎的郡——尽管现在每个地方都在成为伦敦的一部分,城市的污迹也在蔓延。

这里街头最典型的人物,是穿着绿色短夹克、牛仔裤和抛光靴子的男青年,身后跟着衣着过于随意的十几岁女孩,推着婴儿车,头发朝后刮着——这是"克罗伊登式整容手术"。另一种女孩则身穿紧身裙,闷闷不乐地游荡,男孩们骑着自行车围着这些女孩转,他们喝着甜伏特加酒,然后摔碎瓶子,把瓶子抛进花园。蒙着头巾的穆斯林妇女拉扯着孩子,匆忙从这些寻欢作乐者、欠债者、街头野战者之间走过。

米里亚姆家住的简易宅子是由政府提供的,独门独户。我们到达时,拉菲按响喇叭。她家一个乐意帮忙的孩子走出来,把自家车挪开,这样我就能把车开进前院,紧靠着两把烧焦的扶手椅停下,那两把椅子已放在那里几个月了。

我在想,她是有来自三个男人的五个孩子,还是有来自五个男人的三个孩子?搞不清的不止我一个。我至少知道,两个大孩子已经离家了:女孩当了消防官员,男孩则在乐队录音棚里工作,两人的工作都不错。经历过童年和青春期的疯狂之后,米里亚姆所做的,就是将这些孩子抚养成人,她为此感到自豪。

该地区是帮派横行,右翼政党在这里广受支持。他们的目标对准穆斯林。穆斯林经常在街上受到攻击,其命运和恐惧随着每日新闻或上升或下跌。然而,如果一个右翼候选人企图在米里亚姆房子附近的任何地点搞竞选活动,她会如同射出的子弹一样从椅子上蹦起来,冲出去大嚷:"我是穆斯林单亲妈妈,一个巴基斯坦疯女人!谁有任何异议,我在这里听着!"她会在头顶上方挥舞一只板球拍,孩子们和"助手"布希则把她拖回屋内。

但没人想和米里亚姆开战。人们"尊重"她,常常还爱戴她。尽管如今看来很滑稽,但她年少时曾是地狱天使。我认为她坚持了一个月,然后就断定,那些招摇过市的肯特男孩对她来说太正经了。"穿皮革的建筑工人,"她这样称呼他们,"不是真正的摩托车手。"我成为一名知识分子,也就不足为奇了。

她在我们当地的酒馆里与男男女女都打过架。"我生气时感觉最爽。"她曾这样对我解释。她过去常常被人骂为"杂种狗",说她是一半印度人,一半是白痴。我曾经希望她被痛殴一次,希望这能让她变成我喜欢的人,或者至少能理解她。虽然我们在并不情愿的情况下经常见面,但在过去的两年里,我们成了亲密的朋友,我开始定期去她家,这已经是了不起的壮举,我为此感到自豪。

我花了很久才喜欢上与米里亚姆在一起,这主要是因为她让我母亲伤心透顶,头痛欲裂。当然,我也是。但我忘不了,不论她怎么闯祸,不论她是在这里还是在巴基斯坦闯祸,不论你还会听到多少关于她闯祸的消息,与我犯下的罪行相比,都是小巫见大巫。

我每天都活在那桩杀人案的阴影下。是真的杀人,杀人者就是我。我在此告诉你了。现在一切都不同了。在我写下这句话前,我只信任另一个掌握这消息的人,如果消息传播开来,我作为心理医生的职业生涯可能会受到阻碍,这对我的业务不利。

与往常一样,米里亚姆家的后门是敞开的。拉菲跑了进去,身影消失在楼梯上。他知道会有一群孩子在看最新的 Xbox 游戏,或者是带有泰语字幕的电影《卑劣的模仿者》DVD,那是曼谷某家电影院直接翻录的。我很高兴儿子加入这片喧闹和混乱中。这一带的孩子,即便是与我儿子同龄的,似乎也比他要老练,没他天真。对他们来说,学校大抵就是个麻烦地儿。是给他们带来不便的地方。

但米里亚姆和她的孩子们从不会让邻里孩子欺负拉菲。他再次露面时,会眼睛疲劳,口齿不清,满口都是**畜生**、**恶心**、**闹哄哄**、**够味儿**这类新词儿。更令人吃惊的是,连**激进**都蹦出来了,对我而言,这个词儿曾充满希望和快乐的混乱,但现在已不再如此了。然而,拉菲会对我盗用他的词表示异议。比如,假如我说"太激进啦,老弟!",他会咕哝着:"真难堪,你这个悲哀的半死不活的秃顶胖老头,最好闭嘴。"

我的妻子约瑟芬从未讨厌过米里亚姆;她想了解米里亚姆,刚开始时遇到一些麻烦,但很快发现她有些受不了。她确实很羡慕米里亚姆的"自我主义",可她说,米里亚姆"是为了说话而说话",说起来没完没了,感觉就如同慢慢套紧你脸上的塑料袋那般。

约瑟芬三句话不离她的病。她对话多的人和口齿伶俐的人既羡慕又怀疑。尽管她对任何关于溃疡、偏头痛、过敏性肠道综合征、病毒、感染以及噩梦的谈话或书籍都相当有兴趣,还试图用胡萝卜、香蕉饮料和极端的瑜伽姿势来治疗。她服用过大量阿司匹林,我怀疑她以为那是维生素。

约瑟芬坚持认为,拉菲去过米里亚姆家后,语言就变得疯疯癫癫的。约瑟芬与我针对父母该教给孩子什么的问题激烈争论过。我让孩子看电视,吃他想吃的,说脏话,越有创造性越好。对此我称之为让孩子熟悉语言及其局限性。有一段时间,他只把我称为讨厌鬼先生。"这样称呼没错啊,"我对约瑟芬说,"他用'先生'表示尊重。"从她的角度看,我对孩子不严格,放任自流,让孩子离经叛道。一个不能禁止不良行为的父亲有什么用?我和约瑟芬的激烈争论并不愉快,因为我们在最根本的问题上有分歧——什么样的人才称得上正直善良?他们该怎样说话?

最近我给拉菲买了一辆新自行车,周末我会精力充沛地散步到巴恩斯或普特尼,他骑自行车随我同行。或者他会说服我带他去购物中心——奇怪的是,他喜欢这些地方——或者到金钟道的溜冰场,他会在那儿的拱廊里玩杀戮和射击游戏;有时我们会在灰色的冰上旋转,尖叫。我喜欢看青少年闲聊或玩台球,女孩在打扮,男孩在一旁看着。与别人相比,我更喜欢儿子的陪伴,但最近,我们都感到有些孤独,有些心不在焉。

"嗨,小伙子!"我们进来时,米里亚姆打招呼道,她叫自家孩子给我们拿食物。"吻我一下,贾马尔,弟弟,"她靠在椅背上,伸出双臂说,"现在没有人吻我。"

"因为怕被刺穿?"

我姐姐的脸蛋固然吸引我,但接吻是危险的。你必须小心穿在她眉心、鼻子、嘴唇和下巴上的许多金属环和嵌钉。她脸上的多个部位就像是窗帘轨。我觉得唯一适用的美容建议就是"避开磁铁"。我不愿想象她上飞机的场景,机场警报到时肯定会疯狂响起——倒不是说穿孔很可能是恐怖分子的特征。

在厨房的一个角落里,司机布希正把香烟塞进行李箱。房子里到处是装着违禁品的黑袋子,如同巨人的粪便。布希在当出租车司机之前,曾当过窃贼。他认为自己跟我是"兄弟",因为我告诉他,我年轻时曾在入室行窃和学术生涯之间痛苦抉择过。事实上,我甚至参加过一次入室行窃,并且至今仍为此感到羞愧。

偶尔我会在十字键酒吧碰到布希,那个酒吧风格粗野,也不太远,我以前常去那儿喝酒,尤其是在与约瑟芬分居前后那段漫长而糟糕的日子。当时她仍在外遇问题上撒谎,让我对她不再抱有幻想,虽然我一再告诉她,我知道事情真相。朋友中没人看到这个酒吧的魅力,他们只看到约瑟芬在为我的逃避和坏脾气而焦躁,觉得她善良,都同情她。奇怪的是,与约瑟芬分手后,我花费了好几星期才重新喜欢上音乐,而且只听那些在十字键酒吧里播放的音乐。

"医生,你好吗?"布希环顾了一下四周,然后压低声音说,"来点伟哥怎么样?体内没伟哥的男人对谁都不好。"

"你知道我不能开处方,布希。况且你这种人也不需要帮助。"

"我的意思是,"他说,"也许你想要一堆?我这里正好有全新款蓝色淘气小药丸。吃下去,你的'铅笔'就能勃起几天——诚实可靠,绝对高端。"

"写不出字的'铅笔'有什么用?别浪费在他身上。"米里亚姆喊道。对于一个喜欢声称自己是聋子的人而言,她听到的东西太多了。

"真的吗?"他说,有点吃惊地看着我。

"千真万确。"我回答。

"天啊,"他说,"连一名合格医生都不举,这个世界将会怎样?"

米里亚姆坐在厨房那张长餐桌边。她白天和夜晚的大部分时间都在这里度过。她坐在一把破旧而坚固的木椅上,在那里她伸手就可拿到自己的一大堆药丸,还有维他命、香烟和毒品。不用抬眼皮,她也能确定这些物件的准确位置——三个手机、一杯茶、地址簿、塔罗纸牌、摆满耀眼饰品的大盒子、几只猫和狗,以及许多包已吃了一半的饼干、大麻蛋糕、电视遥控器、一个计算器、一台电脑和一只拖鞋——要是狗或孩子走霉运,在她发火时从她身边经过,她就扔这只拖鞋,或者痛揍他们一顿。

她的笔记本电脑总是开着,虽然她多半只在夜间使用。对于像她这样的疯子来说,互联网不受监管的状态是非常理想的。她可以给自己捏造各种不同性别、不同身份。她在网上与陌生人互换涂掉肉体的生殖器图片。"这些蛋蛋是谁的?"我询问道,"这人的面部被涂掉了,蛋蛋看起来有点古怪。"

"谁在乎呢?肯定会属于某个男人的,不是吗?"

我很少见她一个人坐在那里。她的某个孩子可能在等着说话的机会,或者至少有个邻居,通常还抱着个婴儿,而米里亚姆则会给她建议，通常是医学、法律、宗教或者通灵等方面的建议。这张桌子当作一种候诊室用。

布希·詹金斯这个小型出租车司机兼任她的得力助手，年龄不确定，但有点显老，看上去差不多像死人迪伦，不是鲍勃·迪伦，而是迪伦·托马斯：他面色红润，显得天真，身上很多部位皮肤都呈现出烟草一般的颜色。

除了一套黑色套服，我从来没见过布希穿过其他衣服。我没理由相信他脱下来洗过。也许他只是偶尔把它擦干净，就像人们擦厨房那样。布希在米里亚姆那里待了很长时间，他在那里吃饭，喝酒，对孩子、动物和食人鱼感兴趣，有时还躺在地板上睡觉，这时米里亚姆自己则在椅子上睡着了。

布希其实无家可归。他把自己的许多东西都放在车里；他人在米里亚姆那儿，但在她家从没有自己的房间或床。我感兴趣的是，人们如何准备梦中的生活，准备上床睡觉，他们如何认真对待躺下来做梦这件事儿。可布希与猫一起，睡在厨房的地板上。我看到他时，他的头枕在麻袋上，鼾声如雷。

米里亚姆经常声称，布希是个很有原创性的吉他手，不同凡响，比当今世上她所知的任何吉他手都强，可当我建议布希可以用音乐来缓解大家的悲伤时，他却告诉我，自从戒酒后，他再也没碰过乐器。他清醒时弹不了。我说，人往往只有在感到足够到迷惘，觉得被抛弃时，才干成事情。"我感到迷惘，"他说，"哦，对，我也觉得被抛弃。"

"那么，你的才华会回来。"我说。

"我不晓得，不晓得，"他回答说，"你真的这么想？"

作为司机，布希主要任务是开车接送米里亚姆她们。他驾车载着米里亚姆，通常还有一群邻居、孩子们和动物相伴，去见算命师、理疗师、通灵师、香烟走私者、兽医、保龄球馆、文身师（她不允许自己的五个孩子文身。但我知道她现已怀孕的长女思嘉丽，曾一度对色情小说感兴趣，在大腿内侧文有一条飞鱼。我自己也曾一度将色情小说作为职业，不过时间很短。）米里亚姆本人，一旦停止割伤自己，就成了一幅名副其实的插图或壁画，特别是当她的身体尺寸增加时，更是这样。"比泰特美术馆里的画作还要多。"当她在后背上又纹上一条鱼或一面旗子，并试图给我瞧时，我这样对她说。

布希还送米里亚姆去参加那些她称之为"痛苦秀"的白天电视节目。她相信自己会因为在这类节目中露面而出名。涉及痛苦话题时，她有大量的、灵活多变的诉苦组合可以展示。她可以出现在任何涉及体重问题、吸毒成瘾、家庭虐待、文身、青少年问题、强奸、暴力、种族或同性恋问题的节目中，或是上述任意一种组合的节目中。

你要是想的话——就算你往往并不想——她都会给你看节目的视频。你没办法对此嗤之以鼻。我要是想谈论早期忏悔主义者——比如奥古斯丁、卢梭、德·昆西、埃德蒙·戈斯，我年轻时读过他们的作品——她则会把她的"痛苦"说成是对国家的当代疗法。电视节目主持人干的活儿与我一样，只不过是为了所有人的利益而在公开场合倾听而已，没有势利傲慢，当然也更有娱乐性。

最近，"随着这场战争的进行"，米里亚姆结交了一头聪明的狼。布希开车送她去一个野生动物庇护所，她和一头老狼坐在一起,有时还与老狼的亲戚。她认为这些动物并不是和任何人都交流。你必须有"灵气"。毫无疑问,在所有人中,她有这种灵气。

我得说,我不知道布希如何靠开车谋生,但我猜米里亚姆肯定将自己赚的钱与他分成。如果有人用英式英语问他干啥活儿,他会回答:"只要付钱,就干。"

米里亚姆和我都很深知,他有几分我们祖父的"才干",也许这就是我们喜欢他的原因。但这种特质米里亚姆也有:米里亚姆肯定会经常有一些钱进进出出,布希是值得信赖的助手,帮她做为数众多的小"生意",包括贩卖走私过来的电视、电脑、音乐播放器、电话、香烟、色情文学、酒精和毒品,还有皮夹克和DVD,这些物品由布希与她年长的孩子在附近地区兜售,其中主要地点在十字键酒吧。

不久前,她从一位波兰建筑工人那里买来两百件盗来的李维斯牛仔裤。意识到这批裤子腰围全是四十六码,我们不得不花一个周末的时间撕掉尺码标签,这样她就可以充当各种尺寸卖掉,因为我们知道买旧货的人固然不想要,但估计低廉的价格会让他们头脑发热。她还以五千英镑的价格,拿到一批偷来的都尔盖涅夫伏特加。我帮她贷款,很快本地酒吧和俱乐部就充斥着这种劣质货。喝它的人可能会胃出血,但正如米里亚姆所说,我们赚了一笔"诚实"的钱。

米里亚姆的犯罪能力,强于我以前的朋友与帮凶沃尔夫或者瓦伦丁,所以我爱称她为企业家,她对此嗤之以鼻。不过,她花了几年时间,确实建立起了自己的"生意"。她知道什么时候出手,谁想要什么。她的成功需要狡猾、坚韧和对他人的了解,她靠这个养活了自己、家人及几个邻居,可谓是了不起的壮举。因此,她与法律合不来,甚至谈不上尊重。法律是赤裸裸的权力,需要规避和不理睬,她喜欢说自己从未出现在任何政府电脑上,好像这就让她获得自由似的。

尽管她慷慨地描述我为"灵魂的医生",我没那么体面。我离开约瑟芬后,就住回当作心理咨询室使用的两层楼公寓里,地下室狭小潮湿,塞满了布希送来的装在塑料袋里的"赃品"与成捆的气泡袋,前者是米里亚姆不敢放自己家,后者是还没找到买家,她家里没空地儿放置。而我呢,很高兴继续违法,即使无足轻重。为了防潮,我有空时就用气泡袋来包拉菲的旧鞋子和足球靴,以及他已经褪色的童年纪念品。

我年轻时为努力使自己不那么书呆子气,更时髦些,还研究过电影和流行歌星,但我一直就是个安静、善良、爱读书的人。家里容不下两个都爱炫耀的孩子,我相信只要自己保持安静,就不会有任何麻烦。父亲没尽到保护我的责任。他和他的英国妻子——我们的母亲,以及我们——他的一双儿女,一起生活了很短的时间,最终还是回到了自己出生的南亚次大陆,在他称之为"新国家"的巴基斯坦的卡拉奇定居下来。他在当地很快找到了一个新妻子,只是身为记者,他很多时候在中国、美国或墨西哥旅行。

母亲和米里亚姆就像是一对夫妻,难分难离。我几乎没有选择,一直听米里亚姆说话,虽然我知道,当我想说话时,就该立即开口,不受威胁,大声地说。结果直到现在,米里亚姆和我仍然会同时说话,母亲似乎仍在试图听我们说话,可她毕竟只有两只耳朵。幸运的是,母亲现在不仅活着,而且活得很好,比起关注我们,她有更好的事情要做。

米里亚姆十几岁时，詹尼斯·乔普林是她心目中的女英雄，她常常怀孕，吸毒，即便如此，她也从未闷闷不乐过。她相信我们过热的血液使我们变得饶舌，不安分，喜欢朝别人头上乱扔东西。母亲一头红发，一度是放荡不羁的波希米亚人。就这样，我们作为穆斯林和基督徒的混血儿，单亲家庭的孩子，生活在一个全是白人的社区，这在当时是不寻常的。

现在，我坐在姐姐的桌子旁，心满意足地叹了口气，她家一个孩子给我拿来印度扁豆汤、米饭和啤酒。"舅舅！"他们恭敬地喊我。我打开报纸，希望能读到关于别人的性生活——特别是政客们的性生活。我曾经考虑过带拉菲去看电影或者去餐厅，但我还是喜欢待在这儿，我现在唯一的家。

布希有时与我一道用餐。"我要干掉这个！"他一边叫嚷一边狂吃猪肉馅饼，就像个刚从地底下钻出来的饿得半死的妖精。

但现在他手里拿着麻袋，仍站在后门，说："喂，贾马尔，我做了一个很奇怪的梦，我梦到了吉他、狗和蹦床——"

米里亚姆打断了他的话："你打住，医生没报酬是不解梦的。"

"那解梦要多少钱？或者你觉得我要是不吃奶酪，价钱会便宜些？"

"这是个好问题。"我说。

"这个梦不长。"我没想过每解一个梦都要收费，或者根据梦的长度收费。要是解释令人满意，也许会收点小费。他说："或者你只给有钱人解梦？"

"如果你愿意，我可以在有空时听听你的梦。"

"谢谢,老板,我很感激你。那我得先去睡觉。"

"快走,布希!"米里亚姆说。

如果我对她为我辩护感到惊讶,那是因为,米里亚姆另一些时候会觉得我的工作与其说可笑,不如说荒谬。(她曾告诉我,她认识的另一个文人是邮递员。)她认为我的"病人"付钱听我点头或者说"所以?",全是傻瓜。

更糟糕的是,愿意拿出大量的钱来与我交谈,并且只对我倾诉的,是那些不折不扣的"自我中心者"和道德上软弱的人。但到头来,还是她鼓励我更多地向有钱的病人收费,以便看其他病人时少收费。我可能会颠覆别人最深刻的信仰,但我并没有扰乱市场。很多人无法忍受金钱对他们太过重要的事实,他们不想要自己想要的东西。

当米里亚姆自己决定去见"咨询师"时,她所追求的是确凿的事实真相。比如,某个水晶治疗师会告诉她,她在周日兜售二手货时,当天是否会下雨,或者是否有"希望"——换句话说,她要沿街叫卖的气泡袋和新式太阳镜能否卖个好价钱。

而我呢,则采用当代弗洛伊德的风格,喜欢谦虚谨慎。我声明我既不算卦,也不"治病"。有时,我会自得地用**修正**这个词,或者更大胆地说:"通过减少情绪的压抑来增强病人的快乐能力"。大多数时候,我相信谈话的功效——弗洛伊德对病人的所有要求就是让他们说话疯狂一些;他们不必以不同的方式生活——从而借此来揭示隐藏的冲突。

然而,布希却悄悄告诉我,米里亚姆"崇拜"我。这可能是因为她的邻居们开始就各种问题找我咨询——儿童看护、湿疹、吸毒成瘾、抑郁症、恐惧症等等。劳工阶层在心理健康方面总是最为糟糕。但我很感动：我最终打动了她。

米里亚姆从小就是个可怕的孩子，脾气暴躁，总是尖叫，不受约束。一个声称遭到忽视的女孩，其实是家人关注的中心，而我经常被她推到一边。不过，我们也曾经喜欢彼此。这是因为，童年时的我们经常在两人的卧室里合谋策划，在她十岁前，我与她一直共享一间卧室，母亲当时搬到楼下一个我们称之为"棺材"的小房间。米里亚姆和我一起捉弄邻居，偷摘苹果，在野外闲逛，到处惹麻烦。我们打起架如同世界末日，她疯狂地撕扯我的脸。我在十几岁时，脸上都是她抓挠留下的伤痕。从那时我开始恨她，因为她干的事已经过于成人化，我无法参与。

现在，在米里亚姆的房子里，我似乎成了某种象征性的权威。幸好这是一个正式的角色，像某些总统一样，主要是坐下来；在她的地盘，世界就是我的沙发。在亨利之前，米里亚姆接触的只有暴力、愚蠢或吸毒的男人。这里几乎没有真正的男人，也没有像我这样的书呆子或文人。男人们在哪？在酒吧？在监狱？只有老天知道这一带的女人和女孩怎么老是怀孕。在建立一个由母亲与婴儿构成的社会时，女人们似乎认为，如果她们完全摆脱男人，就不再需要他们，并且会忘记他们，忘记性以及随之而来的混乱。

这一带有许多放荡的男孩，穿着白球鞋，刷了过多发胶的头发，闪闪发亮，但很刺手，脸上长着青春痘，脖子上戴的链子无疑是从米里亚姆那里买的。米里亚姆的双臂，从手腕到肘部，都套着金属手镯。她要是继续这样戴金属首饰，不妨穿一套盔甲。

有时，她的厨房就像一个等候室，那些闷闷不乐的男孩，在帮派里似乎安定团结，但缺乏权威的正确或错误引导，于是都等着见我这个兼职的郊区教父。他们拖曳着脚步，目光游移不定，几乎开不了口："先生，要是可以，我能告诉你，这个女孩怀孕了吗？……"或者是："先生，我做了件坏事……"

米里亚姆对我说："我在跟天上的父亲说话。"

"他怎么样？"

"他需要人间的温暖。"

"天堂是个孤独的地儿，嗯？"

"可能是这样，你知道的。人们对他的想法有误。"

米里亚姆未能在现实世界中找到父爱，她想她可能会有更多的运气与"另一个世界"的父亲联系上。我们在荒谬、可怕的情况下与他分手了，而她仍在寻求他的宽恕和理解。

米里亚姆比我大两岁。她性格变得极端古怪之前，曾非常聪明。她比我思维更敏捷，更有趣，更容易领会复杂的观点，更不会紧张和沉默。小时候，我埋头阅读，而她则认为这是浪费时间。与经验相比，一本书算什么呢？妈妈和我一起坐在房子里读书，但米里亚姆更像我们的父亲，总爱和人在一起，说着话，踢人的腿，制造狂热的戏剧效果。

然而，如今已经很少有什么新的或不寻常的东西能进入她的大脑；她厌倦了。我想说，我觉得我们应该去某个地方，比如去海滨或者威尼斯，找个地儿聊聊，休息，让自己重新充实起来。可我自己也累了，与约瑟芬分居让我很沮丧，憎恨是多么令人疲惫啊！——我其实没有精力去旅行。

我吃完印度扁豆汤后，让米里亚姆喊拉菲下楼。他总是一听到她的声音就紧张得跳起来。他出现时,发着牢骚,说想留下来过夜。可这里的孩子即使再安静也可能会纵情欢闹。他们会凌晨四点钟仍在看《阿呆与阿瓜》,甚至是《刀锋战士2》。拉菲则在我和他母亲的监管下过着太有序的生活。但我不可能在早餐时去米里亚姆那里接他。我会在七点钟开始见病人,没时间帮他收拾书包,朝里面塞午餐盒,给他准备踢足球的装备。

在我们离开之前,我记起要问米里亚姆关于毒品的事。

"我有个朋友需要它,"我说,"我不能告诉你是谁。"

"那么就是亨利。既然是他,我得起来,"她无视放在桌子上鞋盒里的东西,说,"我不给他这个,你最好还是抽马麦。"

她站起身来,抓着家具四处走动,我注意到她身体有多重,而且是越来越重。

她在各种各样的抽屉和袋子里翻找着,嗅着,笨重的身体压得地板咯咯响,喊着已离开的司机:"布希!布希!那家伙在哪儿?"我告诉她,亨利正在考虑改编易卜生的《群鬼》,创作剧本。几年前,我带米里亚姆去看过亨利与学生一起创作的贝克特的短篇作品。他每隔几年就会让学生演员上演期末戏剧,这种做法受到其他导演、作家甚至是评论家们的高度评价,他们都来捧场。这个特别的演出给米里亚姆留下了深刻的印象,至少我是这么认为的:她陷入了沉默。"亨利在干什么?"她说,"我们还能去看那些悲伤的贝克特戏剧吗?"

"这个行吗?"她意识到布希去了十字键酒吧,于是拿起一块骰子大小的东西。"你朋友为什么要这个?"

"我想,亨利人到老年时发现了放荡的乐趣,"我说,"他也开始喝酒了。他一直欣赏酒,但现在是在追求喝酒的效果。"

她问:"还有呢?"

"你脑袋里在想什么?"

"他想要色情片吗?"她咯咯直笑,"还记得吗？你曾研究过那玩意儿!"

"谢谢你提醒我。但愿没告诉你。"

"你不是要啥都告诉我吗?"

"我尽量不要。"

"不过,你没写过电影,是吧?"

"是的,没写过。"我说。

"那活儿可赚钱了。你也没演过色情片吧?"

"看在上帝分上,米里亚姆,你能想象我演戏吗,尤其是没穿裤子?"

"你跟你的病人谈过你那不光彩的过去吗?"

"没有。"

"你有一大堆事儿,他们都不知道。"

"他们不应该知道。他们需要我当个空白屏幕。至于亨利,"我继续说,"他认为自己太老了,不适合性爱,他的身体就像一盘意大利面,或者泥石流。此外,他儿子正与一位时尚杂志作家约会,那女人在他的公寓里踏着拖鞋,穿着一件红色绸缎睡衣,敞开着,露出里面更加轻薄的内衣,走来走去。想一想,这对亨利来说是多么可怕。他认为这个性感女人这样肆无忌惮,是因为她觉得他不是个男人,只是个性无能的老头儿。"

"可怜的家伙。"她的眼睛要将我戳穿,"你也喜欢那种女人,不是吗——性感啥的？你在那儿见过她？"

"是的。"

"怎么啦？"

我犹豫了一下。"你很敏锐。我邀请她出来过。一个晚上，趁亨利的儿子不在，我们沿河边散步，遇到酒吧就驻足喝威士忌，到最后我俩都喝醉了。我得说此前我从未对谁有如此强烈的感觉，甚至对阿吉达也没有。第二周每天早上我醒来就想着她。我被迷得神魂颠倒，就像是疯了。"

"然后呢？"

"没有下文。她没把我朝那方面想。假如她给我一丝希望，我就会死心塌地跟着她，可她看不上我。"

"噢，贾马尔，还有可怜的亨利，"她恢复了喧闹的性子，"要是他想看色情片，你地下室的纸板盒里就有。"

"是吗？"

"你自己拿几张，然后给他一些。你知道约旦吗？"

"那里我没去过。"

"不是地名，笨蛋。是色情明星，与黑人做爱的明星[①]。你不知道她是谁？"

"你要当我是知识分子就错啦。午夜电视是我的最大嗜好，"我接着说，"我不是告诉过你吗，亨利被授予大英帝国勋章，但他拒绝接受。"

"他为什么拒绝？"

[①] 指英国女模特凯蒂·普莱斯，艺名"乔丹"(Jordan)。

"他同辈人的体面生活让他发疯。他们曾经是嬉皮士的'头头',如今则都是校长级人物。布莱尔本人既是童子军,又是撒切尔夫人那样的人物。亨利决定继续高举持不同政见者的旗帜。"

米里亚姆关上了她一直在乱翻的抽屉。

"不管他妈的什么,这玩意儿对亨利不太好。它会让你们变蠢,就像这一带的人一样。"

"我知道你一直喜欢他。"

"你是对的。他没有像你这样看不起我。他喜欢解释他在做什么,即使我是没文化修养的疯……你知道的。"

"疯女人。"我说,"他下周来吃午饭。"

"我会去搞那玩意儿,然后让人送到你那里。"她吻了我一下,"我太爱你啦,弟弟。"

回家的路上拉菲用颤抖的口琴吹起贝多芬《第九交响曲》,这总是让我发笑,尽管我肯定会赞赏他的演奏。然后,他自编自导"爱尔兰人、牙买加、印度人之间的谈话",让我几乎崩溃。

转弯时,有东西快速穿过马路,像是棕色的肘部大小的东西。

"一头狼!"拉菲喊道,"它会攻击我们吗?"

"是狐狸,"我说,"这一带没有狼,只有各种各样的人。"

我们进了屋。这是一个温暖的夜晚,我打开了朝向花园的门。

我让拉菲躺到床上,然后到外面坐一会儿,喝杯葡萄酒,吃点昨天剩下的烤肉。天还没黑,我注意到后墙上有两只猫。我的灰猫不在其中,它此刻在我床上,头插进我的背包里。是隔壁家那只白脸红脖子的黑猫,另一只是本地的虎斑雄猫——宽脑袋,眼睛里凶光毕露，声音粗哑，急于成事儿。此刻这两只猫正用爪子敲打对方的脸。

"嘿，拉菲，你瞧，我认为这两只猫要结婚，"我说，"可是那堵墙看上去不舒服。"

拉菲边玩游戏，边观看面前的场景，这场景正迅速开展。猫走到离我们几英尺远的草坪上。那只雄猫咬着雌猫的红脖子，把她摔倒地上，然后趴到她身上。对他而言这事儿显得难办，更像是把手指伸进一只装满针的袋子里。

"这是强奸吗？"拉菲问。

"她恐怕喜欢这个。"

"他们快乐吗？"

"是的，因为他们暂时都忘我了，"我关上门回避，"他们昨天在同一个地方做爱。但这是粗野的性爱。比你想象的在这一带发生的性爱更加狂野。"

雌猫躺在那里，雄猫趴在她上面，专注地往下戳，并试图找个更好的姿势，使劲用爪子挠她的肚子，试图让她原地不动。他们互吐口水，发出嘶嘶声。

"真恶心！"拉菲做了鬼脸说，"这个新游戏很难。"他应景地补了句话，手上的玩具发出了流行音乐刺耳的声音。

"美国诗人罗伯特·洛威尔说过：'自然就是性感的太阳。'"

拉菲说："是吗？"

"显然人类是唯一不喜欢做爱时被人观看的物种。他们也是唯一埋葬死者的动物。"我补充说，"你知道阴蒂是在一五五九年被哥伦布发现的吗，是帕多瓦的罗纳德·哥伦布，他称阴蒂为'甜蜜的维纳斯'。"

"是吗?"

"没错。"我说。

"所有这些我都听过,关于生命的事实以及其他一切,学校的一本书里有。就我的年龄来说,你认为我很聪明吗?"

"是聪明。我呢?"

"你也聪明。"

我说:"那是因为我小时候读了很多书。"

"你真可怜,就只能干读书一件事吗?"

猫的性行为持续了很长一段时间。拉菲为看得更清楚,索性打开门,拿起椅子坐下来,他咯咯笑着,喘着粗气。尽管他很来劲儿,但这对夫妇并不容易受到干扰。两只猫求欢完毕,红脖子猫躺在那里庆祝,她滚动着,伸展着四肢,玩闹嬉戏。而雄猫则屁股坐在地上,观看她的表演,然后开始舔生殖器。最后,猫夫妇一起漫步到别的花园去了,如果他们有帮手,也会随他们一道去的。

拉菲想打电话给他妈妈,告诉她他看见的一切。假如拉菲向她描述这个场景,毫无疑问,她会批评我让他看,但是她的电话关机了。她无疑正尝试干同样的事儿。

当涉及教导孩子快乐的艺术时,家长和学校可能是障碍,甚至是灾难。我看着这个男孩,想到我父亲,他几乎没教我性知识,甚至没教我他所认为的快乐在个人生活中所占的地位。二十多岁时,我憎恨这一事实:他无意向我解释何谓"性的真理"。

但我当时想要父亲说什么呢? 或者实际上是想要母亲说什么? 性包含了什么? 儿子对性有什么期待? 我记得曾与约瑟芬一

起思考过这问题,我问她各种可供使用的性经验,他可能喜欢上哪一种。"只要是美好的,而且爱对方,就行。"她甜蜜地说,实际上,正如拉罗什福科针对魔鬼与爱情的评论:"所有人都在谈论它,但肯定没人见过它。"

她的言论暂时阻止了我再问。我知道,儿子会了解到性爱有许多种表现——滥交、卖淫、色情、性变态、电话性爱、一夜情、偶遇、性虐待、网上约炮、婚内性、婚外性。有完整的菜单,与小说一样长。哪一种有吸引力?主张一夫一妻制的弗洛伊德,在他著名的《性学三论》中,开始思考恋物癖、同性恋、露阴癖、施虐狂、兽交、肛交、双性恋、受虐狂和窥阴癖等问题。我想起一个笑话:你要哪种正常?是神经质的正常,精神病患者的正常还是性变态的正常?

也许有一天,儿子会喜欢在厕所里被一个陌生人搞,也许他会喜欢被易装癖的黑人搞。快感的圈层是多重的,也是审美的:嗅、听、尝,还有说。超过一半的性爱在说话;词语点燃欲望;如果说话是色情的艺术,还有什么比轻声呢喃更性感?然而,重复并不会减弱性爱的激情:萨德侯爵在《卧室的哲学》一书中声称,在她十二年的婚姻中,丈夫每天都要求她做同样的事:吮吸他的下体,同时在他嘴里拉便便。

我还可以补充一点,虽然这似乎有些愤世嫉俗,而我也并未向约瑟芬提出:爱一个人,甚至喜欢他们,从不会给性快感带来丝毫的改善。事实上,不喜欢对方,或者讨厌——甚至憎恨对方,可能会让你的快感得到很大的释放。想想看,一次感觉很爽的性交,也许会牵涉到性侵,甚至是性暴力。

那么,快感是什么?谁又能保证?我应该任由暴虐的欲望膨胀，引导他那欲望的列车驶向终极目标，亦即的弗洛伊德所谓的有些乐观的"完整的生殖器性交"，还是应该建议他在某个站点或岔道口停下来？正如被弗洛伊德描述为"疯狂傻瓜"的维也纳讽刺大师卡尔·克劳斯所指出的那样，对于恋物癖者来说，世界上最为悲剧的，莫过于他本来只需要一只鞋，得到的却是整个女人。

关于性，拉菲还会发现一个"真相"——也许很早就会发现——性是多么有问题，人们是多么讨厌它，它会激起多少羞耻、尴尬和愤怒。关于欲望的本质，亨利和他那一代给我们很多教育，但不管我们相信自己如何自由——如何从宗教道德的恐惧中解放出来——我们的身体总会用它们不寻常的欲望和反常的拒绝来给我们添麻烦，似乎它们有自己的思想，似乎我们的身体内住着一个陌生人。

约瑟芬喜欢被挑逗，却假装忽略话语中的暧昧。对忠诚的父母来说，有种种机会享受这样的乐趣。我们的许多邻居在学校周围过着热烈的共享生活；情侣们一天可在大门口见两次面。如果孩子们彼此都很忙，父母就会更忙。约瑟芬会逐渐了解到，学校操场是一个情感的雷区，穆斯林父母让他们的孩子远离白人家庭。那些日子，在我们同睡的那张床上，约瑟芬会给我讲一些八卦。我想起了父亲传给我的那本书——厄普代克的《夫妇们》，当时，那似乎是在庸俗的日常背叛中美妙的堕落，鉴于此，这些背叛——以及它们所产生的秘密——是最令人愉快的越轨行为。

在所有的性变态中，最奇怪的是禁欲主义，它憎恨欲望，想消除一切欲望。并不是说你可以彻底废除它。欲望，就像死亡，或是不愉快的进餐，会反复出现，根本难以消化。拉菲的妈妈坚持说自己的纯真,实际上是紧抓着这个不放。趣味低下的总是我。她认为这是合理的分工。她没看到的是,纯真的人拥有一切——正直、尊重、道德的善良——除了快感。快感是旋涡和深渊——我们既渴望又恐惧的东西。快感意味着弄脏你的手和头脑,并受到威胁;它包含恐惧、厌恶、自我厌恶和道德上的失败。寻求快感是个苦活儿,不是每个人——或者说不是大多数人——能忍受的。

性爱秀结束了。男孩脱掉衣服,上床睡觉去了。透过敞开的门,我可以看着他入睡。他戴着耳机,音乐很响,让我熟悉我本来不听的美国歌手50美分①的歌曲。当拉菲的长睫毛眨动的次数越来越少,像蝴蝶沉淀,我把音乐关闭。

我坐在书桌前,桌上放着从父亲那儿遗传而来的心头好——一杯几乎冰冻的伏特加和一盒哈根达斯香草冰淇淋。我啜着一小杯酒,吃着冰淇淋,猫就坐在我的文件上。一切准备就绪。我要先用钢笔写,再输入新苹果G4笔记本电脑。我可以在电脑上听音乐;感到无聊时,我会看看自己感兴趣的照片和图片。我能量爆发,无法入睡——这对我来说是件新鲜事——我一直在想亨利引用易卜生的那句话:"我们在货仓中与尸体一起航行。"

不知怎么,我忆起早前想到并一直萦绕在脑中的那句话:"她是我的初恋,但我不是她的初恋。"

哦,阿吉达,如果你还活着,你现在在哪里?你有没有想过我?

---

① 美国说唱歌手、演员。

第三章

所以，我得从这个故事中的故事开始。

一天，门开了，一个姑娘走进了教室。

那是二十世纪七十年代中期。

我第一次见阿吉达是在我们的大学教室里。那教室就像是个无风干燥的箱子，位于离特拉法加广场不远的斯特兰德大街上一栋新楼的深处。我在伦敦上大学，修读哲学和心理学。阿吉达很晚才加入《圣安瑟伦之箭》这门讨论课，但课程当天行将结束。不管怎样，这门课已经持续了两个月。她一定有充分的理由才让校方允许她在这么晚的阶段参加这门课的学习。

这些大学教室就像在医院一样热。阿吉达的脸庞绯红，有些不安。她是在课程开始半小时后才进来的。她放下车钥匙、香烟、打火机，还有几本休闲杂志，没哪样东西与**哲学**沾上边。

班上大约有十二名学生，主要是嬉皮士。他们衣衫褴褛，学习勤奋——若是现在,这种人会被我儿子称为"极客"乐队——一个哥特摇滚乐手和几个戴着安全别针、穿着绑腿裤的朋克。那些嬉皮士正变成朋克,我和他们中的一些人一起上过学。我与朋友瓦伦丁出门,到河鼠酒吧或罗巴克,或者是在国王大道上的切尔西·波特酒吧,还会看到他们。但我发现他们肮脏,颓废,凶残,并且总是随地吐痰。音乐很重要,但是没有人愿意听。

我当时一直都是个整洁的孩子,朋克将缺乏天赋视为原则,而我并不苟同。我知道自己在某方面很有天赋,我穿的是黑色西装和白衬衫,既反嬉皮也太过正儿八经,当不成朋克,不过也许可扯上新潮流。你不会看到威廉·巴勒斯①戴珠串或扣针的。

教室里的椅子带有可旋转的书写板。此刻那个印度姑娘正坐在其中一张椅子上。她拉下帽子,解下围巾,想放到那块平整的书写板上,结果滑落了。我捡起来放回去,它们又掉了下来。很快我们都笑了。她脱下外套,接着是毛衣。可她会放哪儿呢,接下来会是什么呢?

这个让她困窘的表演似乎持续了很长时间,大家都在观看。一个姑娘娇小的身体,可以携带多少衣服、香水、头发、珠宝和其他饰品呢?很多呢。

突然间,我过去一向崇尚的哲学和对"真理"的求索,似乎变得暗淡乏味。那个老是皱着眉头的教授,穿着破旧的套头衫和灯芯绒裤子,对我们来说有些老(与我现在的年纪相比,或者小几岁的

---

① 威廉·巴勒斯(1914—1997),美国作家,与艾伦·金斯伯格及杰克·凯鲁亚克同为"垮掉的一代"文学运动创始者。晚年主要和金斯伯格在演艺界活动,创作了不少通俗歌曲,甚至被一些年轻人奉为朋克摇滚宗师。

我),似乎吃了安定药似的目光呆滞,那模样像个小丑,正如他一直告知我们的那样。每当他强调说"娘们儿"的时候,我们就互相傻笑。他向我们保证,那是伊曼努尔·康德的正确发音。想想吧,就在几天前,大学还处于知识分子骚动、异见甚至革命的中心!

真理是一回事,但现在我身边的美,显然是另一回事。虽然这个姑娘抱着一大堆东西,但她并没有随身携带任何常规学习用具,连笔记本或铅笔都没有。我不得不借给她一些写字的纸和一支笔。这是我仅有的一支笔。我假装自己包里还有。我会把我所有的笔和铅笔都给她,或者只要她要,我什么都会给,包括我的身体和灵魂,但那是后来的事了。

研讨课结束后,她独自一人坐在学校食堂里。我需要拿回那支笔,但我敢和她说话吗?我更喜欢倾听别人说话。我的第一个精神分析师塔依尔说,人们说话,是因为有些事他们不想听;人们倾听,是因为有些事他们不想说。并不是我自认为有倾听的才能,或者意识到能以此为职业。只是我的说话能力比倾听能力差。当然,我一直在说话,但只对自己说话,这样才安全。

多年来,我的倾听习惯一直让女性感到困扰。有几个女性还被搞得疲惫不堪,她们说话时一直想找有用的词儿,最后这种压力让她们彻底崩溃。我记得有个女孩,在我听她说了一下午的话后,她尖叫着跑向门口:"你这是在强暴我!我觉得自己被偷光了!"

直到我的第一个分析师告诉我,我才意识到,她们想要的是我的语言,而不是我的耳朵。但对于阿吉达,我甚至不能坐在她旁边,说:"我能听你说话吗?"我现在仍然觉得坐在陌生人身边很难,除非我在分析他们。人们有这样的力量,他们身体的力场以及体内的愿望，可以把你击倒在地。

为拖延时间，同时或许希望她永远离开，我去买咖啡。转身回来时，我发现自己最亲密的朋友瓦伦丁，那个英俊的硬汉，早就跟着我进了食堂。他走了过去，坐在她旁边喝咖啡。上帝知道当时咖啡的味道。它可能是即溶咖啡，就像我们吃的土豆泥和布丁：只需要加水就行。别的没有，但我们总有水。在印度殖民地长大的父亲体验过英国的权力，他总爱指出，战争结束已有三十年，但英国似乎仍未从几乎致命的疾病中恢复过来——帝国失去权力，精神苦闷，毫无方向感。我们的国家被称为"欧洲病夫"。帝国的终结现在甚至不是悲剧，而是肮脏。

那天上午在那里上课，对我来说是很幸运，对瓦伦丁来说则是不寻常。他出现在课堂的时间不多。上课时间对他来说太早了，尤其碰到头天晚上他在赌场工作，更是如此。他最终进入大学，是为了邂逅女孩，也为了见我，但主要是因为学校食堂的饭菜很便宜。

瓦伦丁是保加利亚人。我经常让他描述他从保加利亚逃出来的经历，每次他都会告诉我更多的细节。我没有听说过比这更惊心动魄的来自"真实生活"的故事。他服过兵役，参加过奥运自行车赛，也会击剑和拳击。他非常适应社会规则，以至于能成为一名空中乘务员，这是前东欧集团中可以让普通人旅行的极少数工作之一。他在航空公司工作了一年，没有告诉任何人他的出逃计划。但有人开始怀疑了。他的最后一次飞行是去伦敦，打算前往美国。当他和其他空乘人员正要登机去索非亚时，他转身逃跑，疯狂地穿过机场，直到找到一个警察。多个难民机构给予他帮助。在其中某个难民机构工作的一个女性嫁给了一位哲学教授,他去了他家,这是他在我的大学课堂上出现的原因。

瓦伦丁永远无法回家,再也见不到他的父母、兄弟姐妹或朋友。过去这份痛苦经历使他无法取得他本可以取得的成功。他本该在英国学习,却只是闲逛,同伴主要是我与我们的德国朋友沃尔夫,为了寻乐子,我们总是想惹麻烦。

在我的能力范围之内,我与瓦伦丁和阿吉达坐在一起,甚至听他吹嘘他的住处到学院如何近,他如何只花五分钟去听讲座。相比之下,我不得不坐公共汽车、火车和地铁,我路上花一个半小时,但是,感谢英国铁路,我开始在路上阅读《哲学研究》和《梦的解析》。正是在这种时间,我第一次开始真正的阅读,就像找到一个令人满意的情人,你永远不会离开。

在瓦伦丁的帮助下,阿吉达和我开始交谈。结果发现,她是个印度人,家住郊区,并且与妈妈、米里亚姆和我的家相距不远。阿吉达的妈妈显然不喜欢英格兰,她认为这是一个"肮脏的地方",充斥着性泛滥、腐败、吸毒以及家庭破裂。六个月前,她收拾了大堆行李,去了他父亲的老家孟买,把丈夫和两个孩子丢给他父亲的大姐照顾。阿吉达的妈妈不喜欢在没有仆人和朋友的白人郊区生活。在孟买,电影明星比比皆是,她住在她哥哥的房子里。她哥哥开有旅馆,花钱很少就能找人帮忙。

阿吉达说:"那就像是长期度假。可我爸爸是个骄傲的人。他不想靠别人活着。"阿吉达似乎认为,她妈妈有情人,但也暗示,如果情况更合她的意,她就会回来。结果,阿吉达同情她孤独的父亲,她父亲在北伦敦某地拥有血汗工厂,很少在家。

喝完咖啡后,阿吉达让我搭乘她的车回郊区。虽然我本不打算回家,实际上我刚到伦敦城区,本打算与瓦伦丁和沃尔夫度过这一天余下的时光,但我愿意和她一起去任何地方。这个女孩有很多吸引人的地方:有钱,有车——一辆金色的卡普里,她在车里播放最新的放克音乐①——有大房子,还有一个富有的父亲。当瓦伦丁问"你男朋友是干啥的",她回答说:"我没有,真的。"

你还想要什么呢?

"她是你的。"我离开时,瓦伦丁低声说。

"谢谢你,朋友。"

他就像那样慷慨。也许是因为身边有这么多的女人围着他转,多一个少一个无所谓,他认为她们理应如此。也许他对大多数的人际交往无动于衷。他可以几小时坐在那里,目不转睛,吸着烟,几乎不动,不会焦躁地游来荡去,不像我那样,时不时地冒出各种欲望。

我想,这种稳定的态度会是一种财富。前几天晚上,我与一个正在写"硬汉"电影剧本的编剧朋友聊起男人喜欢黑帮的原因。硬汉不会被微妙的情感所操纵,不会被内疚打动,也不会受其困扰。他们没有感动,也没有内疚。归根结底,他们是自恋者,毫不手软地坚持自己的权利,就像孩子一样。对我来说,他们自给自足,完完整整,不可渗透,就像一个人永远只读一本书那样。

那正是当时的我想要的。为什么呢?也许是因为小时候,米里亚姆跟我打架,或者当她开始挠我的痒的时候——她比我重,比

---

① 放克音乐,二十世纪六十年代由美国黑人音乐家创造,节奏感强。

我粗野，也更愚蠢；她喜欢用拳头猛击我，或者用棍子打我，现在想起来，约瑟芬也喜欢干这事儿——我觉得自己是女孩，而她是男孩。如同许多人在自己的案例中发现的那样，我的身体似乎与我的性别不一致。我瘦瘦的，臀部宽宽的，我相信自己的身材就像一个瘦小、软弱、尚未发育的女孩。妈妈说我"漂亮"，而不是英俊。我遭受极端情绪的折磨——内心在尖叫——这让我心情低落，筋疲力尽，在床上哭泣。我常常梦见自己是米其林轮胎先生，充满空气，却软弱无力。因为没有男性的体重，有一天我可能会飘走。"男人"是干什么的？他们是匪徒，以决断和欲望在世界上行进。现在有了阿吉达，我不就有这种男性气概了吗？

阿吉达开车带我穿过南伦敦，我们一路上都在聊天。

车子越接近我的"庄园"——当时我们那样称呼它——我就越感到焦虑。当她问我要不要瞧瞧她家的房子时，我很高兴。

"就是那栋。"稍后，她边说边关掉了引擎。

如果我老觉得阿吉达家的房子是美国式的，那是因为它位于一条新建的小路上，是你可能会在《我爱露西》中见到的那种房子。这栋房子不高，但较为敞亮，有大面积的玻璃窗。旁边是一个宽阔的车库，前面是一片修剪得很整齐的草坪，围着低栅栏。房子里面装饰着印度地毯、壁毯、挂毯，有木制大象、碗具、网格家具。别的就没啥东西了。他们也许本可以租这个房子，用印度特色来装饰，但他们其实在四年前从乌干达来这里时，就用所剩无几的财产，买下了这栋房子。

我喜欢她的房子，想要去那里，不仅因为她，也是因为我所知郊区房子都很老旧。家具古旧，是战前的。那些棕褐色的家具很笨重，我从小就用指甲刮上面棕色的清漆。外祖父把他的房子留给了母亲，他拥有一家二手家具店，我与米里亚姆称之为旧货商店。我们从那里搬来家具，把房子给塞满了。房子里有防火板、滴答作响的钟表、帷幔、画轨、窗帘盒、夜壶和狭小的床，母亲在遇到爸爸后，开始在其上面张贴很多东方图片，铺上旋涡布，还给家具上清漆。

我在童年和少年时，经常由外祖父照顾。外祖父戴着传统式样的帽子，身穿很长的白内衣，系着领带，穿着肥大的背带裤，庞大的靴子被他用刀片割破了几处，以便给他的"鸡眼"腾出"空间"。他从未想过我可能需要什么娱乐，只是把我带在身边。他开店时，我整天都在那里玩，把螺丝刀塞进时钟什么的。随后我陪他坐在酒吧里消磨午餐时间——那里是他的俱乐部和办公室——他一边"研究"报纸，一边喝着吉尼斯黑啤酒，抽着卷烟，吃着牛排和肾馅饼，所有这些，通常是在同一时间完成。

至于娱乐，外祖父会递给我《每日快报》《人民》等报纸，权当娱乐。我从此读报成瘾。但这还不是全部：我们还会到埃普索姆观看比赛，去凯特福德看狗，到布赖顿去见某人，谈一只鸽子。在星期六，我们去附近的足球场。水晶宫最近，但米尔沃尔——那个"洞穴"——最令人恐惧。我们在它附近散步时，外祖父会指给我看当年的炸弹爆炸地点，他的前校友就被炸死在那里，还有他与年幼的妈妈藏身的防空洞。

对我而言，酒吧，特别是有钢琴演奏者的酒吧，总有些狄更斯式的夸张：打扮得花里胡哨、身上洒满香水的女主人会掐你的脸颊，给你吃薯片和柠檬水；打着领带的男人满脸通红地出现在"私人"酒吧；外祖父与某个女招待之间产生的那种强烈的兴奋，这是对快感触手可及的一种隐晦的承认，使我想知道什么时候可能轮到我。

你也许会认为，我后来对底层社会生活的喜爱是装模作样，但大多数时候，我还是会去各种酒吧，希望能找到我童年时就出现过的角色，那是原汁原味的伦敦白人劳工阶层。

与外祖父在一起时，我大体上被当成白人。有时人们会问我是不是"地中海人"，毕竟，我们住的地方亚洲人很少。大多数白人认为亚洲人"低人一等"，不聪明，在各方面都不如他们。倒不是说我们那时就被称为"亚洲人"。按照官方说法，我们当时被称为移民，我想。后来，出于政治原因，我们成了"黑人"。但我们一直认为自己是印度人。我们在英国被称为亚洲人，尽管我们不是亚洲人，正如英国人不是欧洲人一样。很久之后，我们才被称为穆斯林，这是获得认可的新称呼，是出于政治原因。

到目前为止，我是哲学班上唯一的深肤色学生，我想我和阿吉达是天作之合。她身体瘦小结实，有男孩子气，跟我差不离。她的头发又长又黑，穿着镶有珠宝的昂贵衣服，提着手袋，穿着高跟鞋。她可能是印度人，但打扮得像个意大利女孩，全身珠光宝气。她喜欢的品牌是菲露丝，该店就在哈罗兹附近，她每周六都与表姐妹们一起去购物。

阿吉达并不是一个狂野的女孩，也不是女权主义者、嬉皮士或模特，我可以想象她是做生意的。但从她的叹息、无助的神色和喜怒无常的情绪中，我很快就领悟到，她学习形而上学有困难。我想我可以帮助她，包括认识论、本体论、诠释学、方法论、逻辑学，也许还有其他一些东西,但我认为没她能帮助我的那么多。我也开始喜欢钱了,我从媒体上了解到流行明星如何用钱。对我来说,阿吉达家庭很富有,而我家却一直在贫困线上挣扎。如果母亲给我们买了一件礼物,我们知道它代表了多少努力,即使已经生厌,还在试着继续使用。我的父亲在巴基斯坦显然有一个司机、一个厨师、一名警卫。但他什么也没给我们,他没这个想法。

此刻,阿吉达取唱片去了,这是我与她在一起的第一天,我漫步在房子里,试试这个,试试那个,就像我将要买下这个地方,然后重新装修。她父亲和哥哥不在家,但我闻到香料油炸洋葱的味道,随后瞥见有人藏在一扇近乎关闭的门边,我只看到那人的鹰钩鼻和棕色的眼睛,那一定是她的姑妈。

阿吉达放音乐时,突然紧张起来,说:"如果有人问起,你就说是我弟弟的朋友。你是来看他的。"

"你弟弟叫什么名字?"

阿吉达咕哝了句什么。

"什么?"我没有听清,"你说什么?"

"他叫穆斯塔克。我们中有些人简称他为穆希(糊糊),或者叫'豌豆糊'。我想你们会彼此喜欢,你也想喜欢他,不是吗?他现在太需要被人喜欢了。"

"我会尽力。"

"你不必小声说话。她不会说英语。"

"我家情况与你家相似,"我热切地说,"我有许多姑姑和堂兄弟姊妹都来伦敦避暑。其余人则从未离开过巴基斯坦。"

"你去过那里吗?"

"爸爸一直在邀请我们去，妈妈认为米里亚姆和我应该去。只是米里亚姆的脾气太火爆，几乎走不到大街的尽头就会爆发。你见到她时就会看到。阿吉达，你能和我一起去巴基斯坦吗？"

"不行，除非我们结婚了。"

"已婚才行？"

"他们非常传统。反正，我妈妈正忙着在印度给我找丈夫。我弟弟会嘲笑我说'你可爱的新丈夫怎么样了？'来吧，贾马尔，你想和我一起跳舞吗，我的新朋友？"

我们跟着唱片播放的音乐跳上她最喜欢的迪斯科，看着对方的脚步，手牵着手，抚摸对方的头发。然后我们接吻了，接下来，我不知道下一步该干什么——似乎进展得太快了，就像一次吃完所有的巧克力那样，说："你想看《巴黎最后的探戈》，还是想开车去凯斯顿池塘散步？或者我们可以去我家。只有十分钟的路程。"

"去你家。"

在开车去我家的路上，我头伸出车窗外，希望我认识的人能看到我和一个女孩在车里。但他们不是在工作，就是在学校。至少阿吉达想看看我家的房子，她想了解我。我也需要米里亚姆知道，我有一个真正的女朋友，把我当成年人看，而不再是小弟弟。

但我对她们的会面感到紧张。我不知道姐姐是否在家。她的卧室门总是关着，我被禁止入内，若违反则要被痛揍。通常情况下，想知道米里亚姆是否在家的唯一方法就是跪下来，尽量去嗅嗅是否有雪茄、毒品或者香料的气味从她房间的门缝里飘出来。如果我勇敢些，会趁她不在家时，飞奔进她的房间，从那里拿几张唱片，其中《轨道上的血》《蓝色》和《撕裂》是我的最爱，但我也喜欢

《迈尔斯》。我在自己的房间听这些唱片，一遍又一遍，直到我觉得他们已融入我的身体。

你可能还会在米里亚姆的房间里发现一位大学讲师、几个邻居男孩、一个偶遇的男子或她的最新女友。米里亚姆若真的在那里，她就会躺在床上，直到母亲五点下班回来。母亲当时在一家面包店工作，戴着一顶古怪的小白帽。我们家里总是有很多东西可以吃，纵然不新鲜也没事儿。

那天阿吉达和我并没有走到我的房子，而是将车停在附近一条安静的街道上，我们在她的车里接吻，这个我们特别喜欢，无法停止，如同被胶粘在一起那样。

直到第二天早上，我们才开车到离我母校不远的树林里，第一次做爱。她的牛仔裤和靴子太紧了，乃至我们以为，要是不寻求帮忙，就永远脱不掉。然后我们开车到她家附近一条僻静的街上，在车子里这样干了。

一件重要的事就这样开始了。她全是我的，几乎全是。她不是我的第一个女朋友，但她是我的初恋。

第四章

我和我的女友开始经常见面,见面地点主要在伦敦城,不是在大学里,就是在索霍区。或者我俩会在我家附近的公交车站见面,一起开车进城。

我想,我永远不会停止以小男孩的目光看伦敦。我喜欢的伦敦是流亡者、难民和移民的城市,他们是大都市的外星人,对他们而言,英国社会的密码无法破译,外人无法融入。他们无立锥之地,也不知道自己是谁。那是我父亲的角度来看这座城市。

我最好的朋友瓦伦丁是保加利亚人,他最好的室友沃尔夫是德国人。他俩都不像普通大学生,就年龄而言也不是中学生。沃尔夫比我大十岁,瓦伦丁至少比我大五岁。我父亲有许多哥哥,我把他们理想化了。我想父亲总需要有人来照顾他,这就是我想要的。

沃尔夫既没有工作,也不是学生,他和瓦伦丁是同一栋公寓的租客。他们就此相遇，我也就此认识他。瓦伦丁穿着一件博加特雨衣，脚上穿的是黑皮鞋，戴着黑色皮手套。他唯一一次脱手套，是在布洛克格林市政局网球场打网球，那地方离我现在住处不远，我曾让一名南非人在那里给拉菲上网球课。

当沃尔夫在骂人时，在瓦伦丁和我面对面坐在酒吧外的长椅上大笑。他不像瓦伦丁和我，没发现自己或他人荒诞可笑。我们要是都这样，那就太过分了。

我们感到好笑的是，沃尔夫随身带着一只光鲜的手提箱。他用钥匙在自己胸前打开，这样就没人能看见里面的东西。他在箱子里放了什么？枪、钱、毒品，还是刀、回形针？在箱子半开后，他警惕地望了望四周，确保没人在看。可是，既然之前他已挑起了人们的好奇心，当然会有人看。

沃尔夫和瓦伦丁都租住在伦敦西部戈文达路的一栋阴冷的寄宿公寓里，在伦敦北路旁边，房东是个老寡妇。瓦伦丁阅读克尔凯郭尔和西蒙尼·威尔的作品，至于阅读动机，他说是为了获得所谓"快感"，他喜欢一边对寡妇眨眼，一边说："拉斯柯尔尼科夫会觉得在这儿像在家里一样。"

当我们哈哈大笑的时候，她会回答："这里每个人都觉得在这儿像在家里一样。"

我们围坐在餐桌旁辩论哲学，谈论体育，喝啤酒，抽大麻。屋子里铺着亚麻毛毡，都已卷边了，还有煤气和猫尿的气味。跛脚的桌子铺着油布，上面放着一个铁炉。扶手椅很油腻，沙发似乎无底。厕所经常不冲水，窗户没关，所以屋子里通常都很冷，由于油加热器气味难闻，却加不了热，我们习惯了在室内穿外套。

瓦伦丁喜欢谈论在巴尔扎克、尼采、屠格涅夫和陀思妥耶夫斯基作品里所发现的虚无主义和杀人的思想,谈论绝对道德准则,以及何时可以合法地消灭世界上的弱国、愚蠢或邪恶的人,该怎样消灭,以便使其他国家更加繁荣,其他人更好地生活。谁有杀人的权利?毕竟,只有最顽固的和平主义者才会在任何情况下都不能接受杀人。为补充这个推测,瓦伦丁和沃尔夫在电视上观看犯罪片或史泰龙的影片,也从不错过里面有史蒂夫·麦奎因的片子。我称他们为"职业指导"。阿吉达会和我们一起观看,然后一边尖叫着"电椅太多啦!"一边逃开。

"他将来必坐电椅。"我一面冲着沃尔夫点头,一边对瓦伦丁耳语。瓦伦丁正准备去夜间上班的赌场,他身穿深色西装,打着领结,脚下是亮闪闪的鞋子,这身打扮使他看起来特精神。现在回想起来,我的黑西装风格一定来源于他。瓦伦丁是东欧人,受过共产主义教育,他有良好的举止,老成持重,超越了西方嬉皮士的浮华。

沃尔夫是一个冒险家,他的故事——打空姐和女招待的屁股啊,与花花公子兔女郎做爱啊——总是让我特别兴奋。我钦佩他特立独行的男孩风格:从南非走私钻石;在的黎波里见到伊迪·阿明和金·菲尔比,见到后就被捕了,因为人家怀疑他是美国人;携带毒品去墨西哥,结果看医生时因为针管肮脏而中毒;在巴西的伊帕内马讨论妓院的质量。他经常被怀疑不是罪犯,更糟糕的,还被人怀疑是警察!

与许多黑帮分子一样,他有一点儿精神失常——或者说非常严重。他不像我或者我认识的大多数人那样神经质,而是表现为超常,理性,感情强烈,令人信服,还擅长说谎。他早上起得早,为大家准备早餐，或者我们会发现他在做俯卧撑和举重。他做事特有条理，喜欢制定计划，让每个人都参与进来。

相反，瓦伦丁喜欢被逗乐。他很有魅力，你会说他优雅或者潇洒，特别是他穿深色高翻领衬衫和黑夹克时，更是如此。但他有克尔凯郭尔式的忧郁，因为心灵受过创伤，他不像沃尔夫那样自信满满，大言不惭，真诚可爱。

我多么喜欢和这两个无懈可击的男子汉在一起啊。我，这个热切的小男孩，会试着用笑话、强硬的话语和昂首阔步的步伐取悦他们，而他们会屈尊俯就，沃尔夫和瓦伦丁常常用法语或德语说话，可那又怎么样？我习惯了被那些我听不懂的语言包围。

父亲在伦敦的时候——他每年至少来伦敦两次，并待上几周——只是偶尔独自来见米里亚姆和我。他的许多男性朋友，也是他的"追随者"，他们总是和他在一起，在他租住的大理石拱门或贝斯沃特区附近的宾馆式公寓里，说着乌尔都语和旁遮普语，穿着西装或沙尔瓦·卡米兹①，喝着酒，讲着政治笑话。

有时他会带我们出去吃午餐，谈政治。他是一个左翼分子，可能还是一个共产主义者，一个反帝国主义者——当然也是毛泽东、越共和学生的支持者。父亲解释说，他小时候在印度，身为一个富裕地主的儿子，感到自己与印度大众格格不入，就如同在英国乡下村子里感到格格不入一样。在遭到他的父亲——一个陆军上校的虐待之后，他总觉得自己与那些被称为"受压迫者"的人之间有某种认同感。

---

① 巴基斯坦民族服饰。

每次见面的晚上,米里亚姆和我打算乘火车返回郊区时(或者至少我会这样,她则经常会去市区参加聚会,在城里住上几天),父亲那些又聪明又美丽的女朋友,都会出现。

不管是不是单独见面,我都很高兴见父亲。但是米里亚姆,无论对见面速度还是状态,都可能感到非常失望。她想象着双方在一起坐上几个小时,交换彼此的秘密和绝望。父亲会想了解她,他怎么能不被迷住呢?他的客气话会阻止她"把想法化为行动"。根据她的说法,他不仅没有保护她不受种族主义的影响,而且是他把她扔到了那里。

所以她等着爸爸开口,告诉她是多么为她感到骄傲。但他无法与一个小女孩建立这种关系。离开父亲后,我们一起沿着国王路往下走,我会问她一些问题,尽管我已知道答案。"爸爸说什么了?""什么也没说。""真的吗?""千真万确。""你告诉他你怀孕了吗?""没有。""他问你现在在干什么吗?""对。""你怎么说的?""没说什么。"

爸爸是在伦敦政治经济学院学习国际关系时认识妈妈的。当时妈妈的一个朋友比莉带妈妈去参加舞会,她认为妈妈与本地男孩交往,不如与一个知识分子交往。他们一起到斯特兰德的印度俱乐部用餐。妈妈说她从没见过像爸爸这样会说话的人,他可以用自己的故事来吸引你。

妈妈并没有经常谈论他,但如果你在适当的时候触动她,她可能会突然冒出这样一些话:"哦,贾马尔,你和他很像。""怎么像呢?""哦,你知道的。藐视别人。有本事粗鲁得让人瞠目结舌,蛮横得要命。他习惯有仆人伺候,没有的话就把女人变成仆人。一个能让你感到自惭形秽的男人。"换个场合,她会说:"你永远不会知道,你父亲年轻时候在清醒状态下是多么好的一个人。他又英俊又睿智,讲话妙趣横生,还不止如此,他们管那个词叫什么?品位。他就拥有那个:他有魅力。"她看着我说,"你不是完全没有他的傲慢,我相信将来人们会那样对你说的。但与你不同的是,他绝对知道自己傲慢。你知道吗,他居然一点也不在乎!"

"我当时被他吸引了。"她说,这让我想知道她是否还爱着他。她补充了一句精彩的评论:"他就像是一盏灯,照亮你的眼睛。天知道他为什么对我感兴趣。我是一个郊区女孩,在他面前总是感到低到尘埃。当他不亲我的时候,会带我去餐馆见他的兄弟和朋友。我更喜欢巴基斯坦人,而不是英国人。我喜欢他们的食物和良好的教养。我从来不是那种女权主义者,我承担不起,但当他们希望我做饭,洗衣,待在厨房里时,我极力反对。我父母从未说过你爸爸的坏话。我告诉他们,他是印度王子。"

当爸爸还在伦敦求学时,他的八个兄弟将家族从印度搬到了巴基斯坦,想象着这个新国家会是一个新的开始——这个新国家被残酷地从母国分割出去,就像是马后炮,这些英国人如同汪达尔人那样,逃跑时搞了最后一次破坏。在这段时间里,虽然爸爸和他组建的小家庭住在伦敦郊区,但他开始觉得自己没有家,没有职业。

正如妈妈所说:"他不属于伦敦郊区。我们住在父母的房子里;我们订婚,结婚,生孩子,可他并未安定下来。他在做什么?坐在酒吧里,在肯特郡打板球,只要有比赛机会就不错过。

"他永远不会停止谈论政治、体育、他的家人,而我得喂养你们两个。最后我会对他说：'对我说这些是白费口舌，写下来，在报纸上发表！'他这样做了；他开始写关于印度和巴基斯坦的论文。他意识到，他必须在那里，他想参与其中。他已准备好去工作。他想要参与。"

于是他回到了次大陆。没有正式的分手，但妈妈怀疑"可能有什么事让他心烦"。

我们在家时，坐在电视前吃维斯塔咖喱，这是我们最接近次大陆的方式。我们想让爸爸与我们在一起，是说一些类似"爸爸不喜欢你这样做"或"爸爸会嘲笑你"这样的话。他成了一个虚构的父亲，是我们从真人那里一点点拼凑而成的拼贴画。我们每个人对他都有自己的想法或幻想，而他却站在阴影中，就像《第三人》里的奥逊·威尔斯一样，总会步入我们的生活——我们希望如此。如果母亲把他称为"那个男人"或者"你们该死的父亲"，这至少让他留在家庭关系网里。但他也可能被用于不愉快的目的。

有一次，米里亚姆被母亲惹恼了，就冲对她说："你说爸爸是个酒鬼，还可能很粗鲁，很无礼，很尖刻，但他的人生很成功啊。再体贴别人，又能体贴到哪里去呢？""我不认为他成功。"妈妈回答，"遗弃家人怎么能叫成功呢。"然后米里亚姆说："爸爸是不得不离开你。""你什么意思？""因为你这么肮脏，愚蠢，法西斯！"这句话让母亲的手掐上了米里亚姆的喉咙。当她俩战斗的时候，我就会跑出房子，坐在公园里的棚子里，吸着烟，梦想着未来，对自己抱怨说："一定有方法可以离开这儿……"

我一直不确定我会干什么工作。爸爸很少给我们指导或者禁止我们干啥。你可以说，他拒绝告诉米里亚姆，他想让她成为什么样的人。他给我的要多些,常常把我拉到他面前,亲吻我的脸颊,弄乱我的头发,展示他对我的钟爱,还告诉我,我对一切都太担心了。我可以说服他给我买衣服和书,我知道如何说服他。我们之间的爱总是充满激情,非常温柔。我猜米里亚姆有母亲,而我有时有父亲,但我确实感到内疚,因为他似乎更喜欢我。

还有一件东西,是他给予我的,而我从未就此感谢过他。有一次,我独自去爸爸的旅馆,正等着去他那个楼层的电梯,我看见一个三十五六岁的女人,身材小巧,穿着朴素,似乎是去面试的——谈不上特别美貌。爸爸的门还没有关上,我进了房间,看见他睡着了,或者喝醉了。那女人的香水味还在。

我奔下楼,冲到街上喊她。她犹豫了一下,才停住脚步。我想她可能会逃走,但让我意外的是,她没逃。我又紧张又失望,心碎神伤,感觉就像琼·里斯作品中穿破鞋的女主角。我请她与我一起去马路对面的酒吧里喝一杯酒,我问了她一个接一个的问题,直到我知道了她的故事,她的声音低沉而沙哑。

当谈话结束时,青春期的我厚颜无耻地直接询价:她收费是多少?她笑了,给了我一个价格。很自然,我没那么多钱,我也没有任何地方可以带她去。我无法和爸爸竞争。也许,假如我胆子更大一些,我可能会打听一下家庭折扣。不过,我自此一直对妓女保持着激情——正如在广告中所宣传的那样,在拿不准时,就使用专业人士——因为与普通女孩们交往,你总得等待合适的对象,等待你喜欢的人或者喜欢你的人。

父亲一度对我说,他想如祖父那样成为一名医生,如果我想当医生,他也不反对。早期的弗洛伊德学派的医生,往往是内科医生,而我不同,我没有生物学或化学方面的天赋,但我发现这并不能阻止我成为一名专注灵魂的外科医生。"不管你做什么,"爸爸出于好心,委婉地说,"别变成一个大傻瓜,让我失望。"我想,当一名心理分析师会为我解决很多问题,至少让我有机会接触那些让我思考人性本质的人。

  阿吉达和我能常有机会相见,是因为她姑妈被告知,上大学要朝九晚五,偶尔晚上还有讲座。她父亲很少在家,他一周六天,都是晚上十点从工厂回来,清晨就离家。周日一家人去温布利拜访亲戚,阿吉达和她的堂兄弟在他们的卧室里跳舞。
  那是一个多么令人愉快的青春期啊,虽然晚了点。那年头,上大学既是完成学业,也是延长假期。与中学不同的是,那里没有校园欺凌,没有填鸭式教学,也很少如现在这样,担心职业和金钱的问题。成绩怎样,我不介意,也没谁问我。
  我读的书比以前读过的所有书都多,对我来说,这是一种新奇而令人惊讶的激情。我就像以前久坐不动的人突然发现自己可以跑或跳。我的一位讲师说:"凡是你感兴趣的,都可以写。"在我喜欢的维也纳思想家中,我选择研究维特根斯坦及其关于'私人语言'的思想。他提出的问题虽怪异却令人满意。我领悟弗洛伊德理论还需要一段时间。
  大多数时候我们都没课。此时,我会带阿吉达见瓦伦丁和沃尔夫。她买来牛排和薯条,烧好给我们吃。我们是小两口。如果我说她是我的初恋,我就会说她是让我无法摆脱的第一个女人,我们不在一起时,她一直在我的脑海里,我一直在想她。她离开时,我非常介意。

我们在瓦伦丁的床上做爱，而那两个男人在外面抽烟。"躺在一起，继续，"沃尔夫会说，"你们两个，都想把对方吃干抹净。"

一件奇怪的事情开始发生在我身上。在前戏与高潮之间不再有任何间断。悲鸣、浪涌、脉动，这些是全身的体验，它们发生在我体内，而不只是在我的生殖器里。我的高潮是多重的，并不是以一声轰鸣而结束，并不是戛然而止，而是几乎连续不断，就像一连串威力惊人的射击。

什么是罪犯？是警察追逐、通缉的人！我还不是警察的通缉对象。我的朋友们是吗？我不能说自己知道瓦伦丁和沃尔夫究竟犯过哪些罪行，如果有的话。他们会谈论打架，告诉我罗密欧是怎么用椅子打人的。他们还会提到不正派的警察和律师，说要贿赂法官或买护照是多么简单。

在该地区有许多古董店或旧货店，我与沃尔夫会一起去逛。我熟悉这些地方，可以帮他搜到便宜货。这并不容易，因为一旦沃尔夫走进其中一家店铺，他会开始分发五英镑的钞票给里面的店员。他们当然会对他印象深刻，像受到鼓励一样四处搜索，给他找来花瓶。不管他是否以我怀疑的其他方式得到回报，价格都会上涨而不是下跌。对他来说，店员的这种恭敬也许已经足够了。这对我来说也足够了。在这个阶段，我仍然想成为一个学者，违法的事只是私下里干干，我喜欢的是对比，既是柏拉图又是小偷。

然而，有一次，瓦伦丁身上发生了某个极端事件。他在水鼠酒吧里遇到一个家伙，那人想让瓦伦丁干他的妻子，而他在一旁手淫。瓦尔需要钱，他拿报酬干了几次。妻子似乎觉得很有趣，但她真正想要的是单独与瓦伦丁见面,两人共进晚餐,然后再看戏。她也会付给他钱。然后那个家伙又回头找瓦伦丁,说如果他把女人绑起来,"拳打脚踢一顿,并揍她一巴掌",他会付给他更多的钱,相当多。

这个主意让瓦伦丁既恶心又反感。虽然沃尔夫和我似乎认为瓦伦丁很值得一试,因为不仅有钱拿,还可以开口要更多的钱。可实际发生的是,那家伙向瓦伦丁提出这个建议时,瓦伦丁揍了他一顿。瓦伦丁本来就抑郁,易患紧张症型失神发作,这让他情况更糟。他不想当男妓,不想要暴力,为什么这些事情发生在他身上?奇怪的是,我记得曾建议过他去治疗,虽然我对此知之甚少,但他说,他想交谈的时候,再跟我在酒吧里交谈。他一个人可以处理它。

又回到交谈这个话题上了。大多数人都喜欢交谈,我们全家人都喜欢讲故事。我外祖母在搬到附近的一个小公寓之前一直与我们住在一起,她读阿加莎·克里斯蒂和凯瑟琳·库克森的作品,那些书堆放在床底下,角落里,马桶旁边,到处都是;我妈妈看肥皂剧,爸爸在飞机上读亨利·米勒的作品。我则很崇拜詹姆斯·邦德。

不过,书中字词的危险性,比不上有人突然冒出的一句话,就像阿吉达有天对我说的话,我差点错过,但那句话停留在我脑中,犹如魔鬼的耳语,一遍又一遍地在脑中回响。

她在我认识她的哲学课上迟到了,因为尽管在读法律,她还需要另一个课程模块来修完学分。正如我所希望的那样,她不喜欢哲学。我企图向她解释哲学的意义所在,她还是没搞明白,只是被我的尝试逗乐了。

"哲学不就是关于生活的智慧吗？不就是关于什么是对与错吗？"她说。

"要是这样就好了，"我回答，"我想你得去心理学系，虽然你现在不能改修课程。对我来说，哲学与亚里士多德的观点相关，他认为对快乐的欲望是人类处境的核心所在。但我们现在所学的哲学，恐怕是些概念。例如，关于我们如何了解世界，或者何谓了解——我们如何了解我们所了解的事物。或者说对我们而言，什么样的了解方式有意义。"在近乎绞尽脑汁地解答她的困惑后，我转向私人话题，"我想了解你，了解你的一切，但我怎么才了解我了解你的一切？"

"你不会想从里到外都了解我。"她突然说。

"为什么呢？"

"这会把你吓跑的。"

"你怎么知道？"

"肯定会，我告诉你。"

"你有秘密吗？"我问。

"别问。"

"可现在我必须问。我控制不住，阿吉达。"

她对我微笑。"好奇害死猫，不是吗？"

"但是猫还是必须了解，不是吗？这是猫的天性。如果不把头伸进袋子里，它们会发疯的。"

"但这对它们不好，亲爱的。"

我说："好坏并不是你可以提前决定的。"

"在这件事上,绝对是,就此打住!"

我紧盯着她,惊讶地发现她是多么目中无人。她对我一向温柔,总是一边说话一边亲吻我,爱抚着我。这次交谈发生在她家车库的后面,她家里看不到的地方,那里有个无人利用的小花园,里面的草地相当漂亮。春日时光,天气很暖和,我们在此秘密相会,躺在草地上听收音机,然后开车去伦敦吃午饭。

虽然因为黝黑的皮肤,让我们在这一带经常受到辱骂,尤其是过往车辆里会传出的辱骂。我们不在乎,开始享受裸体日光浴,身边就是我们需要的一切——音乐、饮料、她姑妈做的食物。阿吉达经常拿一袋衣服进花园。我通过眼睛看到的爱:她在教我如何用眼睛欣赏情爱。她喜欢展示自己的身体,摆出各种造型,或扯下衣服,或拉开衣服,或轻轻给脚踝、脖子、手腕系上东西,不一而足。

对我来说,我们在外面的时光是一种庆典。我们度过了童年时的艰难——父母、学校、"持续服从"的恐怖——这是成年前的假期。我们还是像孩子一样,互相追逐,互相搔痒,互相拉扯头发。我们会互相看着对方撒尿,看谁吃意大利细面条吃得快,还有把内裤褪到脚踝,进行鸡蛋与勺子比赛,然后笑到崩溃,接着再次做爱。就这样,我们顺利走过童年,或者说,我们有没有顺利走过?

如果阿吉达的姑妈在偷看——似乎有人一直在观看我们,不知是否就是她——她会看到阿吉达躺在那里,闭着眼睛,我跪在那里,在她的亲口赞许之下,亲吻她的全身。我整天都在与她的肌肤嬉戏,直到我相信,就算我蒙上眼睛,我也能从一百个女性身体中认出哪个是她。

常让我感到好奇的,是阿吉达的姑妈。她蒙着头巾,悄悄地在房子里走着,我想,如果我年纪再小一些,她会与我交流的。我小时候,每当我的印度姑妈、婶婶们来伦敦,她们都会仔细地看着我,亲吻我,一直拉着我,肯定比妈妈对我还亲热。可这个姑妈对谁说话合适呢?当然不是阿吉达姐弟。她为他们洗衣做饭,但不和他们一起吃饭。她大多数时候一人待在自己的房间,与其说是家庭成员,不如说是仆人。我想,即使在当时,我也相信谈话的必要性,事实上也相信她为无人诉说而痛苦。

周围似乎没有人。邻居们似乎都不在,孩子们在上学,大人们在工作。我们把收音机开得很低,偶尔还会浏览我们的大学书籍。不然就是看天空和对面的房子。我有好几天都在观察那栋房子和住在那里的夫妇,并不是真的在看,直到我突然想到,我的犯罪生涯是否即将开始——我认为是应该的;与沃尔夫和瓦伦丁在一起时,我一直在想我必须证明自己与他们一样是个硬汉——事情可能就在那儿开始的。

然后我开始问阿吉达更多的问题。我想知道她不想让我知道的东西。她警告我就此打住,但我需要弄清秘密所在。

就是在这个时候,我们在一起几个月后,事情开始变得越来越奇怪,我开始觉得自己正处于一种永远无法理解的事情之中。

每个人都有心碎的时候。

第五章

"你的电话,可汗医生。"玛丽亚说。

她是我的接线员,从不会在这个时候喊我接电话,除非是有人要自杀——这是每个精神分析师所恐惧的但又必须处理的事。

我想说,没有女佣的心理分析师对任何人都没有好处;没有一间简陋办公室的心理分析师也是如此。一九二一年,安德烈·布勒东去拜访弗洛伊德,他绕着弗洛伊德的房子转了好几天之后,最终对这位伟人——对他的房子、古董、办公室、身材感到失望。(布勒东的同事特里斯坦·查拉称弗洛伊德的职业为"精神分析"。)而雅克·拉康,他的工作环境——破旧的地毯,以及他的候诊室餐桌上的生殖器浮木——同样常常让来访者失望。人们希望看到的是一个魔术师或法师,结果看到的只是一个正常的人。精神分析至少是幻想破灭的一个练习。

我们正在吃午餐:冷鲑鱼、色拉、面包和葡萄酒。这是拉菲和我到米里亚姆家用餐的一周之后,亨利顺便来访,他是为了聊天和消遣。

玛丽亚手里拿着电话:"布希在外面。"

"我明白了。谢谢你!"我放下电话,对亨利说,"是为你的事。布希带来了你要的货。"

"啊,货。终于到啦!波德莱尔叫它什么?'对无限的渴望……'拿来吧!"

厅里传来一阵叮当声,声音很响,就像有人把满满一袋硬币倒在金属槽里。那不会是布希,作为有夜盗前科的人,他走路静悄悄的。那是米里亚姆本人,显然她同时戴上了她所有的首饰,而且她也没拄着间或会用的手杖,自己两条腿走来的。进来后,她脱下那件黑色压花丝绒斗篷,交给玛丽亚,玛丽亚对她的崇敬程度,堪比我所崇拜的任何一位女王。

米里亚姆裹着一层层闪光的迷幻衣服,还套了一件哥特式黑色蜘蛛网格上衣。她那蓬乱的头发染有红色和蓝色的条纹,脸上穿刺的钉子闪闪发光,这套翻新的装饰一定给她带来了相当大的麻烦。

"我今早与黑狼一起关在笼子里。"她冲进来时说,"我靠近它的心灵。它向东方望去,担心那些在战争中被炸飞的人们。他说我应该来这里,需要建立各种社会联系。我不得不亲自送来了。"

"对!"亨利说,急切地看着她。我不得不说,看到米里亚姆独自一人来,我感到很惊讶。与其他名人一样,她不喜欢单独露面,因为她身体虚弱,手下人通常会在身体两侧扶着她,一边一个。

亨利似乎被打动了:"绝对正确。"

我们俯下身来看那东西。"无限"就在她面前的那只精美木盒里,我认出了那只盒子。我们的母亲对市场和古董充满了热情,只要是来自东方的东西,都加以收藏。她乐此不疲地给那些具有中国风格的藏品掸去灰尘,我对此的回应是:"只是因为丈夫跑了"。

她把盒子给了他。"这就是,亨利。"

"米里亚姆,亲爱的,你是个好人!"

"我是,我是……但只有你欣赏!"

你应该看到,这两人猛然投向对方的怀抱——似乎失落已久的怀抱。

米里亚姆坐在亨利旁边,打开盒子,解开装"草"的包。她把"草"递到他的鼻端让他嗅——这鼻子为寻找葡萄酒嗅遍整个法国,让演员们有足够的耐性来欣赏他的独白。

"只有一样东西反对死亡和独裁。"有一次他说。

"是爱情吗?"我暗示道。

"我要说的是'文化',"他说,"文化更为重要。任何小丑都可能坠入爱河或者发生性行为。但要写一个剧本,画一幅罗斯科式的作品或发现无意识——这些成果是多么具有非凡想象力啊,难道不是唯独它才能否定人类杀人欲望吗?"

现在,他为这简单至极的东西神魂颠倒,下巴颤动着。

"你有什么感觉?"米里亚姆问道。

"哦,米里亚姆,我敬慕你的手指。"

"我知道。"

"你在哪里得到的黑色指甲油?"

"等等,等等,"米里亚姆催促道,"这里。"

亨利身子前倾,她的焦虑吸引了他。"这是什么?"

玛丽亚和我看着她把双手放在亨利的头上。她悲伤地摇了摇头:亨利的不满情绪在她的指尖颤动。

"这是什么?"亨利说,"天才? 癌症? 一个精灵?"

"你是什么星座的?"她问,这对亨利不是个好问题,但她很快接着问:"你最近看见鬼了吗?"

"鬼?"他说,"当然!"

"多少个?"

"你真的想知道吗?"

"我能说肯定有鬼魂住在你的身体里!"她坚定地说。

"我一直都知道,"他说,"但只有你能认出它!"

"但还没有被附身。"

"没有? 没有被附身?"

我可以看见在门口倾听的玛丽亚,就要陷入恐慌了。我吃下最后一口食物,瞥了一眼手表,说:"我得去散步了。"

外面,布希正站在马路对面,靠着他的车抽烟。我挥着手喊他。看到我,他浑身一震,嘴巴开始动起来,毫无疑问,他在说自己的梦。

"要搭车吗?"他喊道。他走过来,但我没停下,他来到我旁边。"之前,"他说,"你是知道的,我现在的性生活比以往任何时候都多! 一个鸡巴都翘不起来的人对谁都没有好处。"

"我很高兴听到这个消息,布希。"我说着,快步离开。

我在下午第一个病人来之前,散步归来,亨利和我姐姐这时已经走了。玛丽亚正在打扫卫生。她说,布希载他们到哈默史密斯的河滨去了,那里有一个"鸽子"酒吧,亨利知道的。"毫无疑问,"她不以为然地说,"他们将在那儿度过一个下午。"

"好的,"我说,进了我的诊室,"你能让病人进来吗?"

第六章

一个男人去见精神分析师说:"行行好,先生,我现在非常绝望。如果你治好我的病,我会把自己的财产都给你!"分析师回答:"我不要你的财产,一个疗程五十镑就行。"男人说,"为什么这么多?"该分析师回答,"至少你知道价格。"

我的病人是商人、妓女、艺术家、青少年、杂志编辑、演员、公关人员,还有一个八十岁的老太婆、一个心理医生、一个汽车修理工、一个足球运动员、三个孩子。我在门口迎接病人,跟着他们进入诊室,等着他们作好准备,或坐在诊疗沙发上,或躺在上面——我更喜欢他们躺下,正如弗洛伊德所说:"我不喜欢一天八小时被人盯着——我渴望听他们说话,渴望我们之间进展顺利。"

作为一名治疗师,我拥有什么样的知识?与现在可获得的基于科学与技术的医学相比,我的疗法较为保守,几乎称得上古怪。虽然我不做任何医学检查,也不提供药品,但我像传统的医生那样，治疗的不是疾病，而是整个人，实际上，我就是药，是治疗手段的一部分。并不是说大多数人都想被治愈。他们的病给他们带来的满足超过他们所能承受的痛苦。对自身痛苦而言，病人是无意识的艺术家，他们所谓的症状，其实就是他们的生活，他们更喜欢它！

有些人宁愿被枪毙也不愿说话。我所能做的就是让其说很长时间，我们都认真对待他们的话，知道他们即使在说真话的时候也在撒谎，他们谈到别人时，其实是在说自己。

我问及有关家庭的问题，一直追溯到祖父母那里。面对欲望的种种障碍，痛苦的人们现在能转向哪里？

归根结底，是什么让人有资格做精神分析？从根本上说，它最有人性，是对莫名痛苦的承认，是对自己内心生活的好奇。心理分析怎么可能不难呢？一个人以某种特别的方式生活了数年，甚至几十年，然后试图通过谈话来消除它，这是一项重要的劳动。并不是说它总能奏效；没有保证，也不应该有，总是有风险的。

唉，令许多人吃惊的是，精神分析并不能使人的行为变得更好，也不会使他们道德更高尚。它很可能使他们变得更麻烦，更有争议，更苛刻，更清楚自身的欲望，更不可能接受他人的统治。在此意义上，它是颠覆和解放。可话说回来，很少有人希望自己年老时过上更有道德的生活。我在房间里听到的是，大多数人都希望自己犯下更多的罪孽。他们也希望能更好地照顾自己的牙齿。

一个聪慧、有钱的时髦女人要求见我。比她更焦虑一些的病人倾向于靠诊疗沙发的边沿坐着，而她则干净利落坐在正中，仿佛是在面试求职的我。她先把自己的一点情况告诉我，然后说起她来这儿,是因为丈夫在工作中"遇到困难"。许多人都是因为与工作有关的问题来看分析师,直到后来才显露出自己遭遇的情感和性的困境。然而,她不相信自己做过什么造成丈夫的困境,但她想"谈谈"。她一直坚持,她一切"正常",不是"不正常"。

后来,散步时,我在想,为什么觉得自己必须对所谓"正常"持怀疑态度呢?关于正常的一件引人注目的事情是,它没有什么是正常的,正常是普遍疯狂的常态化——你去问任何一个超现实主义者,他们都这样回答。在分析中,"正常的孩子"通常是听话的好孩子的同义词,他们只是想取悦父母,结果发展出温尼科特所谓的"虚假的自我"。根据亨利的说法,服从是这世界的问题之一,而不是很多人所想的解决方法。可难道不能有一个关于"正常"的定义吗?一个既不稀松平常也不是毫无启发性的定义?或者既不是强制性的也不是可笑的一本正经式的定义?

当然,我的工作性质就是花时间与米里亚姆所称的"疯子"打交道,就像医生与病人的身体打交道那样。但是,正如弗洛伊德所说,也正如经验告诉我的那样,我的病人并非是与其他人不同的类型。那些没有寻求帮助的人最有可能变疯,或者变成危险人物。我想起普鲁斯特在生命的最后时光里,疯狂地翻看《追忆似水年华》,他看到书里所有角色即便不是不正常,也是非常怪异,因此陷入绝望。好像一个人可以摆脱沉闷乏味的传统来创作小说,甚至创造一个社会。

我与"正常女人"一起工作,就是要帮助她成为一个诗人:她会看到,那些被她当作"正常"而不予考虑的经历,有很多地方既令人费解,也令人着迷,尽管她试图说服我与自己,那些"正常"经历无法探究。

与那个"正常"女人不同的是,我从未停止过对人类快感的本性和多样性的惊叹,那是最大的难题。来拜访过我的,包括一个恋足癖和强迫性手淫的人,他即将失去工作,因为他花了很多时间在厕所里;一对喜欢女性打扮的男人;一个有钱有势的商人,为透过窗子偷窥女人甘冒一切风险;一个猫恐惧症的女孩;一个病人,她精神崩溃的理由,是在三十岁时才被告知,她母亲一直有一只玻璃眼睛;还有性滥交者、性冷淡者、恐慌症者、眩晕症者、虐待狂与受虐狂、自虐者、绝食者、呕吐者、被困者与过分自由者、疲惫者与过度活跃者,以及那些一辈子都干蠢事的人。我倾听所有这些人的声音。我是自传作家的助手,是帮病人分娩幻想的助产士,我重揭他们的伤疤,释放他们的声音,让性爱说话,揭露被当作幻想的真相。精神分析使人熟悉的变得陌生,让我们想知道梦想在何处结束、现实从何处开始,如果现实实际上尚未开始的话。

我见到的第一位分析师是个巴基斯坦人,名叫塔希尔·侯赛因。那是我离开大学几个月后,当时与阿吉达之间,事情已变得不仅仅是怪异了。不得不说,我非常需要精神分析。

阿吉达和我已经分手,但从此后再不相见,却是我们始料未及的。我们当时并未吵架,两人的爱从未枯竭,却被粗暴地打断了。

我多么怀念她对我的爱慕,她的亲吻、赞美和鼓励,以及她高潮时说"谢谢你,谢谢你"的样子。在我所有的女人中,她是最令人难忘的,她温柔,脆弱,不羁,就像一个美丽的西班牙女郎。两人性爱时,黑发遮住了她的脸庞,她说我是她的漂亮男孩,说她爱我的声音,爱她所称的声音"质地"。

几个月来,我一直在等她,以为有一天她会出现。我会在街上看到她,会在离别的火车上,在梦中,在噩梦中看到她;我走进一家酒吧,她会在那儿等着。从我醒来,直到睡前,我一直听到她喊我,她那甜美的印度腔调轻快地萦绕在我耳边。

然而,我最终得到了真实消息,而且足够清晰:她对我已不感兴趣。她告诉过我,她爱我,但最后,她不想要我。她父亲死了,我们之间的爱情也死了,阿吉达走了。我不想放弃,但不得不放弃。现在她肯定与另一个男人在一起,说不定结婚了。我猜我已经成了她的过去,或多或少被遗忘了。

二十岁出头时,我也离开了母亲,在知道是时候离开那所房子和邻居街坊后,我离开了。即使郊区是解决如何生活这一问题的温和方案,我也要离开那里。

通过大学时的一个熟人——我曾指导他创作女性主演的《等待戈多》——我在一所由一群白人中产阶级政客共享的房子里租到了一个房间。他们是木匠、教师、社会工作者、女权主义者和激进的律师,其中两人后来成为议员,是狂热的布莱尔派,经常在电视上为伊拉克战争辩护。他们还在附近街道上建了几座类似的房屋。

然而,我不能直接搬进我想要的房间。还有其他的申请人,这些政客时不时地会充当一下民主派。我要接受面试,但我知道,只要问房子里是否住有深肤色的人时,左派就会马上给我提供房间。他们的负罪感如同食物中毒,尽管我的皮肤苍白,外面的白人们排着队,我还是进去了。

严格地说,这谈不上是公社;大家有自己的房间,做饭和家务各自完成，但有些共同的任务。有很多会议，说很多疯话，出门骑自行车，回收废品。诸如"抗议和生存！"这样的标语或者画有拿猴子试验的新海报，连同会议传单，每天都在大厅里出现，还有成堆的木头供人"再利用"。

我们经常骑车到树林里，携带的篮子里装有酒和毒品。有一次，当其他人迫不及待地脱掉衣服，跳进肮脏的池塘时，通常规矩的我，这次也加入了他们的行列。

大多数周末都被一些反核抗议活动占据了。在一周的工作日，人们在破败的庄园漏风的大厅里举行工党党支部会议。我要是去了，那是因为其他人都去了，我想知道发生了什么事。这是严肃的工作。那些工人阶级忠实成员和卫道士，用烟斗吸烟，没完没了地讲话，口音很难听懂，他们有许多人记得哈罗德·威尔逊，还有离经叛道的人、怪老头、纯粹的政治狂人，以及那些在晚上没有别的地方可去的人，如今正被我认识的人所取代。

他们是年轻、聪明的律师、房管官员、来自外省大学的激进分子。这些"积极分子"中的一些人实际上是在追求体面和真正的权力，而另一些人则将他们的雄心转化为传统的政治生涯。他们的想法，是通过整合出现在七十年代中期的激进分子——同性恋、黑人、女权主义者，让工党转化为左翼政党。迈克尔·富特当选为该党领袖，紧随其后的是尼尔·基诺克。该党已开始走向现代化，但仍然没有当选。要当选，就必须去掉左翼政治路线，我们都鄙视撒切尔，但她却一路领先。

我对不甚重要的政治所包含的痛苦、恶毒和残暴感到惊讶。即使在这里，理想主义也仍然是极端侵略的借口。我在当地住宅区散发传单,在地方选举中挨家挨户"敲门"。有时我们会受邀请进入公寓。我以前在这个城市从未见过这样的地方,我可以告诉你,这是一种教育。

我在房子里对任何人都不多话,只是待在自己的房间里看书。通常会有政治性的访客。那年头,工人阶级仍然保留着尊严,去做那些虽不愉快但又非常必要的工作。但如今,他们被认为是消费主义的垃圾,只能身穿上面印字的廉价衣服。

罢工的矿工受到了同性恋人群的欢迎;在伦敦进行募捐活动的格里纳姆妇女,被女同性恋者青睐,但显然,他们必须先沐浴,对我们其余人而言,还有尼加拉瓜人(我们圈子里有几个人去马那瓜协助工作;我也考虑过去那儿,但听说它牵涉很多挖掘工作)。我喜欢这个团体,喜欢知道周围有人在一起。这是我第一次有自己的地方,我必须有所付出的地方。

在这之前不久,米里亚姆和我从巴基斯坦的寻"根"之旅回来,我们憎恨对方,憎恨一切。我不仅不知道自己要干什么,还出现了严重的心理问题。我开始意识到,在阿吉达灾难之后,我以为巴基斯坦之旅会是一个转折点。如果我在那里找不到阿吉达——我怎么可能?我至少会找到父亲,找到方向感,找到力量和最好的自我。米里亚姆和我所做的,实际上是要花上多年来吸收。

我早该猜到,我到头来的工作就是摆弄书籍。我在大英图书馆找到了一份单调而轻松的工作,在那里,我俨然成了有手臂的蚯蚓,为读者从布鲁姆斯伯利几英里长的书堆隧道里取书。我每天都在昏暗建筑的肠道里度过,被腐烂的纸堆包围着,偶尔会出现在大英博物馆里宏伟的阅览室的光线和空间里。"我是鼹鼠,我住在洞里!"我一边工作一边唱歌,或者单调地哼着调子。

我和同事们的眼睛,已经习惯了低强度的日光灯。我们这些书的矿工鄙视读者,鄙视他们的自负、休闲和彼此间的调情。难道他们没意识到这是个图书馆吗?虽然我们可能性格奇特甚至怪异——我们是他们文本正文的脚注——他们难道没想过,我们为他们做了什么?又是如何保持他们的供应的?我喜欢在地球的深处推着一辆手推车,这是济慈所谓的"黑暗通道"。与我共事过的一些人在书堆成的山谷里辛勤工作了三十年,那里让人窒息却又安全,宛若在大部头的森林里筑巢。若要活埋自己,没有比那更好的地方了。

其中有个在阅览室阅读的学者,在研读柯勒律治的《笔记》及该诗人对《一千零一夜》的热爱,我在大学里就知道他,他教过我的朋友。他拄着手杖走路,身体已经萎缩变形,这既是疾病导致的,也与他在病中服用的类固醇有关。我们经常在布鲁姆斯伯里的咖啡馆里一起用午餐,他曾称赞我长而浓密的头发。我说我不是为了时尚而留长发,而是因为我无法坐在理发师的椅子上,无法让别人碰。

"即使是女人也不行吗?"

"嗯……是的——尤其是女人。"

"你没有女朋友?"他问。

"我有过。但她走了,不回来了。我原以为她会回来。但如今看来她是真的不回来了。"

"我相信你很受女性的欢迎。我要是长得像你,就不用整天坐在图书馆里了。我坐下来是因为我走不了。我这个破身体要下地狱了。"

"图书馆是性场所,"我说,"这里安静,适合低声耳语。你们读者看不到我们在看你们,但我们知道正在发生什么。我们注意到谁和谁离开了大楼,我们也在八卦。不过,告诉我,你会怎么做。

"发生性关系,当然,"他说,"事实上,唯一碰我的人是妓女,是你不需要的东西。我相信会有女人付钱给你。"他谈了一会儿自己和自身的问题,然后说,"你还有别的症状吗?"

"症状?"

"阻止你过相对有益生活的心理状态。"

我解释说,我已经开始在街上突然停下来,根本无法移动,既无法前进,也无法后退。最近,我在同一个地点站了一个小时——似乎身体被悬置起来,瘫痪,麻木——反复看广告,无法准时上班。如果我真的处于运动状态,我发现自己会对别人大吼大叫。我想和别人打架,想要挨揍。

通常,我的疯狂念头藏匿在体内,但我会在公共汽车上乱推别人,在酒吧里挨揍。我离一个在公共汽车站自言自语、大喊大叫的疯子为时不远了。为了把自己锁在房间里,我不得不早早下班,因为我既相信,也不相信,当我在外面的时候,别人能听到我的想法,我的脑袋就像金鱼缸一样透明。

晚上,我会从眼角瞥见老鼠、小鸟和短吻鳄。在梦里,熊与我一起跳舞,从背后进入我的身体。活鸡会被塞在我衬衣的后面。

有一天,我发现,我开始工作后不久,就无法行走;脊椎椎间盘穿孔。我做了手术,与截肢者共用医院病房,并重新学走路。即使是最基本层面的生活,也变得越来越艰巨。

最奇怪的是，我觉得自己的经历并没有发生在这个世界上，而是超越这个世界，发生在一个虚空里。我的痛苦无法形容。就像亡灵，内心仇恨的声音会永远敲打我的门，寻求不可能的和平。如果我病得很重，而且越来越糟，就像我自己相信的那样，我怎么能过上有用的生活呢？

我的朋友说："从我们的谈话中，我知道你喜欢的艺术是现代主义，喜欢探索极端精神状态，比如神经症和精神病，我也曾花时间看那种书，但卡夫卡或布鲁诺·舒尔茨只能带你走这么远。你会发现你就像书中的人物。但除非你自己写，否则你永远不会在书中找到自我。你的探索找错了地方。换个比方，你没有钥匙，就不能从锁着的房间里出来。"

"钥匙在哪儿？是什么样的？"我几乎是在大喊，"你口袋里有吗？打开这扇门！"

朋友说，钥匙可能就在塔希尔·侯赛因这个人身上。第二天，他给我找到侯赛因的电话号码，并说这人经常被人谈论。我说很多人都在谈论我，但我是妄想狂。我不知道谁在谈论塔希尔·侯赛因，可能是文坛精英小圈子，这些人一起上过大学。这就是英国的运作方式。但我很理智地意识到，如果没有帮助，我就会掉进黑洞。有几周了，我一直没给那人打电话，继续相信我能独自生存，我的病会神奇地消失。

又是一天。早晨，去图书馆上班之前。我站在街上。人们俯身向前，看起来像奔跑的桌子。每个人都有自己的目的地，他们到达时，会有很多话要说。我不是也有计划吗？但是——我差点要说，我忘记了自己的计划是什么。不，不是我把计划错放在脑海中最偏远的角落里,未来对我不再有任何压力。我头晕得太厉害,疯狂的情绪汹涌而出。我希望自己昏厥,失去知觉。你不能昏迷,我知道,你所能做的,就是做梦,大笑或放屁。我多么想从这种痛苦中解脱出来啊,甚至死亡似乎也比这样好。我并没有被逼自杀。我只想摆脱这种天旋地转、头晕耳鸣的感觉。

那一刻,我看到我前面有一个红色的伦敦电话亭,它前面有一个缺口或沟槽,我涉水进去了。走进亭子,我惊奇地发现电话可以用,惊奇地发现自己有零钱,惊奇地发现电话响了,塔希尔自己接了电话,特别惊奇的是,他邀请我去见他。

他说过接纳我。我第二天就能见到他。他给了我地址,然后简单地说:"明早八点,我们就开始吧。"

假如让我等上一个多星期,我就不会出现了。等待是我的另一个恐惧症。我不会死在赴约之前吧?而且,我知道治疗会很昂贵,会耗尽我的大部分微薄收入。但我看不出还有什么可做,一无所有伤害不到我;我就值那么多。

但我能告诉他真相吗?

第七章

我走进那个改变我生活的房间时,对精神分析所涉及的东西知之甚少。虽说我在大学里学过弗洛伊德,也在巴基斯坦学过,但没有人可以请教。

在我住的左翼分子的公寓里,我把《文明及其缺憾》放在床底下,放在一起的还有我最喜欢的色情刊物《游戏》和《读者的妻子们》,尽管这些书的上面盖着汤普森[①]的平装书。这是因为年轻的知识分子认为,阶级是解释一切的范式。作为一个有用的概念,它比性欲更容易处理,也没那么危险。无产阶级的问题,不是作为一个人出生并且生活在各种家庭中造成的,而是由阶级冲突造成的。一旦这些问题被社会变革所解决,大多数麻烦将会烟消云散。任何遗留下来的困难都可以通过毛派团体的讨论来解决。

---

① 汤普森(E. P. Thompson),英国当代马克思主义史学家。

左翼分子可能是清教徒式的：在遥远的未来天堂里，会有足够多的性行为，但现在的当务之急是每个人都要推动变革。弗洛伊德遭到唾骂，被认为是白人资产阶级的父权制的猪，精神分析则被认为是已经枯竭的理论。女人们会承认嫉妒我们的小弟弟，甚至接受这个想法，当然，这正是女权主义的本质。正如阿多诺所写的，"在弗洛伊德的精神分析中，没有什么比它的夸张部分更真实了。"

尽管如此，R. D. 莱恩①——继电视喜剧《两个罗尼》热播之后，常被人称为"两个罗尼"——仍然受到学生的钦佩，疯狂的行为往往是理想化的，许多将维也纳疗法和加利福尼亚疗法相混合的新疗法正在出现。我知道列侬和小野洋子随着扬诺夫②尖叫着滚来滚去，然后就有了伟大的音乐专辑《塑料小野乐队》，但我不知道这对我有什么用。那种发疯了却不吭声、长相不上镜、惊惶不安的普通人，该怎么办呢？

塔希尔·侯赛因告诉我，对技术一无所知是进行分析的最好方式。要开一辆车，你不必知道发动机罩下有什么。

"你是灵魂的机械师？"我问。

他请我躺在沙发上，让我想说什么就说什么。我立刻照办，决定不错过体验完整的弗洛伊德疗法的机会。他的椅子在我脑袋后面，但根据他的呼吸，我能分辨出他正向我俯着身，搔着他的下巴，等着听我诉说。"事情是这样的……"我说。

---

① R. D. 莱恩(R. D. Laing)，英国存在主义精神病学家。
② 阿瑟尔·扬诺夫(Arthur Janov)，精神病学家，创立了治疗精神病的"原始尖叫"(primal scream)疗法，即通过高声叫喊减少病人精神上的痛苦。

我开始了：幻觉，恐慌症，莫名其妙的复仇，疯狂的激情和梦想。感觉似乎才过了一分钟，他说我们这次到此为止。我来到外面，站在大街上，知道自己两三天内还会再来。恐怖汹涌而至，要撕裂我，我的身体在解体，爆裂。为了防止自己崩溃，我不得不紧紧抓住路灯柱。我开始失控地大便。屎顺着我的腿滑进鞋子里。我开始哭泣，然后呕吐——将过去呕吐出来。我的衬衫被弄得一塌糊涂。我的内心展露在外面，每个人都能看见我。这样子不好看，我的西装也毁掉了，但有些事已经开始了。我爱我的精神分析师，胜过爱父亲。比起父亲，他给予我更多，他救了我的命，他创造了一个新的我，对我有再造之恩。

几个疗程之后，当我问他认为我会如何为我的分析治疗埋单时，他只是说："你会弄到钱的。"

这确实使我专注起来。我注意到，那个给了我塔希尔·侯赛因的电话号码的人在午餐时间总爱研究赛马的报纸，但从来不赌马，尽管他说相信自己能以这种方式赚到很多钱。我告诉他到目前为止与塔希尔·侯赛因之间的情况，并再次请求他的帮助。"很容易。"他说。第二天，他对我说哪匹马会获胜，我把我身上所有的钱都拿出来，总共大约两百英镑，原本是存着付房租的，现在全部下注在那匹马上，结果我赢了两千多英镑，这笔钱我花在治疗上。我每周去三个上午。这是一件严肃而紧张的事情，我第一次认真地对待自己，好像通常发生在我身上的事不值得注意，而这正是时候。

我的学者朋友告诉我，英国精神分析学的一个优点，在于推动它发展的不仅有女性，而且也包括不同国籍的人，他这里所指的是欧洲人。但对精神分析师来说,不同寻常的是,塔希尔·侯赛因是来自巴基斯坦的穆斯林。塔希尔在南肯辛顿的一个漂亮社区有一个漂亮公寓。即便我走到那里,我也能感到路人发出的敌视目光。

塔希尔的地方到处是陶盆、地毯和需要打磨的家具,还有必须投保的画作和需要填塞的雕塑,他太奢侈了。我差一点以为会见到一个性格安静、穿西装、打领结的人。但结果却是一个爱炫耀的人,全身是战后的民族装扮。他会穿印度传统民族服饰纱丽克米兹、阿拉伯长袍、嬉皮士的裤子、甚至是穆斯林男子戴的红圆帽,以及那些鞋尖蜷缩的拖鞋。有时我会说,他看起来更像是码头末端的魔术师,而不是医生。

尽管如此,他拥有作为一位充满异国情调的医生所应拥有的全部风度和魅力。他深色的皮肤,花白的长头发,显得专横,英俊,有气势。他一定知道自己看起来很可笑。他傲慢,残忍,酗酒,而且还有一点自恋,这些很少有人怀疑。但我想,他保留了做自己的权利,尽可能地做他自己。对他来说,精神分析的工作,并不是让人们成为受人尊敬的人,而是让他们像自己想要的那样疯狂,在各种矛盾冲突中生活着,享受着——即使这意味着更多的痛苦——但不是自我毁灭。我早在他引用帕斯卡时就已领悟:"男人从根本上是疯狂的,不疯狂就等于另一种形式的疯狂。"

我爱上了他,就像我本来就该如此,也许在我遇见他之前,我就幻想过他的私生活。我试图引诱他,求他在沙发上跟我干,但同时又深信自己并非真想如此;我给他带了小礼物,咖啡、钢笔、明信片、小说等等。

当谈到重要的事情时,他就在现场倾听和解释。他不是那种以沉默来恐吓你的分析师,不是静止不动的狮身人面像。有一次他问我是否觉得他说得太多了,我说不觉得。我喜欢交流。他说,沉默是一种强大的工具,但它可以再现难以接近的父母和"疯狂的孩子"的场景。所以当他有话要说的时候,他就说了。我知道,讨论弗洛伊德学说一直被认为是一种反抗。但我会反抗的,这个理论开始让我着迷。

每次见到他,我就觉得自己在理解上有所进步;即使我重新走上街头,我也会问自己一些新的问题。有八卦说塔希尔和他的病人有过风流韵事,很明显,他在给人看病的时候还在打电话,甚至还和他们一起去看歌剧。但他只是专注于我。偶尔,如果我问他当晚在做什么,他会说起他和画家、舞者、诗人的友谊,我知道我喜欢仿效他,这是我想要的东西。

每次治疗结束后,我看着他的目录册,还有他的诗集,他看着我。"拿去吧,"他说,"你需要什么就拿什么。"他知道我想要拓展思想领域,此刻已开始渴望了解心智问题。当我说我想了解弗洛伊德及其分析理论的时候,他鼓励我读普鲁斯特、马克思、爱默生、济慈、陀思妥耶夫斯基、惠特曼和布莱克等人的著作。

他说,大部分莎士比亚戏剧里,至少都有一个疯子,他们疯狂的言语,不仅告诉你他们是谁,而且他们说的是重要的真理。他说,精神分析是文学文化的一部分,但文学比精神分析更广阔,前者吞下后者,就像鲸鱼吞下小鱼一样。难道伟大的艺术家没有意识到无意识是什么吗?无意识并不是弗洛伊德发现的,而是由他绘制出来的。

此外,他还说,他的职业不是科学,也不应该被认为是一门科学。弗洛伊德不可能说他用诗歌治愈了人们。然而,观察一下那些重要的人物,看他们如何像诗人那样,思维具有跳跃性与隐喻性,比如荣格、费伦齐、克莱茵、巴林特、拉康,每个人在歌唱自己创造的故事、独特的热情和审美。他们不同的观点并没有相互抵消,而是并存,就像提香和伦勃朗的作品。

当然,在分析开始的时候,我们都必须克服一些事情,一些我不得不谈的令人沮丧的事情。但在我把自己所谓的"黑夜之子"的谋杀故事告诉他之前,我想对他有所了解,想知道我可否信任他,信任我自己。

我发现,他的优点是他能对我说得很深刻,他似乎懂得我。他和我的似婴儿的那部分自我说话。这就像一个善良的父亲,能看到你所有的恐惧和幻想,完全致力于你的幸福安宁。他怎么如此了解我?这份了解从何而来?我想和他一样,对另一个人产生如此深刻的影响。现在依然不改初衷。

我总认为自己做事追求速度,紧张,急躁,容易焦虑。和他在一起,我能让自己放松下来。我爱上的是什么?我们之间沉默的氛围。有时恐惧没有声音,我想。我们坐在那里,梳理一切,妈妈、爸爸、姐姐、阿吉达、穆斯塔克、沃尔夫、瓦伦丁。在伦敦那些阴沉潮湿的早晨,当人们忙着工作的时候,他斜靠在我的身边,只在侧面有光线。但这是友善的沉默,满怀爱意。几分钟的沉默,支撑起人与人之间的安宁,而不是那种让你焦虑不安的沉默。

"你是在一个吵闹的房子里长大的吗?"他问道。"是的。"我说。当我转过身来看他时,他的脸上不可避免地露出了愉悦的神情。并不是说他发现人类痛苦有趣,即使是自己造成的痛苦也有趣——据他所知大部分痛苦都是自己造成的,他正向我展示他知道接下来会发生什么。"疾病缺乏灵感。"他说。

在开始精神分析之前,我做了一个梦,这个梦困扰了我好几天。它就像一幅超现实主义画作。我独自站在一个空荡荡的房间里,双臂垂在两旁,许多黄蜂在我的头发上嗡嗡叫着,发出巨大的噪音。虽然我站在一扇门边,但一个满头黄蜂的人既无法移动,也无法考虑他情感上的地理位置。

撇开其他因素不谈,"黄蜂(wasps)"①当然是白人盎格鲁-撒克逊新教徒。一旦我们开始讨论它,这个意象就打开了无数的可能性。精神分析并没有"治愈"我当时充斥愤怒和黑暗的心,但它让那些影响发挥作用,让我认识到它们是真正的问题所在。它们会困扰我,是我生活的一部分,不是我希望消失就会消失的。对塔希尔来说,黄蜂代表了某些事物,如果我能在那里找到意义,就可以增加与自我的接触,与世界的接触。黄蜂在问一些有用的问题,值得追寻的问题。尽管抑郁症会带来巨大的悲伤,塔希尔还是谈到这种疾病本身的"价值"和带来的"机会"。

所以,我发现,精神分析创造了兴趣,创造了生活。每一次分析治疗后我都会思考。我坐在咖啡馆里做笔记,继续想象,做梦。

我研读过《梦的解析》和《文明及其缺憾》,但现在我开始阅读弗洛伊德是如何开始倾听那些精神抑郁患者的话语和故事的,因为在他之前无人这样做过。他发现,如果他把注意力集中在患者

---

① 黄蜂的英文单词为 wasp,而白种盎格鲁-撒克逊基督教新教徒(White Anglo-Saxon Protestants wasps)的简写为 WASP,此处为隐喻。

的自我描述上，这条途径必然让他们重归快乐。

弗洛伊德与诗人们一样，对他们来说，话语，患者的话语和分析者的话语，都有神奇的魔力，他们带来了改变。我被这个理论迷住了。幸运的是，在博物馆工作的时候，我可以找到所有我想要的书。如果读者要的书我恰好在研读，我可以说该书丢失了。我坐在图书馆一个很远的隧道里看书，然后把书藏起来，看完后归还。我重读了弗洛伊德的"梦之书"，将其当作黑夜的向导，让我带着一天最有价值的经历入睡。

我喜欢两个聪明人坐在一起，一连坐上几小时、几天、几周，甚至几年，从经历的细枝末节中筛选出值得注意的残渣，为寻求加密的真相而窥探梦境里最遥远的角落。不管是浓度还是强度，精神分析对我来说正当时候。让我非得探究的是日常生活的深度，在最没有意义的手势或话语中蕴含着多少意义。这是个人的历史与共同的世界相遇的地方。就像小说家一样，通过这种方式这样我可以从平凡的事物中，我喜欢听的故事中获得意义，并从中得到乐趣。

在我看来，塔希尔和我并谈了很多，进行了深度挖掘。童年时的米里亚姆对我的憎恨是可以理解的，她咆哮的精神病暴力和让母亲远离我的企图，是为了她自己；我的孤独感，来自被父母抛弃，就像卡夫卡那只受伤的甲虫躲在床下。

但有一天，沉默了良久之后，塔希尔说："你有什么要告诉我的吗？"

问题就在这里！我相信他是在暗示，他知道我略过了最重要的事情。

我失去了幸福的能力。真相是我杀了人。不像许多人那样，只是在幻想中杀了人，而是现实中，就在不久前。我最终只能这样评估塔希尔·侯赛因：我能否信任他，还有我是否会进监狱。这个秘密我没告诉任何人。我下班后大多数晚上都去一间肮脏的小酒馆，经常忍不住想将自己心头的重负倾倒给那些在早晨忘记我的故事的人。但我没那么愚蠢，知道这对我于事无补。那个被我杀害的人不会让我那么容易过关。他紧抓着我，指甲嵌进我的血肉。我一醒过来，就凝视着他那注定要死的眼睛里闪烁的恐惧。我一喘气，过去就像魔鬼一样骑在我背上，戳我，蒙住我的眼睛和耳朵，不间断地提醒我它的存在。这个世界一如既往：可怕的是我们的幻想，它们才是问题所在。

我开始觉得自己的脑壳里有外来的物体，我想把它拔出来，扔到桥下。书籍帮不了我，药物和酒精也不能。我无法用自己的头脑来思考如何摆脱自己的思想。我在想：点燃导火纸瞧瞧。它会炸毁我的生命，还是会在我冰封的历史之海中点燃一颗深水炸弹？我可以信赖另一个人吗？

最后，我被迫做了正确的事情。我要信赖他，并承担后果。在下定决心之后，我在一天早晨告诉了塔希尔·侯赛因真相。如果我隐瞒了这一重大事件，分析工作将如何深入？于是塔希尔就听到了那些身体症状、颤抖和妄想症，听到了我被垂死的眼睛盯着的那些梦，听到了沃尔夫、瓦伦丁、阿吉达，他听到了死亡。

"你怎么想？"我问。

他简单、直接地说，有些人活该被打爆头。除掉那只坏到极点的猪，是我为这个世界作贡献。那只是一次"小"谋杀而已，阻止不了我当一个正常人。他似乎并不认为我会养成杀人的习惯,会成为职业杀手。

把秘密安全地藏在明处,真是一种解脱!塔希尔颇为担心,怕我出现经不起诱惑、坦白然后被抓的情形,怕我有让人惩罚的内心需求,怕我有想让秘密大白于天下的心理倾向。他说,隐藏就是揭露,大多数杀人犯都积极地把警察带回犯罪现场,他们的心思全在受害者身上。拉斯柯尔尼科夫不仅回到了犯罪现场,还希望在"谋杀之屋"租个房间。

塔希尔是唯一一个我告诉过这个秘密的人。我当时非常绝望。现在塔希尔已经去世,这个秘密也永不见天日,但它一直在腐蚀着我的灵魂,让其感染化脓,直到我无法独自前行。

在塔希尔之后,我还见过另外两个分析师,但没对他们泄露这个秘密,因为这会对我的职业发展有不良影响。

在我认识塔希尔一年后,我对他说,我喜欢上了他的职业。为什么呢?我很小就意识到,当我和妈妈在街上遇到人时,我想听他们的闲话。后来我明白,这是了解他们内心最深处思想的路径。虽然只是其中的一部分,未必是他们的秘密,但通过这条路径,可以找到在家庭结构中影响他们性格形成并让他们深受困扰的东西。

然而,郊区生活的日常谈话很快不够了。我想要严肃的东西——"深度"。我是通过叔本华来读弗洛伊德与尼采的,我在大学时读的叔本华的两卷本——《作为意志和表象的世界》让我很愉悦。我从该书抄录了如下的文字:"性欲是生存意志的核心。的确,我们可能会说,人类本身就是性欲的具体表现,因为人类起源于性交活动,人类的欲望也是性交,性欲使人类作为整体现象的存在得以延续和保存。性欲是生存意志最完美的体现。"

我过去总觉得自己会成为艺术家、作家、电影导演、摄影师,甚至退一步来说,成为学者。我写过书,作过曲,也写过诗,但它们似乎从来都不是我想要的。不是说你可以靠写俳句谋生。我一直对那些知识广博的人印象深刻,我和母亲一起做的一件事就是看电视上的问答节目,我们最喜欢的节目是《挑战》,她会说:"你应该知道这些。这些人没你那么聪明,看他们穿的衣服!"

我认为没有什么职业让我兴奋。然而,不知不觉中,我内心某些东西正被激发出来。与父亲在巴基斯坦的日子,虽然在很多方面都是灾难性的,深感压抑,但那种精英阶层的精神气质还是逐渐灌输到我脑中。那种家族观、家族历史及成就感——我的叔伯们当过新闻记者、运动员、军队将军、医生——还有那种不需努力就取得成功的期望,这一切,我现在发现,既充满压力又令人振奋。我不只是一个"巴基佬"。突然间,我觉得自己与米里亚姆不同,我有了名字和位置,还有它所承担的责任。

我开始明白,光聪明不顶用,我还得想办法使用自己的大脑。这个与"家庭荣誉"有关的想法我以前会觉得很荒谬。是塔希尔把所有的东西都给了我。我花了很久才向他提出,我怕他以为我想取代他的位置。

但最后我还是开口了。"你觉得如何?"我说,"我能干这个吗?"

"你会像我们一样优秀。"他说。

与塔希尔一起工作的第一个年头,我很少见母亲和米里亚姆。我费了好大劲才避开她们。我看到,因为没有父亲,她们母女的亲密与争吵,还有我以不同的方式渴求她们的爱,并想把她们分开——这一切让我过度紧张。

但当米里亚姆说,我们应该去那里吃圣诞午餐时,我不能不同意。无论如何,我想见见米里亚姆的第一个孩子,一个可爱的婴儿,其父亲是个出租车司机,因为米里亚姆付不起车费而产生的一夜情。目前,她带着孩子住在市政廉租住宅区的顶楼,肚子里还有一个孩子。与她同居的唯一成人是个有暴力倾向的男人。她大部分时间都喝得醉醺醺的,要不就是在精神科病房。后来,她搬到伦敦郊外,说自己不能住得太高,因为总是有声音在喊"跳!跳!","但声音从来不够大。"妈妈说。

在用甜点的时候,他们问我是否打算还留在图书馆,甚至有当一件展览品的可能。我说:"不会一直待下去。"现在我知道自己想做什么。我想当一名精神分析师,一名心理医生。我尽可能地严肃地说出了这个想法,但我不得不避开无数恼人的评论。"他需要看心理医生。"米里亚姆咕哝地说。妈妈说:"你才需要。"米里亚姆说:"实际上,妈妈,如果你肯看看你的内心,你就会看到是你比较需要看心理医生。"母亲说:"亲爱的,你看看你自己的内心。"米里亚姆说:"毕竟,我们是你生下来的……"这样的对话无休无止。

等她俩的争论逐渐平息之后,我继续往下说。虽说《魔鬼辞典》中关于医生的定义是"我们生病时寄予希望、健康时就放爱犬去咬的人",但正如约瑟芬所告诉你的那样,"医生"这个词不可避免地与大多数人相处得很好。当我开口说的时候,我解释起训练、理论、实践、收入、兴趣、言语,我惊讶地发现,我似乎说得头头是道。她们很惊讶,我猜测,部分是因为我的决心和参与。我知道她们认为我被动,压抑,没有太多的意志和欲望,我自己也是这样认为的。

但现在,我不像以前那样,感觉只是部分参与——我的生活是对她们的打扰——我似乎有些分量了。我能与她们平等对话了。让我沮丧的是,这似乎在贬低她们,使她们变得有点可怜,仿佛我过去为了保持母亲和米里亚姆的伟大,一直在压低自己地位似的。我不像她俩,我似乎知道我要做什么,我要去哪里。我的罪行在鞭策着我。我会用一生来偿还那笔早期的债务。我很乐意这么做。

"那你会干得好吗?"米里亚姆问。

"也许吧。"

"那就好。"她不是在挖苦人。用**刁蛮成性**这个词来形容她另一个自我非常准确,只是这个自我差不多总是隐藏在她侵略成性的外表下。"那么,你能帮**我**吗?"

她们几乎是在用哀求的目光看着我。"你们都知道,"我说,"没有医生可以治疗他自己的家人。"

受训练一年后,我开始做青少年工作。这时我们听说父亲死了。米里亚姆和我离开巴基斯坦后,再也没有见到他。我们哀悼他吗?我本想让他知道我找到了一个职业。我怀疑他是否欣赏我的选择,不过,那时我已经足够坚强,他就是不赞成也影响不了我。我是靠自己,但是,我终于知道自己在做什么。

那天晚上,离开那所房子后,我走在熟悉的街道上,以为自己永远不会逃避这地方了,我就像是个几乎被不理解的东西难倒的小男孩,急于回去,研读弗洛伊德的完整版,我会开始给病人看病,会参加会议,写书。我想做些有益的事情,成为有用的人。

即使在这样充满希望的时刻,在未来正是我想要的时候,我还是听到那个死者的话语在我耳边回荡:"你想要我做什么?"

第八章

我直截了当地对米里亚姆说:"你知道我是个八卦狂人,必须马上交代。"

"你和亨利说话听起来很像,"她说,"但他像跳跳虎,而你从来没有那么外向。或者是你变了?"

我说:"现在是你说话像他了。"

"哦,上帝,我们正想融化对方呢!"她说。

晚上,我到的时候,米里亚姆正在厨房里。一部分孩子正骑着自行车在前院绕圈。其他孩子正与朋友在房子四周玩,一个十几岁的男孩在屋子另一头的电视机前,他一只手拿着电视遥控器,一只手放在一个丑八怪的胸部。布希赤脚坐在椅子上,把钱塞进袜子里再穿上。接着他把钥匙扔到空中抓着玩,然后他开车接一个付费的顾客去了。

米里亚姆在那里显得心不在焉。她似乎又回到年轻时候,希望身在别处,想知道快乐在哪里。然而,我注意到,当我在她的厨房里自己动手做意大利面时,她看着我。

"所以?"我说,"见到亨利你喜欢到什么程度?在我那儿待了很久吧?"

"给你。"她说,板起了那张就算不是悲惨也是最为严肃的面孔,这使我感到不安,但现为时已晚。"你是故意这样做的吗?"

"亨利让我从你那儿弄些毒品。我就干了这些。"

"别进来!"她冲着房子各处叫嚷,然后关上厨房门,把椅子塞到门把手下。她难得为隐私这样干一回。"出了啥事?亨利想要毒品,但他连怎么卷大麻都不知道。我教他时,他说:'这是我多年来学到的最有用的东西。'你知道他是怎么说话的,为了英格兰,为了他自己,好像就指望别人听他似的。甚至连我都不得不闭嘴。这本是你的权利。我一想起就生气。"

"他说了什么?"

"我告诉他,我很穷。我说我从来就一无所有,也不想尝试什么。我只擅长做那些小事,所以别以为我是理想的对象,不过我可能会继承一点财产。"

"他说,他与妻子瓦莱莉一起生活了十年。他们有房子,有车,还有聚会与假日,生活很奢侈。他们的朋友有著名艺术家、政治家、演员,这些朋友待在他们的房子里,喝着香槟,在游泳池里游泳。当瓦莱莉需要更多的钱时,她会拿出一幅画。"

"亨利那些年工作很出色。"

"他声称没赚多少钱。是瓦莱莉在支持他。他靠老婆供养。嗯,当他谈到这事时,变得越来越心烦意乱,称这是'不真实的生活'。我不知道该怎么办。在他看来,他是个疯子。你和这样的人混在一起。"

"这就是你们所有的谈话内容?"

"我给了他大麻烟。那东西很特别,我知道那会引出他那个话题。"米里亚过来坐在我旁边,压低了声音说,"我会告诉你,他是如何勾引我做爱的。"

"已经做爱啦?"

亨利要求布希开车送他们到他的公寓,公寓所在的建筑在哈默史密斯河边,他住在二楼。我经常去那里:客厅有一扇长窗,可以俯瞰泰晤士河和对面的树木。这栋建筑里另外三个公寓住着上了年纪的戏剧明星,亨利总是跟他们争吵,要么为垃圾箱,要么为男妓,更有可能是为那些踩着脚上下楼梯的年轻演员。或者是为上世纪六十年代中期皇家宫廷剧院上演的戏剧进行了长时间的辩论。

除了大客厅外,亨利的住所还包括一些小房间和中等大小的房间。这些房间里满是剧院纪念品,以及他在过去几年里开始创作的"艺术品"。他的雕像就摆在破地毯上,是用铁丝和石膏制作的,要不就是将鸡蛋盒与牙托粉混在一起做成的;墙壁上除了有破镜子、海报和许多表演服装草图之外,还挂着他的绘画和水彩画。

和许多人一样,他对自身的爱好比对自己的工作更感自豪。他的儿子萨姆告诉拖鞋女人,其实也告诉任何交往过的女人,假如你愿意,你只要称赞亨利的摄影作品,就能与他相处得很好。拖鞋女人实际上一直很想住在河边,以便能一直观赏河景,她试着去打扫灰尘,但很快意识到要好几个人花几天的时间才有效果。尽管如此,她还是高度评价了这些话,并得到善意的回报。

亨利在窗边放了一张大扶手椅,旁边的桌子上放着一台收音机。他在这儿阅读报纸、诗歌、戏剧和陀思妥耶夫斯基的作品,同时观赏河景。他喜欢说,他能看见自己的同性恋朋友夜晚在树林中露天狂欢。

米里亚姆说:"我喜欢那个公寓。里面到处可见他的生活经历,奖项啊,照片啊,其中还有他与法国著名女演员碧姬·巴铎的合影。"

"让娜·莫罗。"

米里亚姆说:"我们想立即上床。我们俩都渴望得到肉体上的爱。他就像个疯女人,说他的身体如何让看到它的人感到恶心。他不愿脱衣服,实际上还穿上了毛衣。你知道,怪事儿我见得多了,但这也太奇怪了,我自己赤身裸体与一个穿衣服的陌生人上床,而那人还不停地对我说他有多害怕。算了,你不需要听这个。"

"为什么不呢?"

"因为这可能会让你为自己难过。"我笑了,有时她的话像拉菲一样多愁善感。拉菲会说:"哦,爸爸,我不想让你感到悲伤。"她接着往下说:"好吧。在干完那事儿后,他把这本书拿出来了。我们喝着伏特加,又抽了一支大麻。他让我读书里角色的话给他听。那个角色叫索尼娅。"

"是《万尼亚舅舅》里面的吗?索尼娅最后那段话?"

"他把一把椅子放在屋子中间,盯着我的坐姿。他居然有脸对我指手画脚。"

"他怎么说的?"

"他让我放慢朗读速度。他告诉我啥时候盯这本书看,啥时候抬头向上看。同时,他想让我动作很自然,就好像我在家里一样。那段话是关于劳作、天使和天堂的,充满了情感。对我来说太辛苦啦。他很投入,到处跑动。我不知道他的脚步可以那样轻。"

这些年来,我有时也会出席亨利的戏剧彩排,不管是现代戏剧还是古典戏剧。我特别喜欢他培养普通人的工作坊,欣赏他所谓的"原生态"表演,他说,这有其独特的美。"只要给我最坏的演员。还有什么比天赋更令人沮丧的呢?"他会说,"我希望永远不会再遇见任何有天赋的人!"

当他在导演作品的时候,如果与一个演员相处不好,他会让我进来看看他们,然后会和我在酒吧里讨论。亨利工作时就像换了个人,我听说他像个暴君,尤其是对女人,但他现在似乎已经成熟,不再那样了。在排练厅里,他的自信和强烈的专注,他对演员的关心,对他们思想的兴趣,以及他想要某样东西时的坚定信念,都让我印象深刻。我明白,这是他注定的位置,是他活着的意义。不过,这也让我想知道,为什么他的这个自我如此机敏,如此充满活力,与我所知道的那个焦虑的日常自我大相径庭。

米里亚姆说:"他告诉我,他会把我表演的那段话录下来上电视。他是在说谎呢,还是耍我?我见多了男人这套把戏。已婚男人总是崇拜我。"

"是吗?"

"我毫不怀疑。"

"的确如此。"

"我甚至不介意他说谎,但——"

"亨利不会做那种事的。他应该是正在制作一部关于演戏的纪录片。你一不小心,就会被拍进去。"

"真的吗?我得把头发弄好,还要遮住我的文身。真希望我有些钱。"

几年前,我把亨利介绍给我的一个前女友凯伦·珀尔,她有时被人亲切地称为"电视泼妇"。大约十八个月前,她同意制作亨利想导演的一部纪录片。但亨利并没有像大多数人那样,在十天之内拍摄完毕,而是决定用自己的相机花上几年时间拍这部纪录片,在此期间他还做其他事情,比如教学、旅行和演讲——这些算是他的"退休"活动,尽管他其实没有退休。

凯伦想要名人参与纪录片,她所说的名人指的是肥皂剧明星。而亨利想要的是以前曾和他一起工作过的那些有才华的知名演员,以及想尝试经典作品的业余表演爱好者。

亨利对我一开始就把他们俩凑在一起很恼火,而卡伦声称他的顽固使她破产,尽管他也不可能是唯一的原因。最近,她邀请我参加她的一个时尚节目,地点是个大仓库,里面全是衣着暴露、浓妆艳抹的半大孩子,她变成了在系列电影《胡闹》中的哈蒂·杰克斯——高高在上、愚蠢可笑的主妇形象。

她喜欢喝果汁,就像亨利一样,她的坚持不懈面临巨大的困难。她是最早制作《改造》节目的——改造花园、房子、女人——但事情很快就没按她的方式发展,现在所有人都在做这个节目。她启用的团体最近被他们正在制作的系列节目踢出去了。因此,我不认为凯伦会对亨利的新念头感到满意,因为他要将自己女友朗诵的索尼娅全部放在电视上。我可以预见前面有许多战斗。

米里亚姆说:"是布希带我回家的。我感觉像是躺在气垫上。我已经有很多年没有真正的爱过了。我不停地唱歌,我想听恩利雅的歌。"

"哦,运气不好。"我不等她扇我耳光,就说:"你还会再见他吗"

"除非你告诉我,他为什么喜欢我。"

"因为你讨人喜欢。"

她说:"你为什么不找个情人呢?我知道你想念约瑟芬。"

"我是感到孤独。但是,正如我的首位分析师曾经说的那样:'别担心我,我已经有了我的爱人。'"

"是凯伦前面的那个吧,阿吉达,她一直是你的真爱。"

"她?"

"我见过她几次?两次还是三次呀?这已经足够让我看出她的人品了。她很可爱,也很简单,她还给我珠宝。你俩为什么分开呢?"

"都是往事了。"

"你俩之间到底发生了什么?也许还能重新在一起,你干吗不找她?"

"我不确定是否该这么做。"

"是不是有人被杀了?"

"他们干的。"

"我啥时候能听到完整的故事呢?"

我说:"她一直在我的脑海里。每年一到那个时候,也就是我最后一次见她的周年纪念日,我总是坐在那里,想着她,感觉是该死的黑暗、黑暗、黑暗。"

"贾马尔,你试着找她吧,她可能住在附近。也许像你一样,之前有别人,但我觉得你们还有戏。"

"如果没有呢?会不会更糟?对我来说,这就像潘多拉魔盒。"

"你找到后才会知道。"

"听着,"我避开了这个话题,继续说,"米里亚姆,亨利家你要是想去,可以去,但他儿子有时在家,我把我的公寓交给你用。我配两把钥匙,那地方你想用就用,晚上我不工作,或者是周末都可以,如果玛丽亚在,就让她出去。"

我注意到布希进来了。他站在那里,朝米里亚姆点头示意。早些时候我就注意到了,她正在化妆,涂香水,只是我没当一回事。

"贾马尔,我得走了。亨利要带我去俱乐部喝一杯。"

"好极了。"我说。她不停地用手捂着脸。"怎么了?"

"可我不想这样。我讨厌出去。我有自己的朋友圈子,有孩子,还有布希。亨利让我不安。也许他会毁了我,我毁掉自己的生活是家常便饭。我必须去吗?"

"是的。"

布希在我们身后清嗓子。我说:"米里亚姆,这就像回到往昔。你要出去过夜生活,而我是上床睡觉。"

"我想邀请你一起,"她说,"可亨利只希望见我一个人。"

"我正在写书。这是我现在最感兴趣的东西。"

在过去的十年里,我出版了两本案例研究的书——《寻求治疗的六个人》与《迹象的读者》。在每册书里我都引领很多人参与讨论我的疗程,随着故事的展开,一起思考那些诸如害怕、强迫、压抑、恐惧症、成瘾这类日常疾病或症状的本质。这些普通的日常症状任何读者都会识别,整个生活都是围绕这些症状组成的,他们有时就是栽在这些症状上面。

令我和出版商惊讶的是,我的书非常成功,并被翻译成五种语言。这两本书除了试图复苏弗洛伊德将文学、思考和理论融入案例研究这一传统之外,它还向新一代人解释了精神分析的方式方法,展现该方式的成功与失败之处。因此,在一定程度上它写出了人们如何讨厌那种让他们戒除自身症状的想法——戒除自身症状意味着巨大的风险,因为它们对治疗别的内心冲突很有用。

我避开了技术语言,发现这些痛苦症状的描述自然有故事的结构、组织和叙事的推动。事实上,它们是性格研究,研究对象包括真实病人的拼贴,还有我自己的某些影子,其余部分为我的创造。这些是我最接近写虚构小说的地方,而且相当接近。与学术文章不同的是,这是一种相对自由的写作,我可以说我需要说的,并对我的日常工作,对诗人、哲学家、精神分析师和其他人士的想法展开思考。

我不是一个没有经验的作家。我有另一本书的合同,写这本书是因为我需要钱。但这个关于阿吉达的材料似乎不一样,它自动浮现在我脑中,占用了我大部分的写作时间。我想象着自己对她的描述,似乎随机而混乱,与精神分析的治疗周期没什么两样:都是梦境、愿望、打断、争执、幻想、抗拒、不同时期的记忆,以及试图找到一种治疗途径。什么途径?我想找出答案。

我与米里亚姆走到前面的房子,注意到布希携带的东西像是米里亚姆的过夜包。我在自己的车之前,与她吻别,看着布布希为她打开车后门,等待她为坐得舒服点而在车上挣扎着,压制住各种"老妇人"的噪音。

然后,在她奔向新欢的时候,她挥了挥手,喊道:"回头见,兄弟。"

第九章

我的爱人在哭泣,颤抖。我从未见过她这样的状态。

我和阿吉达正拿出毛巾晾晒,仰望天空上的云彩,这时她突然崩溃,哭得很伤心。过了一会儿,她才承认某些严重的事情在困扰着她。她父亲在自己的工厂里遇到了麻烦,那家工厂是他想让她在毕业时和他一道经营的。她甚至设想,等她父亲退休,她和我可以一起管理。

当时有一部关于这家工厂的电视纪录片,我和妈妈碰巧看过,只是没有意识到那与她家有关。

几个月前,一个导演走近她父亲,告诉他,他们预定的"纪录片"将会展示对乌干达亚裔生活的同情,他们来这里的人数很少,但社会地位在上升——一个关于移民进步的光明故事。阿吉达的父亲曾喜欢那个导演,多次一起谈论板球、印度和第三世界的政治。然而,事实证明,导演是双重身份,这样的人据说为数众多。

他出身社会上层,受过剑桥教育,是个共产主义者,憎恨自己的阶级和背景,一个聪明、成功的叛徒。

纪录片有很多工厂里面的镜头,还有对工人们的采访。阿吉达的父亲很合作,他很高兴能参与。但那个剑桥共产主义者揭露了阿吉达的父亲是个对自己人冷酷无情的剥削者,是头号资本家和贪婪的恶棍。阿吉达的父亲曾试图联系那人,想规劝他。但此时那人已不愿理睬他。阿吉达的父亲无法理解,怎么会有人如此背信弃义呢。他认为这是典型的英式思维,他将其描述为"马克思殖民主义"。

当然,工厂工人看到了这部纪录片,变得更加难以管理,现在公开抱怨,甚至威胁采取罢工行动。当然,若是在非洲或印度,他们会被解雇或遭到殴打。阿吉达对我说:"为什么他们就不能只是工作呢?在当前这种政治气候下,他们应该为有工作感到幸运。"这一定是她父亲告诉她的。

我明确向阿吉达表示,关于这种事情,我站在工人一边。那是我的本能和信念,是从我父亲那里继承而来。我有点自以为是地告诉她,我也是个反种族主义摇滚音乐的支持者,我的观点是艾瑞克·克莱普顿在伯明翰的舞台上发表种族主义言论后形成的。"来吧,艾瑞克,"《旋律制造者》杂志上的原信这样写道,"你的音乐有一半是黑色的,你是摇滚界最大的殖民者。"但阿吉达并不打算成为左翼人士。她什么也没说,她也不理解这些。

我希望,尽管有分歧,我们还会回到我们懒散的生活,由那个伟大的剥削者——她的父亲资助。尽管我们可能会受到骚扰,但她父亲工作时间越长,我就有越多的时间吃他的食物,喝他的啤酒，和他的女儿做爱。除了有关种族问题之外，我对政治并不着迷。二十世纪七十年代，人们总是罢工，这是不得不工作的唯一安慰。几乎每周都会有灯光突然熄灭的情形。在附近的酒吧和舞厅里，你会听到一阵巨大的饱含讽刺的欢呼声，然后你可以抓住女孩们，然后蜡烛就出来了。要不就是食品或汽油短缺，以及一些国家危机，部长们辞职，政府在边缘上生存。然后是爱尔兰共和军的炸弹：他们最喜欢炸毁酒吧，哈默史密斯桥也遭到两次袭击。很快就有错误的人遭到殴打，被迫承认，并被关押起来。我们已经习惯了。

但工厂的这场危机让阿吉达非常苦恼，她连做爱的心思都没了。"别碰我，贾马尔。"她说着，转身离开了我。"我无法再干这事儿，我感觉太糟糕了。"这是她首次拒绝我，是我们恋情的首个阴影。

我没办法抚慰她。为了分散注意力，我们开车到大学，与瓦伦丁静静地坐在酒吧里。我喜欢在那里，男人们都盯着她看。她是个出色的女孩，我现在有自己的小团体，觉得很受保护。

有个最活跃的一个学生团体是伊朗流亡者组成的。每到午餐时间，他们都会散发令人毛骨悚然的照片，照片上是伊朗秘密警察组织萨瓦克的受害者。萨瓦克是美国支持的组织，是独裁者的朋友和金融家。我与那些希望得到我们支持的年轻左翼人士交谈，他们声称会利用清真寺来组织人民。起义一旦开始，左翼阵营就会接管。

另一个活跃的大学团体，总是忙于寻找麻烦。他们与反纳粹联盟有关，是社会主义工人党。与我们一道上哲学课的一名学生过来递给我们一些传单。与马克思主义本身一样,他并不准备走开,而是抽出了一张凳子,急切地与瓦伦丁讨论起一次会议。

这些托派总是试图改变他的信仰,这是因为他在一个共产主义国家长大,认为马克思主义的意识形态摧毁了他的国家,随后费了很大工夫才逃离祖国,这种经历是他所特有的。尽管托派认为马克思主义被斯大林主义者劫持后才出了问题,瓦伦丁无法信服。他告诉我,他觉得这些人很有趣,或者"几乎疯了",但他经常听他们说,因为没什么更好的事情可做。

瓦伦丁似乎蔑视几乎所有的人类努力或进取心,仿佛都在他的脚下。当然,他认为我在他之下,这也许是我如此渴望给他留下深刻印象的原因。当我求他帮我补习逻辑时,他只是说:"哦,我几个月前就掌握了。"然后,当我们在星期五和星期六晚上去国王路勾引女人时,他通常会得手,而我总是不得不赶最后一班车回家。我想,当他把阿吉达让给我的时候,那是另一种自视甚高的行为。

我注意到,阿吉达扫了眼递给她的传单后,又重读好几遍。这让我吃惊,因为她从不热衷于阅读或者政治。

托派分子在传单上猛戳了一下。"那家工厂的老板,我们关注那个人。"他用手指划过咽喉,然后张开嘴,翻起白眼,就像一幅熏肉画中一只痛苦的猪。

"好极了,伙计。"我淡淡地说。

一个惊慌失措的声音说:"贾马尔……"阿吉达在我耳边低语。她想沿着河边散步,在堤岸上散步。

我从她的抽泣中领悟到,在托派的传单中,要求学生们抗议的那家工厂是她父亲的。

三年间，阿吉达家过着富足的生活。父亲办企业，母亲带孩子，手头宽裕。孩子们安顿下来；他们喜欢英格兰。但现在看来，英格兰似乎不认可他们。阿吉达的父亲习惯于经营业务，掌握权力，但最近却害怕企业脱离掌控。利润并不大，他必须压低工资。整个公司处于崩溃的危险之中。他将背负巨额债务，然后可能破产。要是那样，他们会怎么做呢——像英国其他人一样去领取失业救济金吗？

这次罢工是在纪录片播出后不久开始的，由一位小个子孟加拉妇女领导。这个公然反抗的勇敢人物成了其他女性的英雄，甚至是整个左翼阵营的英雄。她把一切都安排好了：种族、性别、阶级、体型。纠察队人墙的人数每天都在增加。这家工厂离伦敦不远，在地铁站附近。来自皇家莎士比亚剧团的人员和电影演员们赶在工人们早上去之前支持纠察队，一位劳工部长来访。这一争端正成为一起引起轰动的事件。

工人中有少数是西印度工人，但主要是亚洲人，包括肯尼亚印度裔、巴基斯坦人和孟加拉人，还有老年妇女、学生和一些男人，由白人管理人员监督。阿吉达告诉我，与流行的观点相反，工人不是农民，受过教育，还政治化。他们想成立工会，但阿吉达的父亲不愿与工会谈判。工人们像他一样是亚洲人；他了解他们的家庭生活，他们的宗教，他们的食物。他不明白为什么他们需要一个白人领导的工会向他施加压力。他支付的工资不高，但并不比其他厂家低。

阿吉达的父亲变得很愤怒，开始防守。他解雇了几名社会党人，并拒绝将他们复职。他被指控企图将第三世界带到英国，他回答说这是种族主义。根据阿吉达说，他是被人盯上的。"你以为我是这个国家唯一的剥削者吗?"他想问。英国不会屈服于他,他无法让事情按自己的设想走。但他没有别的地方可去。他所有的钱都在工厂里。并不是说他不受支持:保守派政客们谈论的是"无政府状态"和"法治"。

那天下午,她在酒吧里哭完,我们开车回了郊区。阿吉达回家学习,我没有和她一起去,而是回自己的卧室看书,听音乐。我大约九点上床睡觉。作为一名学生,我不习惯早起,通常在交通早高峰后,在十点左右乘火车去伦敦。

但第二天一早,妈妈和米里亚姆还在睡觉,我没告诉阿吉达,就去了工厂。或者更确切地说,是去了示威现场。

从地铁站出来,首先映入眼帘的就是一条大横幅,上面写着只有罢工。到了八点,门口聚集的人数量相当可观,肯定有三百人,他们吵吵嚷嚷,几乎都非常愤怒。人群似乎是由来自这家工厂的亚洲工人,来自不同激进团体的学生和几十名同情者组成,还有摄影师和记者。所有这些人都被看样子像警察的大批队伍包围着。

我从大门望过去,只能看到这座被围困的工厂由两座长而低矮的建筑物组成,看上去像是用硬纸板和石棉建造的。当我和工人们交谈时,他们抱怨说,这里夏天太热,冬天太冷。

我听说成堆的厚重布料需要剪开,工人们不得不四处走动。缝纫机不安全,针老是折断,戳伤员工的手指。织物的碎片似乎通过空气到处乱飞,每个人都有鼻塞,没有人呼吸正常。每个月至少有一次事故发生。工人一年只有两周假期,夏天不仅不能休假,还要干更多的活儿。洗手间和厕所都非常肮脏;女人的薪水比男人低,并且一旦怀孕就被解雇;还有个女人说,白人老板强迫女工与其发生性关系。

人群的规模在扩大,喧嚣声也更大了。我注意到示威者手持石块、砖块和木头。突然,一辆公共汽车载着没参加罢工的工人驶过街道,车窗覆盖着铁丝网。我惊讶地看到它肆意地在人群中穿行,石块、砖块和木头像雨点般地落在车身上。警察挥起警棍,试图把我们推回去,但人们却突破包围,嘭嘭地捶击公共汽车,朝上面吐痰。公共汽车后面是一辆昂贵的小汽车,我注意到阿吉达的父亲在开车。

我认出了他,因为我在他家见过他一次。那次,他突然回来"找一些文件",但依我看,他想看电视上的拳击比赛倒是真的。当时我们坐在那里,腿架在咖啡桌的玻璃台面上,吃着史密斯薯片,听着肥背乐队的乐曲,正快活着。他打开门,大步走进房间,我看到阿吉达的脸顿时变色,我意识到她怕他。这不仅仅是紧张,我想她可能要晕倒。

幸运的是,穆斯塔克在家,坐在一个角落里,像往常一样在《美国新生代》封面的掩护下偷看我。而阿吉达也能按计划把我当成他的朋友介绍给他。如果仅仅这样就好了。为了显示我们如何投缘,我不得不在穆斯塔克的卧室里度过一个下午。阿吉达常让我跟她弟弟说话,她担心他。他们的父亲太过'心烦意乱',没空关注他。他缺乏慈父的指导和榜样,女孩气太重,对足球一无所知。

这孩子那天很高兴跟我在一起。他充分利用了这一点,给我拍照,展示他的'特殊'物品:一列火车、他的《花生》年鉴、史努比贴纸、一套鼓和原声吉他、他用浮木雕刻的一个伏都娃娃,还扣着大头针,上面用黑色记号笔潦草地写着数字,还有一包古老的避孕套、一把弹簧刀、一张表妹在海边的泳装照。

随后他让我和他摔跤。

"行,"我说,"我们摔跤。"

我为什么要同意呢？我以为会让他闭嘴。当他慢慢脱掉身上衣服,只余一条裤子没脱时,我不禁倒吸一口凉气。

我不想摔跤,特别是当我看到他的准备动作,他抖动身体,踮着脚尖跳着,用肉乎乎的拳头猛击他的另一只手的手掌——砰,砰,砰！虽然他在很大程度上是虚张声势,但这并没有阻止他看起来像个强硬的、精神抖擞的小浑蛋。

他露出牙齿,伸出双臂,像熊一样扑向我。他迅速抱住我,把我摔到床上,又把我拉起来,把我往房间里乱扔,最后,他坐到我身上,挠我,亲吻我的脸颊,当我试图站起来的时候,他把手按在我裤子前面。我不敢大声喊叫,生怕他的父亲用猎枪在门上砰的一声。他在我身上扭动屁股,俨然是一个十几岁的变性人或者是吸血鬼,他想在离他父亲和姐姐几码远的地方吸干我的血。

当他跳到钢琴旁,开始唱歌,我终于松了一口气,那显然是他自己写的歌:"每个人都有心碎的时候——"

"听,听！"他说,"告诉我你的想法！"

"太好了,太棒了,伙计,"我说,"我喜欢'有心碎的时候'这句。"

"你真的这么想？"

"你应该录下来,送到某个地方发表。"

我匆忙离开,不慎撞到床沿,被迫扫了一眼床下,发现一大堆吃了一半的巧克力棒、鲜艳的糖纸和腐烂的复活节彩蛋。

我从那里脱身出来,虽完好无损,但还是咒骂他全家。

"快点回来。"穆斯塔克低声说。

"快乐时光?"阿吉达笑着说,"你们俩真的相处得很好,我很高兴!"

我深爱着她。至于她的家人,可以消灭掉。

我没有告诉阿吉达,她弟弟尝试和我一起干过什么,但下次我拿来一些书和杂志,主要是关于美国歹徒的,包括瑞奇、哈门斯、奥根,甚至巴勒斯,我以为他不会知道的,我交给他这些东西的条件是他不调戏我。"父亲喜欢读书的男孩,"我告诉他,"他们认为书是好东西,不知道有多危险。"

令我惊讶的是,他读了我给他的所有书籍,并且谈论这些书,还要求更多。我给他带来《北回归线》《柯利希的宁静日子》,他给我写了一封信,说他从未在一本书中遇到过如此离奇的诗歌、疯狂和愚蠢。(然后他开始读塞琳)我给了穆斯塔克我自己翻录的娄·里德①的《变压器》旧唱片,因为我知道它太好了,但每次还是难免听到鲍伊那肮脏、颓废的声音。

我喜欢向他炫耀,以无所不知的兄长模样刺激他,让他印象深刻,就像我姐姐对我所做的一样。我想知道自己能否让他感到震惊,甚至让他堕落,我很快就会发现他比我更有冒险精神。

他还是间或摸我一下,还老是在我面前换衣服——"我想知道你是否喜欢我穿条纹衣服?""只有塞进屁股,我才喜欢"——不过,在他家里,只要我跟他说话,他还是比较正派,友好。这就像有个恼人的小弟弟。他甚至在墙上贴了一张我的照片,旁边是拳击手

---

① 娄·里德,1942出生在纽约布鲁克林,歌手、音乐家、制作人、摄影师。

和演员,还有贝利拍和贾格尔的早期照片,当时贾格尔看起来像个乖戾的少年。

每次我见到穆斯塔克,他都邀请我去看演出或看电影。我总是拒绝,直到他拿出让我无法抗拒的东西——滚石乐队在伯爵宫的三张演出票。我们坐在后面,台上的人物小得犹如木偶。这就像看电视,只是不能转换频道。阿吉达和我在拥抱接吻,而穆斯塔克却着迷了,穿着他的米克·贾格尔衬衫,身体前倾。最后,他说:"我想要那样受人瞩目,我想每天都这样生活!贾马尔,告诉我,你认为我能做到吗?"

"你父亲会很高兴的。"我说。

那天他们的父亲早早回家,并没有注意到我,但我确实把他看清楚了。他没有回去工作,而是躺在沙发上,喝着威士忌,目不转睛地盯着电视,不停地抽烟。他瘦高个,几乎是秃顶,表情严厉,棕色的脸上有皱纹,布满麻点,就像是炸弹在他附近爆炸了那般。

即使六十年代已经过去了,女权主义者已经变得自信了,但那些老男人仍然拥有大部分权力,而且还是被期望拥有权力,父亲们的地位依然牢固,他们有太大的权力,不能陪孩子们在地板上玩。他们总是遥不可及,让你恐惧。这个男人与阿吉达笑了几次,但他没有笑容。他似乎没有什么魅力。我觉得他很可怕。我想娶阿吉达为妻,但我不想与她的父亲有瓜葛。

当车子匆匆通过工厂大门时,我站在警戒线这边,瞥见阿吉达就在车子后座,身子蜷缩在那里,双手捂住耳朵,还是捂着头?她在那里做什么?她为什么事先不告诉我?

我大喊着挥手,但没有用。这种场面没有持续太久。人群开始渐渐散开。

"多奇怪的场景啊!"我大声说。

"你是什么意思?"我旁边的两个学生说。他们正在为参加这个活动而兴奋着。

"少数亚洲工人阶级被一群白人中产阶级的学生所虐待,"我又额外加了一句说,"我敢打赌,你们的父亲全是医生。"

他们互相看了一眼,又看向我。"你站在哪一边?"他们问。

后来,阿吉达来到学校。那天早上我们都去过示威现场,但谁都没提起。我有很多问题。你是否爱一个人,无论她做了什么?还是随着你对他们的了解越来越多,你对他们的看法发生改变,爱也随之而变?爱不是静止不动的,总有你必须接受的东西。在家里无聊的时候,我曾渴望未知的、实验性的生活,那就是我正在得到的,比我过去想象的还要多。

那天晚上,我躺在床上,妈妈在楼下看电视,米里亚姆去哈默史密斯剧场观看琼·阿马特雷丁的演出。我想知道阿吉达在这个时刻干什么。我猜她一定是在担心罢工。然后,我突然想到,这不是她麻烦的唯一来源。

我首次想:"阿吉达对我不忠诚"。难道不是所有的恋人都担心这个吗?如果你想要一个人,随着他们可取性的增加,其他人也会想要他们,这不是很明显吗?但发生在我身上,这个想法似乎不仅仅是一个幻想。此刻我对她有什么困惑?我凭直觉知道她在瞒着我。她的奇怪情绪是什么?对,隐瞒!

这个秘密很快就不会被隐瞒了。我看到她的时候就问她。我必须知道一切。

第十章

妈妈一直到米里亚姆家过生日和圣诞节,直到最近才没去。她在扶手椅上睡着了,一只狗趴在她膝盖上流口水,她方才醒来。布希开车送她回家,她一路上打瞌睡,头老是碰到车窗上。但如今,她再也不过来了,说是"累人",米里亚姆则反驳道,"好吧,你会在电视上看到我,就像其他人一样。"

尽管很难让米里亚姆与她的街坊分开,她在无特定随从陪同的情况下走远路感到不安全,我与布希还是坚持每三个月左右让米里亚姆与我和母亲共进午餐。地点通常在皮卡迪利的皇家学院,所有的老年妇女都带着儿子一起去,她也认为这是"她的俱乐部"。妈妈也喜欢在福特纳姆咖啡馆静静地喝茶,只是米里亚姆由于"穿着不当"曾被拒绝入内。我猜他们从未见过哪个女人有那么多文身。母亲觉得米里亚姆让她难堪,米里亚姆则怒火中烧,恼怒地咒骂,因为母亲叫她"未成年人"。

母亲离开面包房后,在一家大公司的办公室工作,直到五十多岁退休。她得到了体面的报酬,并得到了退休金。米里亚姆与我都离开家后,母亲还是保持着同样的生活方式,多年不变。这个老妇人拖着带轮子的购物篮走进商店;观看《加冕街》《埃默代尔农场》这类电视肥皂剧;如果风不大,就在公园里散散步;一个医生预约令她担忧;间或有个朋友来拜访,这个朋友也只讨论她死去的丈夫、附近朋友与邻居的死亡,以及他们被年轻吵闹的家庭取代的问题。

她总是清楚地表明,她的生活是对我们的牺牲。如果没有这样的负担,她会像她有时说的那样,在巴黎踢她的腿。就像一个真正的歇斯底里者,她宁愿死也不愿做爱,经常坚持说她正在"等待死亡"。事实上,她会不断叹息着,神色可怜地补充说她"渴望"死亡;她已经"准备好"了。当她藏起来生活,或者装死时,米里亚姆和我会因为没有关注她而难辞其咎。有一天,我们意识到,为了弥补她在这个世界上的缺憾,她非但没有匆匆走向坟墓,而是在她的生活中进行了一场革命。现在,不管她去哪里,比莉都和她在一起。

据我所知,母亲很少花时间在性欲上,也不关注这个。在父亲之后,她从未与另一个男人交往过。有几次,她整夜待在外面,假装是和朋友在一起。米里亚姆和我嘻笑着,猜想她与一个我们称之为"隐形先生"的人在一起。有时,我们发现了舞蹈表演或戏剧节目,以及艺术展览的目录,但没有人来过那所房子。

当有一天妈妈说她想去电影院,去一个叫"ICA"的地方时,我应该意识到,母亲很激动。我知道它在哪儿吗?我得承认,我在那里度过了我的一些少年时光,在酒吧里看演出,看电影,看女孩。母亲只能承认,她对我了解甚少,对我去过那里也不甚清楚。但她很高兴我学会了如何了解这个城市。

现在她想看一部关于画家的电影。我看《闲暇》周刊,才知道是安德烈·卢布廖夫。我不得不警告她,一部三小时的俄罗斯黑白电影可能对我们来说太过了,但她很固执。我们是电影院中仅有的两个观众,我想,一个男子和他的母亲可以坐在白金汉宫和议会大厦之间的建筑里,观看如此伟大的作品,这个城市是多么美妙啊。

那是三年前的事了。从那时起,母亲就一直和比莉住在一起,一个跟她同龄、八岁时就认识的女人。妈妈总是与比莉见面,当她来到家里的时候,我会和她说话。"你更喜欢她,而不是我。"妈妈说。"她生活得更加丰富多彩。"我这样回答,或类似这样回答。我不能对母亲说的是,作为一个十几岁的孩子,甚至更小的时候,我就喜欢上比莉。她了解自己的身体,走起路来很风骚,是个性感的女人。

米里亚姆和我离开后,好几年母亲都谈到卖掉房子,去买一个"老奶奶"小公寓。这是我们期望她做的,因为她喜欢坐在同一个地方,每天做同样的事情,我从来不理解这种行为,直到我读到《超越快乐原则》之后,我才明白,弗洛伊德把这种重复描述为"恶魔",并把它描述成"死亡"。她确实把房子放到市场上出售,令我们吃惊的是,她真的卖掉了房子。

米里亚姆拒绝最后一次拜访那所房子,把我们的玩具、成绩报告和书籍拿出来,把它们搬到伦敦去,真是太痛苦了。我不得不扔掉很多东西(我喜欢清理),但每扔掉一样东西都是一个打击。我想母亲认为我们会对房子本身更有感情;我们在那里长大,但对我们来说,房子本身并不能感知我们的喜怒哀乐。

然后妈妈就去和比莉一起生活,告诉我们她想要的公寓还没"准备好"。比莉还住在她长大的房子里,在英国议会附近,那房子我很多年没去过,但我记得里面满是素描、绘画、雕塑,还有猫。比莉就是"隐形先生"。

三十年来,比莉在伦敦南部一个简陋的工作室里为艺术家们授课,还为本地人举办摄影、油画、素描和雕塑课程。比莉曾有过许多男朋友,但从来没有"发现真爱",也没生过孩子。她仍然涂着黑色眼影,穿着金色凉鞋,头发梳成克利奥帕特拉的发型,穿着仿古的衣服,戴着仿古的珠宝,她总是与母亲一起搞收藏。她很聪明,也很善于交谈。现在这两个女人早早起床,去了工作室。他们一起烹调,买家具,旅行,经常在布鲁塞尔或巴黎度周末,或者去那里午餐,午后漫步。他们商谈在威尼斯或巴塞罗那租一套公寓度假。

母亲不想让我们认为她古怪,个人主义或者激进;她刚刚搬了家。至于他们是不是恋人,我们都没有问。某些词语在这里还没有得到推广;母亲把比莉说成是她的"朋友",有时我称比莉为她的伴侣,她也不反对。这是母亲一生中最好的一段关系。对于母亲的自怜、焦虑和无数的恐惧,还有她对停滞呆板生活的嗜好,比莉似乎一点也不感到困扰。母亲让我们焦虑,却没有让比莉也如此。比莉太忙了。

不幸的是,母亲一生都在担心米里亚姆,现在则几乎不关心她了。米里亚姆觉得被遗弃了，但我现在更强大了；我努力不让她攻击母亲。

起初，米里亚姆和我看到妈妈与比莉在一起时，通常是她们刚从哈查兹购买一大堆书回来，我们无法避免她俩互相吸引，特别是当她们展示为彼此购买的戒指和做的发型时，真相已明。然后，有次午餐时，比莉问米里亚姆是否"有"任何人。母亲肯定从未高度评价过米里亚姆的任何男友，她认为他们是"男孩"——不成熟，不值一提，算不上男人。米里亚姆只能回答："我很幸运；有几个孩子要抚养。"

这一次，我们见面时，比莉对米里亚姆是有礼貌，但毫无疑问，她认为她与疯子差不离，既然如此，就可以理解了。比如当比莉提到在泰特现代美术馆正发生一件不可思议的事情时，米里亚姆回话说，这个地方该被称为现代泰特美术馆，而不是泰特现代美术馆。在她看来，这少一点儿矫揉造作，也更准确。比莉说，这就像把国会大厦称为议会大厦那般。

随着这种带刺的对话愈演愈烈，我可以看到，米里亚姆在此情形下，可能很容易回到她十几岁的自己，这在情况最好的时候也不是秘密，我想知道她是否会抓住某东西，直接砸到墙上。这是个寒冷的日子，可她身上的怒火正在急剧上升，差一点让我也暖和起来，但我不希望她和比莉爆发激烈的争吵。母亲坐在那里，就像街头游行队伍前面的缩头乌龟，浑然不知发生了什么事。

我原以为米里亚姆可能会说她"遇到某人"，不管她与亨利是否会正式确立关系。但米里亚姆不是这样想的，她已经太生气了。激怒她的，不仅是这两个女人没停止过旅行与购买画作——其中一些画售价高达三千英镑,而且她们还正为自己的花园设计一个艺术家工作室,打算一找到喜欢的建筑师就建起来。她们似乎认为花费不到一万五千英镑就能建好。

和其他的英国人一样,母亲从财产上赚的钱比她工作中赚的要多。她卖掉了房子,还清了抵押贷款,把剩下的钱都存了下来,可现在她正以惊人的速度花光这笔钱。"我不介意在死前花掉所有的钱,"她对我说,"如果我需要,我也会用信用卡借更多的钱。"

"完全对。"我回答说。更值得称赞的是,她没有把她的钱给儿女或者孙辈,虽然米里亚姆越来越大声地抱怨她从市政委员会买的便宜房子就要倒塌。那房子多年未装修,屋顶也烂了。出于米里亚姆无法理解的原因,母亲似乎认为她的女儿应该为生计而工作。

米里亚姆指责比莉是个"不良影响因素",但母亲也变了。当米里亚姆建议说她俩太老了,无法从事这样一个冒险的建筑项目,比莉拒绝承认她老了。

"超过九十才算老,"她挑衅地说,"人们很快就会活到三百岁了。""对,"母亲说,"我们没有老到看不完一部歌剧,只要中间有两次幕间休息,附近有个厕所就行。"她打开包,两个女人抓起一堆"回春"药丸,用有机葡萄酒快速吞下。"也没人叫我奶奶。"比莉威胁说。

我怀疑米里亚姆在电话里对母亲说过什么,说她是个不负责任的外祖母什么的。因为比莉告诉我们,婚后家庭生活无疑是最低级的生活。只要涉及学校或者那些拿着牛奶塑料瓶、有清一色肮脏面孔的男孩或女孩的愚笨的妈妈,她就肯定憎恶。

现在这两个女人下午见理发师去了,紧接着是更多的购物,还有与当地艺术家的聚会。如果她俩上街进出租车还要人帮忙,不是因为身体虚弱,而是因为喝醉了,咯咯地笑个不停。

开车回来的路上,布希闷声不响,我也是。米里亚姆坐在那里瑟瑟发抖;我们可以听到她的珠宝嗡嗡作响,她太生气了。我们花了一段时间才意识到,母亲一去不复返了。她还会跟我们说话,但我们不再是她生活的重心。她已经履行了她的职责,现在抽身走了。

最后,米里亚姆说:"你坐在那里,满脸堆笑,像尊菩萨似的,我受不了。"

"你受不了什么呢?"

"你什么都不说!你要是给我当什么狗屁的分析师,我会拧断你的脖子。"

"我或许很安静,但我过得很开心。你怎么了?你自己不是也尝试过同性恋这种事吗?"

"你觉得我喜欢这种事吗?不管怎样,那些女孩可不是七十岁。他们有身体。妈妈在把家里的钱都挥霍光啦。什么工作室呀……雕塑呀,歌剧院包厢呀。老天——她们主要就是喝酒。"

"钱是她的,"我说,"她们这样挺不错,两人彼此拥有,互相爱慕,在人生的最后一段路这样走,多好啊。"

"为什么她什么都不愿给我们?我现在有新的男人要养活!他会把我照顾他当作理所当然!"

"你跟她说过关于亨利的事吗?"

"她会认为他和其他人一个样,全是无用的人渣。可被她忽视的孙辈们怎么办呢?"

"我们是成年人了,"我说,"孩子们也会很快长大。他们有自己的人生道路。"

"你一直瞧不起我,你和妈妈都是。"

我说:"你要是想听,该抱怨的人是我才对。你在家时,妈妈和你吵架,你不在家时,又确定她在担心你。我在家有空间吗?"

"我有糟糕的问题,"她说,"更糟的是你认为我的生活一文不值,你大肆引用诗歌和流行歌曲,用你读过的书高谈阔论,嘲笑我的疯狂。虽然你现在这样的行为少了,但你总是在炫耀!在巴基斯坦时,你就没有支持我!"

"滚蛋!"

"你——"

她抓住我的胳膊,我抓住了她的另一只手。我可能是个谈话专家,但没有人能反驳这样一个事实,即我姐姐只有被掌掴一下才会改善脾气,而她似乎觉得打我一拳会让我脾气变好。

车子正行驶在车流中,布希猛踩刹车,回头叫道:"你们两个住手!别在车里打架!这话我对小孩才说!"

米里亚姆试图打我,但我抓住她的手腕,这增加了她用头撞我的危险,我们身后的汽车开始按喇叭,布希一只手驾驶,另一只手试图隔开我们,同时冲我们大声叫嚷:

"再这样我就把车停在这里,把你们都扔出去!老天!你们比小孩还要糟糕!"

为了使自己平静下来,米里亚姆决定在亨利的公寓那里下车。她不打算进去"打扰"他,只是站在外面,抬头看着他的窗户。"想想他就在那里,没有瞧不起我,他才不会当我是狗屎,不像你和妈妈,还有她那个狗娘养的女友那样!"我可以从车子后视镜里看到布希的眼睛。我耸了耸肩;早就知道不值得与米里亚姆争吵。他把车停在河边不远处,我们向亨利家走去,看着米里亚姆站在那里,过了一会儿,布希抬头说:"去吧,朱丽叶,上去吧!我晚点再来接你。"随后我们离开了。

也许母亲的冒险启发了她,也许母亲更大程度上是她的榜样,尽管她俩都不太可能承认这一点。在接下来的几周里,米里亚姆与亨利的关系无疑变得更加严肃了;因为所发生的一切,我对这件事的了解超出了我原先的期望。

第十一章

　　米里亚姆和亨利已经开始使用我的空余房间来幽会。他们大约一周一次去看戏或者看电影，我要是出门见朋友，做讲座，或是一边在城里转悠，一边想着病人，他们就在那里过夜。

　　他们要一个带锁的柜子，在里面放围巾、鞭子、别的衣服、硝酸戊酯、振动器、视频、避孕套，还有两个金属泡茶器。我想知道，最后这物件是被用作乳头夹呢，还是亨利和米里亚姆完事后想来杯红茶？

　　现在这样，是因为亨利在自己的住处遇到了危机，他被抓了个现行。

　　他和我至少每周一起吃一次饭，地点通常是在这一带的印度餐馆，尤其是我们没去过的餐馆。这不仅是因为我们钟爱印度烹饪，也因为我们钟爱餐馆的植绒墙纸、瀑布或泰姬陵灯光效果图这样完整的餐厅装饰，还有穿着黑色西装、打着领结的服务员。漫步伦敦,我会寻找这类地方,但就像酒吧一样,这类地方正逐渐被时髦高档的环境所取代。

我一直在阐述这样的观点:印度餐馆(很少由印度人拥有,而是孟加拉人所有)是英国大众重温殖民经历的地方。我告诉亨利,当我们坐下来,"印度人装扮成仆人,给我们提供恭敬有礼的服务,就像历史上对待你们先辈那样。在这里,你感觉就像一个国王,你确实也是在享受国王待遇"。

亨利赞同这个理论,但涉及晚餐问题,他不想当殖民者。他坚持己见,而我说这种经验其实是"迪士尼式"的,意思是真正的生产关系被遮蔽了。餐馆所有者肯定不是白种的英国人,而是来自世界上最贫穷国家的孟加拉人。当我告诉他,侍者们为来西方而抛弃自己的祖国,他有些不舒服,不过也没有格外不安。他说,鉴于在殖民时期,他们祖先的苦难经历,他们有权获得我们的财富。

在餐馆里,他与侍者交谈,谈托尼·布莱尔和萨达姆·侯赛因,谈侍者的思乡情结,谈他们相信上帝会拯救他们,或者至少使他们平静下来;谈他们把宗教当作治疗良药。他甚至说他在考虑皈依伊斯兰教,但亵渎神灵的快感将是他无法忍受的诱惑。

在我们点菜后,亨利说:"对我们而言,是这些人的信仰,而不是他们的社会地位,使他们显得幼稚。但他们也很幸运,这些神的故事真的把一切都捆绑一起了,这肯定比抗抑郁药好吧?不信神的社会比信神的社会有更多的绝望,你赞同这种观点吗?"

"我不知道,真的不知道。"

"你不赞同是因为你不像我,你是一个幸运儿。不是吗?"

"你整天听女人说话是为了谋生,而她们却把你理想化,崇拜你。我曾把你看作是'叹息的收藏家'"。

他接着说:"我呢,当然,到了死神要求我把它一直挂在心上的时候了。我注意到生活变得不容易了。而且,和很多老男人一样,我对快乐有很多的想法。别人总是焦虑不安,那是他们的看法。但如果他们是演员,我可以让他们在我的剧本中扮演角色。倘若是真的,我一直在逃避激情。我想我会上瘾。我试图找到替代品。但我愿意相信我仍然有能力去爱。"

亨利一直承认,他一直害怕享受完整的性生活,几乎到了恐惧的程度。他曾有很长一段时间远离它。这在一定程度上是出于离开子女而产生的负疚感,当他最终意识到试图与瓦莱莉一起生活是多么荒谬后,他离开了。

他说:"我记得,几年前,我见过的一个女演员对我说,她受邀去看望一位老人,一位杰出的人物。他的妻子在隔壁房间里奄奄一息。他恳求女演员给他看她的乳房,让他吻它们。我们都认为这种行为很低级。现在我成了那个男人了。"

"战后最重要的创新,除了滚石乐队这类事物,就是避孕药,它让性从生殖中脱离,使性成为娱乐的首要形式。但是——有些讽刺的是——你千万别忘了,在我盛年时期,女人不仅可怕,还穿靴子。她们穿锅炉服装,剪短头发,戴大箍耳环。他们当环卫工,建筑工人。据说那是个历史阶段,伙计。他们是对的,那些女人现在为布莱尔工作。"

"现在的年轻女性再次风骚。伦敦随着她们搏动。在夏天,你会因为这个城市里那些无法企及的美丽女郎而哭泣。但是,浪漫地说,过去那个可怕女性的年代吓坏了我们很多人。你把手放错了地方,就会被认为是强奸犯,而男人就要像拔掉插销的手榴弹一样安全了。我确信我的身体对别人是排斥的,别人的身体对我来说肯定是可憎的。我们是欲望的污垢。哦,我完蛋了,真的难以置信。"

"但现在你有米里亚姆。"

他笑了。"是的,我有了她。令我惊讶的是,她仍然喜欢我。"

他盯着他的印度扁豆沙,告诉我,他们大多是在我的公寓里干那事儿,直到那晚,他们不想出门,十一点左右,他和米里亚姆正在用绳子、面具和一本诗集玩性游戏的时候,萨姆和拖鞋女人打开门,出现在他们面前。

他们大眼瞪小眼,不知所措,直到亨利要求隐私,让他们去烧壶水。米里亚姆给他解绑,两人穿上衣服。萨姆和拖鞋女人在厨房里等着。布希送米里亚姆回家,大家都上床睡觉了。

一年前,当亨利的儿子说想与他一起生活时,亨利陷入恐慌,他主要是太兴奋了。萨姆一直和他母亲住在一起,但到后来觉得很尴尬。因为他有了女朋友,瓦莱莉总是以高人一等的态度对待人家。("这小衣服多可爱呀,你自己做的?")

萨姆首先自己租了房子,结果发现他不仅要付房租,还要付账单,甚至有时还得买家具,还有毒品、音乐和衣服,身上的钱所剩无几。于是他不再租房子,而是搬到亨利这里,说:"我真不敢相信,这个城市生活费用这么昂贵!"

亨利嘲笑他儿子对现实世界的无知,甚至告诉他的女儿丽莎这件事。见多了社会现实的丽莎说:"你很惊讶吧,我鄙视你!"

亨利在孩子未成年时就离开了家。现在在一切不是太晚之前，重新拥有家庭生活，他感到欣喜若狂。萨姆通知他的父亲，要来与他住后，亨利盯着他的空余房间，忐忑不安，就算里面没有肮脏无用的垃圾，也是充满灰尘。他找谁把房子清理干净呢？

既然指望不上任何人，他就开始自己动手。他整晚都跪在地上收拾房间，把垃圾倒在街角一块写有不要扔垃圾的牌子下面。接下来的一周，他不得不屡次在他扔的破椅子、镜框和腐烂的地毯之间穿行。

我很久没见他这么活跃了。作为一个执着的人，他是不可阻挡的，给那个空房间涂油漆，把那里弄得一尘不染。他到位于哈姆史密斯国王街的哈比泰特百货公司，买来双人床、灯、书架和地毯。两日的辛劳让他精疲力竭，这个房间成了公寓里，其实也是整栋房子里最干净、最整洁的房间。

一天之后，亨利很高兴地看到，他高大的儿子提着手提箱上楼来了。这个男孩看上去多么高大，英俊，有魅力。他怎么可能在这个世界上失败呢？亨利看到儿子身后有个女人，背着更多的袋子，其中主要是鞋子，他更高兴了。至于她叫什么名字，他从不想记住。那女人在伦敦时就住在这儿。他给他们两个喝香槟酒，他非常高兴有机会当一回自己声称的一直想当的家长。

他真的不想搞砸了，但他还是搞砸了。早上，亨利早早把闹钟定好，以便给他们做情侣早餐。当他们的衣服还在洗衣店洗时，他去了超市。接下来的几个晚上，他系着上面写着英国肉的围裙，给"他的家人"做饭，不管他们是否想吃。他很快耗尽了有限的菜肴，冒雨出去取外卖。他订购了"天空"，并在晚上与他们一起看电视，从头到尾说个不停，告诉正看得入迷的观众那节目多么可怕和愚蠢,或许他们应该朗诵《失乐园》?

还不到一星期,这对幸福的情侣就像得了幽闭恐惧症,害怕回到公寓,他们知道亨利还有别的"款待"在等着他们。萨姆打电话给母亲,然后他母亲打电话给亨利,让他消停下来。他收到她传来的口信,对她的干预破口大骂。亨利冷静下来后,有段时间与儿子相处得很好,当拖鞋女人来时,或是儿子的其他女人来时,亨利不再凭自己的喜好,想当然地追逐他们了。

现在,亨利说:"贾马尔,我只能感谢你,我从来没想到会不折不扣地对米里亚姆产生如此的激情。我经常想到我失败的浪漫史,以及许多错过的机会,爱情是我生命中唯一的灾难,可那又怎样?我做了其他事情。但我对她感觉是如此温柔。她睡觉时,我就坐在她身旁,让她睡得更安稳。我还给她卷大麻烟。

"我把她介绍给我的朋友们。她感到紧张,认为自己不擅长社交,每个人都侃侃而谈,而她什么都不知道。但她做得很出色,她很勇敢,她可以和任何人说话。我们彼此的性欲已经恢复了。"

"然后,萨姆和拖鞋女人出门看伍迪·艾伦的电影——谁会这样做呢?——正撞上米里亚姆和我在地板上干那事儿。"

"萨姆说什么了吗?"

"嗯,第二天早上,拖鞋女人不见人影,萨姆和我像往常一样坐下来吃早饭,但他在生闷气。他说他向这个女孩求婚,她也接受了,他竟然不跟我商量,这让我很恼火。毕竟,那女孩亲眼目睹了我在地板上极其不寻常的性行为。"

"然后呢?"

"萨姆说,他的未婚妻一见我就会想到我被捆绑在椅子腿上的性变态行为。我说,我对此回味无穷,真希望我有张照片。事实上,我想我在某个地方拍过这种照片。"

在此之后,萨姆的指责没有进一步升级,因为关于结婚的话题激怒了亨利。亨利告诉萨姆他现在太年轻,也太滥交,还不能结婚。那个男孩喜欢多个女人,他对拖鞋女人不忠。他在这个年龄和一个女孩绑在一起有什么意义呢?

"我意识到我要咆哮了,"亨利说,"但我是那孩子的父亲,我有权利给他忠告,直到他厌倦为止。但我需要做的是和拖鞋女人谈一次话。我告诉萨姆她应该见我,我会向她解释这个世界,老男人和古老的性经验的多样化问题。然后我会道歉,他们可以脱离我,过自己的生活。"

他接着说:"他们把我当成慈祥的老爷爷:阳痿、啰唆、没有任何需求,只配坐在角落里用威士忌擦牙龈。这样的角色我嗤之以鼻。所谓的丢脸行为是我现在唯一的骄傲。"

拖鞋女人自那次"事件"后就没回过公寓。萨姆拒绝让亨利与她谈话,他告诉亨利,她来自一个体面家庭。

"'体面家庭'?你见过吗?"亨利回应道。

男孩直白地说:"爸爸,你作为导演,甚至作为人,都获得人们的尊敬。在这世上,你是一个艺术家,是一个大人物。像你这样有才华的人不多。你怎么能自甘堕落呢?"

"我自甘堕落,是我自己喜欢那样。"亨利说。

"那我们呢?"萨姆说。

"我从未让**你**自甘堕落过,"我说,"可是,贾马尔,这还没完。他指责我色眯眯地盯着拖鞋女人看,说我眼睛就像黏糊糊的手指扫遍她全身似的。他还说,当他的男性朋友过来的时候,我根本就不睬他们,那些男孩,那么活泼,前途光明。他说我是一个肮脏、恶心的恶魔,说我嫉妒那些年轻人。"

在这点上,亨利聪明地称拖鞋女人为裸露癖。难道她不是想吸引他的注意力,穿着那种风骚的衣服招摇过市吗?"记住,我喜欢风骚女人。这些天我几乎每看到一个女人,就想知道她要价多少。"

萨姆反驳说,亨利的"疯话"表明他自己才是裸露癖。亨利失控了,对那个男孩大吼大叫,我判断,他气得想痛揍小浑蛋一顿。但亨利一拳都没打着,男孩下楼离开了,同时还大声叫嚣,骂他父亲"变态"。

"你就等着瞧吧,"他此刻对我说,"你的孩子会怒斥你,他们的仇恨根本无法解释。"

然后,就像他的女演员在苦恼时候所做的那样,亨利瘫倒在地板上,手粘在额头上。不久之后,正如他有任何问题就打电话给我那样,他打电话给妻子瓦莱莉,以及各式前女友。尽管多年来与她们关系冷漠或者没上过床,但对亨利来说,与一个女人分居多年,并不妨碍与她每天交流最私人的事情——而且经常是每小时交流。

这件事之后,他回到床上。就在那时,亨利接到丽莎的电话,她说她也对此感到"恶心"。并不是说她就在事发地点附近,她从她弟弟那里听到这件事。亨利把这件事处理得干脆利落,告诉两个孩子这事他妈的与他们毫不相干,他管过他们操谁吗?

"'恶心',"他反复说,"'恶心'!他们没见过比这更糟糕的事?

他们是生活在什么样的世界?"

萨姆威胁要搬出去。亨利非常伤心,拒绝放他走,说,不管萨姆去哪里,他都会把他拖回来,否则他就躺在外面的人行道上不走。

一切都乱套了。我提醒亨利,他现在拥有米里亚姆,他是那么受她吸引,这将不可避免引起萨姆的敌意。萨姆觉得与亨利和他的新女友米里亚姆坐在一起,会让他妈妈失望,因为亨利最终爱的女人是米里亚姆。

"是的,"他说,"我明白。"

关于当场被儿子抓住这件事,亨利似乎已经与每个人都说过,但关于萨姆和丽莎对此事的反应,他并没有告诉米里亚姆。米里亚姆也没问过。她没想到亨利的中产阶级孩子会为这样一个无伤大雅的插曲而生气。

虽然该事件及其后果导致了混乱,但我注意到亨利并没有让这件事阻碍他的乐趣。他的乐趣与日俱增。亨利总是喜欢听自己的同性恋朋友在俱乐部、酒吧、荒野,甚至大街上的冒险经历,他对此既着迷又惊骇。他想请他们带他一起,但从来没有勇气去。他一直很好奇,是不是任何率性而为的人都想以这样的方式生活。

我们那次晚餐过后没几天,亨利在米里亚姆家,她向亨利展示照片:有母亲和父亲的照片,她和我在巴基斯坦的照片;她的孩子们年幼时的照片,还有殴打她的男人的照片;还有她最喜欢的文身照片。

"那是什么?"他指着一张用细绳绑着的相册。

"我的黑色相册?"她说,"都是些淫秽照片。我的第一任丈夫习惯让我摆姿势拍照,然后送给《读者的妻子们》这类色情书刊,他会得到五十镑的报酬。其中有些还在这个相册里,还有与邻居的合照,一些色情狂欢派对的照片。"她动手解开细绳。"你要是看,"她说,"就必须保证不生气。"

亨利对我说:"我看了那些淫秽照片,廉价的衣服和可怜的人们,我真的很生气。这样的事情竟然发生在普通的家庭里。我曾感到有冲动。然而,就在那个早晨,我在想我要走向剧终了。我正在踢下半场,冲向伤病时段。这个时段应该是绘画,含饴弄孙,悠闲地安度晚年,读读自己一直想读的书,就我一生所干的事业接受采访,就过往的五十年发表见解。

"前几天,我去朋友家参加聚会,走进去时,我看到每个人都是灰色或白色的头发。他们都老了,像我一样。我认识他们一辈子了。

"我以为我会无聊而死,直到我知道还有另外一条路。魔鬼在召唤我!我终于引起了他的注意!"

亨利和米里亚姆以前从未在米里亚姆住的地方做爱,因为她孩子都在那里,非常混乱,孩子们随便找个地儿就睡觉。

"看到照片后我感到非常燥热,坚持要她陪我去花园尽头的小屋,那是布希在灯光下种植毒品的地方。有一个很好用的床垫。我简直不敢相信,到这把年纪还感到如此迫切。性就是疯狂,疯狂,疯狂!贾马尔。"

"你忘了吗?"

"我们拉裤子的时候,我说:'为什么我们不能做那种事呢?'

"所以我就有了一个宝丽来相机,性变态的快乐,还有一个小DV摄像机。当然,我拍过电影。但不是这样的。

"我想我不能给你看,因为是你姐姐。但是,我在拍摄时,忍不住把它们从色情片拍成微电影,我可以把它们放在我儿子的笔记本上!我甚至加上音乐,用的是那种自由散漫的巴西曲调,结果就变成了小喜剧。

"然后,"他说,"事情就更进一步了。我们去了位于南伦敦铁路拱道下面的那个地方。"

他描述了铁路拱道一个不伦不类的门廊。那里位于南伦敦的一片荒地,"本·琼森会认出来的。"

影片放映结束后,布希开车送他们去那地方,说他们也许会喜欢看上一眼。他定期送一对夫妇去那里。事实上,有一次这样的派对,布希还应邀弹过吉他。他以前练过,内心很激动,可真到了那一刻,又太过紧张,弹不下去。结果,布希到门口时,忘了告诉米里亚姆和亨利,他们无法进入这个"平民"场所,除非他们戴上齿轮、橡胶、皮革或制服这类恋物癖的装备,或者赤身裸体才可以。

亨利说:"我笑了。这对我来说是新鲜事。我从未裸体进入过任何建筑物。显然米里亚姆有过。天气很冷,但我觉得裸体也不错。我执导过一部裸体的《李尔王》。"

"我怎么能忘记呢?就连女孩们也赤身裸体。"

"对公众来说,不幸的是,老男人也迫不及待地想脱掉衣服。我克服自身的羞耻心,米里亚姆则没那些复杂世故。除了脚上的鞋,我全身脱光,那里就像干瘪的蘑菇。但是在纵欲聚会上气氛很热情友好。大家都互相打招呼。很快我就被吸引住了。

"有人在狗的带领下,躺在浴盆里撒尿,另一些人则被脸朝下吊在吊索上,排队等候鞭打。人们排起队——事实上,是在彼此的身体里奔忙!我陪着米里亚姆进了一个小房间,她躺下来,很满意。

"然后我遇到一个二十三岁的男孩,一个侍者,他最大的乐趣就是舔别人的靴子。即使这样年轻,他也知道自己想要什么,喜欢什么,我告诉你,贾马尔,我不是信仰社会主义后,才有了这样的团体感。

我笑了。"亨利,你不能假装你是在费边社。"

"人的面孔是如此接近他们的愿望!尼采对此不是有话要说吗?你怎么能笑?当然,你干那一行,肯定什么都听过了吧?"

"我不是在嘲笑你,亨利,而是想到你得给自身行为彻头彻尾地抹上知识底色。"

他说:"但尼采在《悲剧的诞生》里写了狂欢的状态,写了歌唱和舞蹈,写了一个人如何成为一件艺术作品,而不只是一个观察者。尼采的论述在弗洛伊德之前就存在了。难怪弗洛伊德拒绝好好读尼采的书,因为他知道那种威胁,那种危险。"

亨利和米里亚姆在性爱派对里聊天,喝酒,看身体,一直到次日清晨,他们我问他是否为嫉妒而痛苦,或者说关键在于他是否拒绝嫉妒。

"都没有,"亨利说,"当我看到她和另一个男人在一起时,我觉得他是在为她的快乐而努力。"

"你确定这是你俩都想要的吗?"我问。

"是的,"他说,"我俩都想要。我们想再去一次。"

第十二章

我观察,倾听阿吉达的时间够长了。我需要以怀疑的态度面对她。但我在工厂事件后看到她时,很明显她藏着很多心事。

"罢工愈演愈烈,"阿吉达告诉我,"那些人每天都在努力摧毁我们。我不认为他们会停下来,爸爸决心反抗他们。但双方总得有一方让步。"

她不像以前那样读书,学习或吃比萨了。我告诉她,如果她还不当心点,她的功课就赶不上了。我开始带她去图书馆,与她坐在一起,看着她的眼光在书上移动,帮她做笔记,但她在那种心态下,是学不进去哲学的。她把笔记隔着桌子扔给我,然后突然开口说话,我们就只好去酒吧了。

"我害怕,贾马尔。那些共产主义分子决心很大,我家一直在赔钱。"我可能支持另一边,但她是我的女朋友,我能说什么呢?"如果继续这样下去,我们将会破产,不得不与印度的亲戚待在一起。我全家都将被毁掉,遭受羞辱。"

阿吉达的妈妈还是没回英国。她打过电话,听到罢工的消息,但无意返回。她想让孩子们在完成夏季课程后去印度,丢下他们的父亲独自处理罢工。这让我很烦,我不想阿吉达离开,我希望我们能一直在一起。我们相处的这六周是永恒的。

有时我瞥见阿吉达极端焦虑的脸。我们以前常在图书馆的厕所、橱柜或者她的汽车、房子里做爱。但现在很少发生,除非我坚持。她的心不在我这儿,我们以前谈过结婚——有时或多或少谈到,但如今两人的关系进展非常缓慢。

我想不出原因,当然也无法直接质问,她这种不忠是怎么回事。于是我想出了一个绝妙的主意,那就是告诉她我不忠。几乎一想到阿吉达不忠,就觉得自己其实也不忠过,觉得这点儿平等感会治愈被人背叛的痛苦。我的心思全在她身上。

一周前,我拜访了我的前情人谢里丹,去拿她给我的一幅画。我们在下午就上床了(我们经常如此)。她是个图书插画家,三十五岁,离异,孩子们在学校上学。当他们放学回家时,我们会起床沏茶。让我倾心的,主要是这种想法,即她是一个可以教导我的年长女性。她带我去她的俱乐部打台球,在那里她把我介绍给了一些奇异、疲惫的酒者,还有"瘦子"加里亚德,我对他印象深刻。

《在路上》里的人物描写超过两页纸的可能并不多。凯鲁亚克描述了"瘦子"加里亚德在旧金山如何一边通过自由联想唱出任何进入脑海中的东西——"伟大的一切啊哦噢哦噢——",一边几乎是无意识地用指尖敲着手鼓,而迪恩·莫里亚蒂则从背后大喊"去吧!""是的!"。此时的斯利姆依然英俊潇洒,真正的绅士风度。我和谢里丹与他共进晚餐,但他喜欢的是女士们——这是一个认识小理查德和艾娃·加德纳、拉娜·特纳、丽塔·海华斯的男人。

但阿吉达,当我告诉她,我曾短暂回头找过谢里丹时,她似乎并不太在乎我的不忠。如果嫉妒是爱情的咖喱,那我就会想象她的舌头在燃烧,这一把火会迫使她透露真相,可火的热度明显不够。我只能假设她干了与我一样的事情。我想了解详情,想知道我俩现在身在何方。

我疯狂地质问她,她似乎拥有的性经验是从哪儿获得的?她还和谁上过床?那种关系还在继续吗?

"嗯,你知道的,"她说,"我有别的男朋友,就像你有别的女朋友一样。我知道你不是真的想听,那会让你心烦,贾马尔。"她抚摸着我的脸说。

"我知道,"我说,"但我就是心烦意乱。我们最近都对彼此不忠,是真的吗?"

"在某种程度上。"她说。

"只是在某种程度上?"

"是的。"她说。

"那就是确认,"我说,"现在我知道了。终于真相大白了!感谢上帝!阿吉达,我猜咱俩扯平了。"

"不是真的如此。"

"你是什么意思?"

她什么也没说。为什么?她只想要我吗?这是什么样的背叛?她大部分时间都与我在一起,怎么能做到同时与其他人在一起呢。即便有时不跟我在一起,也是与她众多的女朋友或家人在一起。事情是怎么发生的？

她越不告诉我，我就越烦恼。我以前从未感受过这种狂暴、深刻的痛苦。肯定从来也没有谁故意对我这样残酷。我没料想这份残酷来自我爱的那个女人。什么样的自我保护是可能的？当瓦伦丁和沃尔夫告诉我，我瘦了一大圈，看上去如何疲倦时，我承认我与阿吉达之间产生了问题，说："我认为她还与其他人交往。"

他们喜欢她，不相信这事，把我的抱怨当作普通男孩女孩的把戏。他们似乎认为我学习非常勤奋。事实上，我已经开始了大量阅读，可我无法专注。阿吉达难道看不到这件事在我眼里有多严重？她对我的爱呢？

当我恳求她告诉我发生了什么时，她几乎不理睬。她看上去心烦意乱，当然，似乎并没有受困于某种无谓的背叛。

我坚持我的问题，因为这个秘密在我心中越积越大，让我难以承受。但她什么也不告诉我。

"没什么，"她说，"请你理解。我爱你，会嫁给你，前提是你在恰当的时候向我求婚。但目前还有很多其他事情要忙，你知道的。"

我们之间本来没什么事儿，结果成了大事儿。随着伤害逐步加大，阿吉达和我之间渐渐无话可说了。我在犯罪道路上开始越走越远。沃尔夫把可卡因推荐给了我，当我吸食可卡因时，我平生第一次说个没完，陷入了不应该有的对话中。

瓦伦丁和沃尔夫一直在计划他们所谓的"妙招"。但不管他们是将我排除在外，还是不告诉我，或者如我所猜的那样，啥事也没发生，反正我从未看到"结果"。不过，有一次，沃尔夫确实开着一辆粉红色的凯迪拉克露面了,那是他付出某种代价才得到的。经过在狭窄的西肯辛顿街附近几次尴尬的转手之后,它"消失"了。还有一次,他们从一个丈夫即将被判刑的女人那里得到了一笔钱,骗她相信这钱会用来贿赂法官。当他们携款潜逃时,她发誓要追捕他们。

我知道瓦伦丁试图在赌场实施"妙招"。沃尔夫进去,而瓦伦丁则保证他玩21点纸牌游戏时赢钱。只是这似乎是一个很大的话题。他们多半讨论赢钱后会怎么花掉的问题。讨论会住到法国南部的哪个地方;也许还会得到一条船,但哪种船呢?他们甚至谈到如何装饰自己的公寓,每天怎么过——看报纸,吃喝,游泳,做爱,与其他罪犯联系。有一次,我正挖苦他们的行骗才能(我称之为"非常小儿科"),沃尔夫问,既然我自认为这么聪明,是否有更好的妙招,我说我有。

一天上午,我带瓦伦丁和沃尔夫去阿吉达那里。我指着阿吉达家背后的那所房子,解释说那对夫妇如何周四离开,周一上午返回。

几天后,在周五,趁着阿吉达在学校上课,父亲在上班,哥哥在学校,阿姨在市场,我们闯进了房子,拿走了很多东西。奇怪的是,沃尔夫坚持要拿一个簸箕和刷子,以便随后的清扫。瓦伦丁告诉我,他们认识的一个罪犯告诉沃尔夫,真正的坏蛋总是非常小心。我们带着战利品从房子后面出来,穿过阿吉达家的花园,进入车库。等沃尔夫和瓦伦丁准备就绪,天色开始暗下来时,大家就离开了。

受害者是一对年老的夫妇。我们无端地将他们的毕生积蓄洗劫一空,也摧毁了他们生活的核心。这并不困难;我对它的轻而易举印象深刻。他们连窗户都没锁,沃尔夫曾当过建筑工,知道怎么开窗。我个子小,可以钻进窗子,让其他人进来。我讨厌在他们的房子里侵犯他们。窃贼们不应该这样想,不应该想受害者回到家看到一切时感受如何。要想当罪犯,你必须缺乏想象力。

我不确定他们从房子里得到了什么。有几个袋子装满了东西:钟表、手表、装饰品、图画,还有珠宝和银器,我猜。我向瓦伦丁和沃尔夫建议,要是他们愿意,我们仍然有时间把财物放回去。如果我对自己的罪行感到如此内疚,我就不可能是一个天生的歹徒。

这是一个恶棍的狂欢节。他们迅速卷走财物,花一天的时间买衣服和鞋子。他们先带我出去吃晚饭,然后带我去位于自然历史博物馆对面的那家俱乐部,瓦伦丁曾在里面当过保镖。我喝了很多酒,想冲破所有的法律,也终于知道了由残酷和腐败带来的极端快感。

在俱乐部里,一个女人(我觉得是个老女人,就像科莱特作品的女主角似的,因为年纪肯定快三十了)过来坐在我旁边,把我的手放到她的裙子上。那晚结束时,我说自己需要乘回郊区的火车,她建议我们回西肯辛顿的公寓,沃尔夫和瓦伦丁随后会在那里加入我们。到公寓后,她走进沃尔夫的卧室,说她得"作好准备"。等她喊我进去时,她一丝不挂,只戴了一副长肘天鹅绒手套,很愿意给我口交。在她离开前,我问她是否想在第二天下午去看电影。她说她不能,她有"客户"。

我已经告诉瓦伦丁和沃尔夫,我与阿吉达之间出了问题。她对我不忠,还不告诉我对方是谁。尽管有妓女,他们还是喜欢阿吉达,说我应该尝试解决两人之间的问题,同时,他们也不喜欢看到我受到伤害。

阿吉达和我见面时,仍然会做爱,但并不快乐,是最糟糕的那种,这更增加了我的孤独。我的神经不停地噼啪作响,我想相信自己还能控制内心,可以说服它朝我所要求的方向走,但很明显,我错了。

"告诉我是谁,我们可以一起解决问题。"我又说了一遍,但她拒绝了。我问她,我到底欠缺什么让她去找别人?

"欠缺?"她说,"可你并没有让我失望呀,你就是我想要的一切。"

"我不相信你,"我说,"这是我的错。如果不是,"我接着说,"告诉我另一个他具有什么品质,让你渴望他。"

她说:"你怎么会认为我渴望他呢?"

"你不能把我从痛苦中拉出来吗?"

"好吧,"她说,"我会的。亲爱的,你准备好了吗?坐下来倾听吧。"

她把真相告诉了我。

一连几天,我心里揣着这个真相到处乱走,试图接受它。因为在她说出真相后,我想我真的会疯掉,不可收拾地疯掉。

第十三章

这就是她告诉我的。

暑假临近,我们已经约会八个月了。看到太阳的那一刻,我们就恢复了躺在她家花园的毯子上的习惯。身旁是书、收音机、葡萄酒、香烟,我一直在抚摸她的脚和脚踝,想知道她是否准备好了做爱。

但我说:"几周前我去了那家工厂。"

"你?"

我解释说,我想看看纠察线、学生们,还有整个喧嚣的场面。我说我看见她进了工厂,是半藏在车后座进去的。

"这不是什么秘密,"她说,温柔地抚摸着我的脸。"你从来没有问过我这件事。"她开始穿衣服,或者至少把自己遮盖起来,好像她没有穿适合她讲话内容的衣服,"好久以来,你一直在审问我是否另有情人。"

"审问你？那么真相呢？你从未否认过我的怀疑。"

她说："我无法让你不问。你得了解一切，我喜欢你。所以，我会告诉你，它会让你闭嘴，哦，是的。"

"是瓦伦丁，对吧？"

"什么？"

"沃尔夫？"

"他更有可能。"

"为什么？"

"他老是纠缠我，就是欺骗了你，他也不太在乎。"

"他来找过你？"

"他们是你的朋友，我不会干那种事。你想把我给他？"

"不！"

"所以你怎么能认为我会有这种事呢？"，

我挠着头。"除非你帮我，否则我怎么知道该怎么想呢？我什么都想！不管怎样，真相就在那里，我知道！你对另一个人的爱，是不是超过对我的爱？我仅仅排第二？"

"来吧，到这儿，靠在我怀里，仔细倾听。这件事我无法讲第二次，太沉重了。"她说，"有时，午夜之后，我父亲会走进我的房间，强暴我。"

"他强暴你？"

"是的，他强暴我。贾马尔。"

我一定是在向她点头。看着她的眼睛，我大脑一片空白。我突然想到我应该知道更多。

"这事发生多久了？"

"你是什么意思?"

"是在我们相遇相爱之前,还是之后?"

她垂下眼睑。"之前。"

"我们相遇时就在发生?"

"那时刚开始。"

"你为什么不告诉我?"

"我怎么能呢? 我当时已爱上你了。这肯定会把你吓跑的,也许这事会传开,父亲会被逮捕,或者会名声扫地。"

"他的名声?"

"这里的社区对我们而言意义重大。我们还在这个圈子里,就不能与它对抗。"

我说:"你没想过告诉我吗?"

"我不知道。我对自己说了什么? 没有。也许我认为它会停止,我会忘记整个事情。我对这种事毫无经验。但你现在不爱我了吗? 你觉得我肮脏,令你恶心吗?"

我吻了她的嘴。"我当然爱你了,甚至更爱。"

"是吗?"她说,"贾马尔,这就是我为什么如此需要你的保护,为什么需要感到被人爱的原因。我确实从你那儿得到这一切,我唯一的爱人,你一直对我好。"

"你对我也一样。你是我的生命。我想娶你。"

"你娶我?"她撇了下嘴巴,"我也嫁你。但现在不是说这个的时候。"

我说:"你父亲是怎么开始的?"

"我妈妈去印度后,一天夜里,爸爸走进我的房间,上了我的床。他用舌头舔我,带有性欲的那种,你知道的,他用身体摩擦我的胸部,然后才走了。他是在恍惚中,像莎士比亚戏剧里面的幽灵,瞪着眼珠,动作僵硬,像是被人催眠或者梦游那样。"

"第二天晚上,我害怕他再次做这种事,所以我保持清醒,亮着所有的灯,播放着音乐。"

"发生了什么事?"

"他确实又来了。他打开了我的门。音乐轰鸣,所有的灯都像疯了一样闪着光!哦,贾马尔,你应该看看我那时的模样。我穿着两条内裤、两条长裤子、一件套头衣,还有一件大衣。我浑身冒汗,当时那模样一定很奇怪。我甚至还戴着一顶帽子,我不知道为什么。他看了我一眼就走了。我松了口气,上床了,虽然我一点也睡不着。

"他停了几天没来。我以为自己把他吓跑了,直到同样的事情再次发生。"她说事情还在发生。"我就是穿上一吨的衣服,他也会脱掉,只不过是完事的时间更长一些而已。我所做的只是用一件T恤衫蒙住脸,这样就不必看到他,或者闻到他的气味。"

"阿吉达,你为什么不锁门呢?"

"门没有锁。"

"装锁不麻烦,沃尔夫和我会给你安装,今天就行。"

"你真好,可我不能那样做。"她说,"把自己的父亲锁在门外?他会自杀的。"

"自杀岂不更好?"

她大叫:"不!"

"你有充足的理由认为他会那样做吗?"

"他以前威胁过。他说,工厂要是搞砸了,他就得结束一切。他无法重新开始自己的人生。他要是辜负了家人,就无法面对这种耻辱。"

"阿吉达,那是敲诈。"

"我必须照顾他。"

"可你只能作为女儿去照顾。看在上帝分上,你不是他的妻子,他是法西斯,他胁迫你!"

"你不知道他。"

"他每天都在强奸你。"

"没有强迫。请你别说了,我受不了啦。"

令她沮丧的是,我收拾好东西就走了。我需要消化这件事。这事我无法对妈妈谈;她会陷入恐慌。唯一可能有经验理解这种事的是米里亚姆。但她的情绪不可靠,这取决于她服用的是什么。

第二天,阿吉达主动提起这个话题,说:"你瞧,我听你的。"她无法锁住卧室的门,但她在门下放了一个楔子。"我听到他来了,"她说,"我现在睡眠不足。你说我看起来特别疲倦,可上床睡觉是一种恐怖。昨晚我如往常一样,又听到他的拖鞋在门外发出的声音。你明白的,就是那种啪啪的声音,你总知道他要去哪个房间。然后,他砰砰地砸门。

"他越是用力,楔子就在门缝里塞得越紧。他就这样推呀挤呀,持续了很长时间。然后停下来了。后来我听到了打鼾的声音。他在客厅里睡着了。我出去给他盖东西,他在发抖。他可能死在那里。"

"别犯傻了。"

"他想要我的温暖。"

"他有妻子。"

"可他妻子不想要他。她甚至认为他是个大傻瓜。"

我问:"你父亲从不提晚上发生的事情?"

"早餐时,他总是老样子,宿醉未醒,生硬,暴躁,急着去工厂,问我们在大学里有没有学到什么,有没有浪费他的钱。想知道我们什么时候开始独立谋生。"她说,"贾马尔,在任何情况下,你都不能告诉其他人这事。你要承诺,以你母亲生命的名义来承诺。"

"我承诺。"

在自己的床上,我睡不着。我躺在那里,回想阿吉达告诉我的一切。我会想象她父亲精神恍惚,沿着走廊走到她的卧室,打开门,上床,强制分开她的双腿,身体压上去强暴她。我有时想通过自慰来摆脱脑中的这个场景,记得她说过:"他的鸡巴那么粗大,把我都填满了。"

"他让你高潮了吗?"我问她。我们做爱时,她会说:"我爱高潮,让我来高潮,我想一直高潮,我和你一起的时候一直都是湿的。"

"你真是个可怜的傻瓜,"她说,"可这种情况下,谁能责怪你呢?我很抱歉,我感到羞愧,迷惘。"

一天夜里,我实在无法入睡,就从床上爬起来。我不知不觉穿好衣服,离开了家。我也处于精神恍惚的状态。世界似乎静止,冻结了。

我前往阿吉达家。我爬过铁栏杆,进入小花园,然后沿着静寂的小路步行,走过汽车和黑暗的房子,到达我熟悉的栏杆前。

现在我不知道自己想做什么，只是站在外面，仰望窗户，想知道是否会看到一个幽灵般的身影在房子里晃动。

但如果他此刻正在与我的女朋友做爱，在高潮中正要大叫呢？我按门铃或者敲门，会打断他的可怕的快感。我弄出的动静可能会让他误以为是警察，从而大为惊恐。我站在那里，拳头在门上，准备敲门，然后跑掉，我不能搅进他们的生活。

也许，她弟弟房间亮起的灯让我心烦意乱。我相信他正从窗帘后面偷窥我。我害怕他看见我半夜时分在他家附近徘徊，随后向他父亲报告，我会遭到殴打或逮捕，于是我逃走了。

接下来的几日，我先后回到那里三次，只是无法行动。

在学校，为失眠而难受的我回到阿吉达身边，希望她还是以前的那个她，我们会有同样的快乐。但是这个污点无法消除。我们会交谈，做爱，去老地方，但已纯真不再。我们做爱时，我想知道她父亲的脸会不会被叠加在我身上。我是不是又一个撞击这个女孩身体的男性恶魔？想到这一点，我无法继续下去，我们躺在那里，肩并肩，茫然不知所措。

再也回不去了。但我想，天无绝人之路。我正在潜意识中想办法，只是还没准备好承认这一点。

"希特勒"，我这样称呼她父亲。那是个不会停下罪恶黑手的家伙，一个贪得无厌的坏蛋。那坏蛋把我变成恐怖分子。邪恶像个疯子一样闯进了我的生活。它要求处理。我们不会是受害者。不是他就是我。

我会变成什么样的人？

第十四章

我是由一位作家朋友介绍给亨利的。这位作家朋友翻译了热内的一部戏剧,想要亨利把它搬上舞台。我看过亨利的一些作品后,在伦敦市中心一家酒店的昏暗酒吧里与他进行了一次谈话,那个镶木装饰的酒吧非常安静,看上去根本不像是在伦敦。当亨利在试图决定热内戏剧进入我们世界的时机是否恰当时(只是他不认为时机恰当),他与我成了朋友。

我这样说是因为这份友情突如其来。他喜欢上你时,友谊亲密无间,充满激情。他开始一天打好几次电话,或者当他有话要说时,会不请自来。他每周约我出去两到三次。

正如我经常一有机会就批评约瑟芬懒散时,她喜欢指出的那样,像亨利这样的人在伦敦的大部分时间不是在工作,而是跟别人吃饭时谈论工作。他们被称为"闲谈阶层",对他们来说,生活就是在伦敦越来越多的新开餐馆里一场接一场的早餐、早中餐、午餐、茶叙、晚餐、正餐和宵夜，非常愉快。亨利的活动让我高兴；他不希望我复制他，我们是互补的。

他与妻子瓦莱莉虽然分开，但还保持联系。我发现瓦莱莉正接近西伦敦那些多少有波希米亚风格的众多群体的中心位置。该群体由互相重叠、彼此通婚的团体、圈子、派别、家族和集体组成，他们通常一起行动，出现在乡村周末、聚会、奖金捐献、丑闻、自杀和假期中，队伍在不断扩大。孩子们也一起上学，一起进戒毒所，他们彼此通婚，雇用自己人，孩子们一起玩耍。

瓦莱莉来自一个拥有数百年名望的富有家族。家族成员都是些艺术收藏家、教授、学者、报纸编辑。亨利有时谈到某个十足放荡的人，会说："哦，那是与瓦莱莉有姻亲关系的二表弟。最好闭口，否则你会毁了人家的圣诞节。"

他补充说："他们无处不在，那个家族，我会说他们过度扩张了。"他们不仅富有，而且还囤积了大量的社会资本。他们与很多吉尼斯、罗斯柴尔德、弗洛伊德这样的家族联姻，交友。他家客厅挂着一幅卢西安·弗洛伊德的画，一幅霍克尼手绘的瓦莱莉和亨利的肖像画，一幅赫斯特的圆点画，还有布鲁斯·麦克林的作品，安东尼·葛姆雷的小雕塑，以及各种古旧有趣的东西，你可以观赏或者拿起来，若你想知道关于它的历史的话。这所房子就像一个家庭博物馆，甚至就是一具躯体，到处都是岁月刻上的痕迹，犬牙交错，伤痕累累，新一代人总是被迫背负这样的历史这前行。

大多数晚上，他们这些人都去喝酒聚会，然后吃饭。这很昂贵：衣服、食物、毒品、饮料，还有出租车。钱对他们而言不是问题，"但就像伊夫林·沃的小说那样！"丽莎说，出了点事，就再也见不到他们了。"他是我最喜欢的作家之一。"亨利回答。无论如何,你不能指责这个艺术家、导演、制片人、建筑师、治疗师、流行歌星和时装设计师的团体懒散或者狭隘偏执。

这是特权,亨利知道这一点。唯一的支付方式就是工作,他们中大多数人都如此。这些人也不是特别沉闷。亨利很了解他们,他声称,你参加马拉喀什或里约热内卢的聚会,会看到同样的面孔,遭受同样的幽闭恐惧症和似曾相识的感觉,就像你度假或参观一些艺术博览会或电影节那样。所以,他要是去参加晚宴、聚会或者开幕式,他会希望有新鲜的人在车里和他谈话,或者一起离开,因为他在里面待几分钟,就觉得沉闷乏味。我会被他拖着走,同时也很好奇。不管怎样,我很想听听他要说些什么。

亨利比我大十二岁,在伦敦生活和工作了一辈子;他知道"每个人"。当他的婚姻破裂时,他已经做了两年的精神分析,分析师是个沉默守旧的家伙,不像他那么睿智。亨利对心理治疗很感兴趣,声称自己"完全搞砸了",但还不足以找到另一个分析师。他来找我谈他的问题,从一开始就介入最亲密、最严肃的事情。我喜欢他这一点,但我们的友谊不仅如此。

当然,我开始工作时,只有少数几个病人,而那些不称职的病人,拒绝让我治疗他们。我也从凯伦那里了解到,在伦敦,除非你有声望,否则你想在社会上取得进步,可能会缓慢,痛苦,而且徒劳无功。有时,我与亨利一起出门应酬,似乎所有人都迫不及待地要亲吻,热情地互致问候,而我则穿着自己最好的衣服,站在角落里,连服务员也不理睬我。

这时,我脑子里装着塔希尔的话,厚着脸皮介入别人的谈话中;我不像以前那样害羞了,我也想找个女招待:工作人员总是比参加聚会的人更有吸引力,当然也穿得更好。最糟糕的是晚宴,我困坐在某个出版社副总经理那被人忽视的妻子身边时,其他人则心满意足地坐在他们最伟大的朋友或最伟大的粉丝旁边。

亨利离开剑桥后一直在剧院工作,很少有如此屈尊俯就的经验,事实上,他不相信它的存在。但还有其他一些人,比如安吉拉·卡特,他们不是这样的。他们只见过你一次之后就记住你的名字,也不认为伦敦的社交界像蛇和梯子的暴力版。

当亨利和我刚成为朋友时,虽然我经常去他家,他妻子瓦莱莉几乎没有注意到我,就好像她不太清楚我是谁,或者为什么我在那里。她很有名气,而且已经有很长一段时间了,在伦敦以"让人如痴如醉的凝视"而有名。她一只手肘放在桌子上,下巴搁在拳头上,她会永远注视着你,眼睛一眨不眨,仿佛你是魅力的顶峰。对自负者或自卑者来说,这是一个机会,可以进行很多独白,但在没把握的情况下,这可能会导致你的完全崩溃或至少是一场自我怀疑的灾难。

直到我的首部作品《寻求治疗的六个人》出版,并获得《观察家报》的显著好评,她看到我时,眼睛才变大了。她走上前来,抓住我的肩膀,嘴唇滑过我的脸颊,留下淡淡的粉红色印迹,最后,她不断地喊我"亲爱的,亲爱的,亲爱的"。我被纳入她凝视的双眸,现在我不会被驱逐了。

面对这种突然回过头来的热络,我丝毫没受到困扰,只是怀疑瓦莱莉是否抬起过眼皮扫过这本书。她自身在服用百忧解;对她来说,如同现实主义和十二平均律那样,弗洛伊德的时代早已一去不复返。但这本书在她客厅桌子上的醒目位置保留了几个星期。

如出版商所说,"就书的本身而论",《寻求治疗的六个人》卖得很好,尤其是平装本。据说它甚至突破了自助市场,结果证明大量读者需要帮助。显然,人们想改善自己的心理状态,就像改善身体状态那样;他们认为大脑只是另一种肌肉,而个体的神经症仅仅被当作可矫正的精神障碍来治疗,其历史非常悠久。

我讨论了它的愚昧,还应邀讨论弗洛伊德的"欺骗性",很高兴他仍有能力激怒世人。我上了几次电台,还上过一次电视。被期待在电视上用简洁的语言概述自己的工作。我还被空运到国外的会议,并发表主题演讲。我就像一个名副其实的作家,去书店签名售书。我应邀参加了文学节,在那里朗读,并接受了亨利的采访,在一个有一半空座位的帐篷里接受观众提问,外面的风还往帐篷里灌。我还入围了几个奖项,伤脑筋的是,我不得不穿上特别紧身的无尾礼服,系上一条松软的领带,擦亮皮鞋,去参加那些可怕的晚宴。

这是值得的:我再次收到我的第二位前任女友凯伦·珀尔的信。我不确定自己从前在她脑中是什么形象,我怀疑就是个失败者,因为她对此时加在我身上的"时髦年轻的精神分析师"这一标签感到惊讶和好奇。她给我打电话,我们开始见面吃午饭。在八十年代末,曾有很多人处于性欲的冲动之下,有些尴尬,有些有趣,还有许多困窘。而在她之后,我找到了治愈自己躁动心情的不幸药方——约瑟芬。经过两年的相处,我和凯伦后来不欢而散。她另结新欢,看样子颇为愉快。

至于瓦莱莉,当亨利给了她一本我的书,她看到封面上的名字,并能够说"我知道他,他总来这里",对她而言我才成了一个真正的人,一个有社会声望的名字,她可以接受了。

与瓦莱莉在一起,如果你不介意她就像朝你的口袋扔石头那样,老是提别人名字来自抬身价(往往是关于她这个阶层中某人的低俗),你会觉得她富有才智,也足够体面。她的悲剧在于,虽然自己的鞋子性感,乳房也勾人,但相貌平平,发自内心地不喜欢更年轻漂亮的女人,除非她们是名人。但她走出自己的一条路,通过购买"够好看"的小说给导演,筹集资金制作电影,成为一名电影制片人,来展示自身的价值。

她的办公室就在地下室,她太想萨姆在身边,所以给他买了台等离子电视,希望他能留下来。当萨姆回来住,并告诉她,他回来是因为他发现亨利与一个文身女人做某种恶心的事。而瓦莱莉满足于当前与亨利的关系,往往会这样说:"至少这是个女人。你大惊小怪干什么呢?爸爸是个艺术家,他喜欢怎么干就怎么干。他们都是那样的,就像疯狂的蜜蜂。你前几天没看到关于图卢兹-罗特列克的节目吗?"

她很聪明,不抱怨米里亚姆而是称她为"贾马尔的姐姐",我的价值就是用来指代她。瓦莱莉绝不相信自己会被另一个女人取代。

在与亨利的友谊开始有一段时间后,我才应邀参加她的晚宴,这不仅因为我出版了一本书,而且还与亨利交往,因为亨利觉得在他所谓的"瓦莱莉的房子"里很孤独。他已经有几年没在那里真正住过了。他在国外工作几个月,或者待在别的地方,与朋友或别的女人在一起，衣服还留在瓦莱莉这里，回来只是看望孩子们，在他的房间里工作，或者只是闲逛。瓦莱莉告诉自己和其他人，亨利需要时间和沉默来创作。他由此获悉她是如何害怕失去他，或者说，她对他是多么忠诚，随便他干什么，她都会接受，拒绝透露她对他的不满，担心他会以此为理由一劳永逸地离开她。这些著名的派对一直都在楼下的大厨房里举行，玻璃门朝外面的花园开着，里面燃着蜡烛。从清晨开始，就有许多工作人员帮她做准备工作，因为有时会有三十人就餐，喝香槟和昂贵的葡萄酒。在伦敦，有大批人比她更富有，但很少有人能这样优雅地奢侈，或者能这样高朋满座。对于一些伦敦人来说，很少有比被邀请去参加她的晚宴更可怕的事情了，有些人来参加晚宴，就像参加博士学位考试一样全力以赴；而对其他人来说，没有什么比意识到自己被拒之门外更令人沮丧的了。

亨利和瓦莱莉的离婚非常平和。他们就像有钱人有时的行事方式，很理性地处理这件事。他们没有请律师或者上法院。好像彼此都知道，一旦婚姻结束，他们的友谊就会开始。瓦莱莉可能厌烦亨利，或者抱怨，责备亨利，但她还保留着亨利的夫姓，绝不会冒险赶走他。只要他还接她的电话，她就不介意他做了什么。终有一天，她会组织他的葬礼，并在他的追悼会上首先致辞。她会收回他。在那之前，不管他是否喜欢，也不管他的女朋友是否喜欢，她坚持与他一起生活，参加他作品的所有预演，与他的朋友们交谈，监控他的"爱情生活"，相信它会一如既往地以失败告终。

毕竟，是她帮助他铸造并拓展了自身的才华。她甚至迫使他出入社交场合，告诉他，他很有才华，他在伦敦可以见到任何他想见的人,还有她想让他见的人。她以他作为入场券,就有了在社交名流中纵横捭阖的资本。她把他从一个留着长发、不修边幅、放荡不羁、羞怯易怒的小子变成了拥有乡间别墅的社交界人士,该乡间别墅还自带游泳池,朋友们经常造访。

在他们的婚姻中,他有过外遇——多半是情绪化的——最终还是以分手告终。这造成了她的痛苦,但看到最终影响不大,也就咽下了怨恨。她所要做的就是坚持。他要是不接她的电话,那可能是在与情人度蜜月,她会等他回来。他饿了,就到她那里去吃饭。当他需要建议或意见时,就会询问她;当然,他们还有孩子。

当萨姆回到她的生活中时,亨利知道,她有多么高兴,尤其女儿丽莎一直都那么逆反,有意刁难她。她鄙视他们的财富、特权和社会安逸,声称他们除了自己的众多雇员——清洁工、建筑工、园丁、保姆、做家务的互惠生之外,就只认识有钱人。作为一个社会工作者,丽莎看到了下层社会,并认同它;她拒绝了母亲的钱,几乎不见母亲。有一次,她甚至放弃了社会工作,去那些"失业救济"小旅馆和民宿当清洁工,但由于抱怨工资和工作条件被解雇,她还试图组织工会活动。

丽莎的雄心是一直走下去,成为穷人,这是家里任何人都不曾想到的。与真正的穷人不一样,她可以去找她妈妈,如果有必要的话,她可以收到一万英镑的支票,而且永远不必偿还。事实上,父母会很高兴她回到身边,寻求帮助,几年前她确实这样做过。那张支票至少有五千英镑,她一转身就给了一个巴勒斯坦难民组织,并对她妈妈说:"但是还有其他人没拿到钱啊!钱把我与其他人区分开来。你为什么害怕平等?"

亨利和丽莎现在不太说话。他是个左翼人士,随着伦敦变得越来越市侩,有钱人越来越多,他的思想也更加左倾。但丽莎只是嘲笑他,说这很"肤浅"。亨利沉浸在对萨姆离开的愤怒中。他拒绝承认儿子已经走了,不让他收拾东西。萨姆想要自己的电脑、衣服和iPod播放器,但他来拿的时候,亨利把这些东西都锁了起来,说除非他还住这儿,才能拥有。毫不奇怪,男孩拒绝了,并扬言,为了拿回东西,他会回来什么都砸。亨利不介意男孩的威胁和他的母亲没完没了的电话,因为这意味着他仍然与萨姆有联系。

我不得不说,我不知道为什么亨利表现得如同一个被抛弃的女人,因为他几乎不在家。当我去米里亚姆家的时候,亨利经常会在那里,做饭,洗碗,或者闲坐着,与米里亚姆的孩子和他们的朋友聊天,而对方对他一无所知。此刻,在白天,他还给一群学电影的学生上课,他还是那样,谁跟在他身边,他就教谁。他是一个好老师,传播思想,介绍各种人物和运动,对文化、政治、历史都有卓越的见解。对学生的无知,他确实有发怒的倾向,似乎认为他们本该知道一切。不过,尽管他自大,但并不是个自恋狂。

当亨利有了新体验时,他就开始热衷于传教,好像以前没谁有过那样的体验似的。他重申,他和米里亚姆参加的俱乐部是他到过的"最民主的地方"。"性交是一种社会事件,你可以得到所有类型的满足。"

"就像在国家剧院?"我问道。

他说:"还不止这样!去那里的人有理发师、银行雇员、店主、面包车司机,以及住在城外廉价住房里的人。从一个角度来看,这既荒谬又索然无味。但从另一个角度来看,我们都知道,阶层最高和最低的人将冒着他们的理智、财产、婚姻和名誉的风险来获得他们想要的满足。我们也知道,这个有着疯狂欲望的世界是我们的孩子将要进入的。想到这种疯狂竟然是人类生活的中心,是多么奇怪啊。"

他说,他和米里亚姆没对彼此感到厌烦,他们仍然在正常地做爱,这并不是说他们能走多远就走多远了。有些男人,当涉及性的时候,认为应该由另一个男人(通常是最好的朋友)来满足这个女人,要是他们自己不行的话。但我知道米里亚姆是那些称职的女性之一,已学会如何确保彼此都满意。

有一次他们在我的住处打扮,就像一对准备去参加派对的年轻情侣:放着滚石乐队的喧闹音乐——"喂!我们不应该去看他们吗?他们不是来城里了吗?"——还有很多水。我不得不说这是一个可爱的场景:亨利穿着紧身PVC裤、无皮革背心和重靴,米里亚姆的则是短裙、高跟鞋和吊带,头上还有一个精致的婴儿玩偶。

"我穿上很快就要脱。"她说。

我忍不住说:"但愿那地方光线很暗。"

"性爱良方。"亨利这样说着,他们朝布希的出租车走过去。

"你为什么不和我们一起去呢?"米里亚姆问。

"是啊,"亨利说,"我相信你在那里不会遇到任何病人。那些人今晚要接受治疗!"

"我会去的,"我说,"但今晚不行,我会另找时间,可以吗?"

"可以。"米里亚姆边吻我边说。

他们走后,我怀念起他们制造的噪音和希望。公寓似乎空荡荡的。我在那里重读一本书，把我的欲望藏在书里！

　　我坐下来写作。是时候向自己描述那个晚上所发生的一切了，当时我再也无法忍受，最后决定采取行动。我需要回到现场，正如我所知，我总是那样，不得不一遍又一遍地回到现场。

第十五章

沃尔夫、瓦伦丁和我坐在一辆借来的车里,车停在车库旁边。我已经变成一片虚空,内心默然无言。

我可能想知道时钟是否停止了,那天晚上我们在那里至少待了两个小时,在沉默中暂停,没有移动,也几乎没有呼吸,只是吸烟,叹息,窃窃私语和抽搐,所有的可卡因一如既往地用完了。

我们等待的时间越长,我就越不安。我甚至希望阿吉达的父亲不要回家,希望他如果有情妇,就与情妇在一起,而不是跟我们三个人见面。是的,他若去拜访这个虚构的女人,这将是个美妙的夜晚,因为他儿子和女儿(我的爱人)此时都在温布利与朋友们待在一起。

两天前,沃尔夫曾问我:"怎么了,老弟?你脸色又阴郁了。"

"如果有人和你的女人做爱,你也会的。"

"你相信会有这种事?真的吗?但他是谁,伙计?她什么时候见到他的?"

"我没法告诉你。她求我别跟别人说,因为这事非常严重,沃尔夫。"

"你知道是谁吗?"

"现在知道了。我终于发现了。"

"是吗?你必须告诉我们,我们是铁杆兄弟,是哥儿们,"沃尔夫说,"她是个很好的姑娘。她来这儿给我们做饭,我们真的很爱她,要是你不跟她在一起,我就会对她下手。"他打了个响指。

他们说服我去酒吧,在那里我讲述了她对我坦白的事。

"天啊,这事很严重。"沃尔夫说。

我说:"我不能让她再经历一次这样的夜晚。我们得做点什么,假如这是一部电影,我们就进去一枪把他打死,那才令人愉快。"

"你说得对。我们应该教训那父亲一顿,"沃尔夫说,"给他一点礼貌的警告。这很容易做到。"

"为什么不呢?"我说,"他不认识你们,也不会去警察局把这一切都供出来,你认为呢,瓦伦丁?"

瓦伦丁没那么热衷。他是个温和的人,似乎像牧师那样渴望拒绝,渴望痛苦。但他不会让他最好的朋友失望。过了一会儿后,他说我们要做的事"在道义上是正确的",显然等同于苏格拉底所理解的"正义"。当然,如果它对苏格拉底而言足够正义,对我来说也就足够正义。

我的朋友们都准备好了,只要我下令,警告行动就会实施。我等着阿吉达告诉我她什么时候出去。我知道这事将在我们失去热情之前,在接下来的几天里就会发生。要是我们知道这个家庭的动向,这件事就足够简单了。当阿吉达告诉我,她与穆斯塔克将外出时,我们就仔细策划了这次"突然袭击"。

就在我们几乎都要睡着了,或者说紧张到极点的时候,猛然听到一辆汽车开过来的声音。那一带很少有车,我转头去看。

"是他。"我低声说。

"走,"沃尔夫说,"冷静,只是干一票而已。"

我们滑下座位。

阿吉达的父亲一到现场,一切都开始迅速发生。车库门开了,他将车开了进来。此刻他看不见我们。我们蹑手蹑脚地从我们的车里出来,从离厨房几英尺的车库侧门进入,他出来时要经过那里。

我们进了车库。我关上了身后的门。瓦伦丁拧亮了随身带的手电筒,放在一张长凳上,有足够的光线让我们看到受害者。他下车时,我们就站在他身旁。

沃尔夫甩手就打了那个父亲两记耳光,只是为了让他知道我们在那里。瓦伦丁上前猛击他的肚子,并且出奇地用力。

与此同时,我狠狠地对他低声说:"别碰她,你的女儿,永远别再碰她,她是你的孩子,你不可以和她上床,你明白吗?我们会把你的卵切掉。"

他挣扎着呼吸,试着点头。他吓坏了,因为太恐惧,似乎不明白我在说什么,也不知道我们在那里做什么。

他做了件奇怪的事。瓦伦丁把他击倒在车上,他在那里挣扎着。有那么一瞬间,我不知道为什么,我想那可能是一把枪。然后我才明白,他已经把手表取下来了,用颤抖的双手交给我。我把它塞进口袋。

我抓起他的翻领,以便更靠近些骂他时,他试图把自己的钱包给我。

"你想要我干什么?"他重复道,"我认识你!我以前见过你!你叫什么名字?你在这里干什么?救命啊,快来人啊,警察!"

我不能拿钱包,因为那时我已经下定决心,他会停止叫喊,并正确地听我说话——我从自己的夹克里拔出一把母亲的厨房刀。这是为了吓唬他,让他恢复理智。这的确吓坏了他。

当他看到刀的时候,他开始呼吸急促,喘着粗气,说不出话来。他的手攫住我的手腕,我不得不把他的手指从我身上掰开。

他瘫倒在地,颤抖着,双手紧抓着自己胳膊和胸部,发出可怕的声响,他跪着求饶,最后倒在旁边地上。

我退后一步,准备踢他的头,瓦伦丁说:"够了!"把我拉开。

我们拿起手电筒,走了出去。

我在关上门前,还能听见那个父亲喉咙里发出窒息似的咯咯声。或许这是我的想象。我确信沃尔夫当时说:"完事了。"他握着我的手。"这个恶棍罪有应得。"

"他得到教训了!"瓦伦丁说。

沃尔夫将一只黑皮手套重重地砸向另一只。"我们揍了他,任务完成了。"

我们开车离开,彼此间没有任何眼神交流,一路沉默无言。我们不是兴奋或高兴,而是疲惫和害怕。至少这一票干成了。"只是干一票而已。"

沃尔夫和瓦伦丁离开那里去伦敦,顺便送我一程。我下车后走了很长一段时间,经常是兜圈子,又回到原地,我碰到酒吧就停了下来,每次都喝上半品脱酒。我不能正常移动,我身体的各个部位似乎没有任何关联了。

回到家,我在浴室的水槽里洗了那把刀——没有什么理由——把它擦干,再放回抽屉里,然后转过头去看母亲,她走进了小厨房。今晚我很高兴见到她。

与往日一样,她在睡袍下面还穿了一件粉红色的尼龙小睡衣。她从看电视的地方起身时,睡衣上的静电噼啪作响。我当时不明白,她怎么能清醒地坐在那里,眼睛明亮,一小时又一小时,年复一年,完全沉浸在对电视屏幕上闪烁的人物角色的激情里。

在看晚九点新闻前,她喜欢就着奶油饼干吃乳酪和泡菜。每周至少三个晚上,我会和她一起坐在家里,听音乐,看书。但终归会在她心情忧郁时陪伴她。

今晚,我确信她比平时更注意我。我一定很警惕;也许我脸红了,或者我的眼睛在发亮。

她说:"你在做什么?"

"来和你坐坐,"我说,"电视上播的是什么?我能给你拿杯茶吗?"

不管听起来多么不自然,我都不相信,妈妈会怀疑我把女朋友的父亲打倒在地后回家了。只是我的身体不断提醒我有什么不对劲,这并不奇怪。当我给妈妈端茶时,我不得不双手握住茶杯、茶托和勺子,生怕它们抖动。

当然,妈妈还留着这把刀,她保存了很多年,或许现在还在。我坐在那里看广告,整个晚上我都能摸到牛仔裤口袋里的手表。后来,我把它藏进卧室,几个月后才开始拿出来瞧,思考着所发生的事。我偶尔在屋子里戴上它,告诉妈妈我喜欢它的外观,并用它换了些唱片。我在外面也戴过几次。我还换过表带。我把它带到我的新房子里,憎恨它,同时又需要它。

在袭击发生后的第二天早上,我不知如何是好。我从清晨五点起就一直在房子里走来走去,九点我去了花园。最后,我想我应该去学校,看看瓦伦丁是否在那里。

我正要离开家时,电话响了,就跑去接电话。

"爸爸死了,"阿吉达说,"我在医院。"

"谁杀的?"我问。

"罢工者。我们不在家时,他们来我家,把他吓死了。他的心脏本来就有问题,这些天正在做检查。"

电话里停顿了一下。我想,我在期待她的声音里会有某种快乐或者解脱。我不是给她帮忙了吗?

"我和穆斯塔克找到他的时候,"她说,"他的样子一点也不平静,他们说人死的时候都这样。但他的表情那样痛苦,扭曲,惊恐,头部有瘀伤,鼻子有血迹。怎么会有人这样对待一个人呢?"

"哦,上帝!"我说。

"我现在要哭了。"她已经在抽泣了,"这太可怕了,你不会想听。我回头再打电话给你。"

她说着就挂了电话。

我打电话到寄宿公寓,告诉沃尔夫和瓦伦丁,那个人死了。其余的话我一句没说,因为不想在电话里泄露任何东西。我随后会再联系他们。

当晚,阿吉达再次打来电话,她说她父亲是工会的人谋杀的,他们发现了他的住址,袭击了他。她告诉我有两个人被捕了。她称他们为"种族主义者",并补充道:"还有谁会干这种事?"

"窃贼吧?"

"但是没东西被偷呀。他的钱包在地上,没动过。"

我无从得知沃尔夫和瓦伦丁是否被捕了。我给他们的住处打过好几次电话,都没有回音,房东老太太说他们出去了。我再打电话过去时,她说他们搬走了。"走了最好!他们还欠我钱呢。"

那天晚上,我接到一个从"海岸"电话亭打来的对方付费电话。沃尔夫一贯悄声说话,这次也不例外,他说他们收拾好东西,离开公寓,上了他们用抢劫案赃款买来的保时捷旧车,正要前往法国南部。沃尔夫说,他们最好暂避风头。其实他们一直在找借口离开。

他们的职业生涯几乎从未兴旺发达过,所以他们跑路,没人追究,除了他们的良心,如果还有良心的话。只是在我看来,他们这一走,就永远不会再回来了。

"我无法相信爸爸不会再回来了。"阿吉达第二天打电话给我时说。

"至少现在晚上你可以睡觉了。"

"你什么意思?"

"你知道我的意思。"

"可我根本无法闭上眼睛!种族主义者在身后追逐我们,贾马尔。我们在这里都面临巨大的危险。"

这不仅仅是妄想症。我们不知道,当时所谓的"种族问题"会走向何方。我父亲常说"迫害"随时可能开始。当它发生的时候,他会来接我们走。"谢谢你,爸爸。"我说。

"我们还能住哪儿呢?"我问阿吉达,"我不能和你一起吗?"

"我叔叔在照管我。亲爱的,我会和你保持联系的。"

阿吉达的下一个电话是从机场打来的,她说她与穆斯塔克由叔叔以及住在她家的姑妈陪同,送他们父亲的遗体回印度安葬。那所房子将被出售。

"别了!"她说。我还没来得及问她什么时候回来,她又说:"等我,永远别忘了我,我会永远爱你。"然后挂上电话。

我读遍了大学图书馆里的所有报纸,在新闻里跟踪案件的进展。最终,对所谓杀人犯的指控被撤销。很多人猜测这是白人暴徒的种族主义袭击,左翼人士谴责警方没有认真对待种族主义袭击事件。但警方没发现任何线索。除了手表,我们什么都没带走,现场也没留下任何指纹或血迹。

那家工厂倒闭了,工会纠察队也离开了。警察找不到我头上,我感到很惊讶。我猜想自己很轻易就会坦白,但没有证据表明我和那个死者有联系。

这次完美的犯罪行动,其结果是我从此再也没见过阿吉达。她去了印度,我不知道在哪儿能找到她。我等待着,但她没有联系我,尽管我告诉妈妈,如果她打来电话,就记下她的电话号码。

阿吉达走了;她对我说"再见"时,我还没意识到,那是再也不能相见。我失去了我的三个最亲密的朋友,只余下一片死寂。

还有一个原因让我惊魂未定:我是没有亲手杀了她父亲,但没有我的"帮忙",他死不了,或许到现在还在随意走动呢。

我让他完蛋了,所以我称自己为"杀人犯"。

第十六章

飞机一定是在凌晨三点左右降落的。

我不得不拍打米里亚姆,把她摇醒。她之前一直擅自占住在布里克斯顿的一处空房里,正渴望逃离。该地区最近因为针对警察的骚乱而四分五裂。米里亚姆投掷砖块,在法律中心帮忙,忙乎了整整一周。当代街头涂鸦的建议是:帮助警察——殴打自己一顿。

米里亚姆免不了在飞机上服用药物来镇定自己的神经。我认为是止咳糖浆,那是她的最为心爱的药物,曾让她目瞪口呆。我帮她把东西扔进她的各种嬉皮士包里,把她推到第三世界。他们很幸运。

天还没亮,但周围暖和起来了。在机场外面的混乱中,许多衣衫褴褛的乞丐向我们气汹汹地压过来,女人们伏地亲吻米里亚姆的红色马丁靴。

我们逃进了能坐上的第一辆出租车。我很紧张,不知道如何走出这个地方,米里亚姆又闭上了眼睛,拒绝对任何事情负责。假如不是因为会造成更多难以解决的问题,我真想甩了她。

我们到达巴基斯坦这片祖先的土地上还不到一个多小时,出租车司机就拿枪指着我们。他和他那个大约十四岁的同伙,裹着一层可怕的毯子来抵御夜间的寒冷,此前一直对我们友好,一路开车载我们从机场去爸爸那里,车里播放的宝莱坞音乐似波浪一样拍击着车窗,还问我们:"音乐好听吗?座位舒适吗?想尝尝槟榔吗?想垫个垫子吗?"

"好极啦!"米里亚姆闭着眼睛小声说,"我想我已经坐在垫子上了。"

当时是八十年代初;我毕业了,列侬已经被谋杀,革命最终到来:玛格丽特·撒切尔就是这场革命的名义领袖。米里亚姆和我乘坐的是一辆古老的莫里斯小轿车,车子里拉着珠串和铃铛,她一定以为我们正在接近某种田园牧歌式的生活,很快就会碰到米娅·法罗、多诺万和乔治·哈里森在一个喃喃自语的印度人面前沉思冥想。

司机猛然朝左急转弯,将车驶离公路,穿过树丛,越过大片土路,然后突然停下。他把我们从车里拖出来,叫我们跟上他。我们照做了。他朝我们的脸上挥舞着枪。那不是爸爸的房子,那是人生的尽头。我在到达父辈土地上的第一天,在凌晨时分,突遭暴力死亡。这与不久前由我引起的那场死亡没什么不同。这很公平,不是吗?是诚实的、近乎即时的因果报应?我想知道如果妈妈给出我们照片的话,我们是否会出现在家乡伦敦的报纸上。

这里并非只有我与米里亚姆两人。我可以看到附近有人,他们住在帐篷和棚屋里,这些人蹲在那里盯着我们,另一些则是瘦得皮包骨头的孩子和成人,他们站在那里旁观。这情景就像是某种永久性的流行音乐节:有裂缝的腐烂帆布,破碎的金属瓦楞板,火,狗,孩子们到处乱跑,光和热突然出现。没有人打算帮助我们。

我们想到开枪的人。天啊,我们反应过来了!我和姐姐叫嚷起来,事实上是上蹿下跳,就像疯子似的大喊大叫,这让强盗颇为困惑。他似乎明白过来,我们的意思是没有钱。然后,习惯于激烈场面的米里亚姆,有了惊人的想法——送给他咸牛肉。

她说:"这对他们来说不是圣物,对吧?"

"咸牛肉吗?我觉得不是。"

她开始变得非常热心,似乎觉得他们应该想要咸牛肉,也许还认为他们最近发生了饥荒。他们确实想要咸牛肉。强盗一把夺过沉重的袋子,没朝里看就留下了。然后另一名男子开车送我们回到公路,去爸爸那里。在卡拉奇,连出租车司机的抢劫行为都很古怪。

"爸爸的新包没了。"等车子上了公路,我说。米里亚姆在一旁抱怨着,因为车子不断急转弯,避让迎面过来的驴车、宝马汽车、骆驼、一辆有中文标记的坦克,还有涂着疯狂色彩的巴士,车顶挂着的乘客,就像窗帘上悬挂的珠子。

幸运的是,除了爸爸要求的雷鬼音乐唱片外,我还在自己的包里放了几罐咸牛肉。爸爸不会失望;这是他要求买的。虽说他显然告诉过米里亚姆,他最怀念的就是英国的咸牛肉,我不相信他想要满满一箱子。不过,他对这东西确实偏爱,喜欢坐在打字机旁,一边吃着罐装的咸牛肉,一边喝从警察朋友那里得到的伏特加。"情况可能会更糟,"他说,"别的就只有咖喱羊脑可吃了。"

母亲希望我们来这里。因为她厌烦了米里亚姆离家出走让她担心,回家又与她争吵不休的日子。母亲有时也对父亲感到愤怒。她发现我们很难照顾,没人给她支撑。我们与父亲共度一段时光,了解他的生活以及他对事物的真实感受,将会受益匪浅。就连米里亚姆也同意了。

早在我们到达巴基斯坦之前,米里亚姆就像很多其他的"少数族裔"一样,迷上"寻根"这种事。她有巴基斯坦血统,在英国是少数族裔,但还有这个地方,在灵魂上,甚至宗教信仰上都与她有深刻的关联。为了准备这次旅行,她加入了诺丁山苏菲派的旋转舞小组。她在希思罗机场向我展示旋转舞,这种舞蹈与茶舞类似,相当轻柔。不过,我们还是要瞧瞧这地方如何崇尚精神。虽然到目前为止,只有枪对准我们的头。

不久,爸爸的仆人很快就给我们沏了茶,烤好了面包。爸爸就像贾科梅蒂的雕塑人物那样,非常瘦弱,他穿着白色的印度长袍和凉鞋,显得很庄严。他告诉我们,我们不是与他住在一起,而是去他的哥哥亚西尔家。老实说,这是一种解脱。

"他妈的,这是什么房子? 是擅自住在别人的房子里吗?"

原来,爸爸虽然对被他抛在身后的人而言是个贵族,却住在一个摇摇欲坠的公寓里,墙壁剥落,电线裸露,破烂的家具随意乱放,似乎随时会更换地方。地板上堆着许多烂报纸,灰尘从窗外吹进来,落在报纸堆上沙沙作响,也落在整包整包的白纸上,白纸已经在高温下卷了边。

那天早上，到了后来，父亲说他得写专栏文章了，叫仆人送我们去亚西尔那边。那是一栋宽阔的单层楼房，看上去像是电影中出现的比弗利山庄的豪宅，前面是一片落满树叶的空游泳池，老鼠们正匆匆地穿过。

因为我们未能与爸爸待在一起，米里亚姆很恼火，但我还是同意冒险。对于一个没有多少财产的伦敦郊区孩子而言，我喜欢难得的奢侈享受。而亚西尔家里正好能提供这种享受，我自然很喜欢。

这房子里还住着明眸善睐的美女，至少有四个。我称她们为"拉吉四部曲"。当然，我还在哀悼阿吉达，还在假设她最终回到伦敦，我们能重新在一起。我从未放弃过她。等时机成熟，我会告诉她关于她父亲的事，她会感到震惊，但她会看到我那样做的必要性，会原谅我。我们会比以前更亲密，会一起结婚生子。

与此同时，我突然想到，这四个从门口盯着我们看的深肤色长发女孩，都是亚西尔的女儿，她们也许会帮我减轻痛苦。

我看着这四个女孩，面对着痛苦的选择，就像是给一只猫一箱子老鼠，这猫却不知从哪一只下手。正在这时，传来一阵骚动。显然，屋顶上有只疯狗。我们冲出去，看到仆人们正手持长棒撵狗。狗被狠狠敲了好几下，受伤倒地，躺在外面的路上，发出可怕的吠声。我们后来出去的时候，狗已经死了。"你喜欢我们国家吗？"门卫问。

米里亚姆被告知，她不仅要和两个堂姐妹共享一个房间，还得与一个仆人、两个孩子以及我们的祖母合住。祖母显然是一位公主。这个老太太很少说英语，只是不断洗手，洗衣服；剩下的时间，她要么祈祷,要么学习《古兰经》。

这是个大宅子,女眷都待在她们自己那边,彼此非常接近。所以米里亚姆和我分开了,每天我们做着不同的事情,我们在伦敦家中也是各干各的。我喜欢读自己带来的书,而米里亚姆会和女人们一起去市场,然后与她们一起做饭。晚上爸爸和他的朋友们会来,或者我会陪他去他们家。

当爸爸一大早就开始写他的专栏时,我坐在他的公寓里,一边让他的仆人给我刮胡子,一边听着蓝色节拍和斯卡音乐。爸爸正在写一篇文章,表面上写的是家庭,题目是"女婿也在崛起"。这篇文章他写起来有些困难,因为他先直抒胸臆,然后不得不遮掩,把它变成一种诗意的代码,以便能读懂它的是读者,而不是当局。

爸爸的每周专栏的话题多种多样,但都拐弯抹角地指向政治。为什么在卡拉奇的主要道路上没有更多的鲜花?色彩越丰富,肯定是越有生机啦,因为色彩代表民主。他写文章谈论人们经常洗澡的现实,说他们如果更脏的话,会更有个性——因为这更能诚实地表达自己——暗地里是讨论关于水资源短缺的问题。另一篇文章表面上是关于黑暗的微妙之美和夜晚天鹅绒般的褶皱,其实针对的是每天可见的停电问题。他会把文章给我看,让我提建议,我甚至还写了几段,可谓是我的处女作。

这项工作完成后,我们会在午餐时间逛这个城市,看望爸爸的朋友,大部分是那些见证过巴基斯坦建国的老人,最后来到父亲的俱乐部。

晚上,我们去参加聚会。男人们系着领带,穿着夹克,女人们戴着珠宝首饰,穿着漂亮的凉鞋。他们彬彬有礼,但是酗酒,话题围绕着恩惠、地位、财富,比如汽车啊,房子啊,衣服啊等等,都在互相攀比。

卡拉奇远非米里亚姆所理解的"精神化"的所在,它是我们到过的最崇尚物质的地方。鉴于物质匮乏,所以精神刺激。只是我可能会认为父亲的朋友庸俗而肤浅,但他们却让我觉得自己寒酸,就像是个在伦敦愚蠢地错过大好机会的家伙。我被这些外省资产阶级轻慢地嘲笑着,父亲仔细观察我如何应付。我一半在伦敦,一半在卡拉奇,结果变成了什么人?我再次成为怪胎,就像以前在伦敦学校里那样。

尽管如此,父亲依旧教育我,告诉我关于这个国家,大谈印巴分治、伊斯兰教、自由主义、殖民主义等问题。我可能是个活跃的英国小子,认识几个托派熟人,爱好牙买加音乐,但我开始看到爸爸多么需要他的自由派伙伴,他们赞成里根和撒切尔。这对我来说是一种诅咒,但在这块日益伊斯兰化的土地上,它代表着"自由"。爸爸在这里的朋友与他一样,在这个相对陌生的国家里已经被疏远了。他相信随着国家变得更加神权化,他们的处境会变得更糟。爸爸说:"这里很少有诚实的人。事实上,我可能是唯一的一个!难怪有些人希望建立一个美德共和国。"

我父亲的许多朋友都试图让我意识到我是"新一代"的一员,必须尽最大努力让自由在巴基斯坦得以延续。"我们快死了,贾格尔,请你务必帮助我们。"英国人走了,留下权力真空,现在野蛮人接管了。看看中东发生的事情吧:革命的宗教政治成了一种邪恶的神权独裁统治,截肢、石刑和砍头广泛传播。如果那里的人民可以除掉一个像国王那样有权势的人,其他穆斯林国家会发生什么呢?

我知道父亲是个令人印象深刻的人,口才很好,说话风趣,作品深受大家钦佩。他差点就进了监狱,是"关系"使他脱身了。他曾目中无人,但从不愚蠢。他的文章最终被搜集成书,该书只在巴基斯坦出版,我看过。在这样一个腐败的地方,他代表着某种独立、权威和正直的力量。

他似乎有衡量生命的标准,倘若如此,我很快就得向他提出我最害怕的问题。他为什么不和我们一起住?是什么原因促使他来到这里?为什么我们从来都无法成为一个真正的家庭?

他没有回避这个问题,而是直接面对,好像他已经期待了很多年,准备好了。他说出他与母亲之间出现的"种种问题"——男人与女人之间常有的事儿,我很严肃地点点头,俨然一副理解的样子。此外他还受过一次侮辱。他喜欢过妈妈,现在仍然尊重她,他说。听到他说她是多年前的女友,而又很明显现在对她漠不关心,这让我觉得怪异。

不过,我还获悉他在与妈妈交往的同时,还与另一个女孩短暂交往过。那女孩的父母邀请他去他们家吃饭。正吃着,那女孩的妈妈说:"哦,你可以用刀叉吃饭吗?我还以为你们印巴人通常是用手指吃饭的。"

这是一个在英属殖民地孟买一个富裕的自由派印度家庭长大的男人。在众多的孩子中,父亲是家庭的王子,是家里最有天资的人。"难道他不是个了不起的人吗?"亚西尔对我说,"你爷爷叫我永远照顾他。"

父亲曾在美国加利福尼亚接受教育,他在那里的大学圈子里确立了作为冠军辩手的身份,也很会勾引女性。他相信自己有能力和身份当印度政府的部长,巴黎或纽约的大使,报社的编辑或大学校长,爸爸告诉我,他再也不能面对这种偏见了。他"走了",回到自己从未了解的国家,成为国家诞生的一部分,体验"国家开拓者"的经历。

当我们驱车在卡拉奇转悠的时候,他在方向盘后面开始哭泣。这个干净的男人穿着白色的沙尔瓦·卡米兹和凉鞋,身上带着一种我已习惯,甚至喜欢上了的酒精味道。他说,我们作为一个家庭没有在一起,他无法履行作为父亲的责任,母亲不愿住在巴基斯坦,他不能住在英国,他对此很遗憾。

他还说,他把我们留在了英国,不仅为自己,也是为我们。我们在英国机会更多。他说,本来应该发生的事情是,他的家人永远不应该离开印度去巴基斯坦。他的心在印度,他属于印度,他与亚西尔以及兄弟姐妹在孟买和德里长大。

他这时意识到,他的理想可能被满足的地方,是孟买,而不是卡拉奇,尽管这种想法有些疯狂。在巴基斯坦,他们把事情搞得一团糟。他承认,稍稍看一下历史就可以预测到,任何国家如果基于一种宗教、一个神,必将走向独裁政治。"伏尔泰预言过,孩子。你在那边随便读读,就会意识到这一点。"

他接着说:"像我这样的自由主义者在这里无足轻重。我们被称为'束之高阁、孤立无援'的一代。我们确实经常被束之高阁,但很少孤立无援。我们在城市里游荡,寻找彼此交谈的对象。年轻聪慧的人都离开了。你的表兄弟们永远不会有家,只会永远在世界各地上游荡。与此同时,毛拉将接管一切。这就是我为什么要建图书馆的原因。"

来自英国和美国的书籍包裹每周都几度光临爸爸的公寓。爸爸并没有全部打开,当他打开时,我注意到其中有些书他已经有了,只不过寄来的是新版本。爸爸用亚西尔伯伯的钱,在一个富有的律师家里建了图书馆。黑暗降临到这个国家,维护任何一种批评文化都极为重要。正如他所指出的,学生或者妇女可能想走进这个小图书馆。他知道在他死后那些书籍会在这个图书馆里得到保护。

爸爸坚持要我去见他姐姐———一位诗人和大学讲师。当我们到达时,她正躺在床上,她罹患关节炎已经有十年之久。"我一直盼着你,"她捏了捏我的脸说,"这将有难度,但你需要看到一些东西。"

我们帮她起来,扶她到助行架上,陪她去了大学,尽管这所学校已经因为骚乱而关闭,她还是决心要我看看。她与爸爸和我拖着步子,一路砰砰作响,穿过走廊和敞开的房间,边走边看那一排排木制长椅,还有那没有装饰与摇摇欲坠的墙壁。

她教英国文学:莎士比亚、奥斯丁、浪漫主义。然而,这个地方经常遭到伊斯兰极端主义者的攻击,再也没人返回课堂。她所教的书被认为是**禁忌**。与此同时,齐亚总统正在设立宗教学校或"武器装备学校"。那是许多贫困家庭送孩子去的地方,也是他们唯一能接受教育和食物的地方。

当我想知道姑妈在这种地方给那些从未去过英国的人教授英国文学的意义时,她说:"他们已经走了,英国人。殖民主义限制了伊斯兰激进主义,英国人至少将他们的文学和语言留给了我们。

语言不属于任何人。就像空气一样,任何人都可以使用它。但英国人留下了一个政治空洞,其他人则用石头来填补。美国人,美国中央情报局,为了使共产党远离中东,不惜支持伊斯兰复兴。这就是我们英语老师所说的讽刺。"她接着说:"我所害怕的是女性,在这里长大的年轻女性。没哪种意识形态比目前这个更讨厌女人。这些狂热分子将女性在六七十年代所做的良好工作全部抹杀。"

当时机合适时,她将返回大学教书,尽管她怀疑自己能否活着看到那一天。"一名学生对我说:'我们将杀死一万人,这将摧毁这个国家的机构,并引发一场革命。然后我们就可以进攻阿富汗,继续前进……会有信徒,也会有死人。西方将打败共产主义,而不是伊斯兰教——因为人们信奉伊斯兰教。'"

不过,我姑妈也满足于留在她的房间里写诗。她已经自费出版了五卷诗集,都是一页乌尔都语,另一页英文。她崇拜的是圣卢西亚诗人德里克·沃尔科特,那是她的光明。"我敢肯定,他父亲是殖民政府的一名办事员,我们这里许多受过教育的人都这样。"他教导过她,告诉她可以根据自己的立场写作——她称之为"跨文化",认为这有意义。当地其他诗人在她家里聚会,朗读自己的诗歌并深入交谈。他们得在地下进行诗歌活动,就此而言,他们不会是第一批这样做的诗人,也不会是最后一批。

"我羡慕那些鸟儿,"她说,"他们可以唱歌。没有人能让它们闭口不言或者囚禁他们。这里只有鸟儿是自由的。"

语言;诗歌;言论;自由。这个国家很悲惨,但有些人却很优秀,被迫严肃认真地活着。爸爸会知道这将对我产生何种影响。

我们的生活曾那样互不相干。父亲来英国时,从未去过我们的学校,连我们家也没去过,我们父子之间没有那种在日常生活中形成的亲情。但他开车在卡拉奇转悠时,确实问过我:"你到底想做什么?"就像他需要知道我的秘密,而之前我守口如瓶,绝不告诉宴会上那些急切询问的人。

我没有太多的回答:我说我要攻读博士学位,研究维特根斯坦后期思想。我会对任何询问我职业选择的人说这种话,这样做是为了爸爸。他可以向人炫耀,或者至少让询问者闭嘴。毕竟,我毕业时获过奖——管它什么奖——并且攻读的是哲学。

不过,这只是为了堵住别人的嘴,而爸爸也心知肚明。私下里他时不时骂我"无业游民",还会附加诸如"没用""懒惰"之类的话,尤其是醉酒时,还会骂我"又懒又蠢的无用货色",我试图为自己辩护。我没有给这个家庭带来耻辱,我确实想从事某种脑力工作,甚至考虑读个硕士学位。但实际上,我认为哲学只能作为知识学科的基础,是批评工具,而不是任何似乎值得追求的东西本身。有谁能报出任何一位活着的杰出英国哲学家的名字?后来,精神分析学更使我更感兴趣,因为它更接近人类。

这对爸爸来说太模糊了,他对"无业游民"的奚落并没有停止。他会说,"你的其他堂兄弟,他们在做什么?他们正在接受医生、律师、工程师的培训。他们将能够在世界任何地方工作。谁他妈的想要哲学博士学位?当初亚西尔就像你一样,无所事事,坐在酒馆里。然后我们在英国的父亲,去踢他的屁股,随后他开起了工厂和旅馆。所以——你可以考虑你的屁股要被踢了!"

我怎么能把快乐放在工作前?还有什么比这更令人愤怒的呢?爸爸踢我的屁股。可他能踢到哪里去?我觉得毫无价值,而且很高兴他不在伦敦，否则父子俩会水火不容。

考虑到爸爸攻击的严重性，我在亚西尔伯伯的房子周边游荡，想知道如何自处。我已知道在这个国家想独处是多么困难。一个大家庭的代价是，每个家庭成员都在不断地审视和忽视彼此，每一句话或每一种行为都被讨论，而且通常是不赞成的。

一天，我发现我伯伯也有个图书馆。或者至少有个被称为"图书馆"的房间，里面的书塞满了一堵墙，还有一张长桌子和几把椅子。房间虽然有霉味，但干净，就像伦敦郊区房子的前厅一样，还没有人使用过。

我浏览了一下，这些书都是精装本。诗歌、文学、大量左翼政治书籍，很多都是由维克多·戈兰茨出版社出版的。他们是我的一个叔叔在伦敦买的，然后运回巴基斯坦。这位叔叔住在亚西尔伯伯的房子里，但现在"整天游荡"，他患有精神分裂症。他二十岁出头的时候，是个聪明的学生，但现在大脑已经坏掉了。

我坐在图书馆的桌子前，打开第一本书，里面的书页全碎了，掉在地上，就像我把一袋面粉倒下来一样。我尝试打开另一卷书。最终，我的阅读安排是由当地蠕虫的消化程度来决定的。碰巧的是，有本书没其他书那样受虫子的喜欢。这就是霍加斯出版社出版的《文明及其缺憾》，我以前从未读过。我突然想到，与在英国相比，这本书与我现在所处的社会更加相关。无论如何，该书的第一句话就吸引了我，那就是："生活中真正有价值的东西……"

生活中真正有价值的东西是什么？这个谁不想知道呢？我可能会用自己的指甲撕掉那些书页，以便把所有的材料都放进我的体内。可整句话都被当地的虫子吃掉了，我当然感到非常恼火。

事实上，我想回到伦敦的原因之一，就是我想要好好地阅读它。最后，为满足自己的嗜好——我不想找父亲要这本书——唯一的办法就是反复阅读这一页。

通常，我唯一的同伴是我的精神分裂症叔叔。他会坐在桌子的末端，口中念念有词，俨然是乔伊斯式的意识流，很有趣。我当然不明白他言语的含义，我爱他，想了解他，但没有办法走进他的内心。我只能"进"到那个地步了。

当我习惯于每天就像翻阅中世纪羊皮纸页那样，小心翼翼地翻阅旧书时，我注意到门口有动静。我没吭声，但能看到娜杰玛在看着我，她二十一岁，是我最小的表妹。她等着我结束。每当我看她的时候，她就微笑着把脸蛋藏起来。我小时候在伦敦与她一起玩过。我们至少每年见一次面，我觉得我们有联系。

"请带我去旅馆，"她说，"今晚。"

我兴奋得发狂。无业游民也在崛起。

这种异性恋的出现让我有点吃惊。我已经意识到社会广泛的感官享受。例如，在同一个房间里睡觉的女人，总是爱抚着彼此的头发和身体，男孩们总是手牵着手，在其中某人的卧室里跳舞，咯咯笑着，玩着同性恋的游戏。他们谈论年纪较大的男人，特别是老师们多么的好色，在他们面前，只要有可能，你就得小心自己的屁股。当然，我喜欢的许多作家都去过穆斯林国家，而且上过床。我记得福楼拜的埃及来信："那些剃光的女性阴部产生了一种奇怪的效果——躯体像青铜一样硬，而我的女孩，她的屁股棒极了。""在埃斯那，有一天我射了五次，吸了三次。""至于男孩们，我们认为我们有义务放纵这种射精方式。"

我曾被介绍给与我同龄的年轻人,和他们一起出去过几次,站在有明亮装饰的汉堡和烤肉摊旁边,谈论女孩子。但与这些男孩相比,在发生阿吉达的事情之后,我近乎绝望。他们看起来太年轻,我感到不合群,不知道自己属于哪里。我必须要找一个地方,或者找个人倾诉。

娜杰玛花了三小时才准备好。我从来没有等一个女孩这么久,希望再也不会。不幸的是,我再次想起了阿吉达,她上课不可避免地迟到,还给出绝妙的借口,说她不想让老师看到她的头发乱掉。娜杰玛出现时,色彩艳丽得犹如一团燃烧的火焰,她穿着镶有黄金刺绣、闪闪发光的纱丽克米兹,手腕上戴着银手镯,手上有某种棕色的文字,头发宛如摆动的黑色地毯。我没见过谁化妆比她还浓。除了米里亚姆的一个易装癖朋友,她是我见过的最为浓妆艳抹的一个。娜杰玛其实犯不着这样,她还年轻,肌肤就像一杯上好咖啡的表层那样富有弹性。

我以为我们要去酒店做爱。我没意识到卡拉奇酒店是城里最时髦的地方,所有有志于此的情侣都去了那里。激进的穆斯林总是威胁要轰炸这些酒店——偶尔也这样做了——但由于城里没有酒吧,餐馆也很少,除了私人住宅外,没有别的地方可去。

我端坐在那里,身穿破旧的黑西装——我可以把手伸进裤子后部的那条裂缝去挠我的股沟——喝着味道无比浓烈的咸拉西酸奶,一门心思在担心账单的数额,觉得像我在街上那样与这里格格不入。不过,在回家的路上,她问我能否让她帮我吸出来,这听起来像是一个好主意,尤其是她穿的衣服一层层的,似乎过于复杂,我怀疑自己能否从里面找到路径。她找了个地方停车,当我的手指穿过娜杰玛的黑发时,我想这可能是阿吉达在满足我。最后她说:"我爱你,老公。"

老公?我把这归结为激情的诗意夸张。娜杰玛和我整天腻歪在一起,在我们第一次做爱后,她就明确表示,她爱上了我。我喜欢她这样,我自己也很容易坠入爱河,看到一张脸,就像轻敲了一下那盏神灯似的,开始幻想起来。

她喜欢嘲笑西方的"腐败"和"过度"。但这里肮脏,她迫不及待地想去西方,逃离巴基斯坦这个死胡同,逃离这里不断增长的暴力,毛拉的权力和卑躬屈膝的政客。我会是她通往西方的机票。

我看书时,她躺在我膝上说话。来这所宅子的其他女性都在接受医生和飞行员的训练,而我家这些契诃夫式的女人只想离开,去美国或者英国——它被称为**英格斯坦**——只可惜她们必须有个足够雄心勃勃的丈夫才行得通。那些留下的人,或者等着离开的人,就观看宝莱坞电影,拜访朋友和七大姑八大姨,说说八卦,出去吃烤肉串,除此之外,就只能懒散生活了,尽管她们的想象力依然丰富,而且火热。

我不想让她的吸吮停下来。我很喜欢这个,还有打屁股和其他我还没抽出时间来干的事儿。她也喜欢——非常喜欢——经济学。她似乎认为,我们在伦敦是开着奔驰出行,我说,不是奔驰,亲爱的,我更喜欢捷豹,我有过多辆捷豹,还拥有过一部宾利、一部劳斯莱斯,宾利我开了一周,就把它送回去了。奔驰老是给我添麻烦,天哪,经常出故障,连杆头老是弄丢。

然后,我对她说,纽约对她而言还不够。我们得去洛杉矶,去好莱坞,那里的游泳池是一流的,她长相好,也许还可以当一名女演员。

"下周吗?"她问。

"或许吧。"我说。接下来赶紧补充道,虽然我目前可能有点缺钱,但我以前有钱,很快还会有钱,一旦我重新工作,像我这么聪明的人,要不了多久,就能赚大钱。

我不得不说,我一开始并不想用这些毫无意义的废话来欺骗娜杰玛。她想当然地认为我很有钱,而且在不久的将来会变得更有钱,就像她的表兄弟一样。她常去英国,但对英国的真正面目却一无所知。事实上,大多数人似乎都认为米里亚姆和我很有钱。如果我们没钱,那一定是我们蠢到家,或者智商有问题。有一次,我看到亚西尔伯伯的一个年轻仆人先穿我的鞋,然后穿我的西装裤。我向他抗议时,他却咧嘴一笑。

"可你很有钱啊。"他用奇怪的英语说。

"脱下,"我说,"我要告诉亚西尔。"

他搞的就像我打他似的。"别,我求你了,别,别。"他恳求道,"他会解雇我的。"

他穿着我的衣物就走了。我能怎么办?他的薪水很少,米里亚姆既慷慨又有智谋,她想出一条路子,既能资助他,又能让我们受益。她让他给我们带来大麻烟,我们在屋顶上抽。不久之后,我从娜杰玛那里获悉,爸爸称我们为"可怕的孩子",他自己的孩子啊!

并不是说我们没去窥探他的生活,不渴望了解他真实的生活状况。对于他生活中的浪漫一面,对于他有没有情人之类,我都不太知道,虽说这似乎不太可能。他有他的日常事务,他的烦恼和他的书。

不过,他有第二个妻子。米里亚姆和我去她的办公室,她为一家女性杂志担任编辑。她是个妙人,身材娇小,五官清秀,彬彬有礼,又好奇又聪明。她的英语是英国上流社会的口音,说起话来就像印度人那样摇头晃脑,语调轻快活泼,我自从遇见阿吉达后就喜欢上了这种语调。但她并没有在情感上与我们有片刻的接触。她不谈爸爸,也不谈我们没有爸爸在身边的生活。在那次拜访后,米里亚姆打过几次电话,都被告知她不在。

事情开始变糟了。有一次我在图书馆,娜杰玛像往常一样在外面等着。我去找她,先看看周围有没有人偷窥,然后吻她闪亮的嘴唇,并开始抚摸她,但她冷淡地把我推开了。她沉默了一会儿,让我承受她的伤害,然后开始用乌尔都语辱骂我。她的父亲怒气冲冲地进来了,两人用乌尔都语说了一堆话。我从那里走了出来。关系破裂了。

原来,娜杰玛去找米里亚姆,向她坦白了所有的事情。比如我们相爱,我们要结婚,我们去伦敦、纽约、好莱坞,开奔驰,或者是捷豹?

米里亚姆平静地告诉她,忘掉这个吧,没人会与贾马尔结婚。他甚至连学生也不是;他是有学位,但那种东西伦敦城的每个流浪汉和蠢货都有。忘了捷豹吧,那个恶棍可能会开车,但他没参加驾照考试,他在英国道路上开不了车。如果他打算结婚,她就完蛋了,这事儿他没向我提过,他啥事儿都会告诉我,否则我就揍他。

我对米里亚姆大发脾气,她为什么要这么做?她说,她喜欢那个女孩,不忍心见她受我的欺骗,对我那些愚蠢故事信以为真。可她自己干的那些破事儿呢？

所有人都想当然地认为，我会在白天陪伴爸爸（我学到很多东西），就像爸爸想当然地认为，米里亚姆会待在家里与别的女眷一起。但是显然，她已经不这样干了。她开着亚西尔伯伯的车出去，往往连头巾也不戴，就那样抛头露面。别人问她去哪里时，她会回答"观光"。当她告诉我，在卡拉奇她最爱干的事儿就是去海边，在棕榈树下，劈开一个椰子，把半瓶杜松子酒灌进体内，我就大致知晓那是怎么回事了。

她的大部分观光活动都是在航空公司一个飞行员的怀里完成的。那男的有个沙滩小屋，他是我们一个表妹的未婚夫，本来在当年晚些时候就要结婚了。可飞行员想利用这个机会进一步了解家庭情况。他和米里亚姆在酒店的房间里幽会，就是我和娜杰玛去过的那家酒店，他认识酒店经理。

他们被人发现了。在卡拉奇，流言飞语是为数不多的紧急事件之一。他理所当然地认为英国女孩很容易就上床，当他邂逅米里亚姆，就知道自己是对的。我一直纳闷，她怎么会知道那么多关于这个国家的小道消息，原来如此。当然，我们那个表妹气得发疯，威胁要一刀捅死米里亚姆。米里亚姆触犯了众怒，我拒绝帮助她。

米里亚姆本来以为我们可以在巴基斯坦住上一阵子，找份工作，存点钱，在海滩上闲逛，做点毒品交易等等。但还不到一个月，整件事情就变得不可能了。我们与这里完全格格不入，没办法适应。也有英国和美国女性嫁到这里，但她们完全入乡随俗，穿着当地的服装，模仿当地的口音，试图学习当地的语言，以便与仆人交流。

在外面,米里亚姆要是不戴头巾,她就会遭到嘲笑和嘘声。甚至有人要掐她,她从货摊上捡起水果就砸向那些人。我很害怕她会与人干架,或者出现更糟糕的局面。我一直低头做人,可米里亚姆作为一个走极端的现代女性,让所有人都吃不消。我们的祖母,那位公主,已经走向她,把手放在她的额头上,说:"我要祷告,赶走控制你的魔鬼和幽灵。撒旦走开!让我们战胜那些异教徒!"第二天早上,她宰了两只羊把羊肉分发给穷人,这些穷人被要求为米里亚姆的快速康复祈祷。

一天早晨,所有冲突终于在爸爸的公寓里爆发了。我在客厅里听到一阵骚动,吵吵嚷嚷的,然后听到像重物被扔到地板上的声音。我猜被摔的可能是爸爸。我跟着仆人跑进去,只见米里亚姆骑在爸爸身上,就像她过去骑在我身上那样,朝爸爸尖叫着。爸爸试图保护自己的脸,并想打她。她很强壮,很难挣脱开来。她正试图冲他嚷什么。

"他辱骂我!"当我们抱住她,想将她的胳膊扣在背后时,她叫道。爸爸在掸自己身上的灰尘。我看见她朝他吐了口唾沫,唾沫粘在他脸上。他拿起手帕擦干净。

她说:"他说我亲白人的屁股!他骂我'烂骚货''肮脏的荡妇',可他把我们留在伦敦了!他抛弃了我们!还有什么比那更糟糕的!"

"出去!"爸爸用微弱的声音喊道。他走进另一个房间,关上了门。

这是我们最后一次见爸爸。

爸爸一定和亚西尔伯伯谈过了。我们回到亚西尔伯伯家时,就被告知要离开,离开时间是凌晨一点钟左右,我们没有任何选择。仆人们已经在收拾我们的行李了。没有人说再见或挥手道别。连跟女孩们说声再见都不允许。

滑稽的是,我们发现米里亚姆的情人,那个飞行员,正穿过机场的飞行员专用通道。稍后在飞行中,他过来接她。显然,是她在"操纵"飞机。载满乘客的波音747客机由米里亚姆掌控,而此时的她,正坐在飞行员的膝盖上,毫无疑问,她的手在给飞行员"开飞机"。

母亲想让我们看看"生活在自己环境中"的父亲,认为这会让我们长见识。没错,我们再也不能将他理想化了。在很多方面,他的处境比我们更糟。他救不了我们,我也救不了他。他不可能是我们希望的那种父亲。如果我想要一个父亲,我得找个更好的。

回到伦敦之后,我与米里亚姆都不说话。我恨她,不想再见到她。我不想再当小弟弟了。我通常相当被动,如果不是采取回避态度的话。我会随大流,先看看发生了什么事,而不想把我的辣椒扔进炖肉里,导致事情变得更糟。但在我们离开爸爸这里时,我对米里亚姆说,她毁了整个旅程。

"难怪爸爸觉得你是白痴,是婊子,"我解释说,"你无法克制自己,连五分钟都做不到!这些人有自己的生活方式,而你却嘲笑他们的一切!这世上,很少有人比你更自私!"

她是那么闷闷不乐,惊慌失措,甚至连打我都打不了。我猜她精神上受到重创。我突然想到,她要么在某种程度上自残,要么又回头吸海洛因去了。

我们回到伦敦,乘上地铁。寒冬时节,沿途那些小房子和整洁的花园显得格外稳重,可爱,一本正经。我们闭口不言,憎恨一切,两人的目光都充斥着愤怒。这是我们的土地,是我们必须生活的地方。我们现在所能做的就是继续我们的生活——或者不是。在维多利亚车站,两人没说话就分手了。我回到妈妈家,米里亚姆则去与一个住北肯辛顿公屋的男人厮守。

我知道无论发生什么,我都需要找份工作。幸运的是,我有个大学时代的朋友,在大英图书馆工作,他说他可以帮我在那里谋职。

我最没料到的是与娜杰玛再次见面。她一年后出现在英国,打电话给母亲找我。有那么一瞬间,我的困惑加上妈妈表述的含糊不清——"一个印度女孩打电话"——我以为是阿吉达。我如释重负地哭了起来。她没忘记我,她回来了。

娜杰玛嫁给了一个来伦敦学习工程学的巴基斯坦人,夫妇俩住在沃特福德,有一对双胞胎。我去看望过几次。

家里一个孩子发烧了,另一个可能有点智商问题。这对夫妇在这里受到种族歧视,谁也不认识,丈夫整天都在外面。娜杰玛为我做饭,她知道我爱吃她做的饭菜,我们很贞洁地坐在一起,她说她想念家乡的一切。她继续对西方国家的不道德行为进行诅咒,责备它没按照她幻想的那样,将财富分给她的家庭。

我带她丈夫出去喝酒,耐着性子听他抱怨英国娼妓的价格过高。

我只能说,英国的物价可能会比他想象的要昂贵。

第十七章

亨利遇到了麻烦,并且麻烦正在蔓延,把我们大家都卷进去了。

我的电话答录机上有一条来自他女儿丽莎的留言,很快又增添了一条。她不想见我,但不得不见我。她像她的家人一样喜欢坚持不懈,但也像他们一样一意孤行。我当时正忙着病人和拉菲,但出于好奇,我鬼使神差般地邀请她喝茶。

我一直很喜欢听亨利讲述她的冒险经历。这些年来,我偶尔碰到她,通常是与她弟弟在一起。她从小就被艺术和政治人物包围,一九八六年,她就已经是《星期日泰晤士报》伦敦沃平大楼的工人纠察队成员,还在伯克郡格雷厄姆机场度过周末。在去萨塞克斯大学读社会学之前,她接受过昂贵的教育。

出身于这样高贵的门第,她怎么可以在毕业考前夕辍学,在一条高速公路规划线上随便找个树屋就住下呢?亨利几乎没办法反对。难道不是他带着她与 E. P. 汤普森和布鲁斯·肯特一道反对核武器吗？然而，当她从树上爬下来的时候，亨利想当然地认为她会回归"正常"生活。他或者瓦莱莉会打电话给朋友打声招呼，她的职业生涯就会开始。

然而，她成了一名最底层的社会工作者，她骑自行车拜访酗酒疯狂的老年男女，拒绝把病患送入精神病院，因为这会把他们强行纳入精神病治疗。她离家出走，住在一个毒品贩子的单亲家庭里。她的寓所位于街区的顶端，视野开阔，可以纵览整个里士满公园，她却把它塞满了巴勒斯坦人和其他难民。有时，她会朝麦当劳泼油漆，或抢劫商店里的色情物品，整袋子都是这玩意儿。"希望能到失业者手里。"亨利嘟哝着说。

在这些波希米亚风格的年轻人眼中，这些行动并不出格，对他们而言，这种反叛传统的行为是必修课。亨利认为她是他成功的延伸。但他确实很担心，说："我女儿仍然是那种为保卫人类不惜将自己当作人盾的人。她怎么可以把全世界的罪恶都扛在自己肩上？这种负罪感和受虐癖是从哪里来的？只要她的愤怒是针对自己，大家都相安无事。可当它走向你时，你最好小心！"

她骑自行车出现在我的地盘，一看就是刚从分配给她的小园地那边过来，头发拖到后背及腰的位置，又粗又乱，蓬头垢面的。当然，这是向我表明，她拒绝承认自己的女性身份，倒不是我认为她是个女同性恋，我听说她试着去做过，只是就像很多人那样，失败了。

她似乎背着三个帆布背包，那模样就像一只直立的蜗牛。她的指甲很脏，靴子沾满了泥，身上的纯天然衣服都快成破布了。她没有化妆,不加任何装饰,面部的毛细血管在恶劣天气中破裂了,而她偏偏喜欢忍受这种天气,她看起来很疲倦,好像挖了好几周的土似的。

似乎就在不久前,二〇〇三年二月,她和亨利还有我一道参加了二百万人反战游行,一起步行到海德公园。现在,两年后,我们陷入了一场糟糕而又漫长的冲突中,这并没有改善她的脾气,也没有改善任何人的脾气。当我给她做荨麻茶的时候,我们一致认为,我们生活在一个由精神病所领导的国家,这个国家被锁链拴在这个专搞福音传教的狂热的帝国主义疯子身上了。她一定是西方剩下的唯一马克思主义者,但我喜欢她的热情。我们似乎只有在这点上意见能一致了。

她说:"前几天我去看亨利,大约是午餐时候去的,萨姆不得不搬走了。你知道原因。"

我身体向前倾。"这事我听说了。"

"可亨利耍孩子脾气,拒绝让萨姆拿回自己的东西。衣服萨姆可以不要,但电脑里有他的作品。我说不管付出什么代价,我都去帮他拿。我想去看亨利。"

公寓楼的另一个租客让她进了亨利的寓所,那家伙害怕像她这样的女人。就像拖鞋女人那次发现的一样,亨利的屋门没锁。她循着散发的恶臭去找他。

"他差不多处于昏迷状态。他生病了,盆里全是呕吐物。他可能已经死了,我在地板发现了恋物癖的衣物,以及其他物品,还有一个皮革面具。我对他说:'这是什么?'"

"然后呢?"

"他说：'在过去的几个世纪里，这种面具一直用在与重大仪式相关的庆典舞会上。'"我得咬自己的手，才憋着没笑。她说："对，这是他的另一个笑话，我现在讨厌笑话。他老是去那种俱乐部。当我问他吃过什么，他说维生素 E 和伟哥一起吃！"

亨利起不了床。他说布希随后会带米里亚姆过来，她会帮助他。

丽莎说："看到他在那里呻吟，我觉得抬起泰坦尼克号也比让亨利爬起来容易些。"她责备地看着我。"我坐在父亲的废墟旁边。"

"他怎么就被毁了？"

好像瓦莱莉对丽莎说，凯伦找过她，说如果亨利完不成那部演员纪录片，整个项目将被放弃。不仅如此，她与已经陷入了财务困境的凯伦，将要个人承担责任。瓦莱莉告诉丽莎，除了教学生外，亨利也拒绝了其他工作，声称他"退休了""没什么要说的"。

丽莎说："我问他是否需要医生。"

"他是真的不舒服吗？"

"他能把几个字凑在一起时，就精神好了。也许是毒品的作用吧。我从不用那玩意污染我的身体，所以我不知道。你用过吗？"我没说话。"但是，"她接着说，"你知道他心脏病发作了吗？他差点就死了。你姐姐怎么让他服用安非他命？难道她想杀了他吗？"

"我对此表示怀疑。"我说，"亨利很固执，不是吗？他喜欢自行其是。我们喜欢他这一点。"

她说："我想我在某个场合遇到过你姐姐。我对她并无恶意。但我问你，他俩在一起干什么？"

"当然,米里亚姆是一位遭受过虐待的穆斯林单身母亲。她几乎没有顾忌,她看问题会切中要害。你父亲,一个自由的单身汉,爱上她这一点。"

丽莎坐在我的诊疗沙发边缘,等我说完这句陈词滥调,就开始了她事先准备好的严厉批评。

"我们比任何人都清楚如何照顾他,而你的家人老是疏忽。"她似乎在犹豫,但我知道她的批评才刚开了个头。"你为什么担心我们家的小问题?我知道你花了很多时间思考电影明星和名人的可怕困境。难道他们没有打电话给你吗?报纸上说的,明星治疗师?"

我说:"你知道不是那样。尽管我必须承认,我利用工作之便与我感兴趣的人在一起。就在今天早上,我还想知道凯特·摩丝是否愿意来见我。怎么可能有人不羡慕我呢?无论如何,我在报纸上没看到这事儿。你看到了?"

"当然没有。"

这些年来,有几位运动员接触过我。他们费了好大劲才了解自己的肉体,以为大脑也可以被训练得很服从,可这种做法没有奏效,他们似乎对心灵与肉体的关系开始感到好奇,在此情况下,他们寻求我的帮助。

丽莎提到的事件与我见过几次的一个足球运动员有关。他来我这儿的时候被人跟踪偷拍,照片出现在报纸上,背景是我门口,还有玛丽亚从他身后露出的半边脸。他的不幸到处被人嘲笑,被人称为疯子。

她说:"名人遇到的小小困境,一定是地狱。但我父亲已经不再见他的老朋友了。很显然,他们让他厌烦了好多年。这些人很有名,在各自的领域很有名望。可他们身上没有穿刺呀。他已经辞去了两个委员会的职务。至于他和米里亚姆一起去的那些地方?"

"哪些地方?"

"恋物癖俱乐部。那些地方是很肮脏,里面的人都有病。你认为去那里的女人想干那种事吗?那是强奸,她们的丈夫强迫她们和几十号男人发生性行为。"

她是李尔王的哪个女儿?我想知道我得忍多久,才会痛快淋漓地大骂她一顿。

"你在为你父亲担心,"我说,"他是有所改变。但一切都会平静下来的。"

"我操你妈,你别显摆那套精神分析师的骗术了。"

她母亲的舌头像传家宝一样传给了她。

"骗术?"我说。

她看着我放在办公桌上的弗洛伊德的明信片,那是一个热心的病人寄给我的。"弗洛伊德一再被人怀疑,那个病人妒羡理论——"她停顿了一下,"我是说他的阴茎妒羡理论,天哪。"

她自己都笑了。

"你是否想说,那就是个错误百出的鸡巴?"我说着,也笑了起来。

"贾马尔,我父亲爱你,甚至听你的话。瓦莱莉也是这样。但我父亲的情况并不好,你必须承担一些责任。"

又是那个词:**责任**。我看米里亚姆在她那个电视节目《痛苦秀》中亮相时,她最常用的词儿,除了"**我**",就是"责任"。对自己所做的事情负责,把自己当作行动者而不是受害者。对于责任我举双手赞成;谁不会呢?我们都对自我负责。但我们的自我是什么呢?它们从哪里开始,又延伸到多远?

"对,"我说,"他要对自己所做的事负责,而不是我,肯定也不是你。他,只能是他负责。你和我,"我边说边站起来向门口走去,"都不重要,我们应该为他俩感到高兴,为他们给予彼此的快乐感到高兴。希望他们结婚,或者至少生活在一起。"

"结婚?生活在一起!你疯了吧?那两个?你从哪儿冒出这么个主意?可能吗?!"

我是在恶作剧。她激怒了我,我只能让她火冒三丈。

我说:"我喜欢看到别人满足。"

她已经在收拾东西了。她问我是否介意她带些东西回家。那是我之前用过的茶包,她想把它放进她的"堆肥"箱里。她把茶包里的水挤干,然后扔进她背包的一个口袋里。

在门口,她说:"我不会让我父亲被人毁掉。"

她的靴子地板上留下泥印。她也"忘记"了自己的一只背包。我的病人经常会留下雨伞和外套,还有零钱、打火机、避孕套、卫生棉和其他从口袋掉到沙发上的东西。这是一种支付方式,也是一种关系。我知道丽莎会回来的。

两天后,她回来了。

"谢谢你忍耐我。"她说,好像我有选择似的。她坐在沙发上,把裙角塞进靴子,另一个色彩鲜艳的东西,具有异国风味,就像我一样。她看我盯着她的腿,笑了。"你知道瓦莱莉在她卧室的墙上有幅安格尔的画吗?那幅画丢在一大堆乱七八糟的东西里,都是些有价值的东西,家里的照片什么的,它还在那儿。你别不在乎。你知道它值多少钱吗?"她看着我,我没说话。"瓦莱莉说你是没有秘密的斯芬克斯。难道你不是'应该知道'的那个人吗?"她停顿了一下。"你点头了,但是,告诉我,你如何保持那种平静呢,贾马尔?你那副安静自若的样子,是在哪儿学来的吧?"

"我想我从未学过。"

"你从不烦躁不安,从不大惊小怪。你棕色的眼睛非常坚定,虽然柔和,但并不仁慈。你那蒙娜丽莎式的微笑,似乎你在倾听的时候,就什么都知道一样。这足以说服一个女孩,让她相信你可以听到她的灵魂在低声诉说。我打赌,你所有的病人都想和你一样。"她对着我微笑。"我可以和你一起坐很长时间,周围有书、CD和这些可爱的图片相伴。"

"都是朋友送的。"

"素描也是吗?"

"是我妻子约瑟芬画的。"

"还有你儿子。他的照片好多啊!与我母亲的朋友们不同,你并不是炫耀你的财富或权力。"我没说话。"你不该给出建议,"她说,"你们这些萨满甚至不愿意承认自己能治愈疾病——就算你们真的能治愈。"

我说:"治疗和分析之间的区别在于,治疗师认为他知道什么对你有好处。而在分析中,你自己发现这一点。"

"如果你有一个正在自我毁灭的病人,你会怎么说?"

"我会警告他们。"

她说:"贾马尔,求你了,你能给我看看吗?我是指作为一个病人。"

我告诉她,我可以推荐优秀的分析师,但我自己不方便给她看。我会给她提建议。如果她急需,我现在就能找到几个电话号码。

她说:"你为什么拒绝帮我?我从妈妈家拿了你的两本书,然后读了。我在网上研究了你的论文。像所有的优秀艺术家那样,你让我相信你是为我写的。"她接着说,"你能回答这个问题吗?当你觉得你是与错误的人进行错误的对话时,会发生什么?"

我注意到,当我浏览通讯录,找纸和钢笔的时候,她把脚放到在沙发上,躺下了。

"丽莎。"

"但我得告诉你发生了什么事。"

"发生什么事了?"

"我打电话给亨利,我们同意在河边工作室附近的那个地方吃晚饭。结果我到的时候,她在那儿。"

"谁?"

"你心爱的姐姐,她不请自来,但没关系,她开始说话。摩羯座是在上升还是在下降?她认识的巫师,肚皮舞课程,时髦辣妹当金鱼,肉毒素,还有如何得到廉价肉毒素,《老大哥》,如此等等,就是个会张嘴说话的八卦小报。问题是他听得很仔细。我想:他怎么知道《老大哥》是什么?是她鹦鹉学舌学给他听的。多么甜蜜!然后你知道他做什么了?"

"什么?"

"他向我出示了滚石乐队的票。"

"他说没说给我一张?"

"爸爸在做什么——回到另一个青春期?她把他偷走了。他曾因为有更好的人陪伴,错过了我的童年。但在过去的两年里,我们每周会一起吃顿午餐。现在他不见我,也不需要我的建议。当我让他一起吃午饭的时候,那个女人居然在那里!他道歉,明白我的意思,答应和我见面。但他又谈起了她,她那患关节炎的手,她的痛苦。他居然说出这样可怕的话:'米里亚姆已经让我摆脱了可怕的资产阶级教养。我过去相信的一切都是愚蠢的,错误的,没有实际价值的!'"

"没你的位置了?"

"我告诉他,如果你不解决这个问题,我就去做点什么!"

"给你。"她收拾好东西准备离开时,我说,"拿好这个号码。这个治疗师是我的一个朋友,擅长写作。"她看了看那张纸,折起来放在口袋里。"你对这些人有非凡的信心。"

我说:"早期的精神分析专家确实思考过人类心智的结构,思考过孩子意味着什么,性意味着什么,与他人相处意味着什么——生活在社会或文明中意味着什么,作为一种有性别的动物,不得不死亡,又意味着什么。他们知道,正如普鲁斯特所说,过去的每一个小时,都刻在身体上,其实是身体的组成部分。没有什么比这更重要或更吸引人了,是不是?"

我拿起了梅兰妮·克莱茵和安娜·弗洛伊德的传记,递给了她。"她们是迷人的女性、先锋人物,也是激进的知识分子。"

"谢谢你,"她说,"离上次有人给我指明方向,已经很久了。我父母只希望我当成功人士。"

她接着说:"我们的'客户'看到我之前,都是看过医生的,而医生会给病人开好几年的药。"

我说:"有人与女朋友分手,医生也是开药给他们吃,就好像痛苦是一种病似的。"

她说:"医生们没空记病史。他们十分钟见一个病人。所以我就倾听,可我在那里要听整个上午。然后,我就因为速度太慢而陷入麻烦。"

我说:"弗洛伊德的革新,在于他不是给人开药,催眠或者给他们建议,因为这将会对他们产生影响。他只是倾听。他写下他们的故事。"

下一次见亨利时,我告诉他,丽莎已经来看过我了。

"你不认为我也想见丽莎吗?"他担忧地说,"她如今称我是个被迷惑的浑蛋。我只是个傻瓜,只希望她们能和睦相处。我知道,我忽略了基本的人性。"

我俩都想换个话题,于是聊起别的事情,可这不是结束。我不相信丽莎会去见我推荐的心理医生,但她的状态比我想的还要差。

一天后,我和拉菲去见米里亚姆。拉菲与别的孩子在下载铃声,我看了一眼坐在桌前的米里亚姆,看到她的手在颤抖。

"是谁惹恼你了,亲爱的?"

"丽莎来过了。她是个非常淘气的女孩。因为她是亨利的女儿,所以我很放心。"

"怎么放心？"我不安地说。

我本想来这儿吃个饭，放松一下，但米里亚姆却给我一个恶臭的氛围，让我感觉像吞苍蝇一样难受。

我问："丽莎现在在哪里？"

"在急救室。估计她父母正在为她担忧呢。"

"她怎么会在急救室？"

"你认为呢？"米里亚姆说。我起身离开，她一把抓住我。"请留下来，弟弟。你知道今晚我需要你。"

丽莎在第二次拜访我后，给米里亚姆打了个电话，要求见她。当米里亚姆还在考虑这样是否合适，想着是否应该先告诉亨利时，丽莎走了进来。她一定是骑自行车过来的。

她走进米里亚姆的厨房，坐了下来。"狗娘养的，她和我面对面——就坐在那儿！"丽莎瞧了一眼布希，指着门让他出去，说她与米里亚姆需要单独谈谈。于是布希拖着步子出门，摆弄他的车，但他就在不远处，出于本能，他觉得可能要出事儿。

丽莎开始为强行上门和别的事儿道歉。

但没多久，她就要求米里亚姆离开她父亲。她乞求，哭泣。她还提到了亨利的心脏病发作。然后，她犯下第一个严重错误，她提出给米里亚姆钱。她要给米里亚姆两千美元，只要她不再见她的父亲。

米里亚姆问丽莎，凭什么认为她要她的钱。

丽莎——这个每天去看望穷人和受剥削者的人——轻蔑地环顾四周，扫视了一眼这摇摇欲坠的房子，里面充斥着动物和孩子们，那表情就与她母亲同出一辙。我知道米里亚姆的意思。听到这里,连我都觉得,真是自作孽,不可活,感觉非常恶心。

到此为止,丽莎一直在考验米里亚姆的耐心,这从来就不是个好主意。据米里亚姆说,丽莎浑身汗臭,毛茸茸的,脚趾间可能很脏。"我本该让她给花园除草。"

丽莎对待米里亚姆的方式无疑是犯了大错,她认为她轻易就可以被打败。丽莎还变本加厉,她说米里亚姆只对她父亲的名望和金钱感兴趣。如果亨利是无名小卒,米里亚姆将对他毫无兴趣。她在暗示米里亚姆是个追星族,甚至是个妓女。

米里亚姆越听越恼火,但她爱亨利,她从未这样爱过一个男人。她不想让事情变得太疯狂;毕竟,丽莎是他的亲生女儿,这场战争会把他撕碎。把这婊子弄走,她想,只能做到这样了。

她命令丽莎离开这所房子。她厉声下逐客令,让她在一分钟之内滚出去,否则她就会放狗咬他。那些狗已经在外面狂吠,可丽莎仍企图往下说。米里亚姆可不是那种一开口就滔滔不绝说个没完、不把人说死不罢休的中产阶级婊子,怒火在她心中燃烧,她到了忍耐的极限。

她的手指摸向她那众多手机中的一部,还没意识到发生什么,手机就飞出去了,砸向丽莎的面部,这是幸运的一击,她砸裂了情人女儿的颧骨。随后米里亚姆又向丽莎扔别的物件——什么药丸瓶啊,视频啊,占星术的书籍啊等等,全砸到丽莎头部的不同部位。

丽莎转身向她扑过来。她很强壮:她爱划船,练习女子拳击。孩子们在尖叫,米里亚姆打不过她。丽莎发疯了,她摆起架势,拳头飞快地扫过。布希上前阻止,他挡在两个厮打的女人之间,免得她们动刀子。

在更糟糕的事情发生之前,他把丽莎赶了出去,赶到她自行车那边。这个地区治安不好,丽莎的自行车此时只剩下骨架,车轮和车座都丢了。接着,布希拿起一块木头举起来,他要保卫房子!在他身后,米里亚姆拿着一把刀子出来,威胁要撕掉丽莎自鸣得意的中产阶级嘴脸,认为只有让那张脸透透气,才会好看些!

我正气得浑身发抖,手机响了,是亨利的电话。那天他打过几次电话,但之前我没空接。我几乎听不清他在电话里说什么。他筋疲力尽,服用毒品和兴奋剂后脑子晕乎乎的,而且,更糟的是,他不知道把滚石乐队的票放哪儿了。他把公寓翻得一片狼藉,现在不知如何是好。丽莎一直在给他打电话,尖叫着说她在医院,然后说在警察局录口供。她试图给米里亚姆按上虐待、殴打和谋杀未遂的罪名,让人逮捕她。亨利则试图让她停手。

不过我听清楚了丽莎对亨利说的话:"你在害死我!"

"我害死你?"

"对!"她又说,"要是你哪天晚上发现我上吊死了,你不会喜欢这场面吧!"

这一天,米里亚姆一直在告诉亨利,这对她来说太过分了。她爱亨利,但除非他能让他女儿彻底冷静下来,否则不会再与他见面了。她不忍看到亨利夹在两个女人之间为难,但此刻她想分开。她不能让那个疯女人到她家吓唬孩子和动物。

她知道自己又丑又蠢,还讨人厌,一文不值,没有男人懂她,但她再也无法忍受别人对她的排斥,她不能再被丽莎侮辱。这辈子第一次感觉被人爱后,她还没有坚强到能够在丽莎的憎恨中生存下来。

在电话的另一端,亨利茫然无绪,但他知道自己想要什么,那就是不让她受伤害,让他们在一起,继续他们的新生活。他开始哭泣,乞求,但他无法把自己的意思表达清楚,接下来电话也挂断了。

稍后,我看着电视上的冠军联赛,了解刚才的部分情形,同时等着拉菲去找他的鞋子,重新整理一下头发。正在这时,亨利进来了,模样很狂野,就像遭遇了一场暴风雨似的。

他马上扑向米里亚姆的怀抱,两人紧紧抱着彼此的臀部,又是哭泣,又是道歉,亨利哀号着:"我永远不会抛弃你,永远不会!你知道的!你是我的甜心,我的灵魂,我的香肠!为了你,我甘当逃犯,我会逃离所有人,包括我所有的家人!你怎么能认为我会辜负你呢,我都想我们要结婚了。"

"你只是在逗我开心而已。"

"不,不——"

拉菲进来了,惊奇地看着这两人。

没过多久,他俩就打起电话,商量当晚要去哪里"玩"。

"顺便提一句,"亨利在我正要离开的时候拍了拍他的口袋,对我说,"我找到滚石乐队的票了。我们肯定去!"

第十八章

我虽然同情亨利的痛苦,但我得说:"一个男人能有两个女人为他争斗,还有比这更让人满意吗?要是她们相处融洽,那才糟糕呢!"

他很震惊。"没有心甘情愿的付出就没有快乐,是吗?我不愿承认你是对的,但也许你说的有道理,"他如释重负地说,"在我这个年龄!凡是色狼就必然造成混乱。有他们在,这世上的日子就无法安稳。这些是欲望的连锁反应!只要女人不走得太远,我还有什么好抱怨的?大多数人都太循规蹈矩了,"他说,"他们进坟墓时还在想着,当初是否该多给别人一些伤害呢,他们心知本该如此。贾马尔,谢谢你的支持!我很抱歉给你姐姐的生活带来这样的混乱。"

尽管米里亚姆重新接受了他,他还是被她当时要抛弃他这事儿吓坏了,下定决心把她绑得更紧。因此,他盼望这次看滚石乐队演出能够成功。滚石乐队的颓废点燃了他的激情——只是太迟了,迟了四分之一世纪——亨利比我从前见他时更加兴奋。他整天都在给我打电话。如果我和病人在一起,他会和玛丽亚交谈,尽管玛丽亚几乎一个字也听不懂。她喜欢的是普契尼。

亨利的门票是从他认识的一个服装设计师那里拿来的,那人现在正参与乐队的工作。乐队将在位于托特纳姆法院路的阿斯托里亚剧院演出。我曾与阿吉达和穆斯塔克一起看过滚石乐队的演出,但我知道亨利从来没看过。尽管他声称当年贾格尔穿着奥西·克拉克设计的演出服,在海德公园进行布莱恩·琼斯去世后的首次演出时,他就在"附近"。

六十年代末,玛丽安娜·菲斯福尔曾在亨利协助制作的一场歌剧中出演过,那时亨利还正年轻。他们如今仍然是朋友,但相处有些困难,因为她有歌星的脾气,而亨利对摇滚乐的看法向来有点势利,它究竟是劣质货,还是一场变革,他下不了结论。他讨厌跳舞,不喜欢大声喧嚣,对"粗俗"的乐趣他一直不置可否,现在因为知道米里亚姆喜欢,态度才改变了。米里亚姆确实喜欢。

亨利忘记放票的地方,后来发现了,又丢了,最后终于找到了。当看演出这一天终于来临时,米里亚姆和亨利在卡姆登市场花了一个下午时间去买黑色衣服。我们都穿上引人注目的服装,还有舒适的鞋子。布希开车送我和米里亚姆、亨利,我们在索霍广场下车。那个广场平时就很拥挤,这个晚上则更是被挤得水泄不通。

"尽管我的话听起来有些啰唆,可我们真的必须排队吗?"当我们走近排队的队伍时,亨利说,"我们不是有好票吗?是不是有特别的入口?"

"这就是特别的入口。"

人群已经绕着街区在排队。沿着队伍,有数不清的票贩子在买票卖票。气氛生机勃勃,近乎暴力和狂欢,看戏或听歌剧从来没有这样的氛围。正如亨利指出的那样:"我演出的场所不带这样的。"滚石乐队真可谓是不可或缺的伦敦乐队,即使在这么多年之后,在家乡的一个小型场地演出,观众们还在为之疯狂。数十名摄影师在栅栏后紧张地抓拍肥皂剧明星,镜头不断发出着炫目的亮光。米里亚姆得向亨利——指认这些明星,并确认六十年代被我们追捧的那些摇滚乐手的下一代,他们现在形成了一个新王朝,就其拥有的"社会资本"而言,类似于**封建时代**的那些贵族世家。

在去酒吧的路上,我碰到了那个拖鞋女人。她戴着一副黑色的镶边眼镜,就像模特当起图书管理员似的,身旁有一位英俊男孩相伴。我们互相吻了下脸颊来表示问候,她问起亨利。"他还是老样子,"我说,"你愿意下周和我俩一起吃顿晚饭吗?"她同意了,但我们还没来得及细致安排,就传来一阵吼声:乐队就要上台了。人们纷纷涌向自己的座位。

虽说这些调子已唱了三十年,但滚石乐队并没有让人感到明显的乏味。他们知道如何进行一场好演出,尤其是基夫①。能让米里亚姆这样兴高采烈,对亨利来说已经足够了,观众、乐队,还有兴奋的现场,也把他给迷住了。(在剧院里,他喜欢坐在后面,看着观众。)他声称,女人们在观看时会自我抚摸——抚摸自己的胳膊、腿和脸蛋,还有什么的。"他们对自己多么温柔啊!"他说,"我想知

---

① 滚石乐队吉他手基思·理查兹昵称。

道,是不是在婴儿时期她们母亲就是这样抚慰她们的。"而在滚石的演出场地,能坐在包厢前部的一张桌子前,就是一大亮点。米里亚姆尽管膝盖有毛病,但现在似乎暂时复苏,当乐队在演奏《街头战士》时,她居然跳起舞来。

我们离开时,布希的车停在中心点后面,亨利的一个朋友赶上来,建议我们去克拉里奇酒店,说米克在那里有一间套房,正在进行"娱乐"。与亨利相熟的汤姆·斯托帕德,曾推荐说亨利可能会喜欢米克。于是布希开车送我们去那里。

当我们走近时,米里亚姆的热情似乎流失了;她开始说她"力不从心"。她从未与"音乐王国的骑士"共处一室——她应该叫他"先生"吗?

"米里亚姆,你胡说八道,"亨利说,"我受不了你这样。你到了那里,就会看到米克很酷,"他说得好像他知道似的,"他是一个真正的人,像我们一样。他不像——"

"谁?"

"奥兹·奥斯本。"

她要是不去,我和亨利就不会进去,所以我俩说,谈话的事交给我们,她不用开口。在金碧辉煌的大厅,公关小姐和随从们咯噔咯噔地地四处走动。布希在汽车行李箱里找了顶破旧的鸭舌帽,坚持要陪同我们搭乘带镜面的电梯上楼,他装着恭敬的样子,还煞有介事地冲贾格尔的保镖点头,同时轻敲自己的鼻子,好像他有秘密藏在里面,要别人注意他似的。布希想让别人以为他是"工作人员",以便能一睹米克的风采。他崇拜米克,因为米克也是布鲁斯歌手,他俩是同行。

贾格尔就在那里,身材健美,行动敏捷,看上去像是个有丰富人生阅历的男人。他出来与他的高个子女友站在门口迎接客人。当我们在里面开始喝酒时,贾格尔边吃边查看电子邮件,浏览报纸,与朋友还有女儿雅德交谈。亨利现在饿了,他简直无法相信,贾格尔只顾自己坐在那里吃东西而不给他吃。最后,贾格尔乐呵呵地点了一些三明治给亨利,亨利乐滋滋接过来,狼吞虎咽地吃下去了。

米克看到米里亚姆的文身后很高兴。她声称自己受到滚石乐队《给你文身》那首歌的影响。之后,她开心地去阳台上眺望整个城市,和一个时髦的女孩聊天,结果发现那是个山达基信徒。虽说你可以确信,富人和穷人都对迷信感兴趣,但连米里亚姆也无法让自己崇拜那个叫罗恩的山达基教宗。

我们坐成一个小圈子,讨论布莱尔、布什、克林顿,亨利有很多话要说,贾格尔则比较慎言。我告诉贾格尔,时间对我而言太晚了,他却说他很少在凌晨四点前睡觉,但总是睡够八个小时。贾格尔和亨利谈起安眠药,贾格尔对这种事很小心,不想"上瘾"。人们继续来来去去,仿佛这就是精致的伦敦该有的样子,在凌晨一点,大家在彼此的公寓里进进出出。

我和贾格尔就伦敦西区哪家私立学校较好进行了有益的讨论,与一个摇滚上帝在一起,难免如此。当我决定离开,正在寻找外套时,一个我不太认识的人,在晚会临近结束时才进来,被贾格尔带到我身边。

"他想见见你。"米克说。他解释他们是一起打板球的伙伴,一起去世界各地观看板球比赛。乔治对印度板球了如指掌。

我离现代世界的距离很近,认出这个家伙是歌曲作家兼演员乔治·凯奇。他看上去身上有某种光泽,那是健康、成功和空虚的光泽,生活舒适,有人前呼后拥,自然会散发出这种光泽。此刻米里亚姆已经进来了。她似乎知道乔治,很是激动。"我女儿喜欢你。"她兴高采烈地对他说。

"那太好了,"他说,"通常是母亲们喜欢我。"

我说我得走了,要到街上叫辆出租车。我注意到乔治一直盯着我。最后,我拿起大衣时,他走过来,要我把手腕给他看。

"这对你来说可能有些奇怪,但有件事让我很好奇,"他说,"能给我瞧瞧吗?"

他想瞧瞧我的手表。

我把手表给他看了。这是一只古老、沉重的手表,银色表链,在有划痕的厚玻璃表面下,指针很粗。表上有清晰的数字和日期,你想要确认方向什么的,表上都有。

他俯身细瞧。他想让我把它摘下来,这样他就可以瞧瞧表壳。我找不到理由拒绝。

他戴上眼镜研究了一番。还我的时候,他说:"我能问一下,这块表你是从哪儿得到的吗?"

"我戴很长时间了,"我说,"你为什么问这个?"

"我父亲有一块类似的表。"

"我认为它们并不昂贵。你父亲是干什么的?"

"他是个商人,拥有一家工厂,在伦敦南部。"

我迎上他凝视的目光。"穆斯塔克?"我问。他点了点头。我说:"你姐姐是阿吉达?"

"没错。"

"我的上帝!"我说,"她现在可好?"

"哦,对。你以为她过得不好?她和两个孩子住在纽约。或者至少一个,另一个在上大学。"他拿出手机看了看。"我等会儿打电话给她。你要我告诉她,我见到你了吗?"

"请告诉她。"

"很震惊吧,嗯?"

"当然。"

他说:"我要去跳舞了。地点不是很好,多半是很糟糕的娱乐场所,你想和我一起去吗?也许我们还可以聊聊。我会让司机送你回家。"

我告诉他,我的工作性质,意味着我很早就得开工。然后我问:"穆斯塔克,你怎么搞起音乐了?实际上,我还记得你唱歌给我听。"

"我很抱歉。父亲去世后,我和姐姐去了印度,住在叔叔家里。我有两年时间没出过门,学击鼓、塔布拉鼓、吉他、钢琴,以及其他任何制造噪音的东西,爸爸不会喜欢的任何东西。就这样,我成了第一批将爵士乐、摇滚、宝莱坞电影曲调和印度古典音乐混合在一起的人。"

"你知道,我一直想当个年轻的美国人,在纽约,我找到志同道合、与我一起表演的其他男孩,我喜欢站在舞台上的感觉,从不害怕。只是你现在一定是太累了,没办法说话了。"

当我听他说话的时候,我意识到他还是以前那个他,一点没变,只是他的所有姿势都有点夸张,好像是个演员,演得太严肃了。

他边说边拿出他的黑莓手机。"我能再见到你吗？能给我你的电话号码吗？"

"当然可以。"

尽管他举止得体，但在我们离开之前，他还是轻柔地挽着我的手臂，仿佛要抚摸它，他把脸贴在手表上，两次抬头疑惑看着我。他可能让我觉得好笑，但我回忆起，从我们摔跤的时候起，他的那份坚韧不拔。

回家的路上，我在车里说："这次再见到穆斯塔克——或者按照当今的叫法，乔治·凯奇，真是不可思议。"

"他无疑是在向你放电，"亨利说，"我得说他的反应很怪异。你们俩有过激情吗？"

"我更喜欢他姐姐。"

米里亚姆嘟囔着："他更喜欢你。"

"而且现在依然喜欢。"亨利咯咯笑着说。

我问米里亚姆关于乔治·凯奇的事情。我听说过这么个人，当时我对流行音乐失去兴趣，转而喜欢正在鼎盛时期、打破秩序、让人感觉如触电一般的歌手迈尔斯。他正是这时候崭露头角的。

"他和他的男朋友总是出现在八卦小报上。你怎么认识他的？"她问。

"米里亚姆，他家住在我们附近，穿过比克利公园就到了。你忘了我和她姐姐阿吉达一起出门溜达的事吗？"

"当然没忘，"她说，"我知道我以前见过他。"

"我可不认为你记得。"我说着，回忆起当时自己的那份矛盾情感。

"哦,是的,我记得——下意识地,"她坚持道,"我相信自己的直觉。"

"你真的很高兴见到他吗?"亨利问,"你们俩看起来都像是被砖头打了一样。"

"要是他想见我,我还会去见他的。你们会一道去吗?"

米里亚姆转过身来,用手指戳我的身体。"弟弟,我不是叫你去找那个印度女孩吗?"

"我并未听从你的建议。"

"说不定她躲在某个地方听你说话,了解你的一切。你最好小心——久违的爱正朝你走来。"

"米里亚姆也许说对了。"亨利说。

亨利和米里亚姆在后座上亲吻拥抱,米里亚姆说这是个美妙的夜晚,此时的我还在想着穆斯塔克的事情,想着不仅在贾格尔那里见到他,而且他还是以那种身份见面,这事透着古怪。

第十九章

然而，我不相信我能再次听到乔治·凯奇的消息。我想，就像大多数名人一样，他的生活大约是闲人勿进。与此同时，有一些问题一直在我的脑海中萦绕。阿吉达想见我吗？我想见她吗？

一周后，乔治·凯奇让他的秘书打电话给我，邀请我去参加一个酒会。尽管这不是我们两个人的聚会，我还是意识到乔治正试图跟我谈过去的事。我可以拒绝会见穆斯塔克——我仍然保持对他过去的看法——但我一直在想他的父亲，他的面孔最近已几次出现在我的梦里。死者不仅说出了杀害他的凶手，而且还在永恒中呢喃低语，等待被人倾听。

尽管我以为阿吉达已从我的生活中消失，但其实没有。她活在真实的世界里，存在于我的脑海中。真的，她就是我想再次联系的人。这似乎再次迫切起来，我需要她弟弟的帮助。也许某种解决方法是可能的。

我同意参加,问我是否可以带个朋友来。如果亨利和我一道,我会很高兴去那些没去过的地方。

乔治·凯奇的房子又高又窄,位于索霍区沃德街的一条小巷里,夹在一个电影剪辑工作室和一个提供俄国、黑人和东方女郎的步入式妓院之间。"现在连妓院也是多元文化的。"亨利说。

尽管处在这样的位置,乔治的房子还是很安静,就好像它是隔音的。房子清一色的白色装饰,由来自东方的工作人员提供了饮料和寿司托盘。价格不菲的狗嗅着客人的裤裆。墙上的油画质量很高。伦敦东区戴耳环的"女王"和身穿昂贵西装的上流社会年轻男子们、流行歌星、画家、工党研究人员搅和在一起,让我惊讶的是,还有两个黑人足球运动员,其中一个穿着白色毛皮大衣——这比流行歌星更让人亢奋。

乔治·凯奇将亨利和我介绍给艾伦,那是他相处五年的男朋友,也是他的"未婚妻"。他打算在同性伴侣关系合法化时"结婚"。艾伦四十多岁,穿着一件无袖T恤和短裤,配上白袜子和凉鞋。他总是一只手拿着一杯酒和一支细长的大麻烟。他很健壮,并且想要你承认他很帅。他长相英俊,有一种诱人的颓废,这暗示了他几乎不会回避任何经历。

我几乎马上就知道他当过法西斯分子、地铁司机、瘾君子、酗酒者和毒贩;他服过刑。因此,他似乎暗示,他对像我们这样的"骗子"心存疑虑,因为我们似乎活在一个爱搬弄是非的虚假世界,其间充斥着莫名的暴力。当他告诉我他来自哪里的时候,我很高兴地告诉他,我在几英里外被抚养长大。孩提时候的米里亚姆和我会坐公交车去"好女士"游泳池,并在那里度过一整天。

"那么，你是干什么职业的？"他问，"你也是搞政治的吗？"

"我是心理医生。"

"我有个心理医生，"他说，"一个芳香疗法专家。你使用香水吗？"

"不"。

"连香草蜡烛也不用？"

我很想知道弗洛伊德若在世，会对香草蜡烛有何看法，而艾伦则怀疑地看着我，似乎他本来要向我推荐几个人来接受治疗，但现在觉得还是算了。

他和穆斯塔克是在酒吧里遇到的，他说。他们现在仍然有时晚上十点上床睡觉，在凌晨起床，去简陋的同性恋酒吧拍拖。他们凌晨四点钟去某个地方，竟然被告知到得"太早"了。艾伦总是在这些地方寻找在家中的感觉，他认为这里有他的"同类人"，都是一些觉得茫然、失落、没有成就感的"心理变态者"，穆斯塔克也在那儿找到自己的地盘。

在我看来，艾伦似乎没有理由觉得在穆斯塔克的世界有疏离感。但随着穆斯塔克越来越多的朋友过来拜访，艾伦突然改用上流社会的腔调，似乎是捏着鼻子讲话，很荒谬，也很优越，就像王尔德作品中的布拉克内尔夫人。穆斯塔克似乎习惯了，没人注意，也没人意识到，做这种事或许总是要冒风险的。

穆斯塔克说他很想把我介绍给另一个"咱们的人"。我不知道他是什么意思。结果是一个身穿普拉达西装的亚洲人，他体态微胖，满面笑容。这是奥马尔·阿里，著名的洗衣店和干洗店老板，他在二十世纪九十年代中期卖掉兴隆的生意，进入媒体业。

现在，作为反种族主义行业的坚定拥护者，奥马尔·阿里为少数族裔制作关于少数族裔的电视节目。"巴基佬"一向被认为是不善交际、衣着拙劣、有着怪异信仰、压抑自我的人。但身为同性恋者，奥马尔·阿里很聪明，他知道，在正确的营销方式下，随着自身社会阶层的攀升，少数族裔——或者任何外来人口——会变得非常时髦和嬉皮。

一九九七年，布莱尔当选后，奥马尔就成了路易舍姆的阿里爵士，那是伦敦一个原始粗犷的地方，他正来自那里。他父亲——后来证明在印度读书时就认识我父亲——是一名激进的巴基斯坦记者，曾对布托与毛拉的各种交易持批评态度——在当地一个肮脏的房间酗酒致死。正如大家庭中经常发生的那样，是奥马尔的叔叔在撒切尔时代救了他，让他经营自己的一家洗衣店。告诉他，尽管他父亲死于正直诚实，他却要跑出贫民窟去追求金钱，因为钱不分肤色和种族。

奥马尔一辈子都喜爱光头仔，那些人是他的儿时伙伴，曾对早年时候的他很粗暴，让他惹祸，不过要不是他们，他原本可能会惹更多的祸。想到奥马尔如何契合他的时代，真是讽刺。他的反种族主义态度令人嘉许，使他成了理想的反种族主义委员会成员。现在，这个亚洲同性恋百万富翁还持有一家足球俱乐部的股份，他的领导才能完美无缺。穆斯林不喜欢他，因为他支持政府轰炸穆斯林，左派和右派都憎恨他，理由很充分，不过我不记得了。但他受到了政治圈的保护。除了他自己，没有人能把他打倒。

倘若阿里爵爷自鸣得意，那是因为他在这场游戏中早就领先了。他毫无顾忌地将狡猾的商业实践与工党的社会主义相结合。

如今，当然，许多前左派人士正在回归——或者试图回归——商业和他们以前所鄙视的撒切尔主义企业文化。本来，钱够花就行了，但现实是人人都想要更多的钱，享受自己的贪婪，这种倾向已广为接受。随着退休年龄的迫近，前左翼分子看到他们只有几年时间才能赚到"合适"的钱，就像他们的许多朋友已经干过的那样，开始涉足电影、电视，偶尔还有戏剧。

"还在支持那场战争吗？"亨利问他。亨利喝香槟的速度很快，他出席这样的场合通常如此。等我们离开时，他已经准备好独白了。"肯定只剩下你这样了。"

奥马尔对这种话已习以为常。"那是当然。除掉独裁者是件好事。你想反驳吗？"他看着我，"我知道你是谁，只是我觉得你的书很晦涩。"

"我们都有穆斯林背景，难道我们不同意我们的兄弟姐妹必须加入现代世界，而不是继续留在黑暗时代吗？我们难道没为伊拉克人民提供帮助吗？"看得出亨利开始恼火，奥马尔也很恼火，但他脸皮厚，就是喜欢惹恼亨利，于是他继续说："作为一名同志，我相信，其他穆斯林必须有机会享受我们所拥有的自由主义。我不会虚伪——"

亨利打断了他的话。"所以你鼓励布莱尔把那些无辜的伊拉克人打得哭爹喊娘，越变本加厉越痛快吗？"

"瞧，这些伊拉克人，他们没有科学，没有文学，没有像样的机构，只有一本《古兰经》。你能想象这靠得住吗？我们必须给他们这些东西，即使这意味着要杀死他们很多人。有价值的事业难免会死上几个人，你知道的。我告诉过托尼，一旦拿下巴格达，就可以在别的地方动手了,比如布拉德福德。"奥马尔摆出同性恋的姿态,说,"我不知道我为什么要说这些。我属于温和派,一向都是。"

站在旁边的艾伦说:"只是在政治上这样。"

"我想要的只是改善工人阶级的艰难状况。"

"哦,是的,这就是我们所需要的——靠自己的努力出人头地。"

亨利说:"布莱尔的问题是自欺欺人。他周围全是你这帮人,一味地吹捧他,对他说他是个好人,这对他没有任何帮助。"

奥马尔说:"你们这些共产主义老左派,总爱死磕,对不对?"

后来,我提醒亨利,他并不总是像他自己和我们的许多朋友声称的那样反对布莱尔。事实上,早在布莱尔的首个任期,亨利和瓦莱莉就被邀请拜访过首相的乡间别墅。当时邀请函上写着"非正式",而亨利则穿着西装和开领衬衫。其他嘉宾包括一位知名但沉闷的前足球运动员、一个女播音员,还有一位是跑步健将还是划船手,亨利不确定。让亨利惊讶的是,布莱尔告诉他,他曾经考虑过当一名演员。布莱尔穿着一件看起来像是过于紧身的李·库珀牛仔裤和一件带花边的紫色衬衫,扣子是解开的,还有黑亮皮鞋。亨利期待着一个工人阶级的论坛,而不是向布莱恩·梅致敬。

奥马尔·阿里和亨利争论的时候,我注意到穆斯塔克这个老练的聚会主持人,在客人间穿梭走动,给客人互相介绍,密切关注着所发生的事。这并不是说他忘了我。当穆斯塔克告诉艾伦,他与我在相邻街区长大,我认识他的父亲和姐姐时,我开始意识到,我在那儿的目的就是在场。我想此事艾伦一定已经知道了。

只是艾伦似乎不感兴趣,转身走开了。但穆斯塔克告诉我,他想继续交谈。他领我进了一间整洁的起居室,关上了门。

他在打开更多的香槟,我问:"阿吉达来过伦敦吗?"

"你想见她?"

"想见。"

"我想,她和她丈夫打算今年晚些时候来。你怎么这副表情?是怀疑吗?"

我说:"这意味着打开一扇很久以前就尝试关上的门。"

"为什么要先关上它呢?"

"我爱你姐姐,但有一天,她一走就不回头了。"

他说:"我明白你为何要拒绝。直到最近,我才对过去产生兴趣。因为我在摇滚乐界的名号,加上皮肤白皙,多年来没人误认为我是巴基佬,这有点像弗雷迪·墨丘利,真人消失在盛名之下。

"我从未提过工厂和罢工,即使记者们问到,我也闭口不谈。我无意隐瞒,但也从未宣传过。我只是说那是个'糟糕时刻',不管怎样,当时我还小。难道不是所有流行乐手,都像鲍伊那样,努力想重塑自己吗?"

我问:"你现在想回去看看吗?"

"在罢工期间,你去工厂看过吗?"

"我记得阿吉达被带进去了——在你父亲的车子后座。"

"他也让我去过几次,出发前我会哭个没完。那场景很可怕,满耳是尖叫声,还有砖头啊,木块啊什么的,冲我们砸过来。"

"他为什么这么做?"

"我们本该在时机合适时接管生意,所以他想让我们知道,现实世界发生了什么。"穆斯塔克站起了身。"我想多聊聊,但我得回派对了。"我以为他要和我握手,可他只想瞧瞧我的手腕。"你把表取下了。"

"我不是一直戴着它。"

"我不会放过这件事的。"他说。

"这对你显然很重要。"

"我一直在想父亲的事。我曾尝试当一个没有童年的人。但有件事我必须弄清。毕竟他是被谋杀的,没有人因此受到惩罚。难道你没有关注这个案子的进展?"

"我试过,但没发现任何结果。"

"并没有结案。他只是又一个巴基佬,罢工给政客们带来了麻烦。"

我说:"我以为有人被抓捕了。"

"当然是抓错了人。凶手还逍遥法外,但不会太久了。"他带我到门口,亨利正等着我和他一起去吃咖喱饭。穆斯塔克说:"被抓的人没到过我们房子附近。凶手是谁?他们为什么要这样做?动机是什么?"然后他说,"我在威尔特郡有栋房子。谈不上是英国乡村别墅,但那房子温暖舒适。你愿意来吗?我们会有时间谈谈。"他看着亨利。"你们两个都来,好吗?"

"好的,"亨利说,"我们会来。"

我说:"穆斯塔克,你会给阿吉达我的号码吗?"

"当然。但她和你说话时会像你一样紧张。拜托——你能对她好一点吗?"

第二部分

第二十章

"哦,宝贝,贾马尔,已经很久了,吻我,再吻我一下。"

"最好把手放在方向盘上,凯伦。"

"我可以单手开车。你知道我可以单手做很多事。"

我说:"我不知道这个周末你要来乔治家。"

"你不知道?可我绝对很久没出来了。"

"你一直躲在家里?"

她说:"情况不太好。我出了一堆烂事儿。咱俩能停车喝一杯吗?"

"不能。"

"只在乡村小酒馆里喝一点?"

"恐怕现在不同于十年前了。"

"我们是不是变得太理智了?"

"世人都这样,但我肯定你不是。很高兴见到你,凯伦。"

"是吗？真的这样吗？贾马尔？"

凯伦开车带我去穆斯塔克在乡下的宅邸。

米里亚姆已经决定要过自己的生活，虽然她仍为离开房子和孩子们感到愧疚。她和亨利正在寻找机会一起离开。由于不愿错过周五晚上的一个俱乐部活动，他们将在周六早上吃完午饭后来乡下。我本来可以等他们，或者坐火车抵达。

然后，意外的是，我的前女友凯伦·珀尔，那个"电视泼妇"，居然让我搭乘她的车一同前往。我不知道她认识穆斯塔克，但结果证明，这些年来他已经多次出现在她的电视节目上。她也不时地到他家的房子去休养。

她驾驶一辆红色小轿车出现在我家屋外。当她踩下油门时，车子轰鸣着。她要求丈夫把车子作为离开她的补偿，他则认为这交易不公平。如果我已经在为与穆斯塔克见面并回答他不可避免会提出的问题而感到担忧，此刻与凯伦挤在一个小车里，被扔在高速公路上，当然让我的呼吸加快。

"能离开城里，我开心得不得了。"她说，"你呢？"

我正在为与路面贴得太近而感到不自然。凯伦放起很响的音乐，大部分是阿巴合唱团的音乐，还为我放了格蕾蒂丝·奈特与至上合唱团的音乐。她一直在抽烟，我们过去总是习惯这样。她两次打开车顶，演示它是如何工作的。

"很时髦的车顶。"

"是吗？我们现在已经老了，贾马尔。我的两个女儿都长大了，"她说，"她们总是砰地关门，要不就是丢手机。不过，我们的少女时光爽极了——仿佛回到了寄宿学校。另外，你以为我堕落，但恰恰相反,这些日子我难得开一次笑颜。汤姆——"她的前夫——"带着两个女儿,还有他十几岁的女友,到巴黎的迪士尼乐园玩去了。由于他们在心智上年龄相仿,他们一定会玩得很快活。"

"你有人吗?"

"我是碰不得的,"她说,"这会使你发笑——我很清楚那种事能吸引你。"

"告诉我。"

"好吧,几周前,我想犒劳一下自己,就试着与一个小鲜肉男孩来一次。我听说所有的老女人都这么做。我威逼这个体格健美的坏脾气孩子进入一个特别昂贵的酒店,酒店房间里有香槟、毒品,还有你用来形容我的大屁股,红色丝绸内裤,一切都准备好了。而那男孩又健康又可爱——"

"他出名吗?"

"正往那条路上奔呢。目前只是个群众演员——有台词的群众演员,注意,只能蹦一两个词儿,还不能讲一整句话,是演肥皂剧的。以牺牲我所留下的小小尊严为代价,我脱掉了很多衣服,以我认为很刺激的方式展示那条内裤。"

"哇!"

"他坐在床沿上,握着我的手瞧,我想,他应该是看到我的手是多么枯黄,要么就是我的指甲油把他催眠了。不到半小时,他就乘地铁回家了。我坐在那里哭了一阵子——"

'哦,凯伦——'

"我是准备好过量服药的,德米尔先生。然后我回到家,和两个女儿上床睡觉了。哦,贾马尔,想一想有多少个夜晚,你和我没有做爱而浪费掉了!"

"是有很多,"我说,"但与你在一起的每个夜晚我都很愉快。"

"你年纪大了,也更可爱了,贾马尔。很开心与你再次聊天。为什么你现在从来不给我打电话?哦,算了吧,我今天要积极思考。这不是你们这些心理学家告诉我们的吗?"

"不是的。"

"那你告诉我们什么呢?"过了一会儿,她说:"亨利也要来,是不是?你能替我在他面前美言几句吗?"

"你现在想亨利?你们两个在一起不出十分钟就会吵架。"

"亲爱的,难道你不知道绝望是啥滋味吗?他是个男人,不是吗?至少在腰部以下,他是自由的。"

"他刚被占领。"我说。

"谁俘获了这只老狐狸?"

"我姐姐。"

"他不是想把她拍进纪录片里吗?"

"是的。"

"我操他妈的艺术家,还有他们的灵感,我讨厌他们。下次我见到他,提醒我杀了他。"她说,"你姐姐这个周末会来吗?"

"周六过来。"

"他们爱上了?"

"是的。"

"我不认为他能持续多久,那就是我的希望。你还是单身吗?"

"下面没反应。这些天很少勃起。"

她转过身来,低头看着我的胯部。"是啊,没错。"

我说:"所有这些想法似乎离我很遥远。约瑟芬相处起来很费劲。有时候,我想我在怀念恋爱的感觉,或者被人爱的感觉。偶尔来点激情,也会很兴奋的。"

"你对爱情的态度过于客观,你会看穿它。我在想……你曾对我说过,你不愿意坠入爱河,是因为觉得那就像被吸进排水孔一样,让你失控,那是疯狂行为。"

"我说过吗?"

"你对约瑟芬有那种感觉吗?"

"感觉某种本能的需要将我吸进去了,将对方过于理想化,在幻觉中漂流,然后有一天醒来,想知道自己是怎么到那一步的?是的……但——"

我不想对她说这话,因为我怕自己心烦。但我喜欢家庭生活,喜欢有拉菲和约瑟芬在我身边,喜欢听他们在房子里的声音,喜欢在客厅里随处可见他们的鞋子。

我是在做关于"如何忘记"的演讲时,首次见到约瑟芬的。她是个学心理学的学生,但对"给老鼠服药"的做法感到厌烦。我们在一起才几个月,她就怀孕了。我父亲大约十八个月前去世,我很想用另一个父亲取代他:我自己。我住在自己给人看病的公寓里,开始过上体面的生活。

约瑟芬自己有房子,那是她母亲留给她的。我们在我的办公室附近买了一幢小房子。但在一起没多久,我就失去了她,她的情感给了另一个男人——我儿子。或者说,我俩都因为儿子而失去了彼此,但彼此都懒得回头。当然,很多关系需要一个"第三者":一个孩子、一幢房子、一只猫,或者某个共享项目。儿子就是那个

"第三者",也就是那个楔子。约瑟芬知道如何当母亲,但她很难当女人。过了很久,她才弄明白当女人是怎么回事。

当拉菲还小的时候,我不断地亲吻他,舔他的肚子,把舌头探进他的耳朵,胳肢他,紧搂着他,直到他喘着气,笑得口水流出来,就像是一道胡须,他的围兜看起来像伊丽莎白时代的飞边。我喜欢这种亲密关系:男孩湿漉漉的小嘴,他头发的气味,我爱别的女人,也是爱这些东西。"玩具",他这样叫他妈妈的乳房。"什么是思考?"他会问,"为什么人们有鼻子?"

拉菲六岁左右的时候,每天会醒很早,我也喜欢早起,而约瑟芬却在睡觉。我坐在楼下的桌子前,给病人做记录,准备论文或者我要做的讲座。他借给我自己最好的笔,说是让我写得"整洁"些。他会和我坐在一起——其实是经常坐在我身上,或者桌子上——听着我那CD播放器上的音乐,只是耳机比他的脸蛋还要大。他喜欢汉德尔,兴奋时,他会说:"爸爸,我觉得好像有人在我肚子里跳舞。"

我们从盖璞品牌店买来带有毛皮衬里风帽的同款的绿外套,拉上风帽,戴上太阳镜,穿上运动鞋,我觉得那模样挺酷的,就称我俩为"大我"和"小矮人"。他小的时候,我会让他坐在推车上,推着他快步走上几英里,穿过伦敦,在咖啡店停下来喂他吃东西,给他换尿布。有个孩子在手,和女人说话很容易。这就像在陪着名人招摇过市,陌生人向他致意;人们不断地给他买东西,女人们喂他吃东西,和他说话。他消失在她们中间,就像个橄榄球钻进争球的混战中,带着无数的香水味返回,头发都竖起来了,瞪着眼睛,脸上沾满了饼干。

我喜欢玩大富翁游戏,喜欢在地板上画画,玩玩具,看视频和足球,喜欢吃吃炸鱼指三明治,晚上孩子偷偷溜上我们的床,因为"没有人跟他说话",他喝着瓶子里的热巧克力,停下来只是为了说"我想吻你很多次"。我喜欢他抱着我的耳朵睡觉,甚至喜欢那只猫在我打盹的时候用爪子拍我的脸。我喜欢在浴室里读书给他听,而他坐在那里,抬头与一堆用夹夹子夹在晾衣绳上的塑料人聊天。

拉菲是个欲望机器,他最大的爱好是购物。在学校,当被要求说出他最喜欢的书时,他选择的是阿格斯商店的商品目录,他会仔细研究,然后把他想要的东西划出来。幸运的是,我和他一样,喜欢与蜘蛛侠、绿巨人、超凡战队和狮子王有关的一切。我喜欢和他在街上踢足球,听他用口琴吹奏贝多芬《第九交响曲》,喜欢跟他摔跤,追逐和打架,握着他的脚踝让他倒立,有时就在马桶上练习。我们最喜欢的是开玩笑,赌咒发誓,还有打女人的屁股。

我们整个周末都在闲逛,吃披萨,在阿克顿浴场游泳,一起踢足球,看《星球大战》或相关电影;晚上,如果你问自己,我今天做了哪些事?——我一度有写日记的习惯——唯一的回答可能是没有,什么也没做。除了我们享受彼此的陪伴,没谁会发问,这样做的意义在哪里?

当一切结束时,我不得不离开——我至今仍然不知道当初的做法是否正确——我失去的东西似乎是不可估量的,但是我唯一能做的就是继续生活,尽我所能,每天见他,不知道我想念他什么。"你现在是另一个男孩的爸爸吗?"他问。

"我不会同情你,"凯伦一面开车加速向穆斯塔克家飞奔,一面说,"虽然这很诱人。如你这般事业成功、人脉广泛的男人,总有机会找到女人——并且是年轻女人。但我就不行了。也许我们应该重修旧好——就那么一会儿?"我只能干笑。"你肯定不会告诉你的病人,你是个色情商贩吧。我知道你的秘密,我仍然有点爱你,你知道的。"她说,"当初在一起时,我一直认为,你一头栽在阿吉达身上,不怎么注意到我。"

"我总是栽在某个人身上。"

"但你还是有点爱我的,对不对?虽然我当时很糟糕,也很傻?"

她身子靠过来亲吻我,手背拂过我的胯部。

"哦,上帝,是的,"我敏感地说,"我一直爱你,可不是爱一点儿,凯伦。"

"我总觉得你只是打发时间而已。你知道,你害怕让任何人靠近你。你想得到他们,得手后你就消失了。"

她哭了,哭对她来说易如反掌。她脱下高跟鞋,赤脚开车,裙子撩到大腿上。她在二十多岁时非常性感,但即便在那时候,她的体重也上上下下,她自称"土豆"。她知道,不管她身材如何,我仍然觉得她很迷人;这出于一种熟悉感,但也不仅如此。

"时间不算太晚,贾马尔。我们能好好干一回吗?"

我又吻了她一下,把自己的舌头压在她的舌头上。除了烟味、酒精和香水,我还能闻到某个我曾认识并且喜欢的人的味道。

第二十一章

我曾与左翼人士住在巴伦法院路。皮卡迪利线和区线列车就从我房间的旁边驶过,每每窗户都会被震得咯咯作响。我第一次遇见凯伦,是在这栋楼楼上的公共区域,我从图书馆回来后会在那里坐坐,或者早上在那里边吃早餐边看一些严肃书籍,比如《自我与本我》或者《拉康选集》等等,书就立在我面前。

这是一间素食厨房,里面塞满了豆类和无麸质意大利面食,炉盘上的鹰嘴豆在鼓泡,茶巾下的全麦面包散发出酵母的味道。想象一下,我当时是那样的认真,然后,在一个星期六的早晨,你突然看到一个年轻的女人,赤身裸体,只抹了口红,穿了高跟鞋,叼了根大牌香烟,四处搜寻,想找件东西披在身上——最后找到了一件旧大衣,还不知是谁的。那情形,就像在布罗姆利大街上看到一个电影明星从出租车里出来一样。当然,也有其他人(男女都有)赤身裸体在这儿走来走去,可惜他们只想展示自己的诚实。

这房子里有个女人和凯伦是大学同学,她在参加一次聚会后在这儿过夜了。一个充满敌意的女律师称她为"电视泼妇"——一个新物种,尽管我当时不知道,但是某些聪明的女人凭直觉知道,凯伦代表着未来的某些东西——我觉得她和我可能会有一些共同语言。

这个周末剩下的时光,她一直待在这里。自从阿吉达之后,还没人像凯伦那样让我开怀大笑。这房子里的人原则上没谁喜欢她,这让我很高兴。凯伦不是边四处走动边打电话,就是边涂指甲边看肥皂剧,面前还堆着一堆《大都会》杂志。我在经历了所有一切之后,她的鲁莽、粗俗和大嗓门给了我一种快感。至于她在我身上看到什么,我不知道,你得问她。我们这个样子怎么可能会有好结局呢。

从前,女孩们一度想当女演员,但在八十年代,她们想当电视主持人。在那个年代,凯伦在伦敦郊外的一个地方电视台做电视记者。我不得不买了台电视机搬回家,以便当天线调到正确的方向时,能看到她在电视里谈不入流的政治新闻,谈抢劫案,甚至还谈天气。

她赚钱不多,但她知道自己会赚很多钱。她意识到她早早进入了一个有无穷扩张能力的行业。如果英国正在去工业化——不再制造汽车、船只或衣服——人们会靠什么谋生?靠当服务员、制造电脑,或者销售旅游门票吗?凯伦似乎意识到,在未来,随着公众对电视节目的容忍度提高,对电视频道的限制会减少。我们现在有四个电视频道,很快就会有几百个。

对于无数的失业者,她没有同情心。她听了家人的好建议,拿薪水在金丝雀码头附近买了房产,然后出租。与此同时,作为一名学生,她在切尔西的公寓里保留了一间房间,我有时就待在那里。与凯伦一起上过中学与大学的形形色色的女孩会来这里,通常一来就是几个。但只有那些名字以 a 结尾的——比如拉维妮娅(Lavinia)、达维娜(Davina)、迪莉娅(Delia)、拉吉娜(Nigella)、贝拉(Bella)、塞布丽娜(Sabrina)、汉娜(Hannah)——会伸出腿坐在地毯上,谈论她们现在做什么,世界已经向她们这样的女人打开。在生孩子之前,她们是先在城里赚钱,还是先当艺术家?

大多数夜晚,凯伦带我出入伦敦那些时髦场所,是她大学时的狐朋狗友介绍她去的,我们去了新的俱乐部,尤其是格劳乔,那里的每个房间、每个楼层都充斥着颓废的成年人。这是最嬉皮的地方,到处都是作家、时尚的出版商、流行音乐导演、来自深夜秀的制片人和在第四电视频道工作的年轻人,他们刚刚开始制作低成本电影。经常会有人带我们到德里克·贾曼那里,他住在查令十字街一个旧街区的小公寓里。他喜欢朗读自己的手写日记,我也想如他那样,任凭周围人来人往,只是沉浸在自己的世界里。

当然,还有"新"的购物方式。我母亲会先列个清单,然后带着清单上的东西回家(也许还有巧克力或饼干之类的好东西),凯伦周六全天都在购物中度过,因为她喜欢商店的"环境",会带回许多巧妙包装的东西,至于是否需要,连她自己都不知道。人们开始购买"名字"——品牌,而不是东西本身。

到了晚上,我们还去参加派对,去新餐馆吃饭,餐馆的名字叫人称心。凯伦在那里狠命地喝酒,一直喝到自己踉踉跄跄。她喜欢我扶她走出餐馆,扶进车子,扶她钻入被窝,然后我坐在床边,手里端着一只碗,等着她必然的呕吐和随之而来的睡眠。

"夜色温柔。"她呻吟道,这不是引用济慈或者 F. 司各特·菲茨杰拉德的诗,而是那首流行歌曲。她可能会一直喝到凌晨两点,但第二天早上她就起床上班了,早上八点到办公室,在那里待上十二个小时。当时女性不得不这样"证明"自己。

她没有男朋友,但因为经常出差,每周在伦敦之外住三个晚上,所以我认为她与老板、摄影师或者同事这些年长的男人发生过很多糟糕的性行为。我现在都可以看到她那副模样,懒洋洋地把双腿张开,眼睛望着窗外,或房间里别的地方,咬着指甲,想着第二天要穿什么。她出差时,会担心我想念她,或者感到孤独。如果我晚上和别人一起度过,她会问我是否和他们发生了性关系。如果她和我一起出席派对,她会告诉我,谁有吸引力,谁可能被征服,她甚至会为我与人家攀谈起来。

虽然凯伦和我貌似一对情侣,但是很快,我们之间就或多或少变成了一种无性关系。和许多人一样,她并不是真的喜欢性,但如果她认为对方很想要,她也会勉为其难。我现在觉得很奇怪,但我当时确实相信——我承认当时没有仔细思考过——我觉得理想的情侣应该相互忠诚,这个未经选择的模板适合所有人。即使我对凯伦不忠,那也是我应该适当地经历一些罪恶感,这似乎是正确的。

但或许,我们两人的关系缺乏激情。在阿吉达之后,我无意为性嫉妒而再次痛苦。我不要求掌控凯伦,她的生命和身体是她自己的。我想和一个我并不想要的女人在一起。如果爱情是伦敦城唯一的激情,那会是什么类型的爱呢?

我说我们没有抚摸或亲吻，也许我们试图忘记性，因为周围太多了。除了学习心理学、哲学和心理分析之外，我还在朝色情作家方向发展。

我已经离开母亲，用书代替了她的位置。至少在工作中，我发现了自己想要的东西。在生活中，无论我做了什么，我总是感到无聊，总是感到自己的才能没有得到充分利用或发展。在此期间，我喜欢学习，喜欢阅读，喜欢训练，只是训练很费钱。

我依旧去见塔希尔，也参加关于梦、俄狄浦斯情结和潜意识的讲座。我在读弗洛伊德早期追随者的书，如费伦齐、艾德勒、荣格、西奥多·赖克，还有后来的分析师，如克莱茵、温尼科特、拉康。它的传统并不漫长，只有大约一百年历史，但有一吨的传统，相关书籍汗牛充栋，几乎每一个字都是用令人憎恶的散文体写出来。这种话语虽然饱含关于愉悦的谈话，但本身并不能给人享受。要说阅读最好的方式，就是躺在床上读书，凯伦会和我躺在一起看视频，读一些关于购物的漂亮平装本，等着她自己的面孔出现在电视上。

然后呢，工作就开始了：我开始接待我的第一个病人，很快我就知道，倾听另一个人说话几乎是你所能尝试的最艰巨的任务。塔希尔教导我，真相不是隐藏在被称为"无意识"的地牢里，隐藏在其间一扇紧锁的门背后，而是它就在那儿，在病人和分析师面前，等待被听到。失去的东西是语言的关键。弗洛伊德说，一个人应该以"均匀地暂停注意力"来处理无意识的问题。治疗师的无意识在这里是有用的工具，还有他的联想和幻想的自由发挥。在开始阐释时，它必须像外科医生的切口一样，在正确的时间出现在正确的地点。

倾听不仅是一种爱,它**就是**爱。但是,坐在我的第一个分析对象的身旁,试图忍耐倾听陌生人而产生的焦虑,他的梦和漫无边际的呓语我无法理解,我时常感到自己如同首次阅读《荒原》就试图对它进行解码那样。我甚至讨厌病人和我自己的笨拙,因为我被拖进了他们激情的旋涡,他们无意识的泡沫和泡沫的急剧增加之中。我想逃离这个房间,不知道谁更恐惧,是分析对象还是分析师。我认识到,这种恐惧——在双方身上——是听到新事物时焦虑的一部分。这是一份需要耐心的工作,学会耐心,提高自己的分析直觉,创造时间和空间,以便分析对象能够听见或者遇见他自己。这就是最终我训练自己的方式。

我会找塔希尔谈,尽管他当时在喝酒,而且经常喜欢争论——他可能会被别的分析师的理论所激怒——尤其是弗洛伊德最重要的衣钵传人拉康——他有重要而紧迫的东西要传承。在最近的一次治疗中,我因为累了,无意间发现自己比以前更容易进入一种遐想状态。不过这并没有使情况变得更糟。塔希尔说,我突然碰到一些有用的东西:只要我不拼命尝试去理解,我的潜意识与另一个人的潜意识会有更紧密的联系。他说,我倾向于过度理论化,并对发生的事情下决定太快。

塔希尔也让我意识到,我是倾听传统的一部分。正如勋伯格倾听马勒的指导,艾略特倾听庞德的教导,分析师们也将自己的学识与程序传承下来。塔希尔曾接受过伟大的儿童分析师温尼科特的训练,温尼科特则接受过詹姆斯·斯特拉奇和琼·里维埃的分析训练,而这两人先前都接受过弗洛伊德的分析训练。由于对我在南亚次大陆的家族的了解太少——父亲死后,我与印度的联系就断了——我对自己与过去的联系意识很淡薄。作为一名分析师,我加入了另一个传统,到另一个家庭,在我的训练没把握的时候,他们会"握住"我。

我的职业生涯刚刚开始,凯伦的事业则止步不前。对她来说,如果她在电视上表现得不太好,太紧张,那就是糟糕的一天。她那双大眼睛使她看起来像个杀人狂。即使她没有吸食可卡因,那模样也像个吸食可卡因的人,仿佛要冲出屏幕,咬上你的气管。她很快就知道,媒体的力量在于制片人,而不是主持人,于是她开始在一个青年节目中担任副制片人。那个工作室我甚至去过几次。这个世界怎么啦?年轻的主持人全衣着暴露,小鲜肉乐队,讲下流笑话,进行恶作剧,还有对白痴的采访。

"你不喜欢吗?"她说,"也许你嗑药嗑得不够,所以放松不了。"

我在十几岁的时候就服用过麦角酸二乙基酰胺,但却发现迷幻剂的效果持续太久,就像是一部让你走不出来的恐怖电影。我自己的脑子里已有足够多的冒险经历,可凯伦在做青年节目时,听说在纽约的俱乐部里有一种没那么自我中心的新药物,叫做摇头丸,或者简称"E 丸"。我们花了一番工夫才搜罗到,那时在伦敦很难弄到这东西。我们开始在她的公寓里举行"摇头丸"派对,她在公寓里有一个巨大的圆形浴缸。她喜欢新流行的音乐:莎黛的专辑、蒂娜·特纳的专辑、警察乐队、弗兰基奔向好莱坞乐队、艺术体操乐队。我到后来是睡醒了才想听新唱片的。当时,也就是在海湾战争期间,大举进攻乐队发布了新专辑《你是我翻开的书》。

我们夜夜服用摇头丸,瞳孔在我认为的纯粹的享乐主义中打转,那种内疚和焦虑——我用白天的刻苦学习来弥补——会让我思考起娱乐的用途和困难,这个与人一生的**快乐**相关的问题。摇头丸将我与其他人联系起来,它让我想说话,而我则消失在终极快乐的可怕声音里。那是一张廉价票,通往神秘主义者和精神病患者总想前往的地方。

音乐很喧嚣,谈话也很轻率。不仅如此,为了延长噪音,我们还要服用可卡因,这把我们搞得一团糟。大型的新俱乐部正在开业,它们拥有巨大的音响系统,由公立学校出来的男生拥有和经营,他们在一夜之间把"地下场所"变成了撒切尔式的市场。不久后,我意识到凯伦对这些地方的容忍程度超过了我。与大多数年轻人不同,凯伦并没有致力于彻底放松和失去自我。她是在工作:观察各种穿着,还有态度,去洗手间记下正在使用的单词。她想把这一切都变成电视。

我们去纽约"会面"。我站在酒店的屋顶上,首次远眺这个闪闪发光的城市。我们开始疯狂地逛俱乐部、酒吧和著名的针织工厂。当我想在上西区众多的二手书店里寻找晦涩难懂的精神分析书籍时,她却在买可卡因,并试图让人邀请我们参加她所谓的有"氛围"的派对。涉及名人问题时,伦敦人是不太相信的,也更知道是怎么回事,所以更不容易上当受骗。我开始讨厌她;我觉得自己像个倔犟的孩子被人拖着走,回伦敦后,我就会明白告诉他,我不想和她在一起了。

凯伦变得更加强硬,特别爱解雇人,谁也不愿在她手下干活了。当又一个被她解雇的人艰难地走出去时,她会说"必须这样做"。对凯伦来说,如果有人为此痛苦,那是他们自己的错,即使你是受迫害的、没有人权的南非黑人,境遇不好那是你自作自受。不久后,我就不再为她的麻木不仁感到困扰了,因为我看到,她是无法容忍有人伤害别人的。而对她来说,既然无法容忍,故而她伤害别人是假的,她不必正视。

我们一天中最享受的时光就是共进早餐。我们去索霍区的小餐馆,一般是先买份小报,然后在旧康普顿街的瓦莱莉法式糕点店就餐。当时毫无廉耻的《太阳报》正处于鼎盛时期——皇室对它毫无办法——其他的报纸也在模仿它。我们会把上面的小道消息读给彼此听,对其笔法捧腹大笑。此时很多人还没有意识到,在我们这个时代最有影响力的人会是鲁珀特·默多克,是他创造了我们的名人八卦文化,而他本人则很聪明,把自己摘出来了。

报纸首先全面垃圾化。电视还没被波及,但青年节目已经沦陷,凯伦和她的同伙鼓励那些小人物吃蛆虫——"笨蛋吃蛆:还有比这更好笑的吗?"——或者让他们与鳝鱼泡在一个浴缸里——为什么不呢?——人类大便与动物大便混在一起。第二天这些新晋名人就会出现在报端,因为他们与肥皂剧明星共度了一夜。如今成了电视在观看我们,而不是我们观看电视。

对这些新晋明星,报纸会先吹捧,再棒杀。我从不喜欢这些小混混,但这种无政府主义、共和主义的不受道德约束的行为,有时会对我有吸引力——我想,这是不尊重权威,其行为本身具有破坏性,同时也契合了撒切尔的自由主义经济学。在撒切尔的领导下,保守党所释放的资本主义正在摧毁该党所信奉的社会价值观,这不是很好玩吗?

当我们吃羊角面包,喝伦敦新出的饮料——"拿铁"咖啡时,凯伦会在笔记本上写满自己那些疯狂的游戏秀节目构想,这类电视节目适合早餐和日间播放,才刚刚起步。那时白天有大片空档,不久后更是如此。节目制作开始迅速、廉价地进行;相机越来越小,录音磁带质量越来越好。内容也打折,因为参加者不是电影明星,连电视明星也不是,而是研究者发掘的"真人",他们只要在电视上露面就会令人羡慕。对我来说,听起来就像是杂耍剧场:从前假期时外祖父母常带米里亚姆和我去看的那种疯狂的综艺节目,如今有了电视版。那时,我们会在海边码头的末尾,观看玩杂耍的、玩飞刀的,还有那些胖子丑角在讲淫秽笑话。随后,我们会去痛痛快快吃一顿"浸着肉汁的热三明治"。

对我而言,这一切只是一种娱乐,但对凯伦而言,这是一种职业,一种很少有人意识到的机会。我想,我是在建议去看一场碰巧有字幕的电影时,才意识到她的文化恐怖主义心态有多强烈。"不,决不!"她大叫,"你干吗非要去'读'外国电影?你看那些慢镜头的东西,不觉得自己变老了吗?"

当我推荐剧院或画廊时,她倒没有拒绝;并不是说参加这样的活动让她脚痛——我不会感到惊讶,因为她大部分时间都穿着细高跟鞋,就算是拖鞋也离地面有四英寸。她认为艺术是在炫耀,空洞无物,毫无价值,是对公众的侮辱,如果补贴的话,就是浪费公共资金。柴可夫斯基的《罪与罚》,契诃夫的《最后的交响曲》[①]——呸,我操,垃圾!

[①] 此处应该是指陀思妥耶夫斯基的《罪与罚》,柴可夫斯基的《最后的交响曲》,凯伦因为学识浅陋弄错了。——译者注

她身为撒切尔主义分子,又想摆脱它。在这"历史的终结点",统治电视的,不再是王室、教会,还有牛津、剑桥那帮就算谈不上软弱无能也是敏感、过时的家伙,取而代之的是"人民",而她对"人民"的定义,似乎是指无知、狂野、粗俗的群体。我不是唯一一个弑父者。在六十年代和七十年代,社会上崇拜弑父,父权制和男性生殖器形象受到攻击。在那个砸烂偶像的十年之后,我们最终得到的是什么呢?是撒切尔:比男人更糟的命运。

当然,我们如今就算不是生活在撒切尔的肛门里,也是生活在她的精神空间,生活在她创造的这个世界里,这个世界推崇竞争、消费主义、追逐名望,还有负罪感的私生子慈善,主张纵情狂欢和大量欠债。但另一方面,这些观点都是新奇的。

至少,和凯伦在一起,我学会了不要区分艺术的高雅与低俗。我想我以前有点势利眼,老想着被罗伊·奥比森和斯普林菲尔德之流所感动,这种品位是否健康。但凯伦无意中向我展示了这种区别的徒劳无益。

并不是说我可以让凯伦对我所做的一切都很感兴趣;尽管我学什么她从不干涉,但她认为精神分析不是一种"令人信服"的职业,仿佛我成为的是一名星象家或占卜师似的。我意识到这一点,是她向别人解释我的职业时显得很为难——就算不尴尬,也相当的不情愿。而且她没有问我就自作决定,认为我还是当电视节目主持人为好。

电视上很少出现黑色或棕色的面孔;我的命运就是纠正这种不平衡。我告诉她这是毫无希望的,但她坚持要我接受两次试镜,尝试当一个新的电视媒体节目的《电视/电视》主持人。

在镜头前,我穿着一件借来的阿玛尼夹克,不得不坐在桌子旁(因为个子矮小,不得不坐在座垫上),或者直接坐在桌子上。随后我会按照指示一边绕着桌子走,一边反复说:"嗨,晚上好,欢迎来到《电视/电视》。今晚我们独家专访斯维亚托斯拉夫·贾姆希,他声称媒体的未来是数字化。为讨论这个问题,我们在演播室……"

这活儿我原以为自己干得了,要真是那样,我现在就成了电视上的名人了。但结果我完全搞砸了,就像是个从未说过话的人,表现得让人莫名其妙,令人非常失望。

但这并不是我媒体生涯的终结。凯伦和我曾谈过要拍色情片赚钱:她制片,我导演,由别人主演。但她对媒体有足够了解,意识到制作这样的电影太过费时,靠业余时间是干不了的。不过,写这种东西倒不是空谈。于是我买了一台快速电动打字机——上面有一个"高尔夫球",那只球就像被烟囱困住的小鸟那样疯狂地飞来飞去——我喜欢写作。成了杀人犯之后,还有什么是凭自己的才能干不了的呢?

起初,我把故事寄给市面上的低端杂志。出版后,编辑们开始要求我写更多的东西。最初很有趣,我试图组织故事,故事的跌宕起伏代表了交媾本身。我学会了快速写作。

没什么比狡猾的预设好一切的色情作品更传统了,连结局也是预先设定的。不朽的处女安娜·弗洛伊德曾说,在幻想中,自己的蛋蛋你想怎么煮就怎么煮,只是吃不了而已。依赖幻想,就像试图吃掉菜单而不是食物。对于那些反反复复想要这种东西的人来说,这就绰绰有余。事实上,连词语都是雷同的:我列了一个词语清单,那是描写色情的基础配料——色情的、辛辣的和引起共鸣的——硬一些,再硬一些,来,来!——我确保每次都要给文本加点这种佐料。

然而,这些杂志也让我对半色情性质的材料进行加工,写些关于萨德、比亚兹莱、休·海夫纳,以及有关色情照片史的文章,我倒是喜欢阅读那些东西。

有一次,我被派到一个肮脏的旅馆,见一个肮脏的家伙,他让我写些书名类似《训导员》这样的短篇小说。工作量挺大的——我发现几乎每个方面都是如此——虽然我若进入状态,一个周末就可以做一本脏书。但这活儿干不长久。如果说色情是爱情的垃圾食品,那我再也咽不下了。因为年轻,我极想补充、跑题、自我表现一番。比如夫妻做爱后还干了什么?他们是否觉得做爱困难,尴尬,无聊?他们在家里做什么?他们对父母说了什么?这些人是酒吧女招待、商人、酒店女服务员,只为一个理由碰面,可这理由并无足够的说服力。当我写了一部小说,是关于两个已婚男女碰面仅为聊天时,整个色情骗局就崩溃了。

"聊天!谁不会聊天啊!我操你妈的操、操、操在哪里?"旅馆里的那人大声吼道,他绝望地翻完了手稿,最后像仍飞碟一样把手稿扔到房间的另一头。"这是什么破玩意儿——柏拉图?这肯定不是'柏拉图的隐居地',那家性爱俱乐部!"

文学与色情之间的界限是不可逾越的。打破了色情的魔咒,就像在一个派对上,突然灯光全开,你看到的都是幽灵般的脸和一片垃圾。不过,现在,色情电影变得注重感情了,严肃电影却变得更加性感起来。

我的这项业务很奇怪,在一段没有性的关系中,不断地想着性。我会与凯伦讨论这些故事，她会根据她自己的生活经验提出建议。我们的性关系就在这里，在这种谈话中，在我的作品中。

对我来说，凯伦和我之间的一切都"足够好"，直到她怀孕了。这种事儿在一段没有性的关系中似乎很难实现，但我发现并不是不可能。柏拉图式的爱情是一杆枪，你不知道里面装有子弹。在她那儿，喝得醉醺醺地上床，在睡梦中交配，这是常事儿，次数多得我都不愿承认。我记得足够清楚，知道这事的确发生了。她去堕胎，我们俩都认为这是理所当然的。诊所里的人都认识她，我开玩笑说她在那里有个账户；一天早晨，她带着自己的过夜包就离开了。

凯伦和任何有远见的艺术家一样坚韧。艺术家和才华横溢的人有时很蔑视她，但这并没有阻止她认为他们的作品就是垃圾。只是堕胎一事似乎让她深受打击，虽然她的大多数朋友都把堕胎当作避孕手段。

我在她的公寓等她。她回来的时候，脸色苍白，无法站立。她在沙发上裹着睡衣躺了两天。我知道她病了，因为她不抽烟也不喝酒。我受到责备，但还是和她坐在一起，看着窗外，直到她站起来，开始尖叫，说我还没意识到，这对她意味着什么。

"这是我生孩子的唯一机会！假如遇不到别人！假如我今后独身！你难道没意识到，我后半辈子就带着谋杀这个孩子的负疚感生活吗？"

我那时非常不成熟，无法理解她。在我看来，她才二十五岁上下，生孩子的时间多得是。我想当然地认为，性对她而言只是商业交易，或者是与她的上级相处的方式。而我呢，我压根儿没想过孩子的事。我还没有从童年时期康复,我想,你也可以称呼成年人为康复儿童。

她接着说:"那天我想,他喜欢我,只是因为我很傻,可以把我当乐子。男人为什么想女人那样?你为什么和我在一起?"

"我从未想到不和你一起啊。我们在一起总是很开心。"

"但你从未爱过我!一直以来你爱的都是阿吉达。你无法接受她已经离开的事实,"她说,"这么简单的事,你难道不明白?我,作为女人,想被人要——要的程度超过别的女人!没这个,就什么都不是。你认为我们是朋友吗?"

"难道不是吗?"

"可我已经爱上你了。"

我道歉,听她往下说,至少我知道该怎么做。只是我让她厌恶,我的躁动不安让她驱逐我,这些都让我不愉快。她想让我给她一个孩子,但没想过我想要什么。的确,我几乎没给她留下我有欲望的印象,所以我很难在这个等式中出现。

我一直表现不好。两段情爱关系,两起谋杀案。我正在成为连环杀手,凯伦曾试图治疗阿吉达给我带来的伤害,那种伤害让我恐惧浪漫的亲近。但我发现,这并不是说,只是因为你不爱一个女人,她就伤害不了你,你就不会受苦,特别是如果你伤害了她,更是如此。这仍然是一种损失,即使有收获,所有的损失也会留下印记,让你想起其他的损失,而你必须哀悼失去的一切,世事总难全。

分手后,我本想和她保持朋友关系,但很长一段时间,我们很少联系。她开始了一段新的情侣关系,后来还结了婚,对方是个电视制作人,很嫉妒我,但我们从来没有争吵过。

"别睡了,别睡了!"凯伦喊我,"快到啦。"我们沿着狭窄的车道行驶了好几英里,最后终于驶上了一条崎岖不平、未修整过的乡间道路。"我有一种预感,"她说,"我俩其中有一个会在这个周末与人上床。"

"好啊,"我说,"希望是你。"

第二十二章

我们来到一堵高墙前,墙顶上是带刺铁丝网。随后我们沿着围墙开车,最终抵达一扇大门前。卡伦摇下车窗,对着大门旁边的一个格栅说话,这时大门慢慢打开,露出里面的一座乡间别墅。

穆斯塔克的男友艾伦就在外面院子里,他站得不是很稳,但大麻烟和一杯酒却牢牢地捏在手里。他咯咯笑着,审视着一张黑色铁蜘蛛网,网中间是一只涂有红漆的铁蜘蛛。"我做的雕塑!"他喊道,"这是艺术,是艺术!嗨,伙计们!欢迎光临!来痛快地玩!"

凯伦顷刻间就落入他的怀抱。很快,在客厅里,艾伦打开了一瓶酒,让一名工作人员——这人我认出来了,来自伦敦——带我去我的房间,房间位于改建的谷仓,那里是客人下榻的地方。当然,光从**谷仓**这名字还看不出穆斯塔克能承担的并喜欢向客人展示的是什么样的奢华。

我和凯伦因为都想离开伦敦城,所以到得早;正如我所希望的,这给了我时间徒步穿越穆斯塔克宅邸周边的田野。当他来迎接我们的时候,他告诉我:"你视野所及的地方,我都拥有。其余一切都属于玛丹娜。我的田地被租给当地从事有机农业的农民了,不过,你可以随意漫步在这些田野中。"

在田野里玩了两小时后,我回到宅邸,观赏华丽的花园。这是艾伦的领地:他每件事都亲力亲为——花呀,香草呀,草坪呀,池塘呀等等——然后把他的铁雕塑摆出来,犹如巨大的回形针点缀着这个地方。他成了一名艺术家。在伦敦,他将在一家大型画廊举办展览,每个人都会来,包括滚石乐队的罗恩·伍德。

穆斯塔克曾建议,我散步后也许会喜欢游泳。我已注意到游泳池,它坐落在主楼一侧的玻璃建筑里,此刻,当我朝它走去时,透过玻璃门所看到的情形,让我停下了脚步。

我看到水面上露出一个戴着黑色泳帽的脑袋。我看着那女人从泳池里爬上来,穿上晨衣和人字拖。有一会儿,她看向我。不知是视力不好,还是她没认出我——我太老了,或者是我变化太大——她盯着我的方向,我盯着她。我们俩都没打手势。

我不想让她以为我会转身离开——假如她真的认出了我。但我对此表示怀疑——我站在那里,透过厚厚的玻璃,凝望着她湿漉漉的模糊轮廓。最后,她走下台阶,走向下面的淋浴间和更衣室。走下去的,正是我曾经最爱也最想要的那具胴体。

我意识到,穆斯塔克想要与我进行热烈的讨论,我也需要和他谈谈。但是我没猜到这个周末会包括阿吉达。我等待的那一刻已经到来。很快我们就能说起我们渴望说的一切。但我们从哪里开始呢?这次谈话又会把我们带到何方?

现在，一切都不会像当年那样简单了，当年我所做的就是想念她。

我走到我的房间，坐在窗前。院子里，穆斯塔克的员工正给雇主的那辆野马汽车刷轮胎。远处是高速公路环绕的田野，再远处就是城镇的轮廓。我开车下来脱掉的衣服，本来像在家里一样随手扔在地板上，现在则被叠好放在椅子上。手提袋里面的东西已被挂在壁橱里，那双并非一尘不染的旧跑鞋，也已经被收拾干净了。

为了让自己冷静下来，我停止踱步，躺了一会儿，结果被一声令人毛骨悚然的巨大声响吵醒了。这声响不是我的幻觉，是穆斯塔克有扬声器安装在房间里，喊我去吃晚餐。

我冲了个澡，换了衣服，最后想起了阿吉达看着我的眼睛。关于镜子里的自己——以及自己的那些线条和缺陷，我一度漠不关心。而现在，当我审视自己时，我没看到任何令人感兴趣的东西——我想知道她会看到什么。

凯伦在隔壁的房间里打盹，我与她一道从谷仓走到主楼，看到前院现在像一个汽车陈列室。经过艾伦的雕塑时，我开始告诉凯伦，弗洛伊德的门徒之一卡尔·亚伯拉罕写了一篇关于蜘蛛的论文，把蜘蛛作为女性生殖器的象征：它代表了女人的性器官，因此可能阉割。凯伦自然对此没有多大兴趣。可她发现铁门再次关上时，确实振作了起来。院子里，两个颇为自命不凡的明星正从一辆跑车里出来，他们环顾四周，似乎试图弄清楚身在何方，以及他们是如何到达这里的。凯伦用双手拍打着自己的脸，发出"披头士的尖叫"。

"那是谁?"我低声问。我了解到,这是亚洲演员卡里姆·阿米尔,刚从里士满附近的戒毒所出来。我问:"在他后面下车的,是斯蒂芬·希尔罗吗?"

"他妈的,不是斯蒂芬·希尔罗,"凯伦打了下我的胳膊说,"知道究竟是谁吗? 是查理·希尔罗。查理,他是查理! 今晚你别忘了,永远也别忘了!"

我开心地看到,凯伦依然保持着她的率真,并且仍然能够被名人打动。当然喽,多年前,她就对任何名人——其实是任何认识名人的人——印象深刻,名人也没让她失望。

凯伦把我带到厨房去喝杯香槟,吸一支烟。

"出啥事了? 你很紧张?"她边说边掸了掸我的夹克。

"我是吓破胆了,"我说,"你倒是在这些场合应付自如。"

她咯咯笑着。"我的乳房也显示出来了?"

"你几乎光着上身,"我从上到下扫了她一眼,说,"其实也几乎光着下身。听我说,你的高跟鞋很酷,尽可能利用这一点。"

"我也是这么想的,贾马尔。很高兴你喜欢,很多男人都是有眼无珠。"她举起了一只瓶子。"我们不要浪费这该死的饮料——这里有整桶整桶的果汁。"

"给我再倒一杯。"

"你自己倒。"她环顾了一下大厨房,"有钱人确实不一样。他们不要任何杂物,找人把东西无情地丢掉。我一直以为我会很有钱,"她说,"八十年代时我以为这是理所当然的。你不也是吗?"

我说:"我太蠢,搞不懂金钱的真正乐趣。不过,你干得还行啊。"

"那是不够的。我们都让自己失望了,贾马尔。"

我们看着穆斯塔克的工作人员身穿时髦的休闲制服,安静、迅速地四处走动,上下楼梯。他们没有盯着客人看,在我们经过时,还低下了头。

十五分钟后,凯伦和我一起步入饭厅。房间的尽头是一架大钢琴,挂在墙上的是金唱片、照片和吉他。凯伦一眼就看见了查理和卡里姆,于是过去和他们坐在一起。

我止步不前,犹豫不决,直到我确定——直到我看见那是真的。阿吉达也在吃晚饭。

她穿着一件黑色连衣裙,裸露在外的臂膀只戴着个银手镯。我寻找她的结婚戒指,但隔得太远,看不清。她一直穿昂贵的衣服,还带着一丝炫耀的样子,现在似乎依然如此,就像是你在米兰的饭店里遇见会瞥上两眼的女人。她的头发与从前一样,依然乌黑发亮。但她的头没有偏向我,而是转过去,正在大笑。

凯伦打手势要我过来坐下。我激动的情绪还要处理,所以站着没动,希望这一刻持续下去,等着阿吉达看到我,并且很清楚,她若看到我,肯定会有麻烦。至于是什么样的麻烦,我不知道,但在这样的情形下,世界怎么可能不被绊倒一下呢?

当她的眼睛真的瞥过来的时候,我看到她突然一惊,然后把我收入她的眼帘,她的嘴唇张开,眼睛睁大。她注视着正在看着她的我。我可以感觉到我们之间角度的调整,幻想和现实相撞了,开始重新排列。现在我俩都不再是学生,我们已经过了中年。

她开始微笑,我也微笑起来。她站起身。我俩必须有一个做点什么。我们接吻拥抱,摇晃着对方,直到两人感到难为情。

当我们结束动作时,她弟弟走了过来,现场旁观的不止他一个,但他最为留心。他站在我们身后,俯身倚着我们的肩膀上,而我俩则轻拭眼睛。

"亲爱的甜心,对不起,我没告诉你俩今晚可能会见面。我担心你们中的一个会改变主意。是我错了吗?"

"我不知道,"我说,"但我想我们会没事的。"

"是的,"阿吉达说,带着坚定的微笑向我转过身来,"你一向可好?过得怎么样?"

"实际上,一言难尽。"我说,"好多年了。"

"我也一样。"她说。我们举起酒杯相碰,她笑了。"你总爱说'**实际上**'。我很高兴你没变。"

"你哪里变了?"

"我猜你很快就会发现的。"她说着,俯身亲吻我的脸颊。

第二十三章

这是一张长桌,我猜可以围坐三十人。现在的客人已坐了一半,但更多的伦敦人正在赶来,他们在晚上或周末开车过来吃东西。

凯伦坐在阿吉达对面,说个不停,她一紧张就这样,不过这并不能阻止她想好好瞧瞧阿吉达。

奥马尔·阿里走过来,坐在我旁边。查理与卡里姆以及我不认识的人在桌子下首偏远的位置。餐桌上正在讨论爵士头衔——中年人的假体修复术,还有是否接受这个头衔的问题。接下来的话题是,卡里姆是否应该在节目《我是名人……把我弄出去!》中亮相。

查理对此表示反对,他说,约翰尼·罗顿就是因为亮相而失去了很多的神秘感。但卡里姆不同,在英国演肥皂剧后,多年来他一直生活在美国,主要是在烂片里扮演折磨者或者是受折磨的角色,没有什么神秘可言。当然,查理已经说了不行,也不确定该不该后悔。

此时,我转向阿吉达。多年前,阿吉达帮我手淫——我们最爱的消遣之一——作为准备,她会先用舌头舔舔手心,这个动作让我极为兴奋。后来,我们一起上课时,我们互相做这个动作,然后咯咯地笑。现在,当她看向我,我重复了一下那种动作。有那么一刻,她没能认出来,然后她笑了起来,也向我展示了一下那个久违的相爱时舔手心的动作。

晚饭后,虽然大多数人都在喝咖啡,并开始喝白兰地,穆斯塔克过来找我。"来,"他说,"我们能谈谈吗?"

他和我上楼去了一个大房间,屋内有一扇长窗,可俯瞰穆斯塔克的土地。当穆斯塔克给工作人员下指示时,我注意到边桌上有许多照片。近前一看,我意识到不是我所期望的那种照片,比如乔治与埃尔顿·约翰,乔治与比尔·克林顿、多尔斯和嘉班纳,那种照片人人家里都有。不是那种,而是家庭照。一张张冻结在时光里的老照片,在那诡异的时刻,似乎也冻结了我。我拿起一张,注意到穆斯塔克看着我。

"那是我母亲,"他走了过来,"你见过她吗?"

"阿吉达和我在一起时,她在印度。但愿我曾见过她。"

"她还活着,依然美丽,虽然脾气坏得就像要用鞭子抽人似的。"他说,"她来过这里几次。"

他们的母亲在她的第一任丈夫被谋杀后不到一年,就在印度再婚,嫁给了先前就与她有染的那个富有的行政官员。她经常来伦敦,在骑士桥有一套公寓。她是在哈罗德和哈维尼科尔斯这类地方转悠的那些外国女性之一,因为那里的消费品她们在第三世界买不到。她回过肯特郡的房子吗？没有,她第一眼看到就不喜欢。她也不会有怀旧的感觉。

另一张照片,我从没想过会再见到。那是我,摄于在七十年代中期,地点是"豌豆糊"穆斯塔克的卧室,在我们摔跤之前,我猜。我脸上似乎洋溢着尴尬的傻笑,但至少我头发浓密乌黑。我猜这照片穆斯塔克只是给我看的。

"是的,是你,"他说,"年轻的小鲜肉,呃？"

"但愿当时能多拍些照片。"

他拿起另一张照片。"他——你看不见。"

照片中我首先注意到的就是阿吉达,里面的她比我们初次相遇时要小。与她手挽手站在一起的是那个被我谋杀的父亲。当时大剂量肾上腺素涌上心脏,致使他昏厥过去。

我可以感觉到穆斯塔克看着我,当我回忆那晚在车库里的情形,试图勾勒出他父亲的面孔,并把它与眼前的这张对照。我没有阿吉达、沃尔夫、瓦伦丁的照片。我唯一有的是父亲的一张照片,还是从报纸上剪下来的,我好几年没见着了,估计是妈妈搬家时扔掉了。

"你想念他吗？"我问。

穆斯塔克放回图片。"他会恨我现在的样子,我无法想象他会与艾伦一起吃晚饭。但也许他会欣赏我的财富和成功。"

"这一点通常会说服人的。"

"看到我姐姐你高兴吗？"

"谢谢你,穆斯塔克。是的,很高兴,虽然我们还没深入交谈。"

"你们肯定是一直在看着对方?"

"确实。她与丈夫和孩子一起吗?"

"我带他们到纽约共进晚餐。当我告诉她我在伦敦见过你,你要来这个乡下别墅度周末的时候,她活过来了。她不停地给我打电话,迅速动身。虽然她不愿离开家,但她没带任何人来。我怀疑她可能准备好了一次邂逅。贾马尔,你很幸运,她一直在等着你。"

"我最好不要让她失望。"

穆斯塔克抬起我的手腕,看着它,讽刺地抚摸着我的胳膊。"你把手表摘下来了。我现在想要的是信息。我知道那是很久以前的事了,但你究竟是怎么得到那东西的呢?"

我伸手到口袋里掏出手表。我一看到表,就唯愿能把表上的时间调回它到我手中的那一刻之前。我本意做好事,结果把自己的生活卷进了地狱,穆斯塔克的父亲是个至今仍掐着我的喉咙不肯放手的幽灵,我担心他永不罢手。你永远杀不死的是一个名字,我想哭,**死者永远不会放过我们吗?**

我把它递给了他,叹了口气,说:"你可以拿走。"

他看上去很惊讶。"这其实不是我的。"

"也不是我的,我想。请。"

他摘下自己的手表,换成了他父亲的。他轻轻叩击它,说:"谢谢你。我得问你这个问题,你为什么曾否认这是我父亲的?"

"我不能说我是如何得到它的。"

"干吗不呢?"

"这是一个痛苦的话题,穆斯塔克,要从很久以前说起。"

"对你还是对我来说是痛苦的?"

"我会告诉你。它可能会改变你对你父亲的看法。"

"你不知道我的看法是什么,**我**自己都不知道。我差不多是成年人了。"

"好吧,"我说,"现在吗?"

"是的,如果你不介意的话。想想我已等待了多少年。"

其他客人正在上楼,动作迅速就从银盘子里取走一杯香槟。穆斯塔克跟着我,穿过房间,到了一个更安静的地点,我们坐在一起。只花了工夫,这故事一会儿就构思好了。

我说:"这发生在他死前不久。你父亲回家时,我在你家和你姐姐一起,我不能泄露我是她的男朋友,所以我说我在等你。他笑了,并告诉我,我是浪费时间。"

"那种话他老是说。"

"他想我帮他搬一箱纸,他自己搬不了。在楼上你的卧室里,就在那间小小的更衣室,里面满是箱子。他摘下手表,告诉我这只表价值不菲,要当礼物送给我。我说不想要,但他坚持要把它塞进我的口袋里。我注意到他的裤子是开着的。他在摸自己的鸡巴,他抓住我,强迫我爱抚他。然后我们把箱子搬下楼。"我说,"对不起,我不得不告诉你。"当他还在思考的时候,我说,"穆斯塔克,他碰过你吗?"

"不!我——从来没有!你为什么这么说?他不会那样的。他恨同性恋!"他突然站起来,凝视着窗外。"他妈的,你为什么告诉我这个!我必须现在就考虑这一切!"他盯着我,语气变得荒谬而亲切。"我必须向你道歉。我代表我的家人为我父亲对你所做的事表示歉意!"

"你会和阿吉达说这个吗?"

"她很脆弱,非常抑郁,一个月至少两周,她几乎都在精神紧张状态,我真的很担心她。"接着他说,"你知道他是否也对别人干这种事?"我没吭声。"贾马尔,凭你的专业经验判断,干这种事的人也会对别人干吗?"

"我的回答对你毫无助益。这取决于对象的历史。通常情况下,人们在生活中的某个特定时期,在分离之后或者沮丧的时候,会有这种行为,然后再也不会这样做。我认为我们在谈论乱伦,而不是恋童癖。这两者是不同的。"

他没在听。"那个可恶的肮脏的人,还有他血淋淋的秘密,你恨他吗?"

"我?不。它确实打扰了我,使我大为震惊。我想这可能帮助了我确立今后的方向——去做精神分析。它毁掉了我的一周,但不是我的一生。"

"我要窒息了!"我注意到他的手扼在自己的喉咙上,似乎试图扼杀自己。"我要出去。我必须自由地走了一会儿。"

我看着他匆匆走出房间。艾伦走向他,但穆斯塔克把他拂到一边。艾伦看着我,耸了耸肩。我又拿起一杯香槟,想知道阿吉达在哪里。

她不在外面。从窗口,我可以看到穆斯塔克在有照明的院子里踱步,手臂在抖动。过了一会儿,他似乎对某件事作出了决定,身影消失在房子的另一端。

"瞧!"他再次出现时,拍着自己的手臂说。

"怎么啦?"

"这只手表让我产生了过敏反应。我的手腕红了,有点肿。有点……悸动!"我仔细瞧了瞧,但没瞧出什么。他把手表摘下,放进口袋里。他说:"我去阿吉达的房间,向她敞开讲了。我无法阻止自己。我把你说的关于我们父亲的事告诉了她。我想让她知道。我问她怎么想的。你很幸运。"

"在哪方面?"

"她相信你,说你总是一个值得信赖的人,没有理由编造一个关于我们父亲的故事。"

他接着说:"奇怪的是,我原以为,突然获悉父亲是这种人,会吓坏她。这种事让人受到惊吓,不是应该的吗?对我来说,就是爆炸性的效果。可我仔细地看着她,她似乎一点也不感到震惊,甚至也不感到惊讶。"

"你知道为什么吗?"

"你啥意思?"

我说:"你父亲是什么样的人?"

"他为人严格。我想说的是严苛。总是有理由害怕他。但他不信教,从不祈祷。他会鄙视那些疯狂的毛拉和伊斯兰极端分子。当父亲活着的时候,聪明人认为迷信正在消失。当然,他讨厌白人,尤其是在他的纪录片经历之后。他们很狡猾,种族主义思想根深蒂固。"

"但他和我之间有一道障碍。我在十一岁之前,就怀疑自己可能是同性恋。"

"是吗?"

"别的男孩都叫我胖子、巴基佬、无赖。我想这正好澄清了一切。我们的一个堂兄弟告诉我父亲,我想成为一名舞蹈家或美发师。父亲已经注意到我与人握手时没力气,因此,他的回应是——同性恋应该被杀死——显然表明,在他看来同性恋不仅不可接受,更是一种犯罪。"

"我希望你知道这一点,我当时爱上了你,迫不及待地等着你来拜访。我想知道你想让我穿什么,想让我成为什么样的人。我读了所有那些书,以为你可能会就书中的内容考我。同时,每当我和爸爸独处时——只有当我们一起看板球或拳击时才会独处——我问他关于女人的建议。'你如何让一个女孩对你好?你应该在第一次约会时吻她吗?那婚姻呢,你迟早会把它提出来吗?'我知道他喜欢谈论这些事情。那些异性恋者不得不经过这些愚蠢的绕圈子的狗屎。那可笑的东西叫什么——'诱奸'?至少这让我父亲觉得自己像个大人物。"

"他就从不觉得腻味吗?"

"他怎么可能呢?我们住在那所房子里的时候,他一直在焦虑工厂的运转。他说,在工作之外,他唯一的抱负是徒步穿越非洲。但是罢工使他疯了,他开始干一些奇怪的事。"

"什么样的事?"

"我听见他在夜里走来走去,把门敲得砰砰响,呻吟,大喊,甚至——"

"你知道原因吗?"

"他在喝酒,喝得烂醉如泥。下班回家后,他喝了半瓶杰克·丹尼,早上再喝完剩下的半瓶。我早上开门时,发现他在地板上。我害怕从自己的房间里出来。阿吉达和我不得不脱下他的睡袍和宽松裤,把他拖进浴室。这对她来说很难,她必须做所有的事。"他擦了擦眼睛,"她告诉你了吗?"

"一点点。"

"我要在上学前把瓶子扔了。难怪我学的都是如何手淫。更糟糕的是阿吉达。"

"你为什么这么说?"

"阿吉达崇拜父亲,贾马尔,我从没见过比他俩更亲近的父女。作为女儿,她会在门口等他回家。晚上,妈妈做饭时,她会给他的头发上油,帮他梳头,会用脚踩来按摩他的背部,在浴缸里给他洗澡。他会告诉她关于印度和非洲的故事。我告诉你,我被遗弃了。当他被杀后,我从没见过有人比她更伤心,她几乎三个月没说话。"

"你母亲当时一直不在。"

"是的。"

"她离开了你父亲?"

他说:"没有人那样说。但她怎么能和他在一起呢?她认为他是个失败者。他则认为如果他赚够了钱,她就会回来。根据父亲的说法,总有一天,我们没有焦虑,因为我们会很富有。在那之前,他没有时间做任何事,比如体育、文化、自然——甚至爱。他不知道我们在学校都干些什么。"他向我凑过来,说:"我有一个伏都娃娃——是父亲——我把小钉子钉进去了。我确信我杀了他!"

"你想把一切都归咎在自己身上。"

"如果他今天还活着,他会不赞成我的一切。我得庆幸他死了——这很困难……"

我说:"你还记得你要我跟你一起走的时候吗?"

"哦,贾马尔,我很难为情!"

"我们为什么不逃走呢?"穆斯塔克在我下次去他家时,那样对我说。去年我们一起摔跤,现在他告诉我,他的卧室里有东西要给我看。"这是什么?"我问。"我的发型。"他回答。"大卫·琼斯会为你感到骄傲的。"我说。

他站在我身边,就像他喜欢的那样,对我的胳膊不是蹭,就是摸。"我知道我父亲把钱放在哪儿了。他的袜子下面有个信封,里面装着厚厚的一沓沓的钱。"

"为什么呢?"

"他经常说,我们可能需要再次匆忙离开。种族主义者可能会来找我们。"

"想快点离开的人是你。可为什么呢?"

"这里不太好,不是吗?"

他悲哀地说,如果我不害怕他吻我,就吻吻他。

"为什么是跟我在一起逃走呢?"我问。

"你是我遇到的最令我兴奋的人。"

"瞧,"我吓了一跳,说,"让我给你一些东西吧——"

我拿来书包。除了哲学,我还带来了音乐杂志,几部小说和一本"垮掉的一代"诗人的文集。我把它们给了他。

"先喂饱脑袋,伙计,"我说,"我知道你已经有音乐了,我明天给你带更多的书和魔法。你知道自己长大后想做什么吗?"

"时装设计师,"他说,"但是不要告诉任何人。"

"比如谁呢? 你姐姐吗?"

"她已经知道了。"

"然后就是你父亲了。我想我会告诉他的。"

我假装走开,他抓住了我,"别这样,请保密!我愿意为你做任何事。"

"开个玩笑而已,"我说,"你这么害怕干什么?他会伤害你吗?"

这次谈话后的几周内,我带很多书去给穆斯塔克。他很感激,读得飞快,很快我就把自己卧室里的书洗劫一空,那些书是我在伦敦买的。它给了我一个理由来拜访阿吉达,坐在她的房子里。但穆斯塔克对我带给他的每样东西都是如此的高兴,这让我开始看到,帮助别人是一种乐趣。

"贾马尔,"他现在说,"我对我父亲非常恼火,简直令人难以置信,他做了一件不可原谅的事,还试图给你一块手表作为交换!"

他接着说:"但我也不是无辜的。我也犯了罪。当我想打爸爸的脸时,我会想到这一点。"

"你做什么了?"

作为戏剧女王,穆斯塔克正接近成功的巅峰,他对自哀自怜觉得好玩,但几乎马上就恢复刚性。他揉揉眼睛,抚摸着额头,声音轻而急迫,近乎耳语。

"父亲被杀的那天晚上,我第一次做爱。我的一个表妹,睡在隔壁房间,进来给我性启蒙。我很惭愧,它花了我那么长时间。她认为我应该去看看一只猫咪,我会很好奇。但它对我没有任何作用,就像试图强迫一只鼻涕虫进入老虎机。我当然感到内疚。在所有可能的夜晚……为什么偏偏是那个夜晚?"

"阿吉达和我说起当晚回家。但她太累了,无法启程。我们若是回去,就有可能会在凶手作恶时抓住他们。我们可能会救爸爸一命。我们甚至也有可能被杀了。"

"对。"

"我终于失去了童贞,但不是真的。除了你,我当时还没有对任何人产生过激情。直到后来我们在印度的时候,才出了一件非常非常糟糕的事。"

"是什么事?"

"我爱上了一个作曲家,一个歌词作家,比我年长,当时他二十多岁,穿着得体,漂亮,优雅。贾马尔,请注意:**他知道怎么生活**。他为电影、迪斯科、时装秀创作音乐。他真是个天才,比我更有才华,写音乐就像别人说话那样容易。像一些异性恋者那样,他喜欢被一个男同性恋所崇拜。我是他的歌迷,他喜欢我的问题,还有我对他的痴迷。但走得太远了……"他接着说,"我太爱他了,我娶了他妹妹。"

"好主意。"

"这是个令人震惊的印度婚礼,由我叔叔付钱,比婚姻存在时间还长。那天晚上,当我试着和那个女人做爱的时候,她躺在那里,欲望是那样炽热——女人真的会感到强烈的快乐,不是吗?——我不得不想着她哥哥,以便让自己努力。他俩样子很像,她变成了一种备忘录。"他颤抖着说,"很自然,她想和我——她的丈夫,发生性关系,生孩子。当我告诉她真相时,她吓坏了,也崩溃了,把绳子绕在脖子上,绳子不得不剪断了。"

"你当时怎么想的?"

"我想的是,自己的同性恋会消失。我不想与别人不一样,或者异乎寻常。这是个秘密。"

穆斯塔克似乎是暂时忘记了自己身在何处,他停下来,审视了一下房间——看看他的朋友们,以及他们在与谁聊天。看到我们在谈话,他们避开了。随后,他拍拍我的肩膀,轻抚了我一下。我看得出他又要正经起来了,他记得他是谁。

我看着他,一个笨拙、矮胖、充满渴望的孩子,他重新塑造了自己,变得富有魅力,光彩夺目。当然,作为著名的流行歌手,他一直都很前卫。他非常重要,最后被人嫉妒了。他已经成了知道自己的一言一行都受到持续关注的人。但如今他是否喜欢这个,我看不出来。

"贾马尔,我希望你这个周末过得愉快。很高兴我们再次成为朋友。我可以再问你一件事吗? 否则我相信自己会疯的。"

"请说。"

"你是不是有时夜里也在我们家外面等着? 我的卧室靠前面,能俯视大路,我夜里不睡觉,跟着瘦白公爵的曲子跳舞。是你吗,只是站在那里凝望,有那么几次?"

"没错。是我。"

"你为什么要那样做? 我那时想,他爱的是我们当中哪一个呢? 可能是我吗?"

"我知道我想要谁。"

"那你为什么在那儿?"

"我是一个陷入爱情的傻瓜。"

"我也是。你知道吗,当我还住在家里时,我写了《每个人都有心碎的时候》。多年后,这首歌曲在排行榜上位居榜首,唱遍世界,排名几乎没有改变过。我现在可以告诉你,我是在哪里偷来的曲调,并不是说没谁聪明到注意这一点。"

"偷来恰当的曲调需要天才。"

"这首歌是关于你的,贾马尔。"

他坐在我身边。有时他拉着我的手,我拉着他的手,好像当过去席卷我们而过时,我们需要彼此安慰。

他说:"唯一能俯视花园的窗户在我姐姐的卧室里。我在家时,会坐在窗帘后面,胳膊肘放在窗台上,看着窗外的情景。你老是吸烟,而且总是穿黑色衣服。你穿西装很帅,尤其是穿棒球靴的时候。

"但在我看来,你最好看的时候,是你光着身子,露出你可爱的小鸡鸡。你当时很瘦,身材漂亮,晒得黝黑,你当时很能搞的——你们都是好色的家伙!"他接着说,"其余时间,当阿吉达在楼上换衣服或者打电话时,我陪你坐在厨房里,你跟我说话的时候我很喜欢。

"可我没想到你会来指导我。我本该当医生的。那是我父亲想要的。"

他微笑着看着我,我试图消化这一切。然后他站了起来,久久地看了我一眼,好像在纳闷我们的谈话为何这样奇怪,接着他就托辞离开,走进客人中间,现在大多数人都进了房间。

我看着阿吉达和穆斯塔克的一个朋友一起,像过去一样大笑着,用手蒙着嘴,仿佛刚说了一些出格的话。她穿梭在客人中,四处招呼着,帮着她弟弟和艾伦搞好这次周末派对。

当我重新加入那个小组的时候,我从艾伦那儿得知,奥马尔决定开车到镇上,"看看谁在附近,"还说,"你看,我从未失去平易近人的品质!"——艾伦将他的话模仿得惟妙惟肖。

结果,奥马尔打电话回来说,他"被困"在镇里,需要救援。他一个人没法把车弄回来。艾伦要求志愿者们"进去"。显然,这个城镇是战后社会主义规划的胜利,它是污水管,充斥着文身的野兽和暴力的僵尸,在排水沟里呕吐,流血。我迫不及待地想看到它。

那里有一家酒吧,奥马尔过来就想去。当地那些迷惘的孩子在里面听着震耳欲聋的音乐,他们中的大多数都是瘾君子。这些孩子中至少可以找上一个爽一下吧。

奥马尔喝得醉醺醺的,无法开车回到穆斯塔克的宅邸,也不愿丢下自己的车子不管。在他所有的罪行中,惩罚他的酒后驾驶可能是最可行的。另外,为履行职责他还得早起,坐在一辆黑色大轿车里,车子周围由摩托车警卫护航,代表女王和政府在希思罗机场迎接一些外国政要,然后陪这类杀人犯和酷刑者去下榻的酒店闲聊。

奥马尔说:"我得非常小心。我总是把**政要**和**独裁者**这两个词弄混淆了。"显然,他在这类会面和问候中经常表现得很糟糕。

艾伦要我们中的一个人把奥马尔的车开回去。我想换个心情,就与凯伦一起跟着艾伦进城,艾伦知道那家酒吧。出门时,我问穆斯塔克:"为什么你不跟我们走?"他摇了摇头,笑了。我们坐上车后,凯伦告诉我,穆斯塔克为自己的财富付出的代价,就是他一走到大街上,或者去商店、酒吧,马上就会被人遭人围观,提问,拍照。

我们开车经过一幢外形花哨的大楼,叫"好莱坞大碗",这是一栋多功能建筑,里面有直通汽车的麦当劳餐厅,保安和戴着兜帽的孩子们在大风肆虐的混凝土空间里闲逛。

"你为什么开得这么快,凯伦?我们不会迷路。你喝多了吗?"

"是的。你想出去吗?"她说,"我五分钟前就该杀了你。"

"那什么阻止了你?"

"是阿吉达,你真正爱、真正忠诚的人,你一直期待回来的那个人。亲爱的,你会躺在那里'沉思',胸部盖着一本打开的书,你会对自己微笑。我知道那时候你脑中正想着与她在一起的情景。那时候我**恨**透了你。"

"你现在又失望又高兴,是吧?"

"她是到了一定年纪的普通女人。绝望的年纪。但我看得出,"她说,"如果我戴上眼镜,仔细审视——她拥有什么。很萌的样子,少女般的声音,想取悦他人的欲望。不幸的是,那段时间我应该同情她。你为情伤整天没精打采不可自拔,我还不得不忍受!即使对我来说,她似乎也很神秘,很重要。她那该死的父亲不是在一次罢工中被谋杀了吗?"

"差不多吧。"

"就是因为这乱七八糟的事儿,害得我嫁错了人。那么长的时间,你老让我觉得自己只排在第二位,所以我就和第一个关注我的人结婚了。"

"那必定是我的错。"我说。

"什么都能引起你的兴致,即使你去见看那个血腥的分析师也是这样。一个疗程之后,你会花几个小时把它写下来。难道你就没看出这样的分析并不会让人们变得更善良,更有趣,更聪明吗?那只会让人更加自我陶醉。他们开始使用那些糟糕的词儿,比如**转换**呀,**净化**呀什么的。当我们自己身陷灾难的时候,我会想听你的梦或者你母亲和姐姐的事儿吗?这一点你想过没有?"

"这是我的职业,比任何事都更让我感兴趣。"

"我不得不说,贾马尔,你很聪明,但你没有好好利用,只学会说那些对任何人都没用的词儿。"

"我操,你现在心情不好。"

"没错。"

我说:"今晚我绝对不会和你上床了。"

"杂种,想和那个印度女人上床,对吧?你为什么要这么残忍,贾马尔?难道你真的无所谓啦,风流鬼?"

我们发现了阿里勋爵,他的夹克和鞋子都脱掉了,衬衫半开着,躺在酒吧后面的几把椅子上,俨然是在"接待敬慕者"。这种国王似的地位不仅出于他的个人魅力,或者出于穷人对这位爵爷改善无产阶级状况所做的工作感到好奇,更重要的是,他为酒吧所有的人喝酒埋单。

"哎呀,去他妈的耶稣基督!"我们走近时,艾伦说。正如艾伦所说的,那位爵爷的眼睛就像"两潭漆黑的精液"。

我们看到奥马尔对聚集的酒徒们致辞,其中许多人已喝得跟跟跄跄,他说他曾三次见过女王,并坐上了她的马车。上周他发现自己和女王单独在一个房间里。她担心工党禁止打猎和射击。"前几天我们进行了可爱的射猎活动。"他意味深长地说。这话奥马尔勋爵说了好几遍,声音越来越大,直到这话听起来不仅与色情挂钩,而且都成了可以逮捕他的罪证了。

艾伦准备把他从那里拉出来,以免他说出更多不该说的话,因为那些话可能会出现在《世界新闻》上,会把他们周末派对的事儿捅到外面去,但奥马尔没打算离开。他还没与任何男孩进行身体接触呢。艾伦跟其中一个男孩说了句什么,就带着一些像样的大麻走开了。当醉醺醺的好爵爷在厕所获得满足的时候,艾伦与凯伦打起了台球。

我坐在酒吧里喝着伏特加酒。酒吧服务员知道我们是乔治的朋友,就告诉我,与周围的人相比,我们是那所"大宅子"里那些被宠坏了的、拥有过多特权的大老鼠。"我们需要的是一场革命。"他说,好像以前从未有人想到过似的。"瞧那位!"他指着阿里勋爵说。他刚从厕所带了个面色苍白的孩子出来,膝盖是湿的,喃喃自语,"孩子们就是这样……"

酒吧服务员接着说:"有些家伙在那儿打工。我们知道怎么进去。总有一天,我们会成群地冲进去,把房子推倒,放一把火烧个精光!"

"主意是不错,"我说,"但遗憾的是,你们吸了太多的毒,晕乎乎的,成不了事。"

"滚出我的酒吧,你怎么敢!"他说,"吸毒?谁吸毒啦?不准你再来!"

之前我叫上其他几个人,并且跨过某人的身体,走向门口。奥马尔被凯伦和艾伦拖着走,他还在唱着《希望与光荣的土地》,一边大声嚷嚷:"太感谢你们啦,亲爱的臣民!一次可爱的射击!所有人都想要！"

酒吧老板怒火中烧，威胁我们要报警。

凯伦把艾伦和爵爷塞进自己的小轿车。我开着爵爷的摩托车，风驰电掣般地驶过街巷。

在宅邸，人们在客厅里聊天，但大部分人都移师到艾伦所称的"布莱恩·琼斯"的游泳池周围。对于像穆斯塔克这样的有钱人来说，买艺术品和摄影是很时髦的。游泳池和更衣室之间的走廊到处张贴着体面的照片，其中一张照片是一个女人站起来对着一座桥撒尿。

泳池周围，人们或吸烟，或跳舞，或裸泳。这些罪恶的躯体为保持体形和供人展览，花过大价钱。查理·希尔罗身材健硕，连他身上的伤疤都闪闪发光，他鸡巴上镶嵌的那根纤细的螺钉，更加凸显了鸡巴的纹理轮廓。

艾伦和穆斯塔克的其他朋友现在也都来了，有舞蹈演员、理发师、化妆师、年轻的黑人同性恋者、天使般的男孩，有的穿着紧绷或闪亮的衣服，有的热衷于炫耀自己的乳头夹。还有些人那样子似乎已经有几年没见过日光了。我想，今晚上床的女人会很少。这可能是我的机会，我不妨借此看看自己是否真的还是对性提不起兴致，或者是因为我刚度过一段沮丧时光。

查理将他的 iPod 播放器接在泳池音响上，突然，一段录音从我的青春时光穿越而来，那是爱勺乐队的《你相信魔术吗》，这首歌洋溢着音乐的阳光和乐观主义精神，让卡里姆和我都开始大笑。我们互相瞥了对方一眼，又笑了起来。与他一样，那时我还太小，不能独立行事，但六十年代中期是我性格的形成期，在当今这些肮脏的日子,那种爱意味着什么呢?

我游了一会泳,寻找阿吉达,但没见着。我擦干身体,卡里姆那严肃的棕色眼睛正从圆括号形状的头发之间朝外瞥了一眼,他给了我一些可卡因。虽然喜欢这个,但我今晚想睡觉。我抽了一支大麻,然后有人给了我一杯双倍浓咖啡和一大块巧克力。我服用了一份安定,决定去睡觉,一个相对较早的夜晚,但有足够的时间去思考。

我躺在床上,想知道从自己的 iPod 上能听些什么——歌词可以远去,然后还有音乐——这时有人敲门。

"嗨!"我喊道。

"我能进来吗?"

是阿吉达。她穿着件缎质晨袍走了进来,坐到床沿上。

我拿起她的手。"你找到我了。"

"终于,"她说,"只有你和我。现在我们有时间在一起了。一整夜,我希望。你会保持清醒吗?你想听我说话吗?"

"当然,"我回答说,"我一直在等你。"

第二十四章

她抓住了我的手。"今天早些时候,我相信我在游泳池看到你。然后我想,不,是鬼魂吧,我疯啦。在纽约,穆斯塔克问我是否想再见到你,但他说不能保证你会露面。可你露面了,是为了我吗?还是我不应该这样问?"

"你的美国口音很有魅力。"

"哦,别这么说。我一直在努力消除这口音,恢复一点儿印度腔,尤其是如今印度人又变得如此时髦。"

"是的,他们似乎人人写小说。"

"在我的肤色不断受到质疑时,当美国人很尴尬。对我们所有人来说,通过机场无疑是一场噩梦,就连穆斯塔克也不例外。我们都觉得离关塔那摩监狱只有一步之遥。橙色囚衣不适合我。"

"也不适合大多数人。"

"形势太糟糕啦,我想在伦敦待一阵子。我过去热爱伦敦,那时你经常带我出去逛。从那以后我就再也没回来过,我无法忍受再次见到伦敦。"她的手放在我的肩上。"你不需要起床,贾马尔。不必做任何事。我们不需要灯光。我去拉上窗帘,"她说,"我知道你在那里,这就是我所需要的。穆斯塔克告诉我,他知道你的故事,我也读过你的书。"

"你对他说过你的事吗?"

"你啥意思,我的事?"我没吭声。她继续说:"贾马尔,你是真正了解我的人,你永远是我的挚爱。"她说,"甚至我丈夫也知道这一点。他曾经说过,'有人阻止我们接近'。"她俯身对着我,吻着我的脸颊和嘴唇,用手指抚摸着我的头发。

"你几乎没有任何改变。你的头发灰白了,但它仍然竖立着,像一只毛茸茸的小鸡。你有一点皱纹,不再是皮包骨头。但你看起来很高贵,似乎过着有地位的生活。"

"上帝啊,没有!"

她说:"晚餐时我注视着你。你比我记得的还要好看。我想,他是一个多么有吸引力、多么聪明的人啊。一个曾经被人爱、被人需要的男人。"

"你能这样说真不错,要真是如此,那就意味良多。我感激不尽。"

"我想你很可能是这样。"她说,"坐在我对面的那个女人是谁?有人介绍过,但我没听清她的名字。她不对我怒目而视的时候,就像一只鹰一样观察着你。她是你过去的某个妻子吗?"

"我结过婚了,但只结过一次,这一点不同寻常。不过,结婚对象不是她。我还在婚姻状态——或者更确切地说,还没有离婚。

但我确实和你说的那个女人约会过,她叫凯伦,是你走了以后的事。"

"这是一段成功的爱情吗?"

"从她的角度来看,不是的。我猜我当时还没从对你的爱中走出来。这花了很长时间——可能是因为我一直认为你会很快回来。

她沉默了。"贾马尔?"

"什么事?"

"请不要说太晚了,我们没有老。或者我对你来说已成往事,不可挽回了?瞧,"她站起来,掀开晨袍,让它滑落到地板上。"这是我。我在这里。"

我看着她,感觉既熟悉又陌生。"你丈夫会怎么说?"我在后悔之前,平静地说。

她重新套上晨袍,躺在床上。我站起来脱下衣服。

她看着我的时候,我说:"我不知道我想要我俩之间怎样。时间太久远了。我们所能做的就是给它空间。"

"还有时间,我们还有时间。我会等你,正如你等我一样。"她把床单拉到她身上。"我多么需要再有人陪我一起睡啊。好多年,我一直试图把女儿从我床上拉走,现在她再也不会陪我了。我丈夫和我各自有房间,事实上我们是两个国家。所以和一个男人共度一夜……是多么令我感动啊。"

我们躺在黑暗中,没有碰触对方的身体。当然,我们这个年纪的人,除非是自恋者,否则不希望任何人看到自己的身体。当然,我在游泳池边看过阿吉达。她的皮肤并没有衰老,但她似乎缩小了,好像她想让自己变小,就像一个年轻的女演员扮演一个年长的女人那样。

"是的,"她说,"我知道自己如今像个老太婆了。你的眼神也告诉我这一点。我的性魅力,我的美——都消失了。"

"我也是。我只是想,以前我们是多么喜爱在你家房子边上的花园里晒太阳浴啊,你几乎全身都晒黑了,现在没人这么做了。你还记得我是怎么假装成'豌豆泥'最好的朋友吗?"

"我想要的是我们四个人,你、我、沃尔夫和瓦伦丁,能再见面。你能组织一次聚会吗?"

"你走后,他们很快就不见踪影了——到法国赚钱去了。"

"他们过得可好?"

"他们没告诉过我。"

"真可惜。"她说,"在纽约,我热衷买家具或衣服。我每天都送东西出去做慈善,每天都买新东西进来。就这样简单——进进出出。"

"我去公园散步,拜访朋友,当我弟弟在旅游或做电视节目时,我就设计服装。工作量很大,是一份合适的工作。我练瑜伽、卡巴拉,做任何与触摸无关的事情。假如几个星期后我感觉不爽,就会尝试别的事情。所有的自杀者也会杀其他人,我明白这一点,所以我没有出路。最后医生给了我一些药——"

"抗抑郁药?"

"或许吧。它让极端的焦虑感消失,我想感觉正常。"

"经历焦虑比无所事事更正常。"

"我多数时候感觉到的都是恐惧,"她说,"好像有灾祸就要降临到我身上。"

"灾祸已经降临了,你还记得吗,你对我说你父亲对你干过的事?"

"当然记得,但我不恨他。他当时的日子糟透了。那又不是你家。"

"大学时,你曾告诉我,你有多爱他。'他很温柔。'你说。"

她说:"这很奇怪吗?他老是吻我,抚摸我。他会发脾气,骂我们笨蛋,但他从来都是个慈爱的父亲。"她躺回到枕头上,"你想让我当个女权主义者,给我那些书。那时很新潮。你记得那个女人吗,菲奥娜?她是反对我父亲的组织者之一。我在纠察线上看到她,随后又在学校见到她。她非常胖,乳房四处晃动,穿着工作服,戴着大耳环。"

"她昨晚在电视上为一项不经审判就关人的法案辩护。"

"她瘦了吗?贾马尔,你当时想让我变成另一种女性吧?"

我说:"我们这代人喜欢持不同政见。如你父亲这种人——我们当时称之为资本家——按照原则是我们的仇恨对象。当时在其他欧洲城市,与我们类似的人正在绑架并杀害资本家。"

"你不会干那种事的,你不可能杀人。"

我说:"我总是对我父母感到愤怒。尤其是对我父亲。我觉得很奇怪,你爱你的父母,没有任何憎恨。"

我们陷入沉默。我以为她睡着了。"贾马尔,"她说,"今天晚上早些时候,我弟弟把我父亲对你干的事告诉了我。你干吗跟我只字不提呢?我把一切都告诉你了,你却什么都不告诉我。"

"我怎么能增加你的烦恼呢?"我接着说,"你回印度后,我疯狂地想你。早上起来,我脑中出现的第一个念头就是:今天她会来电话吗?这是一次可怕的分离。有阵子我都为此崩溃掉了。"

她双手捂住脸,手指插进头发。"不,不,贾马尔!你是说我没想过你?我甚至写信给你——你还记得那些蓝色的航空信封吗?——只是写完后从没贴上邮票寄走。我喜欢伦敦,但在发生罢工事件后,我怎么回得去呢?"

"我的噩梦不是我父亲夜夜强暴我,而是在工厂外叫嚣的乌合之众,和我们一样的学生向屋子里扔木头和砖头。他们让我父亲陷入绝望。他是个勤奋的人,被赶出非洲后,还在努力为他的家庭做一切事情。"她接着说,"我跟穆斯塔克去美国,想要一个全新的开始。我跻身时尚界,设计服装。这是我的家族生意。"

我们躺在那儿,沉默了一阵子。间或听到院子传来几句说笑声,然后又归于一片寂静。

"贾马尔,我知道,当时你不想跟我结婚。你就要走进这个世界,你很自信,精力充沛,渴望继续前进。而我在印度,差一点疯了,我不能告诉你有多疯狂。我需要的是稳定,是一个丈夫。我和你无法结婚。"

"你找到人结婚了?"

"我找到了一个好男人,可能太好了。不受伤害就不可能做错事。但穆斯塔克喜欢他,并出钱包办一切。他还让他做生意。"

她更多地谈到她的子女、工作,还有日常生活。我尽量保持清醒,听她说话,听她的呼吸,想着沃尔夫、瓦伦丁与我们一起度过的时光,想着明天阿吉达与我可能会有的彼此需要,想着横亘在我们之间的那个存在——她父亲。

第二十五章

我下楼时，已经临近中午了，阿吉达早已离开我的床。

穆斯塔克穿着运动服，坐在餐桌前，对着电脑，正伸手拿草莓和西瓜吃。有几个人静静地坐在桌子的另一端，那模样就像他们刚从一次爆炸中走出来。

穆斯塔克给我倒了些果汁。"我不会说得太大声，"他说，"对我而言，这也是个美好的夜晚，到现在我还没睡呢。四点时候我给教练打电话，让他清晨开车来晨练。然后我告诉经理给我准备工作室。我好多年没享受过演奏音乐的乐趣了。你知道，爸爸讨厌我弹钢琴。有一次，他趁我在学校的时候，把琴键拆了，扔掉了。你认为那会压制我后来的发展吗？"

"非常可能。"

"我们昨天的谈话让我很兴奋，贾马尔。我有一个营养专家和一个生活教练。现在，我要你给我灵感。"

"是吗?"

"当今伟大的新乐队都是英国人,他们用英语唱歌。帮我再写一次,朋友,关于我的童年和父亲。没有多少摇滚明星的父亲被谋杀。我应该从哪里开始呢?"

"随便。"

"好的,谢谢。"他开始打字,说,"事情是从你开始的——一天,你走进我们的房子,带着极度的幸福看着我姐姐,站在害羞的我面前微笑,好像你了解我的一切,我做什么都可以。"

我灌了一杯咖啡进肚,但吃不下任何东西。我丢下穆斯塔克一人在手舞足蹈,对着电脑屏幕哼着歌,到田野散步一小时,然后等待午餐。

香槟酒端上来了。多次举起酒杯,可能已经耗尽了我最后的力气,但还有许多地方可以躺下。在这个梦幻似的下午,在我眼皮颤动的时刻,我突然想到,当其他人在聊天、喝酒、玩牌、听音乐时,我若躺在穆斯塔克的躺椅上,让温柔的员工端着托盘走马灯似的围着自己转,那真是美妙之极的享受。

"为什么我过去从没想到过呢?"我说,"赚钱就是为了这个?"我睁开眼睛,注意到亨利站在我的上方,咧着嘴笑。"这就是多年来我们一直在劝诫的,我的朋友。资本主义展现在我们面前。它在这里,我们在这里。这就是生活!"

他俯下身来,吻了我一下。"放轻松!没什么比这更高档了!"

"别说这种话!"

"乔治怎么可能买便宜货呢?"是米里亚姆在我上方叽叽喳喳,又是笑又是嚷。有一会儿,她躺在我身边,把脸靠近我,在我耳边疯狂地低语:"哦,太感谢你了,兄弟,把我带到这儿来。你在去年彻底改变了我的生活。你对我比父亲对我要好。我必须让你知道,现在你知道了。"

她吻了我一下,然后就去找刚起床的阿吉达了。看着姐姐穿过房间,穿着长袖T恤,紧身的绣花牛仔裤和高跟鞋,我意识到她减掉了多少体重,至少有三块石头。她的脸曾憔悴不堪,有很深的皱纹,但现在已经不再缀满了螺母和螺栓,她的眼睛显得更大了,脸上洋溢着热情。她似乎已经从单身母亲这个职业抽身出来,成了一个男人的女人,或者说是"伴侣"。她如今或多或少摆出了瓦莱莉的自恋派头,说话喜欢用这样的短语做开场白:"作为当今首屈一指的戏剧导演的女友……"

亨利和我坐在一起。"你没跟我说过,阿吉达会这么标致。"

"她是我所有女友中最标致的吗?"

"可能吧,但你下结论为时过早。我们为何不去溜达一下呢?"

"我躺在这里很舒服。"

"我有件事要告诉你,"他说,"我不想保守这秘密。"他搂着我的肩膀。"告诉我去哪儿。"

我听从了他的意见,在厨房门口我俩穿上惠灵顿靴子。在外面,他盯着雕塑看,我大笑起来,没等他开口,就说:"那些是艾伦的艺术创作。"

我注意到,在另一个谷仓旁边,有一个由玻璃和新木头搭建而成的工作室。门敞开着,我看到有两个画板,地板上有一些经过切割或者未切割的金属板,有些已经上了漆,这是艾伦的工作室。

"这样子不错,"我说,"也许我应该把建筑师推荐给妈妈和比莉。他们想在花园里建一个工作室。她们跟你提过吗?"

"提过,我听说了。"亨利说。

不久前,米里亚姆带他去与妈妈和比莉共进午餐。另有一次,有人给亨利送票时,他带着这两个老妇人去看歌剧。在父母和孩子之间,亨利这个新男友远远没有像米里亚姆所期待的那样,插在她们母女之间当楔子,这让米里亚姆很恼怒。他不仅喜欢妈妈和比莉,还与她们共享对视觉艺术的兴趣,更是没把米里亚姆的抱怨当回事。"哦,她比大多数母亲都要好,"他说,"你什么都可以跟她说!你应该见过我的母亲,一个患有歇斯底里症和抑郁症的女人,她的坏情绪会传染整个欧洲!"

此刻亨利对我说:"我昨晚看见一个女人,是在'爱晶'那里,那地方我们已开始经常光临。当时天色已黑,我必须承认,她吸引了我。但我老觉得自己认得她。她穿着高跟鞋,戴着面具和其他一些小物件。她比我记得的要瘦,但她的姿态,她的头发,使我想起了约瑟芬。"

我叹了口气。"我的约瑟芬?"

"贾马尔,我不知道她在那里干什么,也不知道她是第一次去,还是常客。"

约瑟芬总是悠闲地走着,边走边摆动着双臂,做着白日梦。我常常在想,怎么会有人走路这么慢,还能前行?我们会各自去参加派对,避免两人走路的速度太不一致。

我说:"对约瑟芬来讲,去这种地方是个很大的变化。但对她的大多数朋友,她都感到抱歉,她的男朋友甩了她。至少我是这么猜的。他在她身边出现过一阵子,然后似乎就不见踪影了。我问拉菲,拉菲说她觉得那人很无聊。"

亨利说:"我觉得有点惶恐不安。米里亚姆当时没空,我失去了兴致。我知道这对你来说是件很严重的事——对谁来说都是如此。我跟着她从一个房间走到另一个房间。她似乎完全心不在焉。"

"你跟她说话了吗?"他摇了摇头。"她认出你或者米里亚姆了吗?"

"老天,没有。我没跟任何人提过。我对米里亚姆什么都讲,并希望她对我也这样。但这是个人隐私。"

和宅邸里的大多数人一样,午饭前我就开始喝酒了,还有可卡因,是工作人员随饮料一起拿来的,这使我很清醒,得以继续喝酒。风很清新,天气晴朗,我开始喜欢上乡村。我口袋里有一支大麻,亨利和我在我们穿过田野时抽上一口。亨利抽完时,我已经神游天外,感觉悲伤,空虚,就像当年阿吉达、瓦伦丁和沃尔夫都离开我时那样。

亨利说:"我猜,现在是回不去了——就算你想的话。我怀疑你想过。"

"是的,我想过。我妻子仍然让我着迷。"

"贾马尔,我为你担心!"

"你是好朋友,但别让这事毁掉你一天的好心情。我想我应该照顾她。这是她一直想要的,但她却让我失败,一次次失败。"

"你会对她说些什么吗?"

"我对此表示怀疑。我只听说她正在快速约会。"

他笑着说:"感谢基督,你从未当过夫妻治疗师。"

"那是一桩赚钱的活儿,我听说过。需求量巨大。"

亨利说:"注意,我在说什么?粗略地看一下早期的精神分析师及其门徒和同事,就会发现,除了弗洛伊德之外,他们就是一群变态、自杀者和疯子,然后才完全是人。不过,至少他们知道一个真理。"

"什么真理?"

"你要么去爱,要么生病。"

当晚,我们大多数人因为服用了太多的可卡因,吃不下东西,但米里亚姆和亨利都饿了,我和他们坐在一起吃晚餐,阿吉达也在。身穿制服的工作人员在服侍亨利,只是亨利几乎没有注意到他们,而米里亚姆则坚持帮他们清洗东西。

就在周六夜间,在一个谷仓那里搭建好了一座低阶舞台,工作人员安装了灯光,并带来了许多设备。舞台下面放着一箱箱白酒和啤酒,还有一瓶瓶伏特加和龙舌兰。椅子上坐满了人,还有人像我一样,发现很难保持直立状态,索性躺在地板的靠垫上。

不管我是否就要神游天外,也不想错过查理·希尔罗演奏的《为达达而杀》的原声版。这支曲子他首次录制是在七十年代,是与死刑犯乐队一起录制的。

艾伦推着穆斯塔克向前。掌声热烈,令人兴奋。穆斯塔克不想玩音乐,但他会听从艾伦的安排。所以,如今成了乔治的穆斯塔克,坐到钢琴前。他安静了片刻,就随意弹了起来,等着看会是什么调子。当曲调形成时,就成了尼尔·杨的《无助》的个人表达,极其诚实,和我所喜欢的由 K. D. 朗演唱的这首歌的原版一样出色,我开始明白,为什么以前的"豌豆糊"如今是一位著名的流行歌星。

阿吉达身穿小牛仔裙,加入了合唱。她敲着手鼓,摇曳着身子,哈哈笑着。当她拉我与她共舞时,连我都忍不住了。自从七十年代之后,我的舞步就没有进步了。当时和现在的区别就在于我们之间横亘着一个鬼魂——她的父亲。

后来,阿吉达和我开始拥吻——**拥吻**,亲爱的,这个词我很有一段时间没有用了。卡里姆和查理二重唱《让我们跳舞》,卡里姆玩一些时髦的低音,凯伦先是朝他扔自己的丁字裤,然后是马诺洛高跟鞋。我想,我后来看到她与一个仆人一道,在舞台背后的一堆电线中翻找,试图找回其中一只高跟鞋。

阿吉达曾与亨利和米里亚姆共舞,我们在草坪上分享了一瓶香槟,抽烟冷静了一下。然后回去继续听穆斯塔克弹奏《每个人都有心碎的时候》,这是他写给我的,我是它唯一的奠基人。

不要问我什么时候发生的,不知怎么派对就变成了一场摇滚乐舞会,谁能制造噪音谁就参与,穆斯塔克像杰瑞·李·刘易斯那样敲打钢琴。亨利迫不及待地想脱光衣服,跳舞的劲头好似是在驱赶杀人蜂,仿佛他浪费了六十年代,现在需要迎头赶上。米里亚姆只穿着胸罩和裤子,在扬声器旁边跳舞,希望每个人都能看到她的文身。她向阿吉达展示过,解释过每一处文身的想法和出处。阿吉达对此既震惊又着迷,最终似乎认为,如果添上文身,她的生活将会改善。

我记得看到穆斯塔克扶着他姐姐走出屋子,走上楼的情形,我看到她的脸上心神不宁,疲惫不堪,我从未见过她这样的神情。我记不起工作人员是啥时候把我抬上床的。显然,他们整晚都在忙着搬运身体。我知道我甚至无法抬手点燃打火机。

"这是一场大灾难。"第二天,穆斯塔克笑着说。

我记得我晕过去后一小时左右,起床小便,经过凯伦的门边时,看到她和卡里姆·阿米尔正在啪啪啪。至少我觉得那是凯伦,也可能是卡里姆。还有人睡在床头的地板上,也许他们没睡着,因为房间某处传来做爱的呻吟声。

我在那儿站了一会儿,快速冲了个澡,刷好牙,洗净鼻血,然后就进了房间,掉进了一堆人体组成的坑里。我记得当时坐着靠在墙上,抽着烟,与卡里姆聊起南伦敦,还有贝肯纳姆高街上的"三个酒桶",那里现在显然有鲍伊的一个牌匾,但还没有查理·希尔罗的。

查理本人正在与某个女人干,对方也许是镇上的一个女招待。我甚至不无感激地记得,轮到我时,查理从后面抚摸着我的背,尽管我宁愿他没有说"去干吧,老伙计",因为我知道他肯定比卡里姆和我都强。

第二天,我和凯伦回伦敦时,阿吉达正站在院子里,朝我们挥手。她将在乡下停留几天,然后前往穆斯塔克在伦敦的宅子。

凯伦坐在车里,阿吉达和我拥抱,承诺以后打电话。然后她吻了一下我的嘴,我能感觉到她的舌头在等我。她像以前一样掐着我,挠我痒痒。

"你为什么大笑?"

"笑你,"她说,"这不可能只是宿醉反应。你这样子好像见了鬼似的,但我猜想你真的见到鬼了。"

凯伦暴躁地猛踩油门,双手猛捶方向盘。

我一上车,她就说:"至少你还顾点颜面,和我一道离开。"

"什么?"

"我知道你这人诡计多端。我睡觉时门开着,我看见那个女人偷偷溜出你的房间,就在第一个晚上。你下手很快,繁忙的周末,嗯?"

"凯伦,你疯啦。"

"你一直在等她,现在会不喜欢她吗?"

"人无法回到过去。"

"你不想往前走?"

"真希望我们不必离开这栋房子。"

"你休息好啦?"

"休息?"我说,"我准备好去戒毒所了。"

"棒极了。"

我求她别对我说昨天晚上的事,也不想回忆起来。她说她会闭口不提,这对她来说倒是难得一回。可她又咯咯地笑一会儿。然后很突兀地问道:"阳痿了,呃?"

不过,她主要还是担心卡里姆,担心他是否还会联系她。他打算在《我就是名人……》节目上亮相,会有许多女人需要他,她想要在这之前充分利用他。

不管你多么不喜欢这个国家,在周末度假后,周日晚上开车回城,你的心还会往下沉:每个人、每件事,都肮脏,粗野,而又密不可分,以至于你差点认为你想离开伦敦。

第二十六章

周日上午,除了十几岁的年轻人之外,英国大部分人口都会出现在公园里:散步,慢跑,遛狗。在周日的时候,拉菲和我踢足球,一起踢球的还有其他父亲——演员、电影导演、小说家——以及他们的儿子,年龄从五岁到十二岁不等。妻子和女友们坐在边线的长椅上,喝着拿铁咖啡,分散女儿的注意力,帮男孩们穿上靴子,系上鞋带。

父亲们不想让自己看起来太费劲,以免下不了台,但孩子们却为比赛全副武装,尽管其中一头的目标是两棵树,另一头则是几只包和扔掉的上衣。球场泥泞不堪,旁边还有一摊水,许多孩子都会冲过去,踢过来,通常会被绊倒。

拉菲小步快跑进入球场,他穿着全套的曼联队服,那是圣诞礼物。他每个手腕都套着汗圈,还有队长的袖标,腿上绑着护膝,脚蹬银色的 Total 90 系列耐克鞋。他间或也穿其他球衣,比如尤文图斯和巴塞罗那的球衣,那是我在欧洲参加会议时为他挑选的。但是,在那次"阿森纳事件"后,他不愿再穿其他英国俱乐部的球衣。他的头发上了发胶,就像一把硬毛刷子那样竖立着,他不会因为害怕弄乱头发而不敢用头顶球。如果他确实得分——他经常得分,因为他动作敏捷,坚持不懈,而且出奇的强壮——我们会反复重温它,在厨房里反复演练。

众所周知,当你告诉人们你支持红魔时,必须小心谨慎。假如你给不出一个令人信服的理由,那么你就有可能遭到指控,说你只追随一个成功的时尚俱乐部。我的理由无懈可击,但很含糊。我小时候很喜欢足球,在公园里玩了很多日子,但到了十几岁时,我就失去了兴趣,因为我意识到女孩喜欢音乐而不是足球。

我再次感兴趣,是一九九二年埃里克·坎通纳这个为利兹联队踢球的法国人加入曼联之时。正如体育版上所说,他"改变了俱乐部的命运",曼联开始再次赢得奖杯。坎通纳是我听过的唯一一个有精神分析历史的足球运动员。并且他做的还是拉康式的分析。当他为尼姆踢球,然后转到利兹联时,因离开他的分析师而感到非常焦虑。他说:"我做精神分析,感觉就像加了一次油。我在自己最好的状态,发挥自己最好的水平。是的,我必须重新开始。它不再是出于好奇心,而是一种必需品。事实上,每个人都应该有勇气做一件事。每个人都应该至少读弗洛伊德和格罗德克。"

一个接受过精神分析训练的中场球员,曾经在一场比赛中,以凶猛的双脚"功夫"踢打正在辱骂的水晶宫球迷,他还阅读疯狂的格罗德克——那个弗洛伊德钦佩的"野生"分析师,心身医学研究的开创者,这样的诱惑是无法抵抗的,我成了曼联的终身球迷,我的骨肉也是如此。

我不知道自己是否会邀请阿吉达加入我们的公园活动。她和我每天都在电话里聊天,又开始互相了解了。她邀请拉菲和我去乡下,她在短暂拜访过穆斯塔克在索霍的家后,就回到乡下宅邸,在那里与穆斯塔克"放松"。我曾考虑回到穆斯塔克的乡村宅邸,虽然我很紧张与阿吉达的关系进展太快,但我确实有很多话要对她说。但拉菲拒绝了,不想和"差劲的成年人"共度周末,即使其中一个是摇滚歌星。

所有的父亲都对周日上午的足球比赛充满热情,也充满竞争精神。其他家庭成员则相互交往,孩子们在彼此家里进进出出,拉菲和我没那样干。但我遇到其他父亲时,我会很高兴见到他们。你很难不喜欢与你一起踢足球的人。尽管如果没人传球给他们,所有的男孩都很沮丧,甚至觉得遭到拒绝。和我一样,拉菲是个输不起的人。作为一个小男孩,如果输球,他会拿球就走人。

我期待着回到我的窝,在那里我可以像一只筋疲力尽的狗一样叹息和沉沦。足球是我唯一能做的运动。到了最后,我觉得自己好像被装在桶里滚下山似的。尽管如此,我还是认为我从拉菲所守的区域用头顶球得分,是我生命中第二个最伟大的时刻(当然,第一个是他的出生)。我笨拙地从球场外跑进场,前额碰到球,刹那间眼前失去失明。当光明重现的时候,是一片欢呼。球飞到两棵树之间,球员们揉乱了我的头发,拉菲爬到我背上。

比赛结束后,大人和孩子们坐在茶馆外面的长椅上吃薯片,喝热巧克力。走进公共厕所,我发现三名半脱衣的波兰男子在洗漱。一个人单腿站立,伸出脚,另一个人抹肥皂清洗。衣服和包散落在地上。许多波兰人在这个地区露宿街头。如果他们能逃过三年,他们就有资格享受国家福利。当我离开时,两个警察冲进厕所。

在外面,四个漂亮的女孩——其中两个来自拉菲的学校——出现并聚集在男孩身边。她们穿着靴子,迷你裙,还有无数亮闪闪的东西,彼此站得很近,叽叽喳喳地谈论着手机。在公园这种地方这样的穿着有点奢侈,但其中一个人曾给约瑟芬打电话,她告诉他们拉菲在哪里。拉菲在学校里是女生的宠儿,她们来看他踢足球。

他说:"你们看到我进球了吗?"

他没有看她们。但从他脸上露出的顽皮的微笑可以看出——这使我想起了我父亲——他清楚她们正看着他。她们谈论他的进球时,他摇了摇头,似乎觉得她们说的话都是傻乎乎的。

他的姿势很酷,他那被弄乱的头发看起来很好。他的首饰和衣服一直是在 H&M 精心挑选的。上个周末我们去了促销的地方,我是在那里给自己找衣服,结果带着装满童装的袋子回来了。他看起来在各方面都比我漂亮,也更时髦,更帅气。这是必须的。尽管如此,我还是忍不住感到一阵痛苦和遗憾。有时,你想要的只是幻想。为什么我总是不那么自信,比他看起来要焦虑得多呢?我禁不住要嫉妒他,他前面有大把的岁月可以挥霍,可以享受与女人在一起的快乐时光。

女孩们想离开,她们很紧张,确信一个男人在树林后面窥视她们。她们商定在她们最喜欢的购物中心(购物中心)与拉菲会面,在那里她们会帮助他选择新的运动鞋。

"我知道怎么变酷,"他在回家的路上对我说。"除了杜嘉班纳腰带之外,我甚至都不穿设计师的衣服,除非我真的有心情。"

我按响约瑟芬家的门铃,那是我住过的房子,但从未喜欢过。它有三层,每层有两个房间,还有一个像样的花园。后面是拉菲打鼓和弹吉他的小屋,他要是在外过夜,其实就是睡在这里。关于这个地方,我想起了我最喜欢的一个笑话:为什么结婚?为什么不找个你讨厌的女人,把你的房子给她?"

"你在傻笑什么呀?"拉菲问。

"我不能告诉你。我今天踢得如何?"

"你应该和残疾人一起。"

"谢谢你。"

"你正在掉头发呢。当你弯腰时,我能看到你的光脑壳。这太可怕了,让我们全家都感到耻辱。"

今天,我们离开公园的时候,他问我,我与他在同一个队里能踢多久的球。这个问题让我很吃惊:他竟然会觉得未来稍纵即逝,这对他这个年龄的孩子而言,似乎不寻常。

"你瞧,我已经十二岁了,必须开始更认真地踢球了。"他对我说,"我想加入一个合适的团队。你可以开车送我去那里,但你只能在一旁看。"他又换用美国腔调说话,"朋克,你会为你所做的后悔吗?会带着遗憾生活吗?"

他穿着足球袜站在门口等待时,把沾满泥巴的靴子砰砰地往墙上砸,急切地想告诉他妈妈,他是如何凌空抽射,射门得分的。我决定,她如果不阻止我,就进屋去,看看她是不是出了什么事儿。

我偶尔想知道自己是否会重新喜欢上她,但我对此并不热衷。我最常想到的是,假如不是拉菲,我们就不需要见面了。当然我恨自己,居然希望没有这孩子,因为我不知道,假如不是他出生,我会是什么模样,我还会犯什么别的错误。

约瑟芬打开门,我走进客厅,跟着她走下楼梯,来到地下室。她转过身来看着我,但没吭声。

约瑟芬和我一直在电话里争论拉菲的教育问题,我不得不承认我有点激动。他没有通过两所学校的入学考试。这些都是高度学术性的地方,如约瑟芬所说,那里的孩子们看起来有些贫血,压力很大。约瑟芬认为这些学校都是昂贵的教育机器,将聪慧的白人孩子变成克隆的寄生虫,对此我只能同意。尽管这样,我还是责骂了孩子。约瑟芬指出,我自己小时候都没去过这种地方,也不愿进这种学校。她还声称我很势利。我认识很多父母,他们的孩子都去了那些学校,我简直不敢相信,自己的孩子竟然不能毫不费力地跨进校门。很明显,我的竞争意识让这个男孩在家里大发雷霆。他扯着母亲的头发,对什么事都要争吵。

约瑟芬强调说,这关系到他的未来,而不是我的脸面。她补充说,我似乎与我的父亲同出一辙,父亲并没有在我们身边,却竟然希望我们能取得辉煌和成功,她是对的。我相当凶地问拉菲一个问题后,就决定不再责备他了。我问他:"那么,你在班上什么最强?"他想了一会儿,回答说:"我长得最好看。"

他从小喜欢把食物分开放在盘子里。豆子不能碰土豆,土豆不能碰鱼。可现在我看出,他是多么高兴看到他妈妈和我在同一个房间共处,他仔细地观察我们,急切地想知道发生了什么事——他在调查我们的婚姻问题。

我坐在餐桌旁,约瑟芬给我端来了茶。当她坐下来的时候,我注意到拉菲把她的椅子拉过来,这样我们就在一起了。他发出孩子气的声音和手势,好像是为了我们好,所以假装婴儿,提醒我们是一家人。

约瑟芬是个话很少的女人,她不会闲扯,也不会说大话。这种沉默让我感到舒适,说我们是两尊雕像也无妨。

她父亲是个施虐者:醉酒、发疯,跑到高速公路试图横穿,被车撞了,结果某个倒霉蛋一辈子都记得这个疯子在他面前抬起头的情形。疯子的女儿被吓呆了,焦虑感纠缠了她一辈子,总觉得有一辆汽车永远向她驶过来。

与裸露癖母亲一起生活,约瑟芬喜欢保持沉默,不想引人注目,尽管她自己也讨厌这样。她似乎没长大,还在信奉"品行端正的人会得到最多的回报"这种哄小孩的鬼话。我的许多朋友都忘了她的名字。她的两名治疗师也是如此,结果她每次几乎治疗一开始就愤怒地离去。像米里亚姆这样的人,约瑟芬就看不惯,说她是"喜欢出风头"的人。我想指出的是,她就是通过这样,才认识到这个世界如何充满竞争,只有让自己变得更有吸引力,或者闹出动静,你才可能激发别人更多的好奇心。

我看着她,不管我们要说什么,沉默都隔在我们之间。像往常一样,她的手指从不沉默,而是近乎疯狂地敲打着桌子,好像她内心藏着某事,她想用手指跳动把它宣泄出来那样。

与此同时,一群人在我的脑海里胡言乱语。也许我俩都曾希望,当两人的关系结束时,需要一些解释,需要有一天,将每个误会的死结都一一梳理出来。

"你俩为什么不牵手呢?"拉菲咧嘴笑着说。

"我不想放下茶杯。"我说。

我们都为他的成长感到焦虑。我曾希望我能有更多的孩子,和他们住在一起——我喜欢他带朋友到我的公寓——而她则害怕他的独立与性欲都在日益增长,尽管那是她本来鼓励的事,这如同是给他编的程序,让他最终还是离开我们。

我问她:"经常出去玩吗?都见过谁?"

她要是在回答前停顿一下,我就知道她已经服用了镇静剂。她通常在晚上用葡萄酒服用那些药,还大声读着标签:"不要操作重型机械""远离孩子"。"这是个好建议。"我说。任何以"安定(pam)"结尾的词儿,如羟基安定(temazepam)、氯羟去甲安定(lorazepam)或苯甲二氮安定(diazepam),她都喜欢。因此我称她为"聚乙烯·安定"(Polythene Pam)。由于她不喜欢依赖任何东西或任何人,她已经开始定量配给自己安定了。

"不是真的那样,"她最终说,"我还要照顾拉菲,不是吗?你去了阿吉达的弟弟家,拉菲给我看了乔治的亲笔签名。"

"没错,与亨利和米里亚姆一起去的。"

"他们在一起了,是吗?你能帮助他们,真好。"

我说:"你要是晚上需要有人看孩子,我可以来这里工作。见拉菲,见你,无论多么短暂,都是一件很愉快的事。"

"是吗?谢谢你,"她说,"你真好。"

没过多久,我就站起来了。

"我再给你倒杯茶吧。"拉菲说。

"你可是头一回这样啊。"我吻着他的脑袋说,"但我得走了。"

我正要离开时,他往我手里塞了一张 CD。"送给你,爸爸。"这是他为我录制的,上面是他目前最喜欢的几个歌手——肖恩·保罗、内利、里尔·乔恩。我曾经为他做过的事，他现在正在为我做。

门在我身后关上了，犹如一声枪响。在周日下午失去意识，是中年的少数乐趣之一。当我开始见我的第一个病人时，我学会了在约会之间睡觉。我可以躺在地板上，立即睡着，有时是二十分钟，甚至是十分钟。

但今天，当我离开拉菲和约瑟芬时，我是如此的感动和绝望——他抱着我说："爸爸，今天不要死。你要是住在这里，就安全了。"我回到家，洗过澡，打了个电话。

第二十七章

没哪个国家有类似伦敦这样的地下室。你从大街上急转弯，沿着光滑、狭窄的台阶下去，进入一个有回声的房间，穿过一扇门，发现自己与外面的喧嚣分开，在这个城市的地下，每样东西都很凉爽。这就像越过边境，是从一个大旋涡进入一个简单的国家。

我走在一条黑暗狭窄的走廊里，旁边有几扇门。我对领我进来的珍妮太太说："我觉得女神做作业可能需要帮助。"

"是的，亲爱的，她是这样。"她拿了我的外套。"你一向可好，医生？有段时间没见着你了。我们甚至给你写了一张圣诞卡。你还想要吗？"

"荣幸之至。"

从十九世纪到二十世纪，世纪之交的动荡让女神的日子有些艰难。在我看来，她在作文上花了太多时间，最后搞得心烦意乱，非常沮丧。珍妮太太为她所有的女儿感到骄傲，当我称她们"知识分子"时,她很高兴。"对,"她说,"其他地方的女孩子没有我们的聪明。"

"也没你们性感。"

我走过走廊时,珍妮太太说:"她在等着你。"当然,我早些时候打过电话,像我一样,她们也是通过预约接单。"不然,那就是疯人院,而不是妓院。"

"她在这里,先生。"珍妮太太说着,领我进了房间。

房间里的昏暗恰到好处,墙壁涂成了栗色。我抱着女神片刻,亲吻她的金色鬈发,抚摸她的脸。

我付钱给她说:"我一直盼着见到你,女神。"

"你去哪里了?我希望你没去见其他的婊子。"

"我做梦也不会。"

"你想我怎样?"她问道,露出了臀部,向我伸出舌尖。

我凝视着墙壁,上面满是挂在衣架上的各种服装,另一面墙上挂着鞭子。我叫她扮空姐。当然,我父亲曾花了很多时间在飞机上,那时对我而言是异国情调。有一次他给了我一个 BOAC 背包。

她问:"哪个航空公司的?"

"英国航空公司,我想。"

"还是那样爱国。"

她带着服装去了。性是最优秀的针对性营销。至少他们没有把价格贴在墙上,就像他们在一些场所里一样,色彩鲜艳的纸上,分别写着各种标价:"打飞机""口交""69",还有我的最爱——"全套"。我显然记得,妓院过去展示过独腿女人。前一段时间,我确实有一个病人,用他母亲的假肢自慰。但我来这里不是考虑工作的。

我脱掉了我的匡威全明星鞋、长裤、短裤。脱下衬衫则有点冷。我希望伟哥和止痛药都发挥功效,等待时,我几乎睡着了,感到很满足,在这里没有人能找到我。我想不出更好的方法来浪费时间和金钱。

她回来了,告诉我说,她的硕士论文"研究"的是颓废和天启,这一向是世纪之交关注的话题,同时还伴随着"回归家庭"的呼声。不幸的是,这个千禧年,我们的恐惧变成了现实。情况比我们想象的还要糟糕。

不是说我可以领会她说的一切。但她知道在我这个年纪,我需要我能得到的所有刺激。然后她用手铐把我固定在床上。在房间的角落里有一个十字架,你也可以绑在那上面,但我更喜欢那张床。我很想尝试大多数的变态,只要你能坐下来尝试。

她坐在我身上,把头发甩到我脸上。她自豪地给我展示她的乳房。正如她所说,它们是"自然"的,这在这里是不寻常的,在当代的性生活中,这是一种恩惠。"享受吧,"她说,"它们是你的。"在床上,她站在我的上方,向前弯着身子,向我展示她的腿和臀部,我不得不承认,这是我最喜欢看到的一种风情,还有就是在汉默史密斯大桥上看到泰晤士河。

我想知道今天有多少人与她这样。也许年纪大的唯一好处是,我花了好一会儿才激起性欲,花了更长时间才达到高潮。

并不是说这对我很重要。我干她直到自己累了为止。我吻她的脖子、耳朵和脸颊,她吻我的嘴角,我们很容易适应彼此的节奏。

幸好她放弃演出，进行正常的做爱，发出了轻轻的和略微惊讶的声音。当我最终高潮的时候——这是一件很辛苦的工作，我觉得我好像是把一辆沉重的火车推过一条长长的隧道——她则用指甲抓我的后背。

我们躺在一起。女神吻着我的脖子、脸颊和嘴唇，我抚摸她，吻着她，她告诉我，我有绅士风度。她躺在我身上，我喜欢感受她身体的重量，纳闷自己感觉到的不是丽莎所谈论的匿名的性或者非人性化，而是抽象的温柔，这更令人不安。如同很多成年人所知道的那样，令人费解的是，与匿名的人做爱，感觉不是疏离，而是相反，是那种亲密而强烈的感觉。我还记得，爸爸读过哈罗德·罗宾斯的《不要爱上陌生人》，只爱陌生人，更像……至少在几年前，我就发现，我是个天生喜欢滥交的人虽说意识到这一点有点晚，但还不算太晚。我想起保罗·古德曼写的一句话："有爱就有性，反之亦然。"

我想着约瑟芬在"爱晶"俱乐部四处转悠的样子，就好像是但丁《炼狱篇》里的一个角色，贪得无厌，也许还有些迷惘，但还是在追求某种东西：那种体现自我、彰显自我的人类欲望。**即使到那时候，她还是那样不急不躁。我仍然爱她的优雅**。我想到我姐姐和我最好的朋友在玩弄陌生人的身体。我对人类欲望的多样性和重要性，对这种欲望的毁灭性以及让人满足的程度，还对那种毁灭性在人取得成就时所起的作用，一如既往地感到迷惑。

约瑟芬出现在"爱晶"俱乐部，这让我感到惊讶：她老是焦虑不安，被一些不必要的想法所迫害，导致她远离极端场面，偏好安全和稳定。她有些洁癖，像猫一样自恋，永远在检查自己的躯体，把药膏揉进躯体,就像有人擦亮没有引擎的汽车那样。与她做爱成了折磨,让我害怕。她在下达命令——**快一些**、**慢一些**、**硬一些**、**软一些**、**多一些**、**少一些**、**在中间**、**往上**、**往下**——弄得人只想放弃。对爱的需要和最终的拒绝——简直是无尽的折磨。不管怎样,我对她很恼火,因为这段关系已经成功地让我失望了,乃至我不想再这样浪费时间了,我对她说:"你确定,性爱就是这种样子吗?"她当时还没意识到,也许永远也意识不到,性是多么有趣,过去常常让阿吉达和我欢笑不止。

但是现在,一定有什么让约瑟芬改变了想法。我很想知道是什么,但可能为时已晚。我一直以为她会有些进步,虽然不是和我在一起。

"你没睡着?"女神问。

"没有。"

我想,跟一个妓女在一起,你付钱为你不说话的权利埋单,而不是把最珍贵的东西——你的话语——送给这个女人。

她说:"你渴望搞,也会搞——对英国人来说。"

"谢谢,"我喃喃地说,多半是自言自语,"想不想听个笑话?"

"哦,想啊!"

她那明亮的脸蛋贴着我的脸,听着我讲。而我只是想逗她笑。我突然想到,我希望我的妻子是个妓女,也想让所有我干过的妓女当我的伴侣。

我说:"一个妓女和一个心理医生共度了一个下午。结束时,两个人都冲对方说:'三百镑,请!'"

她差点笑了。与女神在一起,差点令你感动的除了性爱,还有完事后她对你的护理。她摘掉避孕套,用舒洁面巾纸帮你清洁。大多数妓女都不操心这个,一旦完事,她们就想让你离开。但这是一个懒洋洋的星期天,对妓女来说是个安静的日子。任何妓女都会告诉你,星期一是他们最忙的一天。在与家人共度了一个周末之后,有多少男人等不及想与他们心爱的付薪荡妇相会。

我与她吻别,给了詹妮太太小费。詹妮太太边看电视边玩填字游戏——今晚世界各地的老鸨都是如此。"给你,亲爱的。"她递给我圣诞贺卡。

我像个牛仔一样大摇大摆地走出去,嗅着的手指,还犹存女人气味,尽是笑声和耻辱。

不知道为什么,我心里升起莫名的恐惧。

第三部分

第二十八章

午饭后,布希开车送我回家时,在车上,他说:"医生,我希望你别介意我说这话,可布希就是有一种奇怪的感觉。"

"它影响你驾驶吗?"

"不,是关于你的。"

"我?"

"先生,我得告诉你,你被人盯上了。被人观察,你知道吗。"

"被人观察,你说,被谁观察?"

"一个男的。"

"一个男的?什么样的男人在观察我?你在说什么,布希?"

"我有这种感觉——一种新鲜、刺痛的感觉,我的鼻子是不会背叛我的。"

"说吧,告诉我。"他正要开口,我却说:"等等,布希。你确定我真的有必要知道这种东西吗?"

布希在镜子里审视了一下他的鼻子,把尼古丁手指伸到鼻子前,从上往下划过鼻子。"老板,我今天没什么奇怪的吧?"他转过身来说,"你仔细观察我的脸,观察我的……鼻子。"

我凝视着眼前这幅粗糙的风景:黑头粉刺、白头粉刺、红头粉刺、破裂的毛细血管,坑坑洼洼的脸。"一切正常啊。"

"是啊,没错。"他接着说,"我要说的是,这个观察你的家伙是谁——我估计他是个危险人物。"

"危险?"

"非常、非常危险。"布希颇为津津乐道。

我一直在享受这段旅程。布希知道我喜欢的路线,知道我喜欢看哈维·尼克斯的橱窗陈列了什么货色,从骑士桥路口往左,转过哈罗德,右边的维多利亚和阿尔伯特博物馆进入我的视野,我就可以看到最新的展览是什么了。我有时会去这个博物馆放松一下。在一座建筑里——也或许在任何一座没有商店的漂亮建筑里——你可以在那里漫步,欣赏艺术,激发自己的思考。即使和约瑟芬一起去也是这样:我们喜欢常去那里。

维多利亚和阿尔伯特博物馆之后,就没啥有趣的东西可看了,直到我们抵达格洛斯特路。我要是有时间,就会让布希在格洛斯特路书店停车,让我下来,那是一家建在地铁上面的二手书店,我可以在地下室里花上半个小时,然后到隔壁咖啡屋读书。我对书籍及其所蕴含思想的兴奋和欲望,多年来一直没有改变。我的背包总是被无数的书卷压得往下坠,里面全是我迫不及待想纳入内心的东西。

和许多出租车司机一样,布希认为旅行是个机会,可以向被俘获的听众表达自己的意见,但我们在一起到处跑的时间够长,足以让他知道我不会听他的,也不会回答他的问题。

他说:"我知道你走神了。但我认为你需要知道这事儿。一个男人要是心里不把这当回事儿,可要承担悲惨后果的。"

"是吗?"

我过了段时间,才把注意力集中在他所说的话上,如果有的话。我还在想着午餐时卡伦说的话。

她早晨几乎第一件事,就是打电话邀请我去常春藤餐厅。有些奇怪的消息,她不得不跟我说。你若有倾听别人说话的名声,你的生活也就毁了。你会觉得自己像个乡村妓女,或者更糟,是个牧师。但说到常春藤餐厅,我不想拒绝这份邀请。

在那地方吃午餐,通常要花大半天时间,不管乘地铁,还是乘车,都要三十五分钟的路程。不过,在周一,有个病人来到我门口,给了我一张支票,就低着头,拖着脚慢吞吞地走了,他买下了我的时间,而不是我的在场倾听,这就给了我额外的时间。布希正好有空,他开车送我到查令十字街,回头再接我。

我准时到达,一边等着被服务员引到桌前,一边仔细观察餐厅周围的情形。常春藤的一个优点,就是房间很理想,人人都可以看到对方,但又没受到打扰的感觉。今天这里混杂着流行歌星、演员、媒体主管、电视喜剧演员,还有几位作家。

我到的时候,凯伦已经喝了一瓶酒。我点了杯卡布奇诺咖啡,开始听凯伦讲述她丈夫罗布、他们的女儿,还有和罗布的女友鲁比的事儿,我们在穆斯塔克家时,他们去了迪士尼乐园。

"我想我可能告诉过你,他们都去了迪士尼乐园,贾马尔,但你不会记得了。"

"是吗?"

"你在乔治家的时候太疯狂啦,我很多年没见过你那样了。"

"哦,天哪,我希望没有出丑。我现在不太喜欢醉酒。"

"尽管如此,贾马尔,你倾向于记住很多事情的细节。它们只是紧抓着你那黏糊糊的脑袋不放。"她接着说,"现在,这个女孩鲁比在伦敦政治经济学院学政治学。她在一支女子足球队里踢球,闲暇时制作关于避难者的纪录片,她想当电影导演。涉及性的问题,她完全不受拘束,非常嬉皮。我问过他一次,有什么她能做,而我做不到的?一个愚蠢的问题,你不觉得吗?嗯,她带她的女朋友一起和我丈夫上床,这种事让我紧张了好几天。"

"你想成为其中一个朋友?"

"我怎么能与这个鲁比竞争呢?"

"还有什么?"

"我最小的女儿提到鲁比在发胖。'我很高兴听到这个。'我说。可另一个女儿说:'那不是发胖,是肿块。'"凯伦的眼睛那一刻肯定要么睁得老大,要么眯成一条缝。"肿块?"我问道,"肿块?你真的这么说?我们完蛋了,就是这样。他现在再也不会回来了。给我一分钟,我得吃两颗药丸。给我倒杯水,亲爱的贾马尔。"

我为她倒空瓶子。她身子俯靠在桌上,对我说:"这浑蛋正开始第二春。也许他起初并不喜欢,可如今他就要幸福了。"

"对他而言,我和女儿们,以及我们多年的家庭生活,已经一文不值。我不得不承认,多年来,我们原本想象,他终有一天会怎么出去,再怎么回来。"

"女儿们都长大了,"我说,"你必须找到新的事情做。"

她无助地环顾餐厅。"你知道,找不着男人了。我不会跟那些服用伟哥、满身都是尿骚味的男人上床。女儿们正处在青春叛逆期,见她们的初恋男友,她们的电话甚至比我的还要多。她们可不愿看到我端着托盘,给某个讨厌鬼送茶的模样。"

没有时间看菜单,我喝了一杯香槟,点了我最爱的虾,然后吃了炸鱼饼和薯条。我没有注意到卡伦在吃什么,但她没吃多少。

我提到了我们的熟人亨丽埃塔,这个女人毫不掩饰自己对男人和性的喜爱。我说,"想想她过得多开心啊!远远超过我们中的任何一个。男人们整晚都在她那里进出,她有三个女儿。"

凯伦说:"亨丽埃塔?她有一所大房子。还有男人在那里出没,迷路了,找不到前门。反正,前几天她与某个政治白痴睡觉,醒来后下楼去瞧他的手机。结果发现他收到了八个女人的短信。当然,他不是阿多尼斯。"

"她会确保自己得到需要的东西。"

"你知道前几天她对我说了什么吗?"

"你知道她那天对我说了什么吗?她会把所有的钱都换成一个只想和她一起生活的人。哦,贾马尔,像我这样的精英女性,除了又老又胖,还酗酒之外,还有什么错?谁会在乎我,听我诉说,与我做爱?"

"你受辱了,你这可怜的家伙。"

她啜泣着。"我曾经与鲁比相像,是不是?但我从来没那么聪明。伦敦从来不缺更聪明漂亮的女人。"

凯伦吃得很少,不过我们还是分享了一份甜点,我叫了双份意式浓缩咖啡。"卡里姆呢?"

"很明显,我没有收到他的信。我给他打了几次电话。他说他在忙着准备节目《我是名人……把我弄出去!》。"

"你想过找个治疗师吗?"

"别跟我说这个!"她狂乱地说,好像我们还是一对情侣似的。"我们今天下午不能去旅馆吗?我愿意做任何你想做的事。"

我起身吻了吻她。"我得回去工作了。"

她说:"对你来说没关系,你已经把女朋友找回来了,阿吉达。"她一字一顿地说,语气不无轻蔑,"你又在和她约会吗?乔治告诉我,她住在他那里,她来了几天,但现在拒绝回家。他不知道如何对待她,她让他发疯。"

"真的吗?"

"是因为你的影响吗?"她紧紧地握着我的手。"贾马尔,你有没有想过我们的儿子?"

"说什么呢?"

"你让我流掉的那个。"

她不肯让我脱身。"凯伦,求你了!"我说。

"他今年多大了,又大又壮又英俊?"

"我不知道,"我说,"我没有头绪。"

"他可能会与我们共进午餐!被谋杀的孩子的父母仍然是他的父母。我绝对肯定你会想要更多的孩子!"

我已经迟到了。当我设法离开她的时候,她正环顾四周,寻找另一张桌子加入。布希与其他司机在外面,我们开车离开,车内飘着空气清新剂的芬芳。

经过这一切,还有香槟后,我本想小睡一下,但听到布希的质疑,我说:"好吧,那就跟我说说,那个有感知的人是怎么回事?"

"昨天,我把车停在街上,等米里亚姆和你吃完午饭后接她,就注意到那家伙从一辆汽车那儿观察你。那人年纪不小,长相奇特,体格健壮。你们豪宅里满是怪人,等我回来的时候,他还在那里。然后他跟着我们——我知道,因为我特地走了一条奇怪的路线。他一直在注视着你。你不会与这种人有牵扯——"

"也许是我的一个病人。"我说。或者是病人的配偶。当人们开始治疗时,他们有时会与伴侣分离,而治疗师则受到指责。曾有人向我的窗子扔砖头。

我没有提到一个事实。那就是,有一阵子,我看病人的时候,约瑟芬会站在公寓外面,确信我和她们有婚外情。我可以听到她在叫嚷:"不允许碰她们,知道吗!你会遭到举报,就算不被取消执业资格,也会被打一顿!"我还有一个精神病治疗师同事——不是病人——此人在我的第一本书出版后,从与我一起参加会议开始,就站在我的门外,给我的病人发书面声明,说我是个骗子。

"也许吧,"布希说,"没人跟踪的家伙是无名小卒。但这个人可能就像那首歌——你知道的。"

"哪一首歌?你在说什么?"

"《精神病杀手》。"

他开始唱了。我说:"对,对。因为什么?"

"因为他不是心血来潮。我们应该去查查他——现在就查。"

"我怎么查他呢?"

布希告诉我他需要我做什么,然后说:"这对你有利。"

"布希,我现在得去见病人了。"

"神经病医生,你最好按布希说的做。"

我按他说的做了,他把我丢在我那条街道的拐角,我和他一起走到我的公寓后面。我的病人正在公寓外面等着。

病人离开后,我打电话给布希。"怎么样了?"

"你按建议沿街走过的时候,那个人躲起来了——身体缩进车子。我想那车子是租来的,我会查他,让你知道究竟是怎么回事。"

"你会碰到很多麻烦,布希。"

"我很担心。米里亚姆命令我来照看你。"

"我不想让她知道这件事。她会焦虑不安,又要开始施法。"

我早上四点醒来,想知道谁在那儿观察我,我不知道穆斯塔克是否雇人监视我。唯有他有这个动机,还有钱这样干。但他希望看到什么呢?我偶尔会去窗户往外张望,但没看到任何人。

我的第一个病人安排在第二天早上七点。他五十多岁,伊顿公学的老毕业生,和女人的关系一直很糟糕。**他头脑里老是萦绕着一个想法,即他会找到一个令他圆满的女人,因此他认为其他所有的女人都不是他的菜。这是关于异性恋的创始神话:圆满无缺,终极满足。**

我的第二个病人安排在八点。她因为听了一个关于水箱里一只死鸟的故事,从小就对水有恐惧。她不能喝任何她认为含有污染水的东西,到了这一步,她渐渐没办法生活,直至她几乎不可能在社会上与他人相处。

九点时,我吃了一些吐司,又煮了一壶咖啡,然后打电话给布希。"我的跟踪者怎么样了?"

"老板,正如我推测的,那辆车是租来的。我一直跟着他到肯特郡。我以为我们最后会到该死的多佛,结果他在一个公园附近的一条无人的街道上睡起觉来了。"

"肯特郡的哪一部分?"

他说了街道名字,我听过这条街,但不是特别了解。肯特郡除了犯罪分子横行之外,还靠近伦敦,离海岸不远,有大量受犯罪分子和流行歌星青睐的那种房子,他说的那条街正是我长大的地方。这令我困惑不解。他为什么要去那里? 我随后突然想起,比起我家,那条街离阿吉达的老宅更近。如果是穆斯塔克的人,为什么在那地方还要睡在车里呢?

我问:"我们该怎么办?"

"我自己没办法把他带进来,然后审问他。"他说,"这活儿我得找人干,那你可就要花钱了。"

"我不想找人干,"我说,"我负担不起,也不能参与任何疯狂的事情。"

他只能嘲笑我的天真。"你可能已经被放在砧板上待宰了,贾马尔。我估计他在接下来的二十四小时内会采取行动。他无法逗留太久。他观察到了他想观察的东西。"

我沉默了,然后说:"听起来好像我必须开始认真地对待这个问题。我们需要一张照片。"

"我能办到。"

布希借走了我的宝丽来相机,随后带着拍出的照片来了。布希毕竟不是理查德·阿维顿,所以从照片上很难分辨出是谁,只看到有人睡在车里,只看到一个肩膀和一只耳朵,但到底是谁,没有概念。

"我等不及了,"我在电话里对布希说,"我要走近这个人。如果我认识他,他也不是可怕人物,我就带他进公寓,试着跟他说话。如果我掀起窗帘,你就进来。"

"天哪,我绝不建议这么做!"

"别担心。"

布希说:"你不知道,在这么长的时间里,啥事儿都会发生。"

"是吗?"

"你以为你能用肉眼发出 X 射线看穿人,但你不可能次次得手。"他接着说:"我在街上看到你时,总是在想:那个学生来了。"

"学生?"

"你穿着件破夹克,神色紧张,老是夹着书,低着头,似乎不想跟任何人说话……"

我放下电话,满脑子都是担忧,走出家门,来到车子跟前。

那人睡着了,至少他的眼睛闭上了。我正要敲开窗户,他睁开了眼睛。他似乎突然活了过来,摇下车窗。

"啊,贾马尔!终于来啦!你知道是我吗?"

"你好,沃尔夫。我眼睛在看着呢。"我说,目光沿街搜寻布希的车停在哪里。

"我能进来吗?"

我说:"我们去咖啡馆吧。"

"我们有很多话要谈!"

"你为什么在这儿闲荡?"

"我既害怕,又紧张,"他说,"好久啦,你还记得我吗?"

他从车里出来,拥抱我,吻我,打量着我,好像想看看这么多年之后还剩下什么。

他说:"我以为这一刻永远不会到来。嗨,你好,亲爱的,我最想念的朋友。这是多么重要的时刻啊——我俩都是!这一刻,我等待好多年了!"

我看着他说:"也许像我一样,除了头发,你还是老样子。我儿子说,我身上的毛越来越多,而头上的毛越来越少,那才重要。"

"你儿子?"他说,"我真为你高兴。他在这里吗?"

"我希望他在学校。"

"我得听听他的一切。你能告诉我吗?你不打算邀请我进去吗?"

"好的。"我说,"来吧。"

"谢谢,"他说,"这儿好漂亮啊,一个美好的时刻。"他抬头看着我的房子。"伦敦太了不起啦,感觉我回到家了。我属于这里——与你在这里重聚,我亲爱的朋友!你知道,我感觉一切又回到从前了!"

第二十九章

沃尔夫拒绝喝啤酒,当我等着水壶沸腾时,他四处走动,打量着每一样物件,那神情可以说带着法警般的专注。

"你干得很出色,"他说,突然,他变得严肃起来,"从那天晚上之后。"

"哪天晚上,沃尔夫?"

"你忘了吗?我不相信你忘了。不过,人们如果忙起来,可能会把这些小事抛到脑后。"我盯着他,他说:"在郊区。我们与瓦尔丁在那个印度人的车库。"

"没错。"

"一个姑娘的父亲。"他的拳头砸向另一只手的手掌心。"嘭!我们逮着他了!他挨了一顿揍,对吧?——然后就倒下去,乞求,哭泣。"

"对,对。"

"你还想这事吗?"

"不怎么想了。"

"可你曾经想过吧?"

"是的,"我说,"想过很多次。"

"你得出了什么结论?"

"老是想这事,就是毫无意义地折磨自己。"

"就这些吗？你就是这么想的?"

"没有任何解决办法。我放弃了追问那些无用的问题,否则只会浪费我的时间和金钱。"

他说:"作为年轻人,你当时很聪明,对自己也很自信。如今你当了医生。"

我说:"唉,只是个靠聊天赚钱的医生而已。"

"我也可以干点聊天的活儿。"

"什么意思?"

他像个羞愧的孩子一样垂着头。"贾马尔,我来找你是有原因的,不仅是因为我们深厚的友谊。我的情形不太好。"

"我很抱歉听到这个。"

"那是我第一次杀人。它让我从此走上杀人道路。从那以后,我就一直在杀人。"

"你就那么喜欢杀人?"

他抬头看着我,摇了摇头。他父亲是德国警察,母亲是英国人。他在慕尼黑长大,在伦敦生活了五年,我遇到他时,他说的是一口纯正的英语。

如今,他几乎疲惫不堪,他有中产阶级的可敬的脑袋,脸上却带着强有力的、绝望痛苦的神情,这种神情我在少年小偷那里见过:他们想拿走的是别人不愿意给的东西。鉴于他有杀手那种深陷的眼窝和精神病人直白、混乱的神色,我认为我应该判断一下,他是否会采用暴力。但沃尔夫有懦弱的一面,表明他宁愿从我得到东西,而不是伤害我。

玛丽亚来了,她从商店购物回来,往房间里看了看。"玛丽亚,这是我学生时代的老朋友。"她向他点了点头。她知道,倘若是病人,我会把门关上。

"她是谁?"他问道,"她是干啥的?"

"她照顾我和病人。"我说,"也帮我购物,搞卫生。"

"你是专业人士吗,"他说,"她离开啦?"

"我不知道。接着说吧,请。"

"她让我紧张。她在盯着我们吗?谁给了她那双眼睛?"

"她母亲。"

我坐在他的对面。过了一会儿,他又开始了。"好吧。"他最后说。

他告诉我,他和一个有钱的寡妇同居了多年,那女人比他大,后来年老糊涂了。一个月前,他试图将她的财产归到自己名下,这些财产包括她拥有的由他管理、甚至重建的几家小旅馆,结果她的亲戚们请了几个强硬的家伙,用暴力把他赶走,她家人认为他是个寄生虫,尽管他照顾她比他们好,为她做一切事儿。自那时起,他就一直住在柏林的一个房间里,生活很糟糕。

"你一定很恼火吧。"

他说:"我成了遭到抢劫,一无所有的人。"

"怎么会呢？你一直都很聪明，足智多谋，你做事总是把握主动权，我喜欢这一点。"

毫无疑问，我一直对某种精神病人很着迷。我喜欢他们那种专注与确信，但又缺乏症状，他们对神经质的害怕和恐惧不屑一顾，而这种害怕和恐惧会让我们其余的人生活得非常艰难。精神病患者看起来镇定自若，他们可以忍受很多批评，并成为很好的政治家、领袖和将军。不幸的是，他们的弱点是偏执狂，并且可能会变得非常严重。

与沃尔夫这种人交谈，会发现他们很能聊，脑子也很灵活。但是，过了很短的时间，大约半小时后，你就会开始感到不安，烦躁，意识到自己的情感世界对方根本不当一回事。不仅如此，这种人似乎在向你提出你无法回应的要求。你开始感到窒息，甚至觉得受到攻击。你可能想逃跑。

沃尔夫告诉我，"车库事件"之后，他和瓦尔丁曾在法国南部的船上干过活。瓦尔丁也曾在赌场工作过。他们发现那里的每个人都很富有，或者想成为富人；那地方生活费昂贵，到处是满脑子想大干一票的犯罪分子。

"我们需要大干一票，于是我们把所有的钱都放在一起，我去了叙利亚。我开车满载着印度大麻——都是纯品——我打算用菠萝罐头装着走私到欧洲。我知道该怎么干，可这时我被捕了。他们说我是以色列间谍时，我知道自己完蛋了。"

"他们为何会认为你是间谍呢？"

"我随身带着照相机和一个能收听民用电台的收音机。贾马尔，我可以告诉你，在叙利亚的监狱里待上三年，不会让任何人觉得有吸引力。"

有时他被关在地下的一个洞里,遭受殴打和电击。他开始信仰上帝,想起草地和小鸟。他心脏病发作,有一次争抢食物时杀死了一个叙利亚人(事实证明,这是他唯一的一次杀人)。后来德国政府施压,他最终被释放。

他精疲力竭地回到德国。在康复过程中,他和不同的女人在一起。他说他唯一的天赋就是讲述自己的故事并引起同情。他充分利用了这一点。

沃尔夫与我聊了九十分钟。

"沃尔夫,"我敲了敲手表说,"我得去看儿子了。"

"伦敦是世界上物价最贵的城市。"他说。

"那得怪政府了。"

他没有离开的打算。他很焦躁,想留下来。他说他睡在地板上,只需要一条毯子。车子里很冷,他无处可去。我不想让他在公寓里过夜,不相信他第二天会离开。

他注视着我,我不禁在想:现实把我们拽回过去,拽回所有的问题开始的地方,过去回来讨债,想要偿还。可究竟谁欠谁呢?

"好吧,朋友,如果你这么想的话,"他说,最终站起身,"很高兴再次见到你。"

他快走到门口时,把手放到我胳膊上,找我要五万英镑。我忍不住轻蔑地哼了一声,说:"但愿我有那么多钱。"然后我问道,"你要那么多钱干吗?"他似乎对这个问题感到困惑。"我并不是敷衍你。"

他突然变脸,紧紧抓住我的胳膊,捏得我特别痛,他说,如果我不先给他一笔像样的分期付款——至少一万英镑左右,那还算"客气"的——他就会让"正派的人"知晓我杀人的事情。

他强调那笔钱不是乱要的。他打算买一所废弃的房子,自己装修,把房间租出去。我要是能给他这笔"启动资金",他就不会要求更多了,事实上他会帮助我。沃尔夫可能想法很怪异,可他知道房地产市场很赚钱。

我简直不知道自己该做什么,或者该说什么了。只能说:"可这很荒谬。无论如何,你也买不到五万英镑的房子。你能买个前门都算幸运了。"

"这会是订金,你知道,我不怕干活。假如需要,我可以在泥土上盖房子。我所要求的只是启动资金。"

我把他推开。我以为他会冲过来,但他却站在那儿盯着我。

"我没空讨论这问题。不要再碰我。"

"你得抽空,这事很重要。"他在门口说,"你为什么不问瓦尔丁怎样了?"

"怎么,他也在外面,等着进来要钱吗?"

"你真想知道?"

"你说吧。"

"他自尽了。"

"自尽?"

"当时我在监狱里。后来从他的一个女人那里得知的。"

"他很忧郁吗?"

"他一直如此。那次杀人使他更加如此。他走不出来。他比我们更敏感,也没我们坚强。他没有怪你,但他也有可能怪你。这是他人生的转折点,把他送入地狱。"

"我喜欢他。很多女人都喜欢他。"

"她们救不了他。"沃尔夫正视着我。"整个谋杀案——我觉得自己的灵魂被它染黑了。你没有吗?"

我意识到我的声音很低,尽管没有人能听到我们说话。"那是一个意外。我们只是想吓吓他。也许我们是年轻的傻瓜,但我们站在天使的一边。"

"地狱天使?"他苦笑着说,"没关系。这事又回来了。没人告诉我这个。我当时很天真,结果当了傻瓜。贾马尔,我需要说出来。你知道的,说出来比不说好。"

"干吗自找惩罚呢?你进过监狱,是太喜欢监狱,还想回去吗?"

"他们说什么来着,犯罪了就要付出时间代价。"

我问:"你都告诉谁了?"

我的电话响了,是拉菲。沃尔夫看着我,笑了。"你害怕。我一定吓着你了。你在发抖。"

我听到拉菲说:"爸爸!爸爸!你在来的路上,是不是?"

我看着沃尔夫,对儿子说:"是的,当然。我在路上。"

拉菲说:"我们为你干了一整天的活儿。我整晚都在想着这件事。"

"拉菲,我无论如何不会错过的。"我挂掉电话,对沃尔夫说:"我们在说的这些事,我不想让我儿子知道。让他把我当成那种人,对他不好。"

"当成杀人犯?"

"你明白,不是吗?"

"你在骗他。"

"他没必要知道我的一切。我不认为自己是个杀人犯。"

"你从心底想杀了那个人,把我拖下水。你恨他,想他滚开,这样你就可以独占他女儿。"

"你告诉谁了?"我重复道。

"不多。别太担心,只是几个女人,你呢?"

"我不想坦白。"

"甚至对你儿子的母亲?她叫什么名字?"

"约瑟芬。"

"你与她在一起超过十年。"

"我什么都没告诉她。"

"有那么困难吗?"

"诚实永远是一种诱惑,但我没有。"

"你一定以为自己抹掉了作案的痕迹。可我出现了,把一切都带回来了。"他激烈地说,"那个姑娘现在在哪里?你见过她吗?那个印度姑娘?"

"阿吉达?"

"她住在哪里?她还活着吗?她怎么想这一切的?"

我在摇头。"从那以后,我就没见过她了。她去了印度,我失去了你们所有人。对我来说太可怕了,有段时间我脑子都不在状态。"

他打断了我的话,"但是,假如你见到阿吉达,你会告诉她真相吗?你会坦白吗?"

"不会。"

"但你肯定觉得自己应该坦白,这样不就可以解脱吗?"他接着说,"我们是一个紧密的团体,一个四人帮。在监狱里,为让自己活下去,我经常想着它,重温伦敦西部的美好时光,吃饭、欢笑、饮料、纸牌游戏、看电影,一切都在我们面前。贾马尔,我想再见到她。"

"为什么?"

"我曾试趁你不在的时候,与她单独见面。她跟我走了两次。别担心,我没跟她上床。你对她来说太年轻了,还不成熟。你不明白她多么想要你。而你似乎不加理睬。可她还是拒绝了我。她爱的是你。"

我把他送到门口,但现在他又回到了房间里,大步往前走,好像想找人听他讲述这个故事。我从地板上一堆物品中捡起一条牛仔裤,在口袋里找到一些钱,掏出来后,走到门口,我知道他会跟着我过来。

他离开时,我给了他牛仔裤,还有先前病人给我的一百镑,告诉他找一家便宜的旅馆,并让他给我打电话,安排好时间再来。

我看着他开车走了。我想他可能会平静下来,改天处理这事可能容易些。但现在我不那么肯定了。就像埃里克·坎通纳所说的那样:"海鸥追着拖网渔船,是因为它们认为沙丁鱼会被扔进海里。"

我打电话给布希,问他能否过来。他说:"你听上去很恐慌。他伤害你了?"

"我今晚需要谈谈。"

他说他今晚不在我家附近,而是在本地的办公室,也就是在阿克顿的十字键，料理公司事务。对我来说路走过去有点远，但我需要时间去思考。

我把 iPod 播放器塞进衬衣口袋，拉上风帽，这样一来，街头的劫匪就看不到里面的白线或讲故事耳机了。

不过，我得先见拉菲。那个男孩答应款待我。

第三十章

拉菲决定给我做一顿饭。几天前,他与我在公园里踢足球时,打量着我,说:"嘿,你看起来不太对劲。这并不是说你的头发很滑稽,或者衣服比平常更奇怪。而是你样子很孤独,很瘦,我以前从没这样说过你。老头,你不会死的吧?"

如果他的慷慨让我惊讶,那是因为我注意到他即将成为一名青少年。就像我当初那样,他也喜欢照镜子。他的上唇现在很黑,很快就要刮胡子了。他先前喜欢说话,实际上就像小鸟似的叽叽喳喳说个没完,而现在呢,把话都闷在心里。不过也不是什么都不说。他对我们可能很冷酷,甚至说话带刺,试图伤害别人,好像想在我们之间制造距离。我是多么想念小时候的他,当时他让我读书给他听,吻他,让他睡在我们中间,占据了大部分的床。那时他比现在更需要我。

傍晚时分,我来到了那所房子,发现浪子回头的儿子情绪热烈,脸上闪耀着热情。我能闻到烧焦的气味。"你好,老头。还活着呀?"他边说边领我进去。他穿着一件夏威夷衬衫,腰上系的围裙上面写着妈妈的字样。"知道吗? 如果你愿意,可以嗅嗅我的头发。"

"谢谢你。"

"不要弄乱。这是我特地弄的朋克发型。"

我把鼻子紧贴在芳香的尖刺头发上。"这是什么?"

"香蕉洗发水。"

"真香啊。"

"这并不是说,因为我喜欢时尚,所以就是个同性恋。"

"可你也喜欢粉红色啊。"

"不像过去那么喜欢了。那也是同性恋的标志吗?"

"是的。"

"别笑话我,爸爸。你知道我吻了一个女孩。"

"哪个女孩?"

"你永远不会知道的。"

约瑟芬先帮拉菲买东西,切好,然后去公园跑步了。在一张明亮图案的台布上,专门有个地方,摆放着最好、最重的刀叉餐具。

我注意到一张折叠的纸,上面用波浪形字体写着菜单字样。我读着上面的文字:"白天的煎蛋卷;新鲜西红柿加小胡瓜;上好鸡蛋和黄油(新鲜);新鲜鳄梨和土豆;青葱(新鲜)和新鲜优质食用油。"在"布丁"一栏,他还写了"开心果冰淇淋";在"饮料"一栏,他写了"水,苹果酒"。他还签名了,或者更确切地说,是在底部签名的。

我本来应该和他好好谈谈的,不知道这是不是合适的时机。最近约瑟芬和我在附近的熟食店里见过面,里面摆满了长长的桌子,上面铺着报纸,到处都是刚送孩子去学校的母亲们。之后,她要去参加大学心理系的一份工作面试。

我早早就到那里看报纸,听妇女们的声音。当我抬起头,她向我走来,我很高兴看到她,我依然被她美丽、脆弱以及她眼中的爱所吸引。

虽然天气很暖和,但我注意到她戴着我的一条围巾,她总是借我的衣服,尤其是那些昂贵的衣服——她喜欢雨衣——尽管她比我高,瘦。

她想谈谈,因为拉菲最近一直让她很烦恼,好几次喊她"该死的婊子和妓女"。他用手指着她,威胁说,倘若她执意要他在某个时间上床睡觉,他就"轰"她。

她说:"好像美国在世界上造成的破坏还不够似的,他太把这些说唱歌词当回事了。我讨厌所有攻击性的动作和叫喊。男孩怎么搞得像匪徒似的?你会说男孩长大总会离开母亲。但他们为什么认为当男子汉就是当浑蛋?"

"那是卡通画的场景。什么闪亮风潮的穿戴啊,摆姿势啊,都与穿戏服的哑剧女人没什么不同,是假的。"

"不是所有的孩子都能分辨出差别。我决定把他的CD扔掉。那东西现在被禁止入内!你讨厌审查,我不在乎!"

我说:"太晚了。但我很抱歉,他那样对你说话。也许他担心你去上班。他以为这样你与他在一起的时间会变少。"

"哦,上帝,"她说,站起来收拾她的东西。"也许是这样。我知道你会让我感觉更糟。我怎么跟你浪费了十年时间?"

现在,当我坐在那里看晚报时,他在厨房里进进出出。"你在期待吃饭吗,哥们?"

"我都等不及啦。"

"这顿饭菜做得可精美了。我现在能烧很多菜,我的一些菜很有传奇色彩。"

"你很幸运有个好妈妈教你。米里亚姆和我吃面包,喝水,后来呢,是汉堡、薯条和蛋糕。"

"爸爸,你不觉得离开这儿很傻吗?"

"有时吧。"

"那就回来吧,你不爱妈妈吗?"

"我很喜欢她,她把你照顾得很好。"

"可喜欢不是爱。"

"这也会发生在你身上,"我说,"什么婚姻啊,分居啊,这边和那边的孩子啊,家庭破裂的所有烂事儿。没有人二十五岁结婚,直到七十岁还在一起,除非他们缺乏想象力。愿你有许多妻子、儿子。这是一句诅咒!"

"谢谢你,朋克和榜样。"

最后,他把煎蛋卷拿出来,放在一个大盘子里,托着出来,如同托着生日蛋糕走入人群那样小心翼翼。他铺开我膝上的餐巾,递给我刀叉。他没有和我坐在桌子旁,而是站在旁边,把手肘支在我的肩膀上。

"在变凉之前先吃掉。"我每吃一口,他都要给出建议。"爸爸,放点色拉吧。""多混合一些东西,这里有面包。""你不喜欢吃黄瓜吗?色拉对你有好处。"

煎蛋卷里盛满了融化的奶酪,还有切碎的西红柿和黄瓜。就这样,我在他的监督下吃下了最后一口。接着,他又钻进厨房,拿出一碗开心果冰淇淋,而我那时候,已经吃撑了。

"味道好吧?"

"不仅味道好,分量也足。"

"你吃过更好的饭菜吗?"

"怎么可能吃过呢?"

"你会爱吃这个。"他说着,把勺子放在我手里。然后走到一个架子上,取出一个瓶子,给我倒了半杯他母亲的伏特加。他闻了一口,说:"闻起来像汽油。这种冰淇淋是你的最爱。妈妈和我特地出去买的。"

当我吃冰淇淋、喝伏特加的时候,他坐下来,吃着自己的煎蛋卷,他把番茄酱倒在上面,直到它变成一团红色的糊糊。

饭后,我躺在地板上,睡了一小会,身边的拉菲则盘腿坐着,用电线接电视,不停地敲击着,就像个寡妇在织毛衣。在类似于意大利画家德·奇里科画中的废弃的罗马古城场景下,离群索居的人物在相互残杀。

他母亲抚着我的肩膀,把我叫醒了。"你吃得开心吗?"

我慢慢地站起身。"这是我这辈子最棒的一顿饭。"

我和她彼此仍然小心翼翼地相待,就像打架后的孩子那样,都想知道谁会重新开始冲突。但我们彼此的愤怒在减少,我不愿意马上离开。

我最喜欢的事儿就是看着她在房子里走动,坐下来,梳头发,洗澡,穿衣,阅读。从早到晚她是多变的,她无数的情绪改变着她的面貌,我跟随着这些情绪,事实上就是生活在这些情绪当中,就像一个孩子和母亲住在一起那样。晚上,当她睡觉时,我会听她的呼吸,会亲吻她的头发。我们有困难和争执,但我相信至少她想和我在一起,我一直是她的一切。

我成了她身体的鉴赏家——为之惊奇,为之痴迷,我就像个孩子,需要她的陪伴,她的安慰和她的存在,同时逃入这个世界。

"我能看看你在做什么吗?"我说,"你的新作品?"

她把她的文件夹拿来,把她最近的画摊在地板上。朋友们经常要求买,但她很少卖自己的画作,宁愿送人。我的诊室里有一幅她的裸体画,裱在画框里,挂在墙壁上。旁边是安德烈·布鲁耶的著名版画《歇斯底里的巴纳姆》,画的是沙尔科在巴黎萨尔佩特里厄尔医院的报告厅展示他最著名的歇斯底里症病人——梦游者布兰奇·惠特曼的情景。弗洛伊德的办公室有这幅画的仿作。几年之后,歇斯底里症的超级范本戴安娜王妃就是在这家医院去世的。

我轻轻翻动约瑟芬的画作,对她说她的画作在持续进步。她告诉我她要上一整天的人体写生课程,谈到她的艺术老师,那人不可避免地鼓励她成为一名裸体模特和画家。但她还是喜欢当画家。她钦佩保拉·雷戈怪异而温柔的想象力,尤其是她的版画。

约瑟芬一门心思想搞艺术,但还没有形成自己的视野——她似乎不知道自己是谁——为此感到内疚。因为她没有职业,挣的钱很少。

与那些"高管"女性相比,她觉得自己是个失败者,因为她们穿着精致西装,电脑和跑车都很时髦。我回答说,不幸的是,对于这些女性而言,没有男人会因为女性成功而认为她更有女性气质。出于某种原因,这一标准只适用于男性。

因此,我赞扬了约瑟芬的艺术和她的母性,看着她的目光聚焦,越来越明亮,然后开始自我厌恶的爆炸。"但我可能偷懒,我努力不够,挣得不够。我还会在床上躺几天,抱着枕头……"

她打断了自己的话头,转而问我是否在写作。我开始告诉她,我还不确定的一个构思。亨利读我的作品,但从来不能与我的作品相通,只是把我说的任何话都当作一个契机,借此考虑他自己的想法。约瑟芬读得很少,但她的评论总是中肯的。

我说我想尝试将精神分析从技术上的晦涩和"科学主义"——分析家写文章都是给圈内同行和学生看的——转移到一个更大众化的领域,回归弗洛伊德的清晰写作,再次关注每个人都关心的问题:童年、性行为、疾病、死亡、快乐。否则,公众将只剩下自助书籍,作者将"博士"放在封面上,而那是愚蠢的保证。

"你很擅长那些小文章,"她说,"保持它们的古怪和奇特。这正是它们独特的地方,它们的不同常规之处。没有人能做到这一点。"她的眼睛注视着我,"你有什么烦心事吗?你脸上的表情哀伤,似乎受到伤害。"

"我有吗?"

"你不告诉我为什么吗?你遇到麻烦了吗?是病人吗?"

我回答说:"你能看看我写的东西吗?你知道,有时我听你的。"

她突然笑了,说:"前几天我突然想到,我们不要忘了,人们在排便的时候会做大部分阅读。"

"的确如此。"

"哦,贾马尔,我不想太刻薄,你把东西拿过来,我会给你一些建议。我们可以再尝试一次午餐。"

"好,我们试试,"我说,"我喜欢带你出去——如果你不是老爱争吵的话。"她伸手捏我的鼻子。"如果你不是老那么不友善的话……"

"如果你不是老扮演受害者的话……"

我们停了下来,两人都笑了。拉菲一直在默默地看着我们,仿佛屏住了呼吸。他只是在某个地方插了一句:"当然,柏拉图是一个伟大的思想家。"他模仿的是我的腔调,终于带上上层中产阶级的口音,声音深沉得令人惊讶,而且那样自命不凡。

现在,当我离开的时候——"真的好吃吗?你感觉好点了吗?你会回来吗?"他把菜单塞到我手里,鼻子伸进我的袖子里嗅嗅。"酒味、烟味、尿骚味,都是你的气味。"

"这样你永远忘不了。"

"我觉得离你很近,爸爸,"他说,"我们差一点就像一家人了。"

"非常有趣。替我吻吻你美丽的妈咪——多多地吻。"

"你自己就不能做点什么吗?"

在路上,我停下脚步看了看菜单,我永远也不会扔掉它。

第三十一章

如果你不幸经过十字键却不熟悉它,你会认为这是个废弃场所。窗户被木板封住,上面都是涂鸦。在酒吧的一边,是生锈的脚手架,围着铁丝网,但没有其他施工的迹象,这让我怀疑脚手架是否真的把一切都支撑住了。当然,如果它没有很快被拆除,就会倒塌。尽管没有酒吧招牌,但这个地方总是很繁忙,经常人满为患。

十字键坐落在一条荒凉街道的角落里,两旁是低矮的工业建筑。如果坐落在城市的其他位置,这种地方将被改造成艺术画廊和阁楼。可这里的门廊还散落着毒品垃圾。

一群高个子非洲人在街角兜售他们的微型出租车,我避开他们,推开了那扇破门。我已经有一段时间没来这里了,但什么也没有改变。就在里面还有一个小酒吧,后面有更大的屋子,屋子里面有个很小的舞台,窗户被遮住了。舞台上有脱衣舞女在不间断地跳脱衣舞,跳舞时伴奏的都是同一张唱片的音乐。

这里的女孩有的漂亮，也有的虽漂亮但下流，有年轻的，也有年老的，有黑人女孩，也有印度女孩和中国女孩。我已经好几个月没去十字键了。我知道至少我不太可能在这里碰到我的病人，除了布希，也没有任何我认识的人。一个男人可以在这儿看报纸，喝一品脱啤酒，相隔几码远，盯着一个高跟鞋女人的两腿之间。

　　这里会很喧闹。来酒吧的都是粗鲁、吵闹的男人，也有随身携带公文包和雨伞的可敬人士，但进来后很快也变得一样粗鲁，吵闹。穿着轻薄衣服的女孩端着啤酒杯穿梭在男人中间，收取零钱。男人们聚集在小舞台的底座处，随着夜越来越深，他们有可能倒在台上，这是危险的，因为一个活力四射的莎乐美也许会忍不住踢你的脑袋。

　　十字键没有保镖，没有混合音乐，没有摄像头，不可避免，厕所的地板上有玻璃残渣，小便时，上面的蓄水池会有冷水滴到头上。酒吧里有一个手写的牌子，上面写着任何时候都必须穿衬衫。

　　管理这个低级场所的是一个大嗓门的老泼妇，除了布希，谁也不敢惹恼她。要是有人摸一下小姐，她会大声叫嚷："操你妈的，别碰我的舞女！"奇怪的是，酒吧那个二十四五岁的捷克女招待，是个比脱衣舞女更漂亮的天使，她无动于衷地瞟了那些裸体女孩一眼。当然，讽刺的是，她是这里唯一一个你想看她脱光衣服的女郎。

　　布希有一阵子曾与老泼妇"玩"过，楼上有个房间专供他们幽会。她试图说服他一起到她在惠特斯特布尔的海滩小屋同居——"哦，布希，亲爱的，让我们远离这一切，我在海边有个地方！"而布希呢，则想让她明白，他当初的激情可能导致她相信他，但其实他没那么真心。

等着表演的脱衣舞女坐在酒吧旁边的木栅栏里,一边化妆,一边跟靠在旁边的男人打情骂俏,其中还有一个女人正在剃腿毛。我喜欢任何年龄的脱衣舞女,越粗野越好。我可以看她们几个小时,想知道每一次的结果是否不一样。就像看足球赛的重播,你可能会有奇怪的体验,似乎你了解的比球员更多,在伦敦,这种肮脏的隐私正在消亡,特别是在一个瞎眼的内政部长鼓励下,随着视频监控的发展,现在每个人都在监视其他人,似乎全国所有人都很可疑。

我带亨利去过几次十字键,但他不喜欢那里。"即使是克里斯托弗·马洛也会避开这种油腻肮脏的地方,"他吐槽说,"可恶!我觉得我的脚踝沾上了口水和精子!你受得了这种动物园里的脏臭?唯一值得称道的是,你可以借此了解阴毛的当代时尚——比如,有阴毛的,没阴毛的,像修剪草坪那样修剪过阴毛的——这倒是一个好机会,是不可以鄙视的。"

十字键是一个市场,布希很多生意都在这里做的,他出售夹克、毒品、香烟、手机,我还看到他买东西。形形色色的家伙,其中一些是韩国人或中国人,或者把东西藏在衣服下面——通常是盗版DVD,或者拿着手提箱,慢吞吞地向他走过来。

"沃尔夫进了公寓。我和他谈过了。"

"他怎么说?你脸色不好,伙计。"布希坐在他常坐的那张桌子旁,说,"你有段时间没刮胡子了,我的鼻子很灵敏。你是不是喝了伏特加?"

"是我儿子死活要我喝的。"

"老天,他是那样一个体面、聪明的孩子!"

我瞥了一眼酒吧镜子里自己的形象，点了点头。我看起来不比这里的任何人差。

我对布希说："我与沃尔夫是旧识，当时我还是一名学生。他回来是因为他想勒索我。"我犹豫了一下，随后说，"他手上有我的东西。"

"什么东西？"

"我不会告诉你。"

"那种缺乏细节的东西。狗屎，可能很肮脏。"我终于给他留下了深刻的印象。"布希不需要知道你是否杀了人。你是一个正直和有尊严的人，我不在乎你干掉过多少人。我们是一家人，贾马尔，"他说，"我讨厌看到像你这样的好医生陷入麻烦。你是绅士，是有学问的人，但你的经济情况怎么样？那些书把你带进了一个梦想的世界。"

"真的吗？"我想知道他的话是否正确。"你知道我随口说说而已，并不是真的那样。"我说，"布希，我一直在思考这个问题，不知道该怎么处理。我不能去警察局。沃尔夫要的是钱，他有能力破坏我的名声。前几天，一家全国性的报纸还请我每周写专栏。与很多人不一样的是，我非常需要名声，否则我很少有病人，收入也没了。这对我来说非常重要，因为我靠这个赚的钱还不错。所以，你瞧，我倾向于给他一些钱。"

在吧台对面，一个年轻的印度妇女两腿张开，蹲在那里。她的外阴看上去似乎被一个银色戒指钉在一起。她转了个身，三个胡子拉碴、嘴里无牙、丑陋不堪的老家伙用干瘪的眼睛盯着她的肛门。这三位先生整天就待在那里，此刻身体前倾，双手撑着舞台的边缘,仿佛在查看一个好久未露面的稀罕之物。

寻思沃尔夫时,我想起了当时在学校,午餐休息时,那个曾是你最好朋友的恶霸一直跟踪你,现在正在向你逼近。你在更衣室,其他人都回到了教室,这一刻学校很安静。他脸上挂着笑,朝你步步紧逼,你该怎么做呢?跟他打架,遭受更多的伤害,还是缩成一团,向他求饶?我不禁想"缩成一团",随沃尔夫怎么说,让悬在那里的石头全落下,至少可以痛快地看看它落在哪里。

换句话说,就是要接受惩罚。我现在的处境,不正与阿吉达父亲当时的情况类似吗?他死前,生活正处于崩溃状态,即将失去一切。不过,跟他不同的是,我会尝试不同的自杀。除了幻想,还能得到什么?如果我是自己的病人,我会推荐一个沉默而狡猾的长期策略。或许不被"狼"[①]吃掉的唯一方法就是紧紧抓住对手的后背,可最终又能如何呢?

布希说:"别给他任何东西。我是说,你永远逃不掉。不过,老板,你可以跟我说说,那个事儿,就是你没干却让你陷入麻烦的那个事儿……还有其他的目击证人吗?"

"有一个,但他死了。"

"很好。"

听到瓦伦丁自杀,我并不开心。

布希说:"那家伙还来找你吗?"

"肯定会来。"

"你先拒绝他,让我们看看他怎么说。他要是太下作,我就在

[①] 双关语,此处特指沃尔夫。沃尔夫英文原名为 wolf,亦即"狼"(wolf)。

你家外面。你得巧妙地评估他,否则我们就很难对付他。"然后布希对我说,"我不是说你不用干掉他,对付这种货色这是唯一方法。但我自己做不了。"他打了一个寒战。"这里有人能干这活儿。"

"要花多少钱?"

"我来帮你查一下。"

我已经对穆斯塔克编造了关于他父亲的谎言。现在这个新出的事儿正在对我造成损害。我需要找人讨论。可我不想让米里亚姆担心,对我与约瑟芬我目前的关系而言,这事儿太具爆炸性了,涉及个人隐私。唯一能说的人是喜欢闲谈的亨利,他在一般的谈话中很少有所保留,他不会想到我有什么真正的危险。与他讨论,我的秘密不会走得比西伦敦更远,而西伦敦对我来说太遥远了。

我说:"也许我可以利用自身魅力迷住他。"

布希冲我扬起眉毛。"或者给他点别的东西。"

"比如什么?"

"我不知道。我会让你知道他说了什么。"

我喝完酒,正准备告诉布希我要走了,他把手放在我的胳膊上,环顾了一下四周,说:"老板,我有件小事想问你。"

"什么事?"我说,"作为回报,要是有什么我能做的,尽管说。"

"我不会无事来找你,你是一个有着超高标准的专业人士。我老是在做这些梦,老是不断反复。三个。"

"什么?"

"每次都是三个梦一起。你要我坐下吗?"

"你现在想告诉我你的梦吗?"

"为什么不呢?"

"好吧,"我说,"随便在哪儿坐,重要的是说的话,而不是座位。"

所有的社会,就像所有的生命一样,都是由交换的针缝在一起的,我被这个想法逗乐了:当个梦贩子,以释梦为报酬,换得别人给自己当侦探,尽管在这样的情况下,我不得不说他的工作标准可能比我的更高。我从未在这种奇特的环境里听人说自己的梦——那种每天都有的精神失常。虽然这个梦的一部分消失在一场关于顾客在脱衣舞娘的啤酒杯中放入二十便士还是一英镑硬币的吵闹中,我还是能接受他的自由联想,并尝试解释。

"你认为我有问题吗?"我讲完后他说。听病人这样说,作为分析师我通常会不置可否地"哼"一声,但这次我说:"我认为你需要弹吉他。你比你知道的更想念它。"

"布希在清醒的时候弹不了。"

"我敢打赌,你学习弹吉他的时候,并没有喝醉。"

"我那时还是孩子。"

"那就是你。米里亚姆说,你弹吉他时,会给人们带来很多快乐。"

"她那样说过?"他思索着这事,独自笑了起来。这时米里亚姆来打电话,当晚她和亨利要外出,布希不得不离开。

"还有一件事,"布希在我们分手时说,"你没注意到我身上有什么特别之处吗?"

他站在我前面,好像在接受检阅。我上下打量他。"我看不出。"

"你确定吗?"

"你**真有**什么特别之处?"

"我的鼻子啊。你看不出上面有个凹槽吗?"他伸出手指顺着鼻子往下划了一下。"非常深,是不是?"

"没什么不正常啊,你要是指这个的话。并不明显,你长相很好,布希。"

"我的鼻子都变成屁股了,把两片屁股用螺丝刀拧到你脸上,还没什么不正常?"

"是越来越严重吗?"

"我告诉你,很快我就会从我鼻子里拉屎了。我该怎么办?可以做手术吗?"

"比如整形手术?"

"差不多吧。"

"你对这事担心到什么程度?"

"要是大便从你脸上往下掉,"他问,"你会担心到什么程度?"

"非常担心。"我说,正如他要我感觉的那样,我觉得自己要么是愚蠢,要么是疯了,才会连这样简单的道理都搞不懂。

"别把大鼻子的事告诉亨利。"他说,"我们彼此喜欢。我不想让他觉得我很古怪。"

我说:"布希,你也不想心智太正常。那有多无聊啊?心智正常的人是唯一无法治愈的人。我的第一个分析师曾说过:'我们的工作就是治疗正常人。'"

一直在吧台收拾酒杯的老泼妇,向布希小跑过来。她掐了一把他的肚子,亲吻他的脸颊。"喂,布希,亲爱的,你这个放屁的小鸡巴,来和我喝一杯,可好?"

他差点直接把后背对着他。"没见我正在进行商务洽谈?"

"哦,亲爱的。"她说。这个既娇小又丰满的老泼妇没挪动位置——难道她是靠万向轮走路?不是腿?——她似乎没**忙到团团转**。"你以前弄小宝贝的时候也没这么忙呀。"

"这位先生是事业有成的医生,是西方的顶尖人物。"

"他来这里干啥?"

"喝你掺水的伏特加!"

"很高兴有医生来这儿,以防万一啊。"她做了个鬼脸,"请注意,我有几个女孩正需要做些检查呢。"

"他是医头的医生。"布希不耐烦地说,敲了下自己的额头,手指绕了一圈,"心理医生。"

"那更好啊!"

她离开后,我说:"让我们瞧瞧,这鼻子接下来会怎么样,无论如何,这问题我们会继续讨论的。"

"你能帮我照看它吗?"

"什么?"

"我的鼻子?"

"我会的,"我说,"会的。"

"谢天谢地,老板,你救了我这条命。"

疯子布希在照看另一个疯子沃尔夫。他们都不是欲望的英雄,也不是心理学家 R. D. 莱恩所理想化的那种疯子:他们的疯狂不是增加生命力,而是惊愕、绝望、孤独。我觉得自己似乎刚刚用舌头舔破了那层将理智和疯狂分开的薄薄的卷烟纸。

在我们离开之前,布希说:"老板,谢谢听我说梦。如果我还有梦,你能帮我瞧瞧吗？不会有太多的——我睡不着觉。"

"好的。"

"我喜欢你,老板。亨利也是个好老头,老弟,他很能聊！他一直都那样吗？"

"是的。"

"他不会让米里亚姆失望吧？那会毁了她的。你让他俩在一起——现在她像变了个人,真的很幸福。你肯照顾她,她高兴坏啦。她说你过去没这样做过,没人这样做过。所以她才拥有这样一个亲密的家庭。"

第三十二章

我匆忙回家,俯身向前赶路时,觉得自己就像一个逃跑的问号,但丁的《炼狱篇》里面的诗句浮现在脑海中:"谴责你,恶性难改的狼!你吞下的猎物,超过身边所有的动物,却依然不满足!你的胃口,就是填不满的深渊!"

我打电话给阿吉达,约好时间跟她见面。她就是我想见的那个人,是此刻最不让我感到焦虑的那个人。然后我想,我是多么羡慕布希对自己内心世界的好奇心,他认识到熟悉它的好处,也承认他需要帮忙才能做到这一点。

我一直在思考拉尔夫·沃尔多·爱默生和他的散文《圆》,那篇散文的开篇语是"眼睛是第一个圆"。接下来的几天,我看到一扇门,就想象着钥匙孔里的眼睛——后面跟着一颗脑袋,一个身体,一个男人。一个来追索我、逮捕我、宣判我的人。为什么呢?因为我是罪犯,犯了最可怕的罪行。事情总是像他们看起来的那样。

我怀疑沃尔夫在监视我,但是他没来公寓。也许他只是我的一个梦。回声的回声,并不确切地知道什么。

然而,如果我觉得自己有妄想症,那也不是没有理由的。

杀人并不是能摆脱他们的办法。从我唯一的一次经历来看,我认为那是他们一再返回的保证。与此同时,我希望沃尔夫能断定迫害我是徒劳的,然后离开。并不是我真的相信或期待这个。我们自己的愿望并不是现实的向导。就我所能理解的而言,他来伦敦就是为了找我,反复提醒我,我犯下的罪行。

几天后,午餐时,门铃响了。我知道我无法把沃尔夫关在门外。

他进来时我问:"顺便问一下,你是怎么找到我的?"

"我被赶出了家门。我的衣服,我收藏的古董剑,全没了。我那天在图书馆里取暖时,看到了你用德语写的一本书。这是你要求见我的标志。要找到你的地址并不难,别忘了我父亲是个警察。我现在身上很脏。"

"什么意思?"

"请让我在这儿洗一下好吗?"他胡子拉碴,头发蓬乱。"你无法拒绝让人用水吧。"

他想让我在他洗澡和收拾时给他煮鸡蛋。当前,他只是想要一些难以拒绝的东西。他试图让自己更加深入地走进我的生活,而我又开始习惯他了。

不过,等他洗完澡,吃饱喝足时,我用我最坚定的声音告诉他,我在经济上一直在忙碌奔波——每个月离欠债只差一步之遥,我把房子的份额给了约瑟芬,但她总是要更多的钱。如今你离开爱人,这个罪行的赔偿是个无底洞。金钱成了爱情的替代品。最重要的是,我还得为拉菲的教育付十年的学费。亨利指责撒切尔,而我指责布莱尔无法为十一岁以上的孩子提供良好的公立学校教育。

我说:"没有谁当分析师是为了钱。信不信随你,治疗方法很多,但病人不够。在伦敦,到处都是有钱人,他们中的大多数没有多少天赋和才智。我年轻时怎么不考虑自己的经济状况,而是四处晃悠,心情沮丧,与自己过不去呢?想到这一点让我很抓狂。"

"你的话让我不爽。我们不能做点什么吗?"

"太迟了。"

"是的,但你现在的生活很安定,你干吗还要费心呢?而我生活还是一团糟。你知道原因。"

从车库的那一夜起,他发生的所有不好的事都是我的错。如果他没有主动——出于真诚的善良——帮助同伴遭虐待的女朋友,他就不会沦落到今天这个地步:他被说服参与谋杀,结果玷污了他的一生。

他说:"我和阿吉达喝了一杯。她住的房子很漂亮嘛。"

"你进了那房子?"他没有回答。我问:"你怎么找到她的?"

他很享受地看着我在琢磨这个问题。

"我跟踪你了。"他说。

前天,我和阿吉达在南肯辛顿我喜欢的一家摩洛哥餐厅共进午餐。她穿着白色外套,这种现代风格的装束多多少少把她显得很年轻。她携带了很多购物袋,还有在布莱克威尔书店买的心理学和弗洛伊德的书籍。她渴望了解我的工作,还有我是如何进入这个行当的。"你的整个生活,我真的一无所知。"她说。

阿吉达想要了解的不是移情,不是无意识,也不是"他者",而是那个喜欢在公共场合拉大便、拉了还想再拉的家伙;那个朝自己的乳房和大腿扎针直到扎出血、扎出高潮的女人;还有那个用昆虫盖住他的鸡巴并说想操我大脑的男人。

"与这些相比,我是正常的。但为什么我这么迟钝呢!我在这个城市感到自由,"她继续说,"我想留在这里。美国在打仗,对我们这种人来说很恐怖。我倒忘了伦敦人如何现实,如何邪恶。"

她想我们一起共度下午时光,但我还有病人要见。然后她让我跟她一起出去玩几天。"我们可以购物,睡觉,聊天,走路。"我本来还想着,她要是兴致高,想寻求激情的话,这主意是否妥当。但现在我开始对这个主意热心起来。我有很好的理由要离开伦敦,也许在威尼斯,阿吉达与我的关系会更进一步。我一直是个紧张、谨慎的家伙;也许是时候改变了。

我不知道沃尔夫居然尾随我,跟踪她到家。我多么愚蠢啊,竟然没有警惕一些。说到犯罪,尽管我尽了全力,但一直还是业余的;显然,犯罪这种职业,不是每个人都干得好。

我告诉他:"她没钱。房子是她弟弟的。他买了很多房子,到处都是。"

"是吗?到底在哪里?"

"我不知道。沃尔夫,他就像他父亲一样强硬,并且更有权势,更为残酷。"

"谢谢。我会小心的。"他说,"阿吉达带我去酒吧,点了香槟。

我们喝了两瓶,吃了牡蛎。后来还吃了熏鲑鱼和烤面包。她给了我一点东西,把我安顿在离她不远的一个温馨的旅馆里。我陪她走回家。尽管她邀请,我还是没进去。我不是个勉强别人的人。"

"不。"

"你凭什么认为我对她的钱感兴趣?比这还糟呢,我喜欢她。"

"你告诉她你的故事——坐牢?"

"这就是我的全部啊。我看得出,她不开心好久了。现在她正在寻找什么。"

他接着说:"哦,贾马尔,她还是那样温和、善良、美丽。我对她说,毫无疑问,她是那些随着年龄增长反而更加漂亮迷人的女人之一,还有那份成熟,年轻的女人只能嫉妒的份儿。"我想起来了,这是他推荐过的让女人张开腿的方法,适用于所有四十岁以上的女性。它的时代无疑已经到来了。"贾马尔,你让我们干掉了她父亲,然后你却让她离开了,你为什么没娶她?"

"她就像你和瓦伦丁一样走了。我们这个小帮派被拆散了。直到最近我才再次见到她。"

"你对我撒了谎。"

"这是隐私。"

"也许吧。但她不想你吗?"

"她非常想我,她说,她仍然喜欢我。"

"你拒绝了这样一个女人?"

"我没那样说。我们相处得很好。"

"就这些?"

我接着说:"从我的角度来看,我遇见你时,你就已经是一个罪犯了,沃尔夫。我是个被父亲抛弃的孩子,我很容易对强硬的家伙印象深刻。"

"你叫我罪犯!"他喊道,"我在遇见你之前,从来都不是杀人犯!让法官来决定我们谁是罪魁祸首——是谁把我们召集在一起干那件肮脏的活儿!"

"法官?你也不会有好下场的,你知道。"

他摇摇头,用手指划过自己的喉咙。"瓦尔丁会跟我一道在天上的大赌场玩。我没有什么可失去的,而你拥有一切,你的妻子、儿子、朋友——每个人都会为你所做的事感到震惊和难过。你永远也摆脱不了耻辱。"接着他突然说,"人值得这样活着吗?值得这样麻烦,痛苦吗?"

"我不知道。"我说,"听着,沃尔夫。我们过去是好朋友。现在仍然可以做朋友。但是你别用那些屁话来威胁我,行不行?"

他笑了。我继续说:"重要的是,不能让阿吉达听到关于她父亲的事。否则,我固然烦恼,甚至可能陷入困境。但她会伤心欲绝,尤其是消息来自你口中。她可能想自我伤害。"

"没谁担心我,我又何必担心你们所有人。"

"你为什么不回柏林呢?"

"我在那儿什么也没有!"

"你的膝盖都在跳,火气这么大?"

他说:"他们把乌利克带走了,带到他们的一所房子里,然后过来找我,当时是凌晨三点。几分钟后,我就在街上,只带着我能拿的衣服。我曾考虑过搭街垒,朝他们开枪,但他们在每件事上都先我一步。所以你瞧,贾马尔,朋友,我需要一点帮助。我想留在伦敦。就是睡大街我也不在乎。这事我以前也干过。"

"我会尝试不让你沦落到那一步。"我说。

"那你怎么做？"

我再次告诉他，我不能给他任何钱，倘若他不再威胁我，我可以更好地考虑一下如何帮助他。与此同时，即便他一直在跟踪我，我也没放弃过努力给他寻找工作。

布希请老泼妇让沃尔夫在十字键里的酒吧工作。沃尔夫可以睡在楼上脱衣舞女的更衣室，也就是他和老泼妇用来做爱的房间。沃尔夫肯定会俯身睡在有做爱痕迹的床单上。那里晚上没人，当地小青年总是试图闯入酒吧，他可以留心一下。幸运的话，他就算出手打伤某个人，在道义上也不受惩罚，而且很坦然。

"你觉得这个工作怎么样？"我等了一会儿，让他考虑。他似乎并不乐意。"沃尔夫，你知道如何把握机会。我得离开几天，你不能留在这里。你不妨试试。"

"睡在酒吧里——我就这么贱？"

"差不多吧。那里有许多友好的女孩，还有一堆骗局。今晚你的处境会比昨晚好。你应该放过阿吉达。"

他阴森地笑了。"谁说我打算再见她？她和我聊了很多。她需要说话，她无法停止。我想我是她的治疗师，但没有别的事发生，别担心。"他把手机号码给了我。"我什么时候开始上班？"

我很高兴地看到，当我说"马上"时，他吓了一跳。我给他画了一张地图，温和地领他到门口，祝贺了几句，在他身后关上门。

那天晚上我去米里亚姆家喝了一杯。布希在房子前面洗车。

"管用了,"他说,"放心了吧?"

沃尔夫成功抵达了十字键,老泼妇掐了他的屁股,评估了一番他的肌肉。我不禁怀疑,沃尔夫在这种地方工作,会不会很悲惨。我们在羞辱他吗?会让他更生气吗?另一方面,我记得的沃尔夫对大多数人都很感兴趣。他喜欢那些女孩,很快就会和其中某一个上床,并帮助其他人。

这主意是布希出的。他肯定一直希望热衷男色的老泼妇会看中沃尔夫,从而放过他,让他在十字键做生意时不再受她的骚扰。同时,布希也能看着沃尔夫,看他的结局可能会多么糟糕,多么绝望。

"好,"我说,"让沃尔夫在那儿先待一阵子,看看情况。他可能会安顿下来。布希,谢谢你帮我解决了这件事。我很感激。你还有梦要说吗?我们这样交换很公平啊,我想。"

"布希不想这个,"他说,环顾了一下四周,仿佛确保没人在观察我们。"布希想别的。"

"是什么?"

"我的手指发痒,我又打算弹吉他了。"他说,"我得在清醒的时候弹,就像我现在做每件事都要保持清醒,否则米里亚姆就会与我断绝关系,她已经威胁过我啦。我有个乐队,是几年前,可我们在舞台上打架了。某一天晚上,他们全走了,只留下了我。打那以后,我只现场演奏过一次。我想……"

"哦?"

"你愿意和我一起去吗?我感到紧张。浑身冒汗,我的鼻子又开始那样了。你知道这意味着什么。"

"什么?"

"我鼻子要拉稀,我得出去亮相。我会非常难为情,会伤到自己。但要是你在那里,有医生在房子里,我就很好。"

如果他是我的病人,我会说不,这是他必须经历的事情。既然他不是,我可以一边去看他弹吉他,一边与亨利和米里亚姆喝酒聊天。

"当然,"我说,"既然你已经同意了,我一定会安排——就在'爱晶'。"

"爱晶?"

"那里的人都认识我本人。我从来都不必报出自己的名字。我帮助他们解决过供暖问题。你可以想象,他们非常感激。"

"不能是个更普通的场所吗?为什么不是十字键呢?"

"'爱晶'那里很黑,是不是?他们在那里鬼混,不会对我不感兴趣。"

"不如说对你的鼻子不感兴趣。"

"那就行。"亨利告诉我的伍迪·艾伦那个笑话是什么。"如果两个人做爱很棒,五个人一起做爱会更棒!"

"但是,一有欲望就立即得到满足,"我回答说,"还有比这更糟糕的事吗?"

"心理医生,不要惊慌嘛。如果你不想干,也没谁逼你。我本人么,不戴上石棉手套,是不会碰他们中某些人的。但亨利和米里亚姆评价说,那里不仅是性交。躺在那里的有个体重二十英石的家伙,小妞都打扮成女学生模样——"

"有关'爱晶',他们跟我说过,谢谢。"

"你会来吗?"

"我得问问亨利和米里亚姆。"

"让我拥抱你,伙计。"他抓牢了我,然后说,"你知道,你去那儿得按规矩来,比如衣着打扮什么的,还有一种方式能进去,那就是啥也不穿,赤条条地进去,不过,我可以告诉你,那里的穿堂风会把你分割成两半。亨利和米里亚姆会帮助你。我期待着。"他说,"我是回归,你是亮相。"

"没错儿,"他点了下自己的半边鼻子,"你和我,嘿——好伙计!"

第三十三章

幸运的是,在那次羞辱事件之前,我可以休息一下。阿吉达和我终于决定出门玩。

假期是穆斯塔克给她的生日礼物。阿吉达老早就想去威尼斯,她要我陪她。她很紧张我的反应,以为我会拒绝她。我仍然对她父亲死后她抛弃我的方式感到愤怒。或者更糟的是,我对她现在的再次出现感到失望。当然,更有可能是我让她失望了。

我只能待三个晚上,但我告诉她,我会很开心。她和我经常通电话——关于她弟弟,我的工作,以及她在伦敦的所见所闻——但重逢后,我们在城里只见过一次面,我很紧张。我们在穆斯塔克宅邸度过的那个周末,让我觉得她把我当成情人看待,可这一点我无法满足她,其他人也不行,因为约瑟芬还在我心中。也许穆斯塔克渴望帮助阿吉达找个情人,这样对他俩都好。

穆斯塔克的秘书在达涅利预订了两个房间。阿吉达来公寓接我一起去机场。有两辆出租车,一辆接我们,另一辆是她的行李。我收拾行李时,她泡咖啡。"你知道,我还没见过你成年后生活的地方。"她说,"怎么老有烤面包的味道?需要整修一下了,这公寓都快塌了,你要是不整修,它就会跌价。我会为你找个建筑师。"

她征得我的许可,打开抽屉,朝橱柜里面瞧瞧,捡起物件,问我在哪里买的。她想看看约瑟芬的画,以及她和拉菲的照片,她看了很长时间。

"一个幸福的家庭,你们在一起很开心,"她说,"我们似乎彼此认识,你和我,但我们是陌生人。你到底是谁,K先生?"

重逢的震惊已经过去了,现在我们彼此相处得很轻松。她没有刚见面时那么忧郁,也显得比那时候年轻一些。她更像大学时那样,欢畅地笑着,满怀热情,尽管历经世事,还是期待世界最美好的一切。我或许也少了一点疑心。

在达涅利喝茶是很愉快的经历,那是我见过的最平静的景色之一。阿吉达和我手挽着手乘船旅行,参考旅游指南游览了利多,还到冷清的教堂看提埃坡罗和丁托列托的画作。天气很冷,她穿着毛皮大衣,戴着毛皮帽子,脚上是长靴。不过,早晨阳光明媚。这是很久以来我经历过的最平静的时光。

阿吉达坚持要给我买新衣服,让我的穿戴焕然一新,炫耀地带我逛昂贵的商店,对我说我的衣柜需要"帮忙"。我们发现了镶嵌有照片的手表,那是一九七〇年尼克松与猫王会面的照片:当时猫王正处在"大衣领、大腰带"时期,上面缀满了金光闪闪的珠宝。阿吉达给我买了一个,如她所说,我"丢了原有的表"。这是真的,我还没有新手表,只在电话上看时间,在我的诊疗室里,则有一个时钟放置在沙发上方架子上。她也给穆斯塔克买了一块,除掉我们共同的那块表,这表比我的更有趣些。

下午,她打盹的时候,我在她的房间里写文章,并首次阅读塔尼扎克的书,惊讶于他对欲望韧性的看法,尤其是在老人身上,它仍然可以扼住老人的喉咙,拒绝对他们放手。

不寻常的是,阿吉达还带来了一些大麻烟草。因为不想被赶出酒店,我们就像学童一样,对着咖啡馆的厕所窗户抽。

"这很有趣,阿吉达。"

"难道不是吗?我一停下循规蹈矩的生活,就振奋起来了。在家里吸过后,我像疯子一样跳舞。"

"你的意思是在索霍的家中?"

"是的。我在伦敦的临时新家。我潜逃的地方,我差不多成了离家出走的青少年。"

我们咯咯地笑着,说假如当年没分开,我们就会结婚,离婚,然后成为像现在这样的朋友。我告诉她关于约瑟芬的事,还有我们之间的距离,说我喜欢与约瑟芬之间的激烈争吵。

当我问阿吉达关于她丈夫马克的情况时,她说他是一个好人,一个体面的自由美国人。我猜他的日子到头了。

她说:"马克和我结婚时,穆斯塔克担心我,当时他的音乐生涯刚刚开始。马克努力做生意,在远东生产服装,他很多时间都在那里。我住在曼哈顿中心的一个高档公寓里,把孩子们养大。有一天他们都离开了。我丈夫住在洛杉矶,我们的另一所房子里。我知道自己得回到伦敦,我多年来一直回避这里。这里有太多的——没有愈合的伤口,可我得重新开始生活。"

昨天早上,我们在哈利的酒吧里吃早午餐。来到大堂,阿吉达大喊起来:地面在一英尺的油腻的水下。这不是海啸,而是海平面在缓缓上升。这种情形一个月发生三次。

我们拿到套鞋,攀爬着出了旅馆。圣马可教堂成了一个颤抖的湖泊。街道上,淹没在水中的桌椅如同现代雕塑,立在那里。淹死的鸽子浮在周围。游客们一个个挤着过栈桥,店主试图用水泵把房子里的水抽出来。我向海浪汹涌的利多岛极目远眺,想知道跛足的拜伦是如何游到那里的。即使是年轻时候,我也不可能游到一半的距离。我们涉水去哈利酒吧,在灌下太多的鸡尾酒后,我想伸手越过桌子,拉起阿吉达的手。我想告诉她,我俩如何不受拘束,也许我们之间能有所进展,还有一晚,我们何不试着多些亲吻,多些交谈,瞧瞧我们能前进到哪里?

"阿吉达——"

"我不想打断你,"她说,"但我需要!我一直想告诉你——我遇到了一个人。"她欢畅地笑着。"我就知道这事会发生在伦敦,我的幸运之城。不过现在说起这些还是太早了。"

"我明白。"

"他很温柔,让我觉得自己很漂亮。这就是我要说的,当然我对他的名字保密。我几乎对自己都说不出口,更不用说对你或我丈夫了。不过,贾马尔,是你给了我信心。"

失望缠绕着我。她回来了,我却让她走了。但至少我的年龄告诉自己,疼痛不会持续很久,我甚至感到如释重负。

"那太好了,"我说,"这是多好的事啊!"

"你真的这么认为吗?"她瞧着我,"再看看吧。我只能告诉你这么多,"她说,"也可能运气不好,让自己成了傻瓜,别以为这只是寻欢作乐。"

"为什么?"

"我首度跟别人一直谈爸爸。这个人,对爸爸的事很感兴趣。"

"那就好。"

"你知道,贾马尔,我注意到一件奇怪的事。"

"哪里奇怪?"

"穆斯塔克的人一直在调查这件事,他们发现了一张爸爸在他被谋杀那天驾车进入工作场所的新闻图片。我们在电脑上研究过,差不多可以肯定他戴着你给穆斯塔克的手表。是不是很奇怪?发生了什么事?"

"但愿我能记得,"我说,"我当时真的被那个强暴的故事惊呆了。我记得你爸爸在回家的路上曾来我家,问我是否想搭他的车去看看穆斯塔克。"

"他当时碰过你?"

"我以为他喜欢我。很多人都喜欢我。我不知道该怎么办。"

"我知道这是很久以前的事了,但穆斯塔克和我不会放弃找出爸爸死亡的真相。"她看着我。"你还好吧?"

"让我回顾那个时候,还是很难。"

她抓住我的手,我没有将手缩回,而是吻了吻她的手。"是我不好!我让你这么不开心,贾马尔!是我不忠!我没能正确面对这个问题。"

"你怎么可能知道自己在做什么呢?"

"你不能原谅我吗?"

"能的。"我叫来侍者,"为你干杯吧,为你的归来,为你的幸福干杯。"

"谢谢你,亲爱的。"我说,我是真心祝愿,而不是讽刺挖苦,"你的新男人不反对你和我一起走吗?"

"他知道你如今是个多么可贵的朋友。"

"我迫不及待地想见到他。我们回去后能不能与他见面?"

"我不太确定。再看看吧。别让我走得太快。"

那天我们喝了很多酒,我的希望增加了,尽管我这人永远都犹豫不决,不觉得自己能占有她,但她可能会占有我,只要邀请我到她的房间去就行。可她的男朋友打电话来了。她似乎容光焕发,开心地笑着,匆忙到旅馆外面,跟他通话。

我放手让她离开,再次为一本小说放弃了爱情。

我无法集中注意力,就给拉菲打电话。他正忙着看《辛普森一家》,没空闲谈。"一年后再回电话吧。"他建议说。

我穿上外套,穿过威尼斯那些阴郁的充斥着回声小巷、通道、桥梁和拱门,在外面走了三个多钟头。

第三十四章

"如何?"第二天晚上我在去十字键看望沃尔夫的路上,顺道去米里亚姆家,几乎一进门,她就这样问。孩子们和肥胖的邻居像往常一样进出厨房,猫从窗户里跳出去,随便你想坐哪把椅子,总有一只流口水的臭兮兮的狗在放屁。

"什么如何?"

"别他妈的跟我搞!"她说着,突然试图把我摔在地上。我们两个人挣扎着,我拼命推开她——不,我没有,我推不开她——狗一齐吠叫起来。

"泼妇,或许终有一天我会比你更强壮。"我边说边爬起来。受到袭击,被她摔倒在地,我很不高兴。没人会想与米里亚姆家的地板有任何不必要的接触。

我们分开站着,喘着粗气,她一脸头发,哈哈大笑。我相信她又让我的肩膀脱臼了。有一阵子,我与米里亚姆有分歧,通常以我的手臂吊着绷带结束。孩子们一边谈论亿贝网,一边不以为然地绕开我们走过去。

米里亚姆说:"你和阿吉达,又好上啦?"在威尼斯,我给米里亚姆买了个用于"现场"佩戴的黑白色狂欢面具。她吻了我一下,说:"亨利和我就像疯了一样,想让你俩重新好上。他告诉我,你又喜欢上她了。"

"谁让你俩多事啊?你知道,这些事我要花很多时间的。"

"时间?你遇见她时,披头士还没解散呢。"

"的确没有。"

我脱下毛衣和T恤。她拿起一条干净的毯子,铺在沙发上。我躺下来,她抚摸着我的后背,又搔痒痒又抓挠来嬉戏,她知道我喜欢这样。我转过身,她对着我的肚子又干起同样的事儿,指甲从我凸起的肚皮上划过,虽然我肚子不像亨利的"水床"那样庞大,但正朝着那个方向走去。

我刚要梦游,她说:"你在这儿吃晚饭吗?我在做扁豆糊糊,亨利晚些时候会过来。我难得见他。现在出现危机了:瓦莱莉坚持要他所有时间都去她那边。"

"他去啦?"

"我猜你还不知道,丽莎趁家里没人时,进屋从她母亲的卧室墙上偷走了一只手。"

"一只什么东西?"

"我哪里知道。一只**手**。"

"一只手在墙上做什么?"

"操他妈的,是一幅画,某个老家伙画的一幅名画。她把画藏起来了,不愿拿回来。布希一直试图帮助亨利找到它。但是她很狡猾。"

我叹了口气,"她打算用这只手干吗?"

"你以为呢?除了试图让她的家人疯狂之外,鬼晓得。好像是当人质吧。"

尽管我对偷手的故事迷惑不解,但再也不想听到关于丽莎的事了。

我说:"布希要我去'爱晶'。"

"我注意到你俩关系变得很近,聊天跑到街上,而不是在我的厨房里。不过,我从来没见过他那么兴奋。真的是你鼓动他,让他再弹吉他?"

"我也许是燃料,但他得是火箭啊。我对他说,我得问你。不过,要是你弟弟像个多余的鸡巴,在'爱晶'里晃来晃去,不会毁掉你们的夜晚吧?"

我站起身,穿上T恤。

她哈哈笑了。"哦,不,不用担心我和亨利。我们知道如何照料自己。看来你要去,兄弟。"她捏我的脸颊,戳我的肚子。"我等不及想看看你会穿什么。你想让我帮你去掉不合适的东西吗?"

"绝不。"

"你以前干过这事吗?"

"我连在自己卧室里都没这样干过。你没有理由注意这个,但分析师和治疗师的穿着总是很奇怪,男人穿着外省学究穿的那种夹克,样子很不自在;而女人裹着一匹天鹅绒布,戴着乱飘的围巾,就像是有钱的嬉皮士。"

"我迫不及待地想在'爱晶'看到你,"她说,"到时候我会笑掉大牙。你总是胆小,装腔作势的小东西。"

"谢谢。"

"其实你现在变好了,"她说,"以前你害羞,文静,怕人,整天闷在屋里,不说话,很凄惨。在卡拉奇,你的绰号是'悲哀的麻袋'。不过,你回伦敦家里后,就有了改变。"

"从巴基斯坦回来以后,我就找了我的第一位分析师。那段时光你不愿意回想,但我当时的情况一团糟。"

"我们都是,谢谢。当时你和爸爸就像久违的情人,总是一起跑得无影无踪,却让我置身深闺,期待我与那些无聊的好女人一起度过每一分钟。"

"你拒绝那种处境是正确的。"

"我今天下午与爸爸的灵魂交流,记得他对我说的最后一句话是:'没有人会娶像你这样的妓女。'难道他说的不对吗?"

"他没说没有人会爱上你,"我说,"我的分析师是一个巴基斯坦人,你知道,口音很酷,像爸爸。遇见他我很幸运,否则,我的人生还未开始就毁掉了。"

她说:"你本可以和别人一起来拯救我的生活的。你为什么不把我送到那里呢?"

"那是我的事。"

"他让你改变信仰啦?"

"差不多吧,或许让我开始探索生活的真谛。"

她说:"约瑟芬曾经怀疑你是同性恋。"

"谢谢你提醒我。"

"有一次,她在圣诞节家庭聚会上,把我拉到角落里,问我你是不是那样。我的本能是想给那头母牛一记耳光——因为她太缺眼力啦。然后我差点对她说:'他是我弟弟,像你这样有问题的女人,都能把卡萨诺瓦变成同性恋。'但我为了你,强忍着没说这话。"

"谢谢你,亲爱的。"我接着说,"她这个见解很古怪,以为我喜欢她屁股,就是同性恋。"

"即便是像她这样有性交障碍的人,也该看出你不是那种人啊。"

我说:"不,我是个已婚男人。尽管约瑟芬和我不在一起生活,几个月前,我们还是一起去看一个电影首映式。米里亚姆,她穿着高跟鞋,黑色的连衣裙,红色的披肩,还有赤裸裸的双腿。看起来很有魅力,我整晚都想干她。有段时间,我不觉得无聊了。"

"她长得很标致,个子那么高挑。"

"是的,我以前想,与她上床,与其说是趴着,不如说是爬着。"

"你有时绷着脸,生闷气,但是你也会焦虑不安,逃避问题,贾马尔。"

"我现在还是这样吗?"

"看看你咬过的指甲吧,还有你眼睫毛抖动的样子。"

"是吗?"

"但你不像我那样,把一切都扔了,你知道还有未来。"她挠着我。"你们治疗师现在总爱谈论性。也许你应该看一次。你在'爱晶'晃荡一下,对你有好处。"

我说:"我从来不知道,约瑟芬和我分手,你是否开心。"

"我很喜欢她,主要是因为她喜欢你。我是指她爱你,她从来没有停止过爱你,贾马尔,尽管你让她受够了考验。"

"别提醒我,米里亚姆。"

我们拥抱了一下,我告诉她我得离开了。我拖着疲惫的脚步到十字键,去看望那个与我平行存在的沃尔夫。我在威尼斯时,布希打电话说,他几次突访酒吧,去瞧沃尔夫在干什么。现在我想知道他们是不是相处得太好了。布希在酒吧里吸烟。沃尔夫在酒窖里换酒桶。在我去威尼斯之后,这个地方看起来不如我记忆中的那样有益健康。也许是时候找到一个新的地点了,布希提到老泼妇:"瞧她笑得合不拢嘴,她对他很满意。"

沃尔夫体力强壮,吃苦耐劳。当男人们倒在舞台上,或试图与姑娘一起跳舞时,沃尔夫就会拖他们下来,几秒钟之内将他们赶到门外。姑娘们喜欢他,他会亲自帮她们解决问题,但他并没有借此"纠缠不清"。他不碰她们。"我想他有人。"

"是这里的一个姑娘?"

"不,他在寻找大鱼下手。我会尽快找到答案。"

沃尔夫从酒窖里上来,看见了我。他穿着一件紧身的白色T恤,看起来很合身,很健美,就好像他一直在锻炼。不幸的是,他的牛仔裤太大了,只能勉强用腰带系上。

沃尔夫有所克制,没和我握手。倒不是说他看起来不高兴。他想要大的,但只得到小的——一份工作。但正如布希所说,沃尔夫得到的,是一个"充满希望的空缺职位"。

沃尔夫说,"咱们谈谈,但不在这里。"他又补充了一句:"这牛仔裤怎么回事?怎么这么大?"

"全是仿冒品,"我说,"怪我姐姐吧。"

他带我到他睡觉的那个房间,姑娘们的一个小更衣室,里面有只带镜子的梳妆台,上面满是被丢弃的丁字裤,还有缀满亮晶晶的饰片的胸罩。在一扇嘎嘎作响的窗户下面,是一张单人床垫。窗户上挂着肮脏的网眼窗帘,透过窗帘的裂缝,可以看到,街角有几名高个索马里人,他们那些遭到突击搜查的霹雳马正成排地列在出租车办公室外面的街道上。

他说:"这些非洲小子整夜都在西伦敦忙活,他们带我一起去那边。你却把我甩到了这里。"

"你去城里干啥?"他耸耸肩,"风险投资。"我们正在谈话时,一个东欧姑娘进来整理头发。离开之前,她换了条丁字裤:就那样赤身裸体。她看了我一眼。"这里的客人?"

"我是沃尔夫的朋友。"

"先生,你喜欢表演秀吗?"

"打第一次看到就喜欢上了。"

"下次我为你来点辛辣的。"

她离开后,沃尔夫说:"她喜欢你,你没注意到吗?你这把年纪,样子看起来还是很体面,但是你不会要那样的女孩,对不对?"我耸耸肩。他说:"你知道,我去任何一个城市,我都想与最底层的人在一起,妓女、骗子、罪犯等等。对我而言,他们是最好的人。你和我与他们都是同类人。"

"在哪方面?"

"你身上肯定有类似东西,才能整天与有心理疾病的人在一起。"

"理智更糟。正如你所知,说某人理智,并不总是恭维。"我说,

"沃尔夫,我想知道瓦尔丁的情况。"我拿着自己离开米里亚姆那儿时她给我的大麻烟坐了下来。

沃尔夫告诉我,他和瓦伦丁一直找借口离开伦敦一段时间。他们甚至考虑带我一起去,但决定还是让我大学毕业再说。我想知道我是否经不住诱惑去陪伴他们,也许我会的。

在法国南部,瓦伦丁在赌场工作。他报酬丰厚,受人尊重,并且得到足够的信任,让他培训新进员工。但他认为这份工作毫无价值,他坚持下来,骑着自行车穿越山区,在结冰的道路上骑很多英里。

沃尔夫说:"回到在他空荡荡的房间,他读那些大部头哲学书籍,就像一个总捧着《圣经》的疯子,试图找到真理。"晚上,当他下班的时候,女人们,不管是穷的还是富的,年老的还是年轻的,都在等着他。他们想和他上床。一旦上过床,她们就想帮助他。"他们想送他看医生,给他找药来治疗。但他拒绝了。他只想成为迷失者。他无处安顿自己的灵魂。我们应该为他默哀。"

沃尔夫低下了头。我也垂头默哀,一边回忆起当年,瓦伦丁诚挚地建议我跟着他节食,亦即亨氏番茄汤,涂上黄油的两片面包,再加上一个苹果——一天两顿。他有时只穿网球鞋在伦敦步行五英里,而不是乘坐地铁——当年那个隧洞恶臭难闻——尽管大多数人免费使用它,因为很轻易就从困倦的地铁员工身边溜过。瓦伦丁的雄心壮志一直就是将自己的欲望减少至零,没有多余的快乐。但是,一生的自我惩罚给他带来了什么呢?我睁开眼睛,沃尔夫一直在盯着我。我站起来,不完全确定我在哪里。

他拳头紧握。但我正朝门口走去,也不管门在哪里。天知道米里亚姆在那支烟里放了什么。她喜欢将哈希什、大麻和薄荷烟草混合在一起,这种混合的后果是无法预知后果的。我不仅感觉自己在妄想,而且我眼中的沃尔夫好像变小了,就像是我拿反了望远镜看到的那样,这倒是个让他缩小的好办法。

他也站起来,抓住我的肩膀,把我推倒。他收回自己的手,似乎要打我。他力气比我大,但没我那么愤怒。有那么一瞬间,我想让他殴打我一顿算了,好像那是个解决办法。

"我还没跟你讲完,"他坐在我对面的椅子上说,"在我的梦里,有种气味老是在追逐着我,把我拖进那个肮脏的夜晚。车库闻起来是什么气味?石油、汽油、木材、橡胶。我看得出你对那个父亲如何愤怒。你当时在发抖。"

"我那是害怕。"

"你那样子不像。我们去那里是要给他一个警告,可你突然拿出一把刀。你打算干什么?我一直在想。你确定只是吓唬他?没人说过刀的事,我没说,瓦尔丁也没说,你从哪儿弄来这么个主意?你为什么不先问我们?"

"我是个年轻的傻瓜。朋友,你应该照顾我一点。我就像你的小弟弟,你让我随着一个疯狂而愚蠢的计划往前冲。"

"你会哭吗?你会吻我的脚请求原谅吗?你的所作所为让我看到——就在我眼前——一个垂死的人。如果我们被抓住了,我会在监狱待很多年。"他接着说,"现在你说你后悔了。你要是能收回那个夜晚,你可以说后悔。但有件事你从未说过,有件事我想听你亲口说。"

"什么事?"

他说:"你做错了事,就该受到惩罚。你以为拯救那个姑娘是高尚的,就该找警察。你应该和她多谈谈。我不知道你应该做什么,但你这种人,应该知道怎么处理那种情况!"

他还在死死盯着我。我说,"我当时不知怎么倾听。我误解了阿吉达。我行动太早了,偷走了她的主动权。但是我们该怎么办?"

他说:"我们可以对他的家人道歉,对那个姑娘道歉。让她知道发生了什么,这样她会感到——他们用的那个愚蠢的词儿叫什么来着——如释重负,对。"

"你是那样想,"我说:"但我不相信,道歉的好处会超过造成的伤害。"

"可我相信,"他说,"你考虑一下,再回复我。否则,我一直认为这是我应该做的——代表你去道歉。"他停顿了一下。"还有什么要说的吗?"

"有,"我说,"那些犹豫不决拖延行动的著名人物,我都能列出他们的名字。与他们不同的是,我采取行动,杀死了这个人。而你只会是个小小的恶棍。你从来没有做过如此勇敢如此光荣的事情,是多么羞耻啊!凡是笨蛋都是清白无辜的。我的脑袋比你灵活,伙计,永远都是。你他妈的给我一些尊重!"

"你疯了。"

我站起身,他也起身了。我下楼,他跟着我。沃尔夫回到酒吧的另一头去干活,我站在布希身边,布希从外套里掏出各种玩意儿,递给本地一些人物。沃尔夫打开了音乐,我看着一丝不挂的舞女将大腿对着忠心的常客张开,闭合。在舞台后面,沃尔夫组装的各种彩色灯光正在跳动。我点了一杯双料伏特加,快速灌下。然后又点了一杯。

当布希独自一人时,我说:"那只手有消息吗?"

他耸耸肩。"丽莎是社工,要拜访的人有很多。我猜那只手就放在他们某个人的房子里,我该怎么做呢——挨家挨户去找吗?"

"你为什么这样做?"

"因为我为亨利感到难过,一个好人,偏偏女儿那么个疯狂。"

我问:"你的梦怎么样了?"

"心理医生,我的朋友,你的意见一直在我脑子里。我差不多准备好亮相了。我在米里亚姆家里,在孩子面前排练。有一天,你儿子拉菲认为我很深沉。亨利讲,我对'爱晶'而言已经够好了。米里亚姆一定告诉过你——是下周。"

"不,她是刚刚跟我说的。"

"你决定好了要穿什么没有?"我耸耸肩。又一位客户走向布希,布希则向沃尔夫望去,沃尔夫反过来合作地点点头。布希说:"沃尔夫毕竟没那么坏,对不对?他就像我们一样,靠街头骗钱为生。他随便我卖啥,只要能给他一点点分成。"

"我得离开了。"我说。

"那么,'爱晶'再见,"布希说,"我会开车把你们全捎过去。别紧张。"

步行回家的路程比我能应付的要多,所以我突然造访布什音乐厅,这是在阿克斯布里奇路的清真寺旁边的一个小舞厅,拉菲小时候曾在那里唱过圣诞颂歌。我想赶上 M. 沃德一系列歌曲的尾巴,他是一位忧郁的歌手兼作曲家,亨利的儿子曾推荐过他,他那翻唱鲍伊的忧郁版本《让我们跳舞》一直能打动我。与沃德搭档的有一个贝斯手，一个年轻的女鼓手和另一个吉他手。这里的观众席只坐了四分之三，我好多年都没在音乐会上有过这么大的私人空间了。

在听过一曲威利·迪克森优雅的《满满一勺子》之后，我心情愉快地离开了。

第三十五章

我有太多的事要考虑。我非常焦虑,出现失眠症状。我曾说过会去"爱晶",这很难推脱。米里亚姆一定会坚持要我去,可绝不能让她打扮我。

在牧人丛路的尽头,往奥林匹亚方向走,有一个马戏团商店,我带拉菲进去买过他那些亮闪闪的玩意。隔壁是一家性用品店,橱窗里的假人模特身上的衣服看上去像七十年代的朋克装,现在是中产阶级玩乐时的穿着,变态成了时尚。我走了进去,快速朝四周扫了一眼,可我真的不知自己该怎么穿戴才适合去那个放荡场所看布希弹吉他。

我走到店外。"女神,你能过来帮帮我吗?"我在电话里恳求道。

"这要求有些奇怪呀。"她在接客的间隙说。

"你一定听说过更奇怪的,我卡在这儿,觉得有点难为情。"

"哦,我亲爱的小可怜。我得问问妈妈桑。我们做事不能背着她。"

老鸨似乎觉得可以,因为我是一个"很好、干净、受人尊敬的顾客"。女神提供肉体服务,但没有与人亲密到把名字也给别人的程度。我们在地铁站碰面,一起走到那家商店。我猜她穿的是她的大学校服:牛仔裤、黑色的高领毛衣、黑色靴子。

请她帮忙是个好主意。她径直向那个黑人店主走去,他向她展示服装。她知道我不想暴露自己的身体,只穿黑色衣服,而且不能太紧,就让我试穿形形色色这样的衣服。

"试试丝绸或者蕾丝?"

"不了,谢谢,女神。把我想象成一个受压抑的英国人。"

我在商店的一个角落里半裸地摆姿势,直到我被橡胶和一些黏糊糊的塑料裹住身子。除了我的脸,我身体唯一能看到的部分就是手臂。

我们把东西装进一些普通的袋子里,从店里出来,女神抚摸着我的手臂。我说这衣服要是能出租就好了,因为它们很贵,而我身无分文。她笑着告诉我,鉴于"知道你的口味",我会喜欢那个"场面",并且会再次去。

她说:"有人在打量你。"

"什么?"

"在那里。"我以为是沃尔夫,那个地狱猎犬紧咬着我不放,而且明显愈加疯狂。没过多久警察就会把他抓起来,然后我们俩一起完蛋。她说:"那女人在那儿。"

原来是我的一个病人,正匆忙离开。她的妄想症状很严重,经常告诉我她在全国各地都看到过我,而我从未去过那些地方。这次她真的看到了我,而且是从性商店里出来,她会作何感想?

我带女神去喝了一杯,她问我是干啥的。我告诉她,我俩都把时间花在赚钱上,而且干的都是"与陌生人很亲密的生意"。事实上,我说,我还没数过病人把我比作妓女的次数呢。"也许我们都是垃圾场。"人们把自己不想理解的东西都扔到我们身上,并且认为我们替他们携带那些东西理所当然。

她对我所做的事感到着迷和震惊。"谁不想知道里面有什么?"她敲了敲自己的脑袋,说,"你要是探究,谁知道你会发现什么呢?"

"无论如何,都会现身的,"我回答,"你在你的身体里,在你的行动中,在你的选择的……职业中。正如我的朋友亨利所说,我们都需要多说话,少行动。"

她似乎吓坏了。但当我们分手时,女神给了我一个塑料袋。"打开它。"她说。袋子里是金色眼圈的半截面具,绿松石材质,上面插了蓝色和紫色的羽毛,绣有银色和蓝色的星星。

"很漂亮。"我说。

"是的,祝你好运!"她吻了下我的鼻子。

我把所有装备收纳在袋子里,在约定的那天晚上,带着袋子去亨利那里。米里亚姆会在家里换装,由布希带她过来,然后一起去"爱晶"。

我花了十分钟才准备好,又与我的头发无望地搏斗了两分钟。同时想着,如果所有能带来快乐的东西都是不健康,不道德或者被禁止的,那么这个晚上会不会足够尽兴呢。

亨利穿着平角裤,剃光了阴毛,一面听着《唐·璜》,一面恣意地往地上扔东西,还对着镜子醉醺醺地跺着脚。

我很愉快地坐在他的椅子上,喝着酒,抽着米里亚姆为他做的大麻烟。但大麻烟让我很疲倦,我去浴室嗑了一点快速丸,以便能撑过这个夜晚。我很快就不知道自己穿的是什么了,但亨利一见我,就嘿嘿笑。

"但愿你的病人能看到你这模样。"他说,"你的样子太酷了,这套打扮不可能是你自己弄的,谁帮你了?"

"一个朋友。"

他看着我。"凭什么我对你无话不说,而你却跟我藏着掖着?"

我们要面对的可能是一个漫长的夜晚,不过至少亨利和我可以在布希到之前进行一次谈话。亨利对自身欲望进行的哲学思考总是让我觉得有趣。我对他说:"这个狂欢聚会的想法——"

"是的,怎么啦? 嘿——你觉得我应该涂口红吗?"

"涂一点儿没问题。"我接着说,"这难道不是一个融合之梦吗? 人与人之间没有任何区别? 没有人被排除在外。在性方面,这是一个极权主义的想法。在这种狂欢聚会上,人们是丧失个性而不是找到个性,对吗?"

"我要告诉你,你可能觉得那些衣服很傻,但他妈的谁在意? 这是一种重要而激进的自由。"

"在一个受到严酷控制的时代——真正恐怖的时代——这代表着解放,知道吗? 伙计?"

"我意识到你觉得可笑,但所谓文明冲突,伊斯兰和西方的冲突,所有这些混账话只是清教徒与自由主义者之间的冲突,憎恨想象的人与热爱想象的人之间的冲突的另一个版本。所有冲突中最古老的冲突,就是压抑与自由之间的冲突。"他站在我的面前。"我现在这样子如何?"

"我简直无法形容。"

"我的朋友,说几句慷慨的话吧,怎样?"

"我只能确定,你的妆容与胡须不搭配。"

"现在相配了,"他接着说,"我喜欢伦敦,它是一个伟大的穆斯林城市。这是殖民主义的代价,也是它唯一的美德。伦敦现在到处是遮盖脑袋的人——要么像你儿子那样戴着风帽的人,要么就是罩着头巾的穆斯林妇女。我不得不说,我讨厌那样,乃至我朝那些女人瞪眼,这无疑增加了她们的受迫害感。"

我说:"这表明我们既对自身的肉体着迷,也受其困扰——什么遮盖啊,不遮盖啊,都是如此。我们永远无法正确处理肉体,这方面的事儿永远处理不完。什么文身啊,体重啊,衣服啊……"

"你想知道我为什么要听这个歌剧吗?我正在寻找一种既具有颠覆性,又有些难以捉摸的东西,一部表达我们这种状况的作品。来一粒伟哥吗?"

"嗯,好的,谢谢。"他把蓝色药片递给我,我把它和伏特加一起吞下。"你要把《唐·璜》搬上舞台?"

"那戏对我而言太清教徒了,主角最后下地狱了。"

"他不是宣布放弃信仰了吗?至少他持有道德立场啊。"

我意识到,亨利与他的工作之间的联系依然如此紧密,这时他轻拍着手表说:"七点十五分了。每天到这时候,我就想起,在这个城市,事实上是遍布全国,都有演员在为晚上的演出作准备,坐在化妆室里化妆,做热身和声乐练习,既恐惧又兴奋。演员啊,我的一生都是与这些人度过的——他们会进行高难度的表演,当场献给长途跑过来看他们演出的观众。"

之前的几个周末,米里亚姆和亨利在她的一个孩子的陪同下,租来一辆大篷车,由布希驾驶,赶往一个流行音乐节。亨利不想落单,坚持要陪他们一起去。但他开始焦躁不安,讨厌大篷车,几小时后,他又讨厌音乐。觉得这种音乐"苍白无力",没有他喜欢与拉菲讨论的嘻哈音乐那样"真实"。于是米里亚姆和其他人开始喊他"爷爷"。

让我惊讶的是,不久之后,他们又进行了一次短途旅行,这次是去巴黎,亨利受邀参加在巴黎举行的一次文化会议。自然,亨利鄙视"官方"文化,但他想借助此行会见朋友——那些画廊董事、制片人、作家、演员等等。

当他和米里亚姆与玛丽安娜·菲斯福尔一起惬意吃喝时,布希经十字键的熟人介绍,与一些在北火车站附近转悠的非洲人取得了联系。布希还为拉菲挑选了一些用各种非洲语言演唱的热门嘻哈音乐。回程中,他们给车子塞满了烟酒物品,准备倒卖给附近居民与十字键。若有剩余,沃尔夫可以弄到"西边"去卖。

亨利告诉我,法兰西喜剧院曾请他"做点什么",但他拒绝了。他似乎既受宠若惊,又受到诱惑。我想知道他什么时候会回去工作,而没有他在身边,米里亚姆会如何反应。他说:"你问我,我为何不考虑重新工作?可我到底干了什么?我搬上舞台的全是别人的作品,我不是原创者,我有什么价值?我尊重演员。他们做的事很危险。我自己做过什么具有原创性,或者有价值的东西吗?有一次有人称我为协调人,我差点自杀。"

"你这不是在折磨自己吗?契诃夫的人物总是在谈论工作。我们必须工作,他们反复这样说。我从来不明白,他为什么会认为工作是一种美德。"

"工作是心怀内疚而付出的代价。"

他看着我。"快点儿,我们得走了。"布希打来电话,他和米里亚姆已到了附近,就在车里等着。

我看着亨利为晚会作准备,妒羡他对这种脱离常规的行动这样投入。"要了解性,"他说,"你就得冒着毁掉自己的风险。"

我决定不那么紧张。除了女神为我安排的装备,我还涂了唇膏,化了妆,戴了金色假发——那是萨姆的一个女友的,我希望它是拖鞋女人的——还戴着一顶黑色帽子和墨镜。

"晚上好,医生,倘若真的是你,"我打开车门时,布希说,"漂亮,漂亮!你作出了正确的选择,高级的决定!"

"谢谢你,布希,我的朋友,"我说,"我总可以依靠你作出正确的评价。你认为如何?"我问米里亚姆,她身上裹着用各种材料制成的黑色蜘蛛网,除了超短裙之外,其余或多或少与平时的装束区别不大。"米里亚姆?"

"我已经失去了说话的能力。"

"把相机放下!"我说着,试图去抢她高举的相机。

"走开!只拍一张,放在厨房墙上!"

"不!不!"

"姑娘们!姑娘们!"亨利钻进车时叫道,"把你们的兴奋劲儿留在后面。"

第三十六章

在沃克斯豪尔河对岸不远的地方,我们来到了被用作汽车车间的一排铁路拱道前。其中一扇门被漆成黑色,周围聚集了几个人。我们穿过三重卷帘门,里面一对中年夫妇向我们打招呼,布希在附近的一个仓库干活时,他们就认识了。

我们帮布希从行李中取出所需物品,搬进光线昏暗的"爱晶"。布希站到凸起的小舞台上,亨利从后面的位置找到路子,把灯光打到布希身上。米里亚姆试图给他出汗的脸上擦粉,布希很害羞,对过亮的灯光照到鼻子上不适应。他太紧张,都没注意到周围的人都穿着奇装异服,甚至已经开始互相亲吻和拥抱了。

这里的人开始满了。布希坐在自己的位置上,调好曲调,开始弹一首安静的布鲁斯。为鼓励他,亨利和米里亚姆又是欢呼,又是吹口哨,就像他们看电视垃圾时所做的那样。"我只需要我的吉他、一个音箱、一支大麻烟,还有我的医生。"布希指着我说。

我戴上面具,穿过"爱晶"无数的隧道和房间,对这里的人以及他们的生活惊叹不已。

我转过一个拐角,她从我身边走过。我的妻子穿着高跟鞋,个子显得很高挑,那双鞋还是几年前,我还相信我们的爱情时给她买的。她的腿很长,穿着衣服也很好看。我看到她时很惊讶,但并不开心。通常,当我们在外面遇见时,会发现彼此相处得很好。我们整个白天在家不说话,但到了晚上,在聚会上,我们会旁若无人地开始说话,就好像是一年未见的朋友似的。但今晚,她似乎很匆忙,独自一人四处走动,寻找着什么东西或人,我不想跟踪她。

我能听到布希已开始认真演奏,我想看看他。现在他的脚在跳动,他的肌肉在跳动,他的嗓音听起来类似于肮脏的金属和牛心上尉。

大多数音乐风格他都很有把握,技术很棒,但他无法奏完一首曲子,他似乎想要同时演奏所有的东西,就像某种患了精神病的自动电唱机。他在复杂的爵士乐和弦、布鲁斯和流行曲调之间随意切换,一边还在说话或者神聊。他研究过布鲁斯乐队,记住了日期,说这首歌是在一九三二年三月或什么时候写的。感觉到你有些兴趣,他就会告诉你更多:你知道约翰·李·胡克是耶和华的见证人吗?他会模仿胡克,简直像滑稽短剧似的——模仿他的声音,他的整个模样——带着《圣经》、一本《瞭望塔》,还哼着一支曲子来到你家的模样。

布希的演出引人入胜,让人们停止性交来欣赏。对于艺术家来说,还有什么比这更高的赞赏呢?亨利骄傲地站在那里,靠着一根柱子。当有人走过来,问他是不是布希的经纪人时,亨利回答说

"是"。那人把他的名片给了亨利,拿走了亨利的号码,并答应与他联系。"从现在起,布希会一路演下去。"亨利对我说,"我以前怎么没想到呢,可以靠给天才当经纪人谋生啊。"

后来,越过一堆由鲜艳颜色装饰的鼻涕虫组成的起伏不定的东西,我碰到了一个有裂缝和小孔的屏幕,后面还有一把椅子。我透过小孔朝里面看,两个男人带她走了进来。她现在似乎已经下定决心要寻找快乐的圣杯,找到奢侈放纵的典范。

我坐在那里看着约瑟芬躺下,她的脸转向我。我吓了一跳——好像她能看见我似的。我思考了一会儿,我的耳朵可能会胀裂——我差点就要逃离。我很想再躺在她的怀里。匿名做这件事会是我人生中最奇葩的经历之一。

我向她走去,她躺在那里,脖子露在外面,镶有镜子的墙上可以看到有人体在起伏,这让我想起了她有多么喜欢对着镜子性爱,一只腿还喜欢搭在椅子上。我几乎看不见自己,只有我的黑手在她美丽的皮肤上移动,而她在看着她自己。

我想:在一曲歌剧里,此刻,有人会杀了她。我颤抖着,想知道自己是否会跌倒。

她很兴奋,脸似乎在发光。她在生活中害怕脸红——"脸的勃起,以及想被人看的欲望"——就像有人描述的那样,让她变得更加害羞。有时她不想出去,因为她看到的东西让她"很尴尬"。羞耻本来是更好的词。当她生气的时候,她的脸似乎在悸动,因为血液冲到面部。"一颗正在爆炸的草莓。"我这样说她,希望能帮得上忙。

现在轮到我了。她在我耳边小声说话,好像她认识我似的。

"你好。"她说,还有"请"和"是的,是的"。我默不作声,闻着其他男人在她身上的气味,想知道我闪烁的眼睫毛是否会让她认识我,她经常这样评论我。

在昏暗的灯光下,我能看到她脖子后头发里,一颗我以前没有注意到的痣,我吻了一下。不远处布希在唱梅维斯·斯泰普斯的一首歌:"我会带你去那儿……我带你去……"我差点就再次爱上她了,就像我想的那样:**一个比我更好的人会表明身份,把她抱起来,拿衣物遮盖她,将她带离这里,到一个更干净的地方**。我不确定爱一个成年人到底意味着什么,但看着她那熟悉的白色四肢,我知道我最喜欢的还是她。

我注意到布希不再弹奏了。亨利找到我的时候,我正要去酒吧。

"我一直在到处找你,"他焦急地扯着自己的胡子说,"布希不愿出来。"他指着残疾人厕所。"这里的保安可以迫使他出来,但他要是听到你的声音,就好办多了。"

我敲了敲门。"我能进来吗?"

"滚开!"

"我能和你谈谈音乐吗?"

有片刻的沉默。门开了,我走进这个亮着灯的封闭空间,布希在我们背后锁上门。水龙头开着,灯亮着。干燥剂卡住了,在这空间里听起来就像一台电动割草机。这里很闷热。也许我是喝醉了:布希的身体近乎畸形地扭曲。我打断了这个对着镜子赤身裸体的肮脏的俄耳甫斯,他手里拿着剃刀刀片,正在检查粗糙的鼻子。他眼珠圆睁,呆滞不动,在这奇怪的光线下,看上去似乎一只眼珠被埋在一个黄色插座里,另一只则被埋在可怕的蓝色插座里。

别误会我的意思。他把刀刃悬在鼻尖上,仿佛在寻找理想的地方下手。"我不会把它切掉。我只是要割掉一部分。我要把它修剪一下——这样它就不会老拉大便了。"

"你不能割鼻子。你会弄得到处是血。"

"不然我干吗要脱衣服呢?"他瞥了我一眼,敲了敲他的鼻子。"你认为这地儿下手这样?"

"这不是正确的地点,也不是正确的时间,你会犯错误的。"我说着,胳膊下夹着他的衣服来到他身后。

"走开!"他说。

"我憋不住了,朋友,我们一起上厕所吧,外面很多人在等着进来撒尿呢。"我伸出另一只手。"别让所有人失望,你已经让他们感兴趣了。"

他松手了,刀片掉进了我的手心。他接过衣服,开始穿起来。"你还没评价我今晚弹奏的音乐呢。"

"重量级。"

"我给他们弹奏我的拉丁乐曲。"他在镜子里审视自己,看着我。"你的假发乱了。"

"你能帮我整理一下吗?"

"乐意效劳,悠闲人士。你看起来很不错,伙计,完全表现出来了。我告诉过你,我在这里需要你。"

布希在我前面走出去,回到舞台上。亨利在外面等着,头上冒汗,我还以为他头上有一根血管子爆裂了呢。

我把刀片给他看,然后放进自己的口袋。"侥幸脱险。"亨利可以从我的脸上看出发生了什么坏事。"我需要喝一杯。天啊,亨利,有些人真的疯了。"

布希的第二次亮相的确比较平静,主要弹拉丁曲调,伴有一些粗犷的吟唱。音乐变得如此流畅和严肃,人们开始在他周围,在沙发和垫子上做爱。当他们交媾时,布希调整了时间和节奏。他后来告诉我说:"我是操他妈的插画家。我的节奏随着他们的节奏发生变化。然后我看到我可以影响他们操他妈的运动,让他们变着花样操。"

躺在沙发上的一对夫妇邀请我加入他们,我当仁不让。在这样一个世俗规范暂停的地方,每个人都彬彬有礼。

"他喜欢看。"她低声说。我正要去上那个女人,而男人却在一旁看着,懒洋洋地抚摸着他那松弛的小弟弟,微笑着,对我点头,好像我在帮他一个大忙似的。

布希开车送我们回来时,已经很晚了。亨利和米里亚姆在车子后部睡着了。我想洗个澡。

"谢谢你的曲子,布希。"我说。

"乐意效劳,"他回答,"享受它吧,先生。"为了感谢我,布希加演了罗伯特·约翰逊的《十字路口》。有一次在车里,他一直哼着这首曲子,我告诉他这是我最喜欢的歌曲之一。毕竟,俄狄浦斯是在三条路会合的地点——十字路口——杀死他那个恋童癖父亲,之后,他的妻子兼母亲伊俄卡斯忒说:"不再害怕和你的母亲睡觉,有多少男人在梦中与他们的母亲躺在一起!理性的人不会受到这种事的困扰。"布希认为,这个创世神话有点像肥皂剧,合乎他的口味。他回答说,罗伯特·约翰逊视力不好,据传他出卖了自己的灵魂给魔鬼，以换取才华。他在一个叫"三岔口"的酒吧里被一个嫉妒的丈夫毒死了。

现在布希说："人们不知道，使用约翰逊的指法弹奏那首歌有多困难。但我为你而学了这个，因为你帮了我。"

"再次感谢你，布希。"我说。

第三十七章

我接下来去米里亚姆家看足球比赛时,发现她正在洗东西。她没有转身,只是背对着我,说:"你一直在远远避着我。"

"我有新病人,还应邀去演讲。你知道,我真的喜欢自己的工作。"

"那又怎样?你不喜欢'爱晶'。你谁都告诉了,就是不告诉我。"

"我难道没戴那种时髦独特的假发吗?连你也承认我努力了。"

"你是在瞎掰,你称他们为滥交犯什么的,你那晚的表现可道貌岸然了,你自己心知肚明。"

"不单是我。"

"还有谁?"

我说:"亨利就像一个专横的父母,命令他的孩子们享受假期。

'你必须喜欢这个,否则有你受的!'"我补充说,"这让我想起,我们社会不合情理地信奉乐观主义,还有人们对抑郁症患者是何等的厌恶。"

她转身朝我泼水。"势利眼!你究竟对亨利说了什么?"

"我告诉他这不是真正的狂欢,真正的狂欢在别处。"

"在哪里?"

"巴格达。"我继续说,"让布希冷静下来,突然就成了我的工作,而你与一群女人坐在一起,讨论动物和文身,就像你在家里那样。男人和他们的小弟弟似乎并没有给你的孔洞注入多少活力。"

"我当时可能一直很安静,但我一直在注意观察,"她说,"有个戴面具的女人,亨利老是去找她。"

"她经常在那儿?"

米里亚姆耸了耸肩。"我不确定她是谁。人们脱掉衣服似乎都一个样,我在那儿戴着墨镜。"

我把猫举过头顶。"当然不一样。你是嫉妒了吗?"

"他操那些女人,但他总是到我里面来,这就是规则。他是我的,他非常清楚,否则我会把自己的名字文在他的屁股上。"她说,"贾马尔,我警告你,我今天心情不好,谁惹我谁倒霉。行了吧?顺便说一句,那只猫要尿在你身上了。"

我哈哈大笑,她阴沉地摇着头。我知道,由于米里亚姆和亨利最近为"现场"争吵,所以对她来说,谁蔑视"爱晶",就是和她过不去。

前些时候,我向凯伦提过"爱晶",结果凯伦和米里亚姆一起前去调查。她们身上裹的黏性塑料,铺开来足有一英亩大小,正如亨利所说,看上去与裹着保鲜膜的土豆没啥两样。她已决定制作三个电视节目,用她喜欢的八卦小报体语言讲述"英国郊区性爱现象的小肚腩——或者说啤酒肚",如此等等。她请米里亚姆出门共进午餐,并对此进行了讨论。

米里亚姆对这个既让她上电视、又还让她当顾问的构想激动不已。凯伦建议,米里亚姆将是说服潜在参与者参与该方案的合适人选。米里亚姆认为这是个"机会",这将使她像亨利的朋友那样,成为媒体界的"专业人士"。米里亚姆甚至说,凯伦正计划让我在节目中充当一名"心理专家"。"她承诺会给你报酬。"米里亚姆补充道。

"你觉得怎么样?"

"凯伦心情愉快吗?"

"哦,是的。我看到她时,她正准备和美国电视制片人约会。我还就她的打扮给了她很好的建议。"

可当米里亚姆把凯伦的主张提交给亨利,以为他们可以一起做时,他毫不犹豫地抨击凯伦和她的同党,并就"隐私的终结"问题发表了一番激烈的长篇大论。他说如果每个人都能成为名人,并且没有名人能控制他们在外界的形象,那么就无所谓英雄或恶棍了:我们生活在一个疯狂的民主国家,到处是受害者和裸露癖,媒体成了一个畸形秀。

"还有其他选择吗?"米里亚姆恼怒地问道。

亨利认为,这种个体间的亲密行为,针对个体的特写,一直是小说和戏剧的特权。直到最近,我们还是通过诸如易卜生、普鲁斯特这样的艺术家的想象力和智慧来研究他者。现在,谁都在曝光一切,但没人理解得了。上电视被人直勾勾地盯着看,不会给他带来快乐,也不会为公众提供哪怕一瓦特的照明。

亨利的大部分话都被米里亚姆定性为"过度聪明的胡说八道",不过她明白,亨利认为她渴望参加该电视节目是庸俗和愚蠢的想法。这不是她想单独做的事,而他又不愿参与。

"我从没有这样与他意见分歧过,"她说,"所有的事我们都一起做。直到他宣布他是个超级精英,他高高在上,没办法与我这头泥沟里的猪同流合污。有一天他说:'米里亚姆,你怎么能活到这把年纪,学到的东西却如此之少呢?'"

"你怎么回答的?"

"我他妈的没有时间!我生养过五个孩子,我做过的人流比你参加的纵欲狂欢聚会次数还要多!当你在剧院里的时候,我在一家精神病院里!"

"这不是借口,"亨利不知死活地回答,"西尔维亚·普拉斯也那样过啊。"

我说:"亨利是让一些人感到无知。但他无意那样对你。"

奇怪的是,尽管亨利瞧不起电视,但在"爱晶"那晚后,倒没有太高高在上,他把布希当作他的"客户",尝试为他安排另一场演出。"我本该当个皮条客,"亨利告诉我,"那对艺术家而言是完美工作。连威廉·福克纳也这样想。因为做不了,所以当经纪人。"

"看在上帝的分上,亨利,"我说,"你在做什么?"

亨利告诉我,在"爱晶"演唱会之后,布希已经收到数场私人派对的演出邀请,亨利正在着手处理。亨利说,奇怪的是,搞"管理"的有趣程度并不亚于他所做的任何事。但他问我:"你觉得布希的心理健康会持续吗?"

"你是问我,他的情况是否有可能像伊迪丝·琵雅芙的最后日子那样?或者,你自己会不会有可能在生命尽头被关进一间锁着的笼子里,赤裸裸地尖叫?"

"那就是我在想的。但他让我做这些事,不是我逼他的。这事都怪你,是你给了他信心。"

我的猜测是,亨利因为退休而变得无聊。他和米里亚姆一起生活了一年多的时间。为了陪这位新欢,他花了很多时间坐在她家的房子里,聊天,做饭,在"锡恩之家"公园或河边遛狗散步。有一天晚上,他全力以赴,干起花园的活儿,挖地,拔杂草,种植花儿。他的新嗜好是暴露身体,干活时他只戴了双手套,穿着平角短裤和惠灵顿靴。

当然,亨利对自己所做的任何事都会着迷。对他来说,不管是在花园里挖掘,还是在布拉格指导《哈姆雷特》,这一切都是工作,只不过在花园干活不会在报上挨骂。"但你也不会得到国际认可。"我指出。

此刻,米里亚姆过来挽着我的胳膊,陪我在沙发上观看比赛。我告诉她,亨利对布希的职业生涯的迷恋是因为他一直对表演感兴趣。一旦他耗尽了对性欲"场景"的兴趣——在我看来,这要不了多久——他只会对"爱晶"赋予他的形象、隐喻和思想感兴趣。

我说,"我看到亨利观察'爱晶'系列活动的情形,他俨然一副导演的面孔。他把十个指尖按在一起,极为专注地审视着指尖。"我给她打了个手势。"我敢打赌,他所看到的很多东西最终都会出现在他制作的《唐·璜》中,尽管这不是他的计划。布希将是他的

'莱波雷洛'。他妈的艺术家,他们就做这种事。"

亨利还与布希搞了个交易。亨利帮布希打造职业生涯,作为交换条件,布希则要清理米里亚姆家花园尽头的那间小屋,并重建一间。这就是亨利打算干活的地方。他突然想成为一名雕塑家,为了证明这一点,他决定至少卖掉他的一件作品。这个新方向,是我带亨利和米里亚姆与比莉和妈妈共进午餐之后,他突发奇想而来的。

这两个妇女不再想在皇家学院吃午饭,因为她们觉得那里太"老妇人"了,所以我们去了一个她们在《独立报》上看到的地方,在波托贝洛路的尽头,离旅行书店不远。比莉和妈妈喜欢附近的一个市场,此地在工作日人流不多,可能价格昂贵,但她俩没兴趣节省资金。花钱似乎已经成为她们存在的证明。

午饭后,亨利突发奇想,他认为自己若认真地用黏土做雕塑,倒是个不错的主意。一旦他们正在建造的工作室准备就绪,就让比莉给他上课。

午餐期间及午餐后,亨利、妈妈和比莉一直在讨论他们最喜欢的雕塑家,米里亚姆在一边发短信——尽管她刚来时就受挫了,但一直忍着没发火。抵达后,她展示最新的文身——脚上的一只小鸽子,但没能创造出她预期的兴趣。事实上,比莉说:"显然,弗雷德里克·永贝里——他被那些不了解的人奉为阿森纳队之神——就是被文身毒害了。""给他文身的一定不是艺术家迈克。"米里亚姆说。"他在哪里?"比莉问。"豪恩斯洛。"米里亚姆回答。

母亲面露微笑,凝视着比莉,她很多时候都是如此。她原有的那份阴郁情绪慢慢消失了,或者说自行脱落了,而她身上新出现的光明的一面，则表现为独立自主，只关注自身，对当前任何与她无关的东西，都置之不理。

这不可能是个巧合。几天后，当布希开始搭建雕塑工作室时，米里亚姆决定，亨利必须与她结婚。这话她以前说过，但现在她开始坚持说，除非她手指套上新戒指，否则她无法相信他爱她。

米里亚姆这种唠唠叨叨、自以为是的脾气我忍受了多年，从没喜欢过她这一点。但亨利则认真对待，因为他必须如此。他俩一周至少两次在一起过夜，无论是在他的住处还是她家。但她还把孩子放在家里，至少有些时候是这样。所以，就算他们想结婚，也不可能住在一起。虽然亨利不可能认可，同时也认为结婚是无限的倒退，但她需要他证明他的承诺，特别是现在，他经常花几个小时给丽莎和瓦莱莉打电话。

就亨利而言，他不想与**任何人**结婚。"上帝啊，我不想**再**回头了，除非有一个很好的理由，比如避税。"但米里亚姆把这解释为拒绝。不仅如此，从她的角度来看，他还是和瓦莱莉保持婚姻，还是认为那是他的"主要"妻子。

我看完足球准备离开时，米里亚姆过来找我。"弟弟，你得为我跟他谈谈。我感到自己快要疯狂了。前两天夜里，我手里拿着一把刀片，准备再开始割腕。帮帮我，弟弟！"

第二天我和亨利一起吃午饭。当他最终出现时，我对他说："你的头发无处不在，你没刮胡子，T恤上有口水。你看上去有点狂躁，伙计，我姐姐还想嫁给你呢。"

"兄弟,你要是我现在这情形,你会发疯的,"他说,"我想我需要一打牡蛎。你不想要些吗?"

"我确实想要,"我说,"那只名手有消息吗?"他从酒单上抬起头,摘下眼镜。"贾马尔,我知道米里亚姆那张嘴,但我会继续督促大家闭口不提。我不希望这个故事传遍城里——或者出现在报纸上。"他接着说,"这事儿**很**滑稽,只是这东西值很多钱。"

"一只手?难道是上帝之手吗?"

他说,"他妈的这是**安格尔**的作品啊。那张素描是一位女性的侧面形象,用棕色蜡笔画的。瓦莱莉的房间塞满了艺术作品,我讨厌去那里。她父亲是个收藏家,有钱的富翁对这种事漫不经心。"

"我猜丽莎还留着这幅画。"

"那她想干吗?"

"那幅画没有保险,她不能卖。只有罪犯才会买它,比起家人,她更喜欢罪犯。愚蠢的是,瓦莱莉就像生活在云里雾里,只关注自己,甚至东西不见了她都没注意到。丽莎一定是坐在她的蜗居里,等着她妈妈大发雷霆。"

"丽莎怒冲冲地走来走去,戳一下画作的空白处,表达抗议。现在丽莎得到很多的关注,瓦莱莉也是这样,她让我与她共进午餐。然后她就开始了。"亨利喜欢模仿她那六十年代女播音员式的尖利的英国腔调:"'全能的基督,亨利,我们要撕毁这里的名作?这就是我们与文化的关系吗?我是泰特现代美术馆的董事!他们让我在干草节上帮忙!我他妈的在帮国家拯救各种艺术,在这个肮脏的时代为保持文化的活力而奋斗,可我们自己的女儿却干出这种事!这事要是上了报纸,我们的形象就会像傻瓜。'如此等等,你觉得我能有机会说什么吗?"

"她要你做什么?"

他向我俯过身来。"瓦莱莉确实有个主意。别尖叫——这与你有关系。"

亨利这人,我知道,他很聪明地把他的问题丢给别人,这样他就不必考虑那些不愉快的话题了。这是对瓦莱莉的一个相当大的妥协,因为在许多场合,他还需要她。

他说:"你知道她尊重你,伙计。"

她认为我是个浑蛋、冒牌货。我的社会赞誉平平。我已经有很久没受到得到好评,连评论都没有。

"你总是这样无所事事。你干吗不发表点文章呢?"

"那**你**呢?"

他继续说:"但瓦莱莉至少现在很尊重你,因为丽莎会听你的。我女儿对你的书很有兴趣,不知怎么,她还在书的某些内容下面划线,并且知道什么是**精神发泄疗法**和**精神专注**。我不是要求你的帮助,我只是说那个泼妇在纽约有个阁楼,你可以住那里。在你说'不'之前,先考虑一下西村吧。你知道你喜欢那里的小书店和咖啡馆。"

"我试图照顾你女儿的心理健康,用来交换我在纽约的免费住宿?"

"就像只有我自己有女人问题似的。你知道我在'爱晶'时一直看着你。"

"你看到我在观察自己的前妻。你有何高见?"

他说:"我在想,见到那种场景对人的头脑会有什么影响。我只希望你还在与阿吉达见面。"

我告诉亨利,我上次去约瑟芬那里看拉菲时,在厨房里抚摸过约瑟芬的头发。不仅因为我想要,或者因为她头痛,而是因为我想寻找在"爱晶"时见到的那颗痣。当然我找不到它。然后我意识到自己看错了地方。但当时真的是她吗?当时真的是我吗?

亨利碰了下我的手。"老伙计,我知道她让你痛苦,但你尽量帮帮我女儿,我要是不把那幅画拿回来,或者如果它被损坏了,我会很伤心的。"

不久之后,我和亨利说再见——他会在酒吧继续待着,看报纸,喝光瓶里的酒——这时瓦莱莉来电话了。

她急于邀请我去吃晚饭,当然想跟我谈谈丽莎和那只手的事情。我能听她说的一些话,但拒绝了派对——她聚集了一大批有名的美国电影代理人,据我怀疑,她会利用这个机会,让我进入她的某个"小房间",然后在那里接着大谈丽莎。

现在她对我说:"当然,对于丽莎,没有任何理由像你通常做的那样,把整个过去都爬梳一遍。没有时间去废话了。这是一个紧急情况,因为她从我们身边溜走,完全失去了理智。"

我对瓦莱莉说,我会考虑她的请求去帮助丽莎——帮她**什么**呢?——又补充说,我不觉得我个人能做多少,倒不是说我相信,即便我拒绝,这个家庭也不在乎。

但我并没有预料到,事情很快就有了眉目。

第三十八章

门铃响了。

那天晚上,我最后一个病人走了,我正准备与阿吉达一起吃饭。她早些时候打来电话,说自己晚上有空,问我能否与她一起去迪恩街的红色堡垒。此时我打开手机,看到她发来的短信,说她累了,要上床睡觉了。我很失望:难道她没有像我对她那样,多年不知疲倦地梦想和思念对方吗?现在,可能是为了回应我的胆怯,她几乎不能为我下床。

我欲火中烧,坐立不安,正想着去拜访女神。随后又想,也许我可以去找亨利和布希。至少,我想瞧瞧布希能否在没有我的情况下表演。

所以我以为可能是沃尔夫在门口。但是,丽莎站在那里,扶着自行车,面带微笑,这对她而言可是头一回这样。

"准备好了吗?"

"我是在等你吗?"

她耸了耸肩,继续在她潮湿的羊毛帽下微笑。尽管下雨了,但除了散步,我还没打算干别的。我不想请她进来,因为,她肯定想一直待到星期二。我抓住了大衣,出门了。

"你来骑,"她边说边把自行车推向我,"我们要走很长的路。"我骑了部分路程。这自行车又大又重,尤其是她坐在后座时,更是如此。笨拙的车子驮着两个人颠簸着骑过富勒姆宫道。剩下的路是我骑车,她跑步跟在后面。

"去哪里?"

"某个安静的地方,"她说,"你会喜欢的。"

在主教公园旁,我们来到一个锁着的门前,打开门后,来到一个像是田野的地方。只有一两个棚屋里透着灯光,剩下的就是一片黑暗,这种黑暗在伦敦很少见到。"来吧。"我的导游说。

到了这一步,我还能干什么呢?只能跟着她,试图避开水坑。简直看不到任何希望。我的脚陷进泥里,我心爱的绿色保罗·史密斯平底便鞋,都进了水,那双鞋还是在一次促销中买的。我很恼火,但此刻停步不前或者抱怨,又有什么意义呢?

在河边不远处,这块园地的尽头,我们来到一间棚屋,她用手电筒照路,把我领了进来,然后点燃了几支蜡烛。我们坐在木箱上,她卷起一根烟。我注意到墙上钉着一张她父亲的旧照片,那是她从报纸上撕下来的。水滴落在我们的头上。

"我喜欢坐在这里,"她说,"沉思冥想。但现在很潮湿。"她安静了一会儿。"我拿安格尔的画作这件事,你怎么看待?"

"这是你的遗产。今天拿还是以后拿有什么区别?"我拿起蜡烛,仔细看架子上的东西。

"这更有趣,这些东西是什么?"

"全是些我从河泥里捡到的物件,都清洁过了。"

架子上有被压得变形的可乐罐、陶器碎片、生锈的钥匙、玻璃、一只塞满泥土的塑料瓶、淋浴喷头,还有一截金属管。有些已被清理,有些碎片还裹着灰泥。这些破碎的碎片有某种怪异的、不可抗拒的力量,让你想更仔细地看他们,想知道他们的出处。

"我对此印象深刻。"

"谁都可以做到这一点。你只需要一只水桶和一把牙刷,哦,还有一条河。"这里还有一堆书:普拉斯、塞克斯顿、奥兹、里奇。"你一直在读书。"不知怎么,我想起父亲在巴基斯坦办起的图书馆,想知道现在是否有人用过。

她说:"这事我父母还不知道呢。要是知道,会激动得要命。"

"你也在写作。"

我看着一本拍纸簿,上面有斜斜的字体。

"别外传。你明白我不想让他们知道的原因吗?"

"你的秘密是你与父母多么相似,"我说,"但你有权保护隐私。就像他们有各自的隐私那样。你看了你父亲报上的文章吗?"

她稍微点了点头。"你觉得如何?"

上周末,亨利给布莱尔写了封公开信,他说要退出六十年代就加入的工党,因为该党变得独裁、腐败,没有代表性。除了令人震惊的谎言外,对伊拉克问题的辩论也不够充分。党内不鼓励异议,忙着电视作秀而不是重新分配财富和权力。布莱尔除了制定最低工资和提议延长酒馆开放时间外,还有什么成就?对于亨利来说,工党以及包括公司在内的其他组织都转向搞个人崇拜,不仅宣称要你的忠诚,还有剥夺你的内在自由。

亨利把文章拿过来,跟我讨论。这是强烈的论辩性写作,是在愤怒中写就的,瓦莱莉的一位朋友是一家自由派周报编辑,他用这家报纸的半个版面刊载了这篇文章。让亨利吃惊的是,有很多朋友和同事打电话来,称他们多么赞赏他的立场和他所说的话。

这件文章发表后,他被请到英国广播公司的《新闻之夜》节目接受访谈。他在电台上讲话,再次写文章在报上发表。他有很多话要说,发现人们认为他睿智,善于雄辩。他曾经教过书,但在公共场合他并没有太多谈论政治,甚至戏剧,因为他害怕自己会发脾气,讲一些冒犯别人的话,或者是疯话。我告诉他,他受到尊重,因为他不是那些廉价写作的雇用写手或无耻的政治家。尽管我讨厌说"知识分子"这个词,因为该词因为浮夸和蔑视已经变得一文不值,但亨利就是一个"知识分子",并且做了他们应该做的事情。

我对丽莎说:"很多人钦佩你父亲。好比我们在战争中,他是用他的话语来反抗。"

"很好,他告诉大家他反对战争。多么勇敢。他要离开一个他本来就不该加入的党,"她语速很快,"但他为什么不实际支持伊拉克的抵抗者,还有世界各地的扔炸弹者和抵抗者?为什么不接受斗争正在转向英国本土的想法?每个人都说——连政府都说——战争的报应就要来了,我们将在伦敦得到报应。布莱尔的所作所为,已经让他自己和我们都受到惩罚。连你们的一位政治家罗宾·库克也表示,我们最好的建议是给巴勒斯坦带去和平,而不是在伊拉克打仗。"

"爸爸为什么不说,我们的腐败和物质主义已经如此地颓废堕落,就要到来的一切全是我们自食其果?"她摇摇头,仿佛要让愤怒的大脑清醒一下。最后她说:"我厌倦了这些自己非说不可的话。你干吗不告诉我,你这阵子在做什么呢?"

"我正在写东西,有几个月了。"我说,"是关于一个女孩的,但还没有结果,你知道的。"她似乎在点头。"后来,我发现了一个主题。它浮现在我脑中,或者说它一直都在那里。是关于负罪感的。"

"是吗?"

"关于负罪感的观念,它是怎么起作用的,或者说,它干了什么。希腊人啊,陀思妥耶夫斯基啊,弗洛伊德啊,尼采啊,都涉足过这个主题。尼采写道:'没有残酷就没有盛宴。'负罪感、责任和良心。所有重要的东西。"

"为什么是这样的主题?你脑子里老是在想这个吗?"

"嗯,是的。很难逃脱。此外,我跟我儿子吵架了。"

我告诉她,上个星期天,拉菲不情愿地来与我共度这一天。我们听着音乐,我躺在沙发上看报纸,拉菲在地板上,坐在我的脚下。他一直绷着脸坐在那里,摆弄着他那亮着灯的机器。

偶尔,他会戳我一指头,或者要是我幸运的话,两个指头。从我身边走过时,他喜欢推我一把,并假装那是个意外。我是这样吗?可能吧。米里亚姆肯定是。做一个好父母意味着要忍耐,忍耐到一定程度。

现在他开始使劲捏我了,我要么无视他,要么给他太多的关注。我好几次告诉他停下来,但他正在享受它,咯咯傻笑着。"你受不了吧,嗯?"他说,"软弱的男人。我再也不来了,你连'天空'都没有。我们还得去酒吧或你姐姐家看足球赛。你这儿太垃圾了。你就不能找个女朋友吗?"

我抬起脚来,狠狠地踢了他脑门一脚。他没有马上吭声,只是低下头。他抬头看着我,棕色的眼睛写满了不理解,好像他遭受了最可悲的背叛。"我的头麻木了,"他说着,起身尖叫,"我感觉不到我的头了!"

他跑过去把自己锁在浴室里。他受伤了,但还不足以忘记他的手机。他给他母亲打了很多次电话。当我把他从那里弄出来的时候,他一天中剩下的时间都躲在一个橱柜里,我不得不站在外面,乞求他出来,咕哝着,"你这个小浑蛋,多年来我放弃了自己的性欲与你在一起,对我好一些!现在!"

最后,我索性就让他在那里面待着,转身又看起报纸。那天晚上,当他回家的时候,我看到他在柜子里撒尿。他告诉约瑟芬我朝他的头部跺了一脚,想杀死他。

我打电话给约瑟芬,向她道歉并解释,预料要被揍一顿。我告诉她,这个男孩已学会父亲在被逼的情况下能做的事儿,也学会自己在被逼的情况下可能会变成什么样的恶魔。他寻找我的底线,并找到了。我说我很惭愧,同时也是在为自己辩护。她很同情。自从她开始工作以后——她确信是这个原因——他曾多次袭击她,拉她的头发,吓唬她。其他时候,他跑到街上,一个小时不回来,让她受惊吓。他现在变得越来越难管教,我们不得不站在同一条战线上。如果她和我再次交谈——我确信我们想要交谈——他必须是那个管道,我们只能通过他来相爱。

这种团结让我感到欣慰。我因伤害他而失眠。但他有一个很强的自我。他没有记恨这事儿,他对这个世界太感兴趣了。我下次见他时,他正在努力学习玩自己的电吉他,我不得不为他调音。他还希望我能听到他喜欢的新音乐。他通过电脑播放,同时还扫过我几眼,估摸我是否认可。

丽莎说:"而我呢——还在与我父亲争吵。"

我说:"丽莎,你为什么不朗诵点啥,让我打起精神?"

"你确定吗?"

"我想听这首诗。你他妈的在雨中拖了我走这么多的路,你不妨为我干点什么吧。"

她吐出烟头,在地板上碾碎,开始朗诵,既毫无热情,也没有抑扬顿挫,只看到她的脸抽搐着,舌头轻弹着。大约十分钟后,她停了下来。

我感谢她说:"你以前没发表过作品吗?我好像记得你说你发表过。"

我似乎回想起来,在牛津,她读英国文学,写过一篇关于"疯狂与女性诗歌"的论文。

"是的,学生论文,无人问津。"

我说:"你想让我把这些诗歌给相关的人看看吗?"

"假设他们会发表吗?我可不当艺术家。"

"你可能已经是个艺术家了。"

"我父母很势利。无时无刻都有所谓的艺术家来家里。我不要这种方式,就像条虫子似的,摇尾乞怜赢得我父母的钟爱。"

"难道爱你一定是件很困难的事吗?"

"为什么不呢？他们甚至不想让我当社工。当我成了一个他们不感兴趣的人后，他们就再也没问过我的情况。"

我说："可以使用笔名。"

"谈我的事儿？"

"我不是那个意思，但这是一个很好的想法。"

我叹了口气，站起身来。"我要走了。"

"对不起，"她说，"我对你要求太多了。我对你的想法很感兴趣。我找不到能倾诉的人。我梦想大海。一遍又一遍地梦想。"

"你想要一个孩子吗？"

"讨厌！你这个笨蛋，我希望不是。你已经过头了。"

我哈哈大笑。可以看出，她想吻我，我就让她吻了。这个陌生人站在我面前，将舌头放进我嘴巴的前部，我品尝着她。当她的身体抵上我的身体，我伸手去找她的乳房。我想着我是否可以回应，是否生出了某种情愫。她滑下我的身体，给我慰藉，认为这是给我遭到厄运的鞋子一份补偿。

她说："我不认为这首诗对你来说足够了。我们两个都寂寞，睡在这里，你可以闻到河流的味道，听到雨的声音。"

"今晚不行。"

她站起身。"我对你而言不够年轻，也不够漂亮。"

"反之亦然。"

她把写东西的本子放在一个大塑料袋子里，递给了我。我打开门时，她说："把这个也带上。"我猜想是那只手，裹着几层报纸，还在它的框架里。我把它塞到袋子的侧面。

雨就像钉子一样落下。污泥变厚。丽莎的棚屋是唯一有亮光的地点,这是一个荒凉的地方。我想知道这个包是否有漏洞,从而让雨水毁掉了那只手。

我的脚上沾满了泥巴,裤腿到膝盖的部分全都浸湿了,我在黑暗中艰苦跋涉,穿过一片被水淹的园地,手里还提着一只装有一幅名画和一些诗歌的特易购塑料袋。就在这一夜,亨利陪同布希参加他的第二次演出。那是个私人聚会,是一个有钱人召一帮妓女招待生意伙伴。亨利一直害怕布希会玩太多的"疯狂的东西",他肯定去之前就警告过他不要那样干。

布希想在没我帮助的情况下进行这项演出,不过他们建议我还是参加。早些时候,我考虑过打的过去喝一杯,但我这模样就像个从水里捞出来的浑蛋。我走回家时,已经筋疲力尽。

我夜里两点醒了。三点钟时我解开那只手,看着它,在房间里这儿放放,那儿放放,画作不大,约十四乘十六英寸,呈现在灰色纸上,发着智慧的光辉,温柔而美丽。安格尔没有浪费他的时间。我把它放在壁炉架上,旁边是妓女送的圣诞贺卡。

睡觉之前,我检查了一下手机,上面是布希发给我一条奇怪的留言,说"信息已到",但他这晚本该有更好的事要干的。

第二天早上,沃尔夫来拿他洗好的衣物。他用我的洗衣机洗东西,在我这儿进进出出,就好像我们是亲密的朋友似的。我本该阻止,但我以为他不会再来。他说他不喜欢拜访我,因为你一进入客厅,就在真人大小的长镜子里看到自己,感觉就像看到自己在棺材里似的。

差不多到午餐时间,当时我忙着一个特别棘手的病例——一个女人喜欢在自己身上打孔,就像《搏击俱乐部》中的那个人一样,我意识到那只手不见了。

沃尔夫当然对这类东西有些直觉。他会知道那是一幅很好的画,有多好,我不确定。我打电话给他,想知道他是否打算很快归还。

即使我把电话放下时,他还在电话那端幸灾乐祸地咯咯笑。

第三十九章

我本来想打电话给亨利,告诉他,我替他找到了那只手。他将会如释重负,我们将一如既往地继续我们的友谊。现在我有责任解释,我确实找回了这幅画,并在瓦莱莉的要求下花了一些时间帮助他的女儿,只是中间出了差错。

我解释说:"这只手被一个精神病患者从我的公寓里拿走了。"

"拿走了?你说拿走了?"

"是的。很抱歉,伙计。"

"拿走的人没有恶意?"

"也许吧。我怎么会知道?疯子会解释他们的长期意图吗?"

"看在上帝的分上,哪个疯子?"他开始大叫,"是谁?"

"这是秘密。"

"你是认真的吗?你告诉我,有个疯子在伦敦乱跑,把我老婆最好的东西塞进他的背包里?"

"没错。"

"你就任由这事发生？这是你的反抗——你对我的仇恨吗？你最终反戈一击？"

"那只手肯定断了。"

"她会回来吗？"

"谁知道呢？正如列宁说的那样，"我补充道，"进一步，退两步。"

电话的另一头噪音太大，我挂掉了电话。

我结束当天的工作后，亨利来了。我们经常争论，生闷气，激烈辩论，其中大部分是我们乐于这样，但不是全部。我俩喜欢吵闹，但从没翻过脸。现在我不想再听到一句关于那只手的事情。

我一定是带着猜疑与好战的姿态走到门口，因为他把手放在我肩上，很快地说："别担心，冷静点，我不会提起的。在一张纸上有比铅笔标记更重要的东西。"

我们漫步走过繁忙的酒馆，喝酒的人坐在外面享受阳光。我们向巴恩斯桥走去，然后沿着通往哈默斯密大桥的路往回走。河的对岸是一个废弃的鸟类保护区，高高的堤岸上有一条长凳。我们在那里坐了一会儿。

"我想见你。本来昨晚就该加入你们，"我说，"要不是和你的家人打交道的话。"

"我很感激，"他说，"昨晚很有趣，早些时候发生一点恐慌。办派对的那个家伙打电话来取消派对，因为没有足够的姑娘。但在代理业务中，我可以帮上忙。"

"你？"

"布希到十字键叫来三个东欧脱衣舞女,她们乐意多赚钱。可你知道吗?她们由一个经理陪同,那人叫沃尔夫。"

"大坏蛋?"

"你认识他。沃尔夫整晚都在,他觉得由他管理的人员需要安全。他对派对进行的方式非常满意。"

"什么方式?"

"他的公文包里装满了毒品'查理',有很多人服用。姑娘们和男人们很快就在毒品风暴中迷失了自我。如果我没有在三点左右叫停这一切,我想我们还是会在那里的。"

"布希怎么样?"

"他不相信自己能在没有你在场的情况下演奏。我不得不告诉他,他是在给我帮忙,他是工作人员,而不是一个明星。这样说似乎奏效了。"

"但他在鼻子上贴了一块白色膏药,原因他也不说,这使他像《唐人街》里的杰克·尼科尔森那样。有一次,他的脸变红,眼睛开始颤抖。我不认为有人会注意到,直到他开始闭上一只眼睛,让另一只眼睛鼓起来。其中一个姑娘因为换气过度,不得不被带出来,还打了耳光,只是她当晚等于报废了。"亨利继续说,"沃尔夫就算不是你最老的朋友,也是其中之一,可我从来没有见过他。"

"他说什么了?"

"随着夜深,他告诉我关于瓦伦丁、阿吉达和她父亲的工厂的事。我忘了你也参与其中了。我记得当时在报上看到过这事。我说,沃尔夫相当痴迷于你,是不是?他想和我见面,多谈谈,可以吗?"

"不!"

"我听说过那起尚未破案的谋杀事件,还有他整个三年在叙利亚监狱的事儿。不要担心,我们都不干净。"

亨利喝完了酒,他要去米里亚姆家。她家一只狗病了,她需要他。米里亚姆独自一人在家的时间比她愿意承认的要多。孩子们都十几岁了,都是哪儿好就去哪儿,经常与朋友一起玩。其中一个更可爱的男孩,离家出走,甚至跑到郊区与母亲和比莉住在一起。

我见米里亚姆的次数很多,特别是她有一套天空体育的足球录像,而我还没腾出时间去租的时候。但我永远不会与她睡在同一个屋顶下。她仍然有能力干那些"疯狂"的事儿:尖叫,在地板上打滚,打墙。有时,在她的房子里,我仍能觉得好像被人抛出去,飞速旋转着穿过镜子,回到自己的童年。

我确实想陪同亨利一起去,但布希早先给我打来电话。"我收到了消息,"他重复道,"我在等你。"我想知道在沃尔夫的工作场所讨论这个问题是否合适。但布希并不关心,他同时还要在那里做生意。

亨利和我分手了。我走到哈默史密斯汽车站,在购物中心里坐了一辆公交车。车子缓缓行驶,特别是沿阿克斯布里奇路时更是这样。这车子又矮又长,车厢里特别嘈杂,孩子们在手机上播放音乐。里面散发着臭味,每个国家似乎都有代表在里面。我想知道,能否有人只是根据车内的乘客,辨认出这是哪个城市。

布希坐在位于角落的一个桌子旁边,鼻子上没有包扎。沃尔夫今晚在酒吧的另一头干活。老泼妇给我送来一杯伏特加。她想坐下来,但我告诉她,布希与我正在会谈。我说:"我听说,你和沃尔夫春宵一度嘛。"

"医生,你没说错,"布希说,"那个男人不安分。"布希把椅子靠近我,低声说道。两个老家伙在一家酒吧里谈话。

我问:"你指的是什么消息?"

他朝周围扫了一眼,然后看着我。"你不晓得吗?我一直在为你做研究。听好!"

布希告诉我,十字键的歇业时间仍然是夜间十点半。它在正午开业,总是很忙,特别是在傍晚时分,但它歇业时间早于当地别的酒馆。尽管如同当地其他的灰色企业——出租车办公室、色情商店、艳舞俱乐部——那样,老泼妇也付钱给当地警察,但在晚上歇业后,不想有不守法的行为发生,以免引起不必要的关注。于是,在酒吧夜间歇业后,会有一个非洲人开车送沃尔夫去"西边"。

我从布希那里得知,沃尔夫曾在索霍一家名叫"萨多里"的时尚俱乐部当门卫。作为一个天生的皮条客,他在十天之内就迅速发现,这活儿有利可图,主要是门卫可以收到那些嘈杂的摄影师给的小费。那些摄影师整晚在西伦敦从这家夜总会奔波到那家俱乐部,只是为了拍到合适的画面赚取最多的钱。摄影师需要知道谁在这家俱乐部——是足球运动员、肥皂剧明星、流行歌手,还是电影演员,他们出名的代价就是必须透明地生活——还需要知道服用过量可卡因,还是喝醉酒,或者交媾,或者三种情况都有。

这些信息通过俱乐部的生态系统迅速传递,从浴室服务员开始——这些非洲人晚上的工作就是清理厕所,给名人提供毛巾,清理他们的粪便,拿一些微薄的小费。他们近似隐形人,但很清楚谁在吸烟还是吸食什么。在地面上,酒吧的员工、保安和管理人员都是这个合伙人链条的一部分:每一次饮酒,每一次路过,或者每瞥上一眼都有无数双不受注意的眼睛在密切监视。沃尔夫和他的朋友们也可以进入俱乐部的视频监控系统,把里面恰当的磁带卖给恰当的网络贩子。

我说:"我听到这些并不感到惊讶,布希。我认为这对我们的朋友来说是好事儿,可以让他忙着赚钱谋生啊。"

"但是你知道吗?他拉皮条拉大了。他特别狡猾。西部有个有钱的印度鸟,他下班后,就直奔那儿。她在索霍一个安静的街道上有栋漂亮的房子。这个女的你自己也认识,贾马尔?"他戳了一下我的胳膊。"对不对?"

"对,对,阿吉达。"

"就是这个名字,我想,你以前说过的。"

"这事你肯定吗?"

布希轻拍自己的鼻子。"所有消息都绕不开十字键这条线。外面的司机会闲聊,里面所有的姑娘都会八卦。不过,是我把所有的零碎消息都凑在一起,就像你给人释梦那样。"

"但是布希,我感到困惑,也很恼火。你前面不是告诉我,沃尔夫已开始和老泼妇打得火热吗?"

"瞧她那模样!哪能长久啊,你明白原因。老泼妇猜沃尔夫去找别人了。她不喜欢,但她不想失去他。他能修电器,修管道,还能干油漆工,所有活儿都能干。你知道,我为米里亚姆干活,而不是她。我们才是一家人。老泼妇不是我的老板。我只是给她帮忙而已。"

"沃尔夫和这个女孩有什么传言吗?"

"他在冒险。"

"在哪方面?"

"如果他想与酒吧签合同之类,想与老泼妇珍妮平起平坐,他就不该惹恼她,与其他女人乱搞。"

所以沃尔夫曾想接管十字键。事实上,他已经开始在楼上的房间工作了,老泼妇热衷于出租这些房间供私人使用。但谣言似乎是不可避免的,据谣传,十字键将被出售,改装成一家新酒吧,专门卖罗勒调味饭和瓶口塞满柠檬切片的西班牙瓶装啤酒。这是普通街头酒吧的结束,当然也是那些粗糙和便宜场所的结束。十字键似乎并不是那种可以存活下来的酒吧,伦敦正在大肆装修,也许这个城市将被更名为"特易购"城。

我说:"沃尔夫太不理智了。要是老泼妇拒绝让他经营这个地方,或者把他赶出去,他会疯掉的。他现在就很悬。"

他说:"医生,别误会,但你有没有想过,你可能才是疯狂的那个?是偏执狂什么的?"

"我不知道。"

"沃尔夫至少放下了。很抱歉告诉你,他们搞了很多次,他告诉这里的姑娘们,他要冷静下来。"

"是吗?这于事无补,可能会更糟。疯子出院的理由是因为他们冷静下来了。但一周后,他们会坐在一盘烤过的卵蛋前。"

"你是这方面的医生嘛。"他漫不经心地说,让我想知道自己究竟是不是医生。

"关于阿吉达,我应该猜到,"我说,"也许我潜意识里已经猜到。现在我只能担心,他会告诉她什么。"

"关于你那桩肮脏的罪行?"

"我那桩肮脏的罪行,没错。"

"它是不是老在你脑袋里转个不停?"

"有时候是这样。"

"我讨厌这样。"他说。

我注意到布希在镜中看着他的鼻子,抚摸着它。我感谢他提供的信息,然后去了姑娘们工作的吧台旁边。

我在沃尔夫那里点了一杯酒,说:"沃尔夫,行行好,我需要那幅画。你从我这儿偷的,我是你的老朋友啊。你怎么能这样对我呢?你怎么是这种人呢?"

"别大声嚷嚷,我不是贼,"他隔着吧台侧过身来对我说,"只是借一下,抵销其他付款。"

"你可真够意思,"我说,"我为你安排了所有这一切。这样的回报还不够吗?"

"一份酒吧里的工作?"他那样子似乎想朝我吐口水,"你就像吸烟一样吸掉我一生,直到最后成了灰烬。"

我差点就要走出酒吧的门时,转身溜进标有"闲人止步"的门,跑进沃尔夫的房间。房间里他的角落很整洁,他禀性如此:他的夹克和长裤挂在衣架上,衬衫按颜色分门别类,剃须刀放在水槽上方的架子上。房间的其余地方则是破家具、破窗帘和纸板箱,乱七八糟一堆东西,我不知道从哪里开始寻找那只手。

"你能帮我一下吗?"

一个姑娘站在我身后,穿着粉红色的高跟鞋,肩上披着单薄的睡衣,背着灯光,看起来就像我最喜欢的导演法斯宾德电影中的女性角色。

她说:"你是精神病医生,你不认识我。"

"嗨,露西小姐,你好吗?"她耸了耸肩。我问:"有机会干次快的吗?"

"你认为我是那种人吗?"至少她笑了一下,然后作势要打我耳光。"你跑这儿做什么?"

我说:"我认为沃尔夫可能拿了我的东西。"

她似乎没听懂我的话。我吻了她一下,握住她的手。我们彼此好奇地望着对方。

沃尔夫突然走了进来,看样子既生气又激动,仿佛相信就如他所知道的那样,他终于抓住了我,现在得过来处理掉我。

我说:"我只是在寻找一根 G 弦,当牙线用。"

"嗨,露西!"他对我丢了个眼色,说,"又在耍你的老把戏吗?"随后转身走掉了。

"他今天脾气很坏。"她说。

当我给她手机号码时,我笑了。我想起了瓦伦丁,他跟陌生女人打交道时很有魅力,也很有技巧。这是一个少有的不怕女人的男人。在这么多年之后,我仍然认同他的那一部分,真是太奇怪了。

我跟着她下楼,看着她跳一支舞。最后,我走了过去,吻了吻她,说:"我等不及要看你穿衣服了。"

第四十章

那天晚上我打电话给阿吉达,但她没回复。我决定等几天,看看她是否打电话给我。她没有。接下来的一周,我再次打电话,问她是否有时间见面。她听上去很困倦,但至少说她一直在想着我。我们预约了两次午餐,但她每次都取消,说是感冒了。

最后,我给她留了条信息,说我将在周末去附近社区。我会提前打电话去看她,时间是傍晚时分,我知道那时沃尔夫还在十字键干活,离他的晚上远足还有几个小时。

我想见她,我已经准备好了,而她显然是为了我——最终。她给我发了条短信,说她有"东西"想让我尽快看一看。这事很"紧急"。

我还没开始思考她可能的意思——她是否要告诉我关于沃尔夫的事,或者他告诉她的事情——我接到了米里亚姆一个疯狂的电话,说亨利失踪了。

"他去哪了？你在说什么？"

我费了好大劲儿才听清楚了。她把家里一只狗杀掉了，在她所谓的"告别仪式"中，亨利走出了家门。他回了自己的寓所——或任何地方——已经离开三天，没有打一次电话。

"我害怕打电话。嗯，我打过几次。可我一听到他在答录机上的声音，就挂掉了电话。我知道他讨厌在电话里说话。但他藏什么呢——这是坏消息，你觉得呢？要是他被炸死了，可怎么办啊？"

"什么？怎么会呢？"

"他要是坐火车，就像马德里爆炸那样！二百人死亡！这里也可能发生啊，是不是？"

"比起被炸死，他拿奥斯卡奖的机会还更多一些。"

"要是他离开我，可怎么办啊？我会完蛋的。"

"他说过离开你吗？"

"他只是嘀咕什么不愿再想大麦町犬的事儿了。"我叹了口气。她开始哭了起来，"不得已杀死那条狗，本来就够倒霉了。肯定是他那个女儿让他反对我，你知道她住哪儿？我要找到她的地址，我要让她永世不得翻身！"

我去拜访阿吉达的路上，到亨利家附近给他打了个电话，没想到他会在家。我原以为，他可能会像他有时那样，丢下一切，跑到国外城市，比如布达佩斯、赫尔辛基什么的，在那里逛上两三天，看看风景，读书，参观博物馆什么的。

但窗户打开了，他的头冒出了来。他踏着拖鞋径直走了下来，显得很愉快，其实是兴奋，并不像是处于危机中的样子。

"是那条狗让你不开心啦？"当我们沿哈默史密斯大桥前往车

站时,我问道。

"那条狗真的很好,我散步时经常带它出门,那个"仪式"太离奇了点。"

米里亚姆邀请了一些邻居、孩子,还有其他朋友参加该仪式,当然,当兽医给这只患绝症的狗注射致命的液体时,亨利就在那里。

亨利说:"当我跪下来,躺到地板上,耳朵贴着那只垂死的狗的心脏时,狗还不知道自己就要死了,我用爱进行告别仪式,我满地翻滚,厚颜无耻到了极点,甚至还适当地发出某种痛苦的狗吠声。我绝不能被人指责,说我逃避对狗的职责。"

"我等不及要看视频了。"

"但轮到别人这样干时,我突然意识到,我不能再和那些想要拥抱一条死狗的人一起混了。我恐惧这种无聊的深渊,我害怕被它包围,摧毁。我一直在逃避这种无聊的感觉。"

"或者说我一直就在向无聊走过去。"他沉默了一下,然后说,"米里亚姆和我决定去一个新地方,那儿叫'午夜天鹅绒'。"我一定是做了个鬼脸,因为他说:"你不是不喜欢'爱晶'吗?"

"根本不是这回事。那儿让我感到非常沮丧,特别是看到约瑟芬。我恼火的是,我竟然被人说服去那地方。"

"你怪我吗?"

"有些怪,但主要怪自己。"

"我真的很抱歉,贾马尔。我现在倾向于同意你的意见,"他说,"几个月来,我一直想追随我的愿望,沿着剃刀的边缘走下去。但那些地方不再纠缠我,也不再吸引我。我自己的女儿不是骂我是个愚蠢的傻子吗？那儿的堕落已经耗尽，我还没有直面这个事实。我感到不洁净，被自己排斥了。我已经成了那只垂死的狗。而我以前的生活中还有一些我想念的东西。"

"我没打扰米里亚姆就离开了——她和她爱的人们在一起，我自己回家。在布什—布莱尔统治下，这世界到处是血淋淋的、支离破碎的尸体，让我感到愤怒和恶心。我感到越来越绝望了。

"但在狗死去的那晚，我一直没睡，我听着马勒、巴赫的音乐，读诗歌，读莎士比亚、陀思妥耶夫斯基，一本本接着读，直到拂晓。在一个动荡不安的世界，艺术不正是一个安宁的所在、一个有意义的领域吗？我写下自己的想法，并通过电子邮件发送给我想在纪录片中使用的演员。我还概述了我对导演《唐·璜》的想法。"

我说："我最近一直在想，你是否真的超越了一个对你更有用的男性虚荣心——那就是声望。"

"确实想过。我希望少伤害别人，多干点有用的事。"他说，"我不想背叛我的智慧或天赋。你知道，天赋是存在的，也是无法解释的。我曾在年底日记中写道'感谢上帝，没什么可羞愧的'，但今年我根本没做任何工作。"

我说："你既然搞种植，休耕一段时间有什么不好呢？"

"我当时就像契诃夫笔下那些想要工作却不知从何入手的人物，以为我的艺术雄心已经下降了。但现在，某种活力又回来了。"

"你真幸运，新的生命活力在涌动。米里亚姆会很开心的。"

"我会去见她，尽量解释清楚。你随后会来吗？"

"我要去看望阿吉达。"

他平静地说："还有希望吗？"

"我猜想我们今晚见一会儿面,然后她会出去。"

"天哪,贾马尔,太可怕了。我现在知道你一直在等待那个女人,然后呢——怎么样?没结果?"

"谁说没结果,还需要时间吧?"

"但有些令人悲哀,对不对?"

"庸人自扰。"

我们拥抱了一下,他回到寓所去了。我上了火车,至少我有机会看书。像亨利一样,我仍然有去学习、去理解的冲动。

在阿吉达的宅子里,管家就像我过去读给拉菲听的爱德华七世时期的儿童小说里的仆人那样,穿着挺括的白色制服,她带我到阿吉达位于顶层的卧室,敲门说:"小姐,你的访客。"

"谢谢。"阿吉达说着,出来吻我。她差点用一个薄薄的未标记的盒子敲掉了我的耳朵。"这只是一张DVD。但我想,你会感兴趣的。我知道你喜爱对事物发生兴趣。"

"是吗?我还以为你有事想告诉我。"

"想给你瞧瞧,"她说,"这肯定会让你大吃一惊,我非常肯定。"

第四十一章

卧室占了整整一层楼,倾斜的阁楼窗户在我看来似乎是巴黎风格。视野所及,可以看见索霍区很多住宅的屋顶、天线和烟囱;附近,一个侍者把头探出窗户,正在吸烟。

床尾有一台平板电视,还有音响系统,正在播放 iPod 里的音乐。我的前女友正听着一些安静的女孩放克音乐,劳伦·希尔或者什么的,还跳了会儿舞,她穿着睡衣,赤着足,湿着头发,心情颇为愉悦。

我问:"你已上床了吗?"

"只是刚起床。我吃得晚,你知道豌豆泥和我都这样。"

"他在这里吗?"

"你想见的是他?他回美国去了,是替艾伦求医,艾伦病了。"

我似乎激怒了她,也许她真的不想见我。她说:"贾马尔,很抱歉,我过去几天很古怪。我一直忙着找律师。"

"怎么啦?"

她犹豫了一下。"我每天都和孩子们交谈,与我丈夫交谈。我一直说我要回去,但是每次,在我差点就买票的时候,我想,回去干什么呢?"

"马克很恼火,想让我回家。所以我告诉他,我已经决定离婚了。他人很好,不该受到这样的待遇。但我把孩子养大了,履行了我的职责。现在还有别的事情。"

"穆斯塔克怎么想?"

"你干吗要问这个?他当然很激动,他热衷于这桩婚事。他一直说我必须确保安全。但是有些事我绝对需要在这里做。"

"你已经在伦敦待了一段日子了。"

"难道现在轮到你让我觉得自己堕落了吗?"

"你的缺席,让我想起当年我与你约会的日子里,你母亲的缺席。她总是不在家,所以你父亲开始用你。"她气得说不出话,这毫不奇怪。我说:"但你在这儿有好事做,与你的情人。你在威尼斯跟我说过的。"

"没错。"

"你打算嫁给他吗?"

她哼了一声。"这不是爱情,是某种邂逅,他给了我……我能告诉你,是不是?不知怎么,我一直信任你。你怎么会感到震惊呢?他……他——"我看着她的嘴唇,她差点就说出了他的名字。"他爱慕我,绑我,崇拜我,打我——但打得非常惬意。我们老是聊,什么都聊,聊他,聊我,聊过去和未来,聊我们的梦想和幻想。他凭直觉得到我。贾马尔,在信仰和精神上,我们都在同一水平上,这是我从未体验过的。"

"这么说我们还该庆祝一下。"

"你是说真的?是啊,干吗不呢?我怎么就没想到呢,你这个喜欢派对的大男孩!"

她往下按铃,管家很快就出现了,端来了香槟和玻璃杯,随后又送来了一些衣物以供挑选。我一边帮阿吉达穿上晚上出门的衣服,一边抽完了她放在床边烟灰缸里的大麻烟。

我说:"我希望这一切都是为了我。给我一个拥抱吧。"

她穿了一条短款黑色连衣裙,高跟鞋,脖子上配着一条黑色项链,头发扎起来。她抱着我,吻了吻我的脸。

"你错过了机会,宝贝,你知道你错过了。我现在这种感觉,自从大学遇到你以后还不曾有过呢。"她接着说,"亲爱的,我几乎忘了。在今晚我们分手之前,你会看那个东西吗?"

"什么东西?"

她打开电视机和DVD播放器,将光盘放入。"在这里呢,"她说,"看到末尾。"

"你不跟我一起看?"

"我会回来的。"

她离开房间时,我以为我可能会走出去。但是我坐在垫子上,仍然很恼火,她邀请我过来,只是让我眼睁睁看着她为约会作准备,而约会的男人她连名字说不出口,并且这个男人想毁掉我的生活。

如果她给我的大麻烟冲击力很强烈,那么正如她事先知道的,DVD的冲击力更强烈,比她所知道的还要强烈。

我看了该节目的大量内容——过去猛然变得触手可及,在我眼前上映的屏幕上是一大堆杂乱熟悉的面孔,一个我无法逃离的梦境。我眼前开始模糊,然后头昏眼花,如果我再往下看,世界可能会完全崩溃。

我站起来,走过房间,很快我的头就趴在马桶上了。我打开窗户,把喘着粗气的嘴巴伸到窗外,伸入索霍的喧嚣声中。

我冲了个冷水澡。正把身上擦干时,阿吉达回来了。她对我的情形似乎并不感到惊讶,不过还是拿给我一件睡袍和一些阿司匹林。

"没事吧?这么说,你看过了?"

"看了不少。"我说。

"非常劲爆?"

"是的,非常。"

"甚至出乎意料?"她说。

"还有谁看过这个?"

"穆斯塔克。他独自一人看的。"她说,"看完他就把它关掉了,然后就去野外散步去了,他闷声不响,但毫无疑问,他挥舞着胳膊。他怎么想,我他妈的干吗要管?"

"你怎么这么说话?"

"他让我很恼火,贾马尔。他周末飞回伦敦,一坐下就开始抱怨我的生活和我的所作所为。他不希望我独立自主。我得像个十几岁的孩子去找他,求他给套公寓和一笔钱,好让我与一个朋友做生意。"

"哪个朋友?那个男人?"

"现在你开始了!是哪个朋友他妈的有那么重要吗?我多年来一直帮助穆斯塔克,给他提建议,可他仍然对我说:'难道你真的不打算认真做事,阿吉达?你只打算当个被宠坏的富家女吗?被所谓的朋友利用?'"

"你怎么回答的?"

"我狠狠地打了他一巴掌——啊,我打得好畅快!我告诉他我要离开。可当我收拾行李时,他进了这个房间,把我的衣服从包里扔到地板上,告诉我,我必须留下。然后他抓住我,抱着我。我踩了他的脚。'你要做什么?'我尖叫着,'像爸爸一样监禁我?'他放开我,但他很生气。他自己的问题已经够多了,我同意留下来,但他再多说一个字,我就会离开这里。"

在外面,阿吉达陪我到迪恩街,她叫的出租车会在那里来接我。她拿起我的胳膊。

"难道你不怀念那份荒唐可笑、如同中了催眠术一般的爱情吗?"她说着,靠近我,拉起裙子,给我最后一次看她的双腿。"你怎么想?"她在嘲弄我。她知道我羡慕她,她比我更自由,更容易满足。

我们拥抱告别,我看着她离开,走向沃尔夫。在车里,我告诉司机带我回家。五分钟后,我决定去十字键,在那儿不用孤单一人,还可以喝上一杯,好好思索一番,回头随便找个索马里人把我送回公寓。

我推开熟悉的门口,穿过酒吧。那个金发碧眼的斯洛伐克美女露西即将演出。她朝着我的方向挥手,男人们转过身来看着我。

我看着她跳舞,看着男人们看着她。最后,她走过来,伸出手臂搂着我。沃尔夫不久前离开了。她做完事后,我们上楼去他的房间。

"我喜欢见你,"她说,"你进来的时候,我很喜欢。"

我躺在床垫上抽烟,请她加入我。她脱下衣服,脖子上戴着一条十字架的链子。躺在毯子下面,她吻了我的嘴。"我不是娼妓,"她说,"只是跳舞而已,一旦我有钱上英语课,就从事儿童工作。"

我进入她的身体,开始撞击,对我而言,就像是在撞击我内心的冷漠与麻木之墙。她给了我足够的鼓励,微笑着向我展示她的舌头。

完事后,和她躺在那里,听她谈起她在伦敦的生活,想知道这是否可能是我的某种结局。难道我已经看透一切,缺乏激情、好奇心和兴趣了吗?事实上,我们彼此喜欢,而且她很善良,这使情况变得更糟。

"你不喜欢我吗?"她说。

"我喜欢,"我说,"你很美好。"我问她关于共产主义的问题,带着歉意说,我这一代和老一辈很多人或多或少相信它。

"但我太年轻了,不记得这样的事情。只有懒人和犹太人喜欢,"她说,"现在我们有市场,但有钱的人很少。我们将留在这个国家五年,或者十年,直到我们可以在这里买房子。"

我们互相抚摸,我开始感到放松,最终能思考我先前看到的片子,还有穆斯塔克的人如何获得有阿吉达父亲在里面的电视纪录片,片子拍在七十年代中期,就在罢工之前。

简陋的旧建筑,行驶在空旷道路上的老式汽车,工人都是七十年代那种层层叠叠、如同羽毛似的发型,穿着宽敞翻领的夹克和棕色喇叭裤。所有人都在吸烟,当时的人们在公共汽车上、火车上、飞机上,甚至在电视上,都吸烟。画外音:"上层阶级:共产党解释剥削——就像往常一样,是工人在承受他人野心造成的后果。"

他就在那里,那个老头,阿吉达的父亲。他的嘴与自己儿子的一个样,看起来比我更年轻,头发更黑,对这里的机会和平等抱有热情和信念。那个男人在谈论他的家庭,想在英格兰闯番事业。

在工厂内的一个镜头里,我可以看到阿吉达和穆斯塔克,当时还不到二十岁,正在和一个雇员说话。有一瞬间,那个父亲转向摄影机,似乎无辜地穿过镜头,注视着我的眼睛,杀害他的那个凶手的眼睛——就好像他已经知道我在用刀等待他了。

捕鼠器砰的一声夹住了我:整个画面在我眼前都变黑了,直到我以为是电视机有故障。但其实是我内心虚弱,我再也撑不住了。

当老泼妇闯进房间时,露西和我几乎睡着了。她认出了我,语气缓和了一点。

"这里毕竟不是妓院啊。"她在我们匆匆下楼时说道。

"对,"我困倦地说,"至少在妓院你知道价格。"

第四部分

第四十二章

"什么？出什么事了？"我在电话里问，"严重吗？"

出现了电涌情况。一名病人打电话给我，解释她迟到的原因。地铁系统崩溃了，公共汽车到处乱停。这座城市已陷于停顿，外面显然一片混乱。

在接待病人的间隙，我坐在电视机前，等待消息。真相虽然出现得很慢，但当天晚些时候我们还是获悉了。四包爆炸物用塑料食品盒装着藏一个背包里，由自杀式炸弹袭击者带到伦敦市中心，三包安放在地铁上，一包安放在塔维斯托克广场的一辆公共汽车上，全部引爆。死伤人数尚未统计出来。

那个美丽的伦敦广场是阿吉达、瓦伦丁和我一道参加许多哲学讲座的地方。我们在那里的草坪上喝酒，吃三明治，讨论演讲者的特质。狄更斯在那儿写完了《荒凉山庄》，伍尔夫的《三枚金币》也在此完工，列宁在此待过，霍加斯出版社在此地的52号地下室出版了詹姆斯·斯特拉奇的弗洛伊德译本。那里还有两个匾牌，一个纪念一战期间拒服兵役的正直人士，另一个纪念广岛受难者，还有一尊甘地雕像。

我的病人把事件称为"我们的9·11"。医院开始接受大批伤者，城市下面那无以名状的地狱烈焰仍在燃烧。不管是白天还是黑夜，电视画面中的场景都萦绕在我们心头：那些被爆炸烟熏火燎的人们，那些血迹斑斑的面孔，他们并无过错，却无辜地遭受灭顶之灾，他们被引导着穿过人行道或机动车道底下的黑暗隧道，另一些人则在尖叫。这些画面让我们感觉犹如梦魇。他们是谁？我们认识他们吗？

两天后，我得知那个拖鞋女人——亨利的儿子萨姆有时候还去见她——在国王十字路爆炸案中丧生。

亨利不停地打电话。我没提及我对拖鞋女人的那一点激情，但我脑中反复回顾那晚与她共处的情景。亨利坚持要我们一起去"十字"那儿献花。"哦，英格兰，英国！"他呻吟着。我还是头一遭听他说起这个词时不带一丝挖苦语气。他对这次死亡感到非常沮丧和不安，还有丽莎的态度。"她要说的话我无法容忍。"

"她说什么了？"

"'一个年轻人，口齿伶俐，出身体面家庭，受过良好教育，聪明睿智，前途光明，却成为一个狂热分子，摧毁成千上万人的生命，原因何在？我认为原因当然在托尼·布莱尔身上。'"他继续说，"我想这一定是她开的第一个玩笑。此外，她还对这次爆炸案洋洋得意，几乎是以胜利者自居。她声称她早就预测到了，她不仅将这个爆炸案视为一次公正的报复，而且似乎认为布什、布莱尔最终会吸取教训,否则,会有更多的炸弹。

"但我不一样,贾马尔。这些年,我们不管年轻,还是年纪渐长,都崇拜革命者,崇拜任何有勇气、敢于真正行动的人。并非只有我们如此。尼采、萨特和将伊朗革命理想化的福柯就是我们的典范。但现在对我来说,当年种种,并不值得称道。

"为了我们的方便,战争通常是在遥远的地方进行。还记得福克兰群岛之战吗?当时我们这个国家的沙文主义是多么令人恶心——酒吧被国旗覆盖,店主们是那样洋洋自得。如今情形更糟。和你一样,我感到困惑,感到幻灭,贾马尔。我们不是在非洲和南美洲的第三世界激进运动中长大的吗?可现在这些反叛分子、被压迫者,正借口遥远、极端的宗教权力在杀害我们!难道你不觉得,你搞不清这个世界正在发生的一切吗?

"我怎么能停下来,不去想那些恐怖的场景,不去想遭遇炸弹爆炸的火车,支离破碎的尸体,哭声、呻吟声和尖叫声呢?至少在我的脑海里一直萦绕着这些画面,还有对巴格达平民的残忍虐杀——被割断的头颅,鲜血满地,孩子们的内脏流出体外,人的肢体被炸飞,挂在树上。难道只有戈雅能理解?我们为什么要让这事发生?"

亨利想做点事情。他和米里亚姆计划去看望拖鞋女人在乡下的父母,如果萨姆允许的话。"我们要和他们一起哭泣,"米里亚姆告诉我,"你和我们一起?"

"我已经哭了。"

在袭击发生后的这一周,亨利坚持让我一道出门,在混乱不堪、犹如世界末日的首都进行长时间的散步、拍照,看着同样受到惊吓而沮丧、愤怒的人们。警车和救护车呼啸着冲过去,警笛声特别刺耳。警用直升机白天黑夜都在这个受到伤害的大都市上空盘旋。

在这些梦魇一般的日子里,我很难工作。许多地铁线路被关闭,公共汽车没有运行。病人到得很晚,或根本没有。户外出行非常困难,而且不愉快。穿着防弹衣而显得臃肿的警察看起来就像电视游戏中的充气人,手持着机枪在火车站和地铁站外面巡逻。

当我带着背包进入地铁列车时,我意识到别人的目光停留在我身上。打开背包拿出书,总是能自得其乐。深肤色的人被随机搜查;一个无辜的人在地铁站遭到追捕并被射杀——我们的守卫者隔着很近的射程,朝他的脑部开枪。开了六枪、七枪,还是八枪?每个人都很害怕,病人们惶恐不安。如果外面有一声巨响,他们就会从长沙发上惊跳起来。

我并没有看到任何仇恨的迹象,甚至是敌对情绪。清真寺没有被烧毁,不过,它们受到警察的保护。穆斯林没有受到攻击。也没有如同美国那样,到处是国旗。遭到炸弹袭击并没有激发英国的爱国主义。这个城市既不团结也不分裂。伦敦人很睿智,也看透了世事。他们很清楚——他们一直都如此——布莱尔对布什的致命热情会让他们付出代价。他们会等着布莱尔下台——在更多的人死亡之后——然后他们会清扫前门的台阶。

亨利被激怒了,因为布莱尔拒绝承认他自己的"大规模暴力行为"与这次凶残的报复有关;根据亨利的说法,这又是一个例证,表明布莱尔拒绝为他所做的事情承担责任。亨利称这种行为是"道德幼稚"。

布什与布莱尔致力于打一场没有人在我们身边遇害的"虚拟"战争,这已经证明是不可能的,而拖鞋女人,连同许多其他人,已经死了。亨利一直想忘掉政治,重新开始工作,但在这段时间里,政治不会忘记我们。我们圈子里的每个人都在谈论一些困难和抽象的问题,争论宗教、自由主义和种族融合。

奇怪的是,行为改变最多的人是阿吉达。

穆斯塔克已回到伦敦,他让秘书打电话给我,说如果我能到索霍来拜访他,他将不胜感激。他派了一辆车来,接我到迪恩街,他在那里等着,这让我觉得,他没有告诉阿吉达我们要见面的事。他想在索霍区附近走走。

他戴着一顶棒球帽和墨镜,在那里漫步。说起来很有讽刺意味,他年轻时,想要被人认出,成为高高在上的明星,而随着年岁渐长,他渴望原来籍籍无名的状态,意识到名声不过是一捧雪——它并不会给你带来别人的理解,反而让你成为抽象的人,连自己都觉得变抽象了。他说,很快,报纸上就会出现"乔治究竟出了什么事"这类八卦文章,尽管最终连这些文章也会销声匿迹。

"英国媒体为什么如此卑鄙?我讨厌他们将我报道成那个样子。不过我当然不会把钱还回去,"他补充道,"虽然这边的钱很容易赚。当钞票开始进入我的账户时,我几乎不敢相信——那么多,而且经常性的!不过,我要是学医就好了。"

"你生病了吗?"

"不,不是我。"穆斯塔克对我说。他也不得不这样告诉很多人,他不能在伦敦待很长时间,因为艾伦病了。就像许多吸过毒的人一样,艾伦染上丙型肝炎,既然癌细胞已经扩散,他被拒绝了肝移植。"艾伦将在明年去世。我必须陪着他走完这段旅程。那是我的工作。但我羡慕你的工作。"

"你羡慕什么呢?"

"我羡慕的是那份工作的严肃性。我们同性恋者所争取的,不可能是那种愚昧的、无节制的自恋。我们除了自己的毛发,就不能考虑别的东西吗?"

"你听起来像你的父亲。"

"他是一个认真的男人。"

我说:"你也是,你是一个伟大的爱人。我们异性恋者更加轻浮浅薄——我们想要的只是性交。而你们同性恋一结婚就是一生!当然,下一步是一个男人合法娶三个妻子。"

"然后是一个女人嫁三个丈夫?"

"平等就是一切,"然后我说,"你对那部工厂纪录片有什么看法?"

"我怀念我父亲,现在再次怀念起来。不管是谁干掉了他,对我都是相当大的伤害。我一直在想,我多么像他。"他接着说,"你知道,阿吉达一直住在这里。我不喜欢——这个城市太危险了。"

"纽约要安全些?"

"从一个角度来看,是的。有个男人开始拜访她。他一周大约来四次,晚上很迟来,有时早上五点来。当然,房子和街道上都有摄像机。你知道这家伙吗?"

"是不是个矮胖的中年人,短头发,很坚定的样子?"他点头时,我说,"他是我们的一个朋友,从我们上大学的时候起算起。"

"此人可靠吗?"

"他在伦敦西部的一家酒吧里生活和工作。他工作勤奋,不是酒鬼,甚至不是瘾君子。她喜欢他,但我没想过他会利用她。"

"你确定吗?她告诉我她想在伦敦买套小公寓。她要钱——大约一百万,如果你相信的话!她还想开始做古董生意,和她的一个朋友——一个精于此道的人。贾马尔,她终于活过来了,我怎么能拒绝她呢?"他接着说,"上帝知道我们都很奇怪,我不应该对她喜欢的那种性爱评头论足。当然,激情是唯一有趣的事情。不过,我原本确实以为,你们俩可能会旧情复燃什么的。"

"很抱歉,"我说,"我虽然和妻子分手了,但还没准备好去见别人。"

他继续说:"我们在爸爸死后回到印度,她一直在哀悼他,除了我,没谁照顾她。该死的母亲,心思全在自己的男友身上。阿吉达去市场,在厨房里打杂。她在孟买有时髦的女友,名叫布米和穆妮。但她很多时间是一人独处,然后消失在车子里。谣言说她与许多人交往。姑妈要她结婚。在几名候选人之后,她对我说:我唯一想嫁的人是贾马尔。"

"姑妈们步步紧逼,她开始考虑与那些有资格的火鸡结婚。她不想回到伦敦,虽然她经常谈到你。"

"是吗?"

"她会说'我想知道贾马尔这个时候在干什么!'她想知道你是否有很多女朋友,或者只有一个。但时间太久了,她再也无法回来,重新拥有你。我带她去了美国,给她在时装界找到了一份工作。她遇到了马克,可如今她说想离婚。他发现她难以控制,但他对她矢志不渝,在我看来,她应该心存感激。马克现在人都崩溃了,我都求她了,但她拒绝安慰他。"他继续说,"我发现……我最近看见——我看了她的包——但愿我没看,我后悔了——她正在读关于性虐待的书。"

"这个类型的书现在越来越流行。"

"我一直在想——你认为她身上发生过这种事吗?"

"这不是不可能的。"

他说:"你这么说的话就是肯定了。你知道多少?你当时就知道吗?还是后来知道的?"

我没有回答。

"可怜的女孩。我什么也没做。我们俩当时都袖手旁观,什么都没做,嗯?"

"这让我有必要重新诠释我的家族历史了。但是贾马尔,那样的事对你很不公平。"他盯着我。"我现在得去美国计划一次巡回演出。我想再次做音乐,演奏音乐。我将在第三世界的某个地方建立一个音乐基金会。阿吉达可以帮助我。把她一个人丢在伦敦与这个家伙在一起,我很紧张。"

"换个角度看,你不想变成一个穆斯林父亲。"

"你认为我是吗?"

"当你说自己酷似你父亲时,我以为你是说你俩都有恃强凌弱的天性。"

他语气尖锐地说:"你眼睁睁地看你爱的人犯错误,却不去警告他们?"

我说:"谁说她犯了错误?"

他拥抱了我,说:"对不起,你是对的。我太习惯让别人按照我的计划做事了。"

我们分手了,穆斯塔克和我就像往常一样,分手时有些疑惑和不满,好像两人都不确定我们是否是朋友。

第四十三章

穆斯塔克回美国了,我再次约见阿吉达。

我家不远处新开了一家印度餐馆,这是个当代风格的餐馆,那里的女服务员是年轻的波兰女性,她们在白天学习英语。食物都是用新鲜原料做的,很清爽,没有"淹死"在一堆油脂中。但装饰则是令人失望的现代风格——天花板没有一串串塑料花垂下来,尽管那些塑料花从未掸过灰尘。

从这座城市那种怪异的、悬而未决而又恐惧的氛围中解脱的唯一途径,就是和你喜欢的人在一起。坏事已经发生了,我们在恢复之中。然而,一周后又发生了一起爆炸未遂事件。每个人都既紧张,又绝望。我们觉得受到威胁,感到愤怒,但我想,还没达到伊拉克人民所遭受的威胁与愤怒的程度。我接待病人,也见拉菲,或者米里亚姆和亨利。我一直在看电视新闻。我不愿孤单。

我也很好奇,这个时候,在伦敦中心城区,阿吉达和沃尔夫在那里做什么。我怀疑，沃尔夫很快就会告诉阿吉达她父亲去世的真相，一切都会浮出水面。而我似乎对此无能为力。

阿吉达迟到了，我并不介意。我已经习惯了在咖啡馆里写作，伦敦现在到处都是咖啡馆——亨利称其为"女招待之城"。最近，我一直在阅读有关伊斯兰教的一切，我撕掉报纸上的文章，保存在文档中。就像很多人一样，我脑子里一直在争论。

"你没认出我来。"阿吉达说。最后她出现了，打扮得像所有那些穿着夏装、踏着人字拖的女学生，还拎着书包。"你听着可能觉得奇怪，"她说，"但我一直穿着布卡，坐在那里，看着你发短信，和约瑟芬热烈交谈。"

"那是你吗？《古兰经》里有一段经文，大意是：'你应当对你的妻子、你的女儿说：她们应当用外衣蒙着自己的身体。'"

"就这样吗？"

"对那些长毛的男人来说，这已经足够了。我一直穿着布卡在城里转悠。西区呀，东区呀，伊斯灵顿呀。想瞧瞧人们是如何看待我的。"

"然后呢？"

"有些人好奇，还有很多人带着敌意，好像人们在怀疑我是否携带了炸弹。一个男人甚至说'你的炸弹看起来很大'。"

"哈哈！"

"我很高兴被警察拦下，搜查，甚至被捕，就像在机场一样。我想知道他们现在对我们的看法。你没受到骚扰吗？"

"我上次去希思罗机场时，护照检查处的那个人说，他妻子爱我的上一本书。"

"但这是我父亲所预言过的。我们将成为受害者,牛群遭到围捕。我们在这里从来都不安全。现在他们找到了恨我们的理由,迫害我们。我想知道我的人民不得不经受什么。"

"你的人民?"

"是的,那些你看不到的女人。人们盯着你,她们咕哝着怨言,叹息着,女人居多。男人们没有注意到。"

我说:"阿吉达,我喜欢你的部分原因是因为你的肤色——因为我们肤色一样。但我从来没把你看成穆斯林。"

"米里亚姆和我一直在谈论这事儿。"

"你俩?"

亨利老是谈论阿吉达,米里亚姆想更深入地了解她。在我的鼓励下,米里亚姆曾打电话到穆斯塔克的家中,邀请她来喝茶。我没有去,但我猜她们彼此有很多话要说。米里亚姆赶走了孩子和邻居,会谈进行到深夜。

米里亚姆欲谈起我。她给她看约瑟芬的照片,并向阿吉达讲述了我们的巴基斯坦之旅。米里亚姆也试图发现阿吉达和我之间是怎么回事,但阿吉达闭口不谈。

米里亚姆把以前对我说过的事又对阿吉达说了一遍:她所居住的社区越来越种族主义,这次的受害者是穆斯林。我们年轻时候,常被称为"巴基佬""沃格""咖喱脸",但那时不涉及宗教。

"我喜爱米里亚姆家,"阿吉达说,"她家很热闹,还有动物,家庭氛围很浓厚。为什么我从来没能营造出如此活泼的家庭氛围?"她继续说道,"我们在一起的时候,你从不跟我谈米里亚姆。你几乎提都没提过。"

米里亚姆和阿吉达谈话结束后,布希开车送她回家。显然,在路上,阿吉达想去十字键瞧瞧。布希出于保护她的目的,不肯带她去,她对他大吼大叫,憎恨人们借口拯救她,什么也不让她干。看在上帝的分上,她并不脆弱。难道她没见过"最坏的事情"吗!"**我不想被排除在外!**爸爸想把我留在家里,这样我就安全了,可结果呢,我在家里过得怎么样!"

布希只得同意在外面停车,帮她喊沃尔夫过来。当他出来的时候,老泼妇也出来了,用围裙擦着手,看样子是在说,"我才不会雇佣她那样的女人!"当然,沃尔夫没听见。

现在阿吉达对我说:"你知道我对米里亚姆做了什么吗?我**测试**过她!有个下午,我乘坐各种公共交通工具,在伦敦城里穿行。你知道的,"她说,"他们太过分啦!"

这个身材娇小的女人蒙着布卡,在危险的城市里四处晃悠,小心翼翼地观察别人,却看不到自己。

"我去她家时没有透露身份。蒙着布卡坐地铁太可怕了。里面很闷热,又很难看到外面。米里亚姆来到门口,没等我亮明身份,就请我进屋。她是我现在唯一能倾诉的人。"然后,她突然说:"我知道你不想要我的原因了。"

"是吗?"

她轻叩了下自己的鼻子。"我知道你的心在哪里。"随后她用手指划过嘴唇。"米里亚姆知道。"

"米里亚姆哪里知道啊。"我说,"阿吉达,你穿着黑布卡穿过伦敦,想证明什么?"

"我们是世俗家庭,贾马尔。我父亲从来不去清真寺,或者蓄胡子什么的。宗教对他有什么用？但我觉得无知，贾马尔。我父母不让我了解家史。我们对穆斯林文化和西方文化都一无所知，父亲不了解西方文化。非洲文化我们其实也不懂。我们以前只是有钱的垃圾，现在可能还是这样。

"贾马尔，你通过阅读和学习，自己习得了一种文化。至少你通晓心理学历史及其相关知识。

"所以现在我正在学习。有一个阿尔及利亚妇女来我家里。阿兹玛说一口流利的英语，她教我《古兰经》。她谈她的生活，政治，我们人民的状况，我的兄弟姐妹，阿富汗、伊拉克、车臣的被压迫者。我自己不会炸毁任何人，但这是一场战争。"她说，"你对我给你看过的DVD有何看法？"

"它让我既激动又烦恼。"

"还有呢？"

"沃尔夫认为如何？"

"沃尔夫？是的，好的，我明白了。他跟你说了。"

"不是他。"

"那就是穆斯塔克了，他没有权利这么做。哦，好吧，这事注定要暴露出来。也许我应该直接告诉你。"她咬着指甲说，"你一直都知道？"

"干吗不跟我说呢？"

"我觉得你可能会感到受冷落。"她有些恼怒地看着我。"可你连想都没想过，不是吗？"

"不，我心思不再这儿。"

"你妻子吗？"

"我不确定她现在是否会这样称呼自己。"

"怎么会?"

当阿吉达和我一道吃完饭,散步时我告诉她,约瑟芬在一个大学的心理学系做秘书。我本该清楚,那里会有人喜欢上她的,特别是我很少有时间去当心理学家。我想知道这种新关系是否会让拉菲不安,我为此心绪不宁。我想带拉菲看电影时,发现他已经看过这部电影了,此时我就猜到有什么事情发生了。

"你看过啦?"我说,"这可是你最喜欢的一部电影,主要讲脾气暴躁的黑鬼与年轻女人的黑帮故事,你妈妈永远不会看的。"

"我是和艾略特一起看的。"

"谁?"

"妈妈的朋友。"他的眼睛眯了起来。"妈妈说她从不介意你穿衣服上床睡觉,这样你可以径直起床出门,但她不喜欢你在床上穿运动鞋。她说你总是有股发霉的味道。"

"她是个吹毛求疵的女人。"

没过一会儿,我更加明白了:我得去会会他了。

拉菲通常会骑自行车到我这里,但他无法同时带上周末包,我只好去取。他不仅认为父母是自己的仆人,而且有时他仍然想当个小宝贝,他是个小宝贝,只是还带着点匪帮的气息:这一刻他还在哭泣,下一刻他会把屁股在我脑袋上蹭来蹭去,想要我的脑袋"爆掉",因为我是"王八蛋"。

值得赞扬的是,约瑟芬事先曾警告过我,她的"新男友"会在家里。现在拉菲打开前门,他一声不吭,但眼睛紧张地盯着。他的母亲一定告诉他要保持安静。这不是我所欢迎的会面,但我认为这家伙存在的现实——不管怎样——会减轻我的妄想症状。

我跟着拉菲下楼,低声说:"儿子,当大人要经历很多考验。"

"可这都是你的错,爸爸。"

艾略特坐在桌子边,那桌子是约瑟芬和我在牧人丛路买的,当时那里的商店还没变成房地产中介和手机经销商。他用我的瑞恩·吉格斯马克杯喝酒,用铅笔批改我儿子的作业。

我难免想象第三者会是个身材高大、魅力非凡的男神,但艾略特却有着一头浓密的灰白头发,穿一件开领衬衫,一件旧夹克,那种大学教师的穿戴。他有些斜眼,至少同时看两个方向,这一定会让拉菲觉得好笑,但在聚会上很管用。

他与我在年龄,体型和身高上都大致相似,是我的一个模糊不清的、很差劲的影印版本,只是那种酷似"医院"的表情要更多一些,尽管有时我可能也会有。我突然想到一个词:"沉闷的魅力"。我花了点时间才意识到它的起源。几年前,一位面试官就曾这样描述过我,他其实还可以说我"不搭理人""固执己见""自恋狂"。

我想:死人的位置很快就会被其他相同的人所取代——如同我曾不幸与亨利一起出席的一些电影颁奖典礼,如果你离开你的座位,打着领结的学生会偷偷溜到你的地方,以便在摄像机前遮掩缺席的情形。艾略特从我这里偷走了我不想要的东西,这感觉就像是偷窃。

我看着艾略特,想知道他们之间有什么。也许她已经找到了她想要的:一个心理学家,通过他给予自己二十四小时的照顾,就像和医生结婚一样。

我不想在此流连。我婉拒喝茶,喝了一口自己几天前放在冰箱里的伏特加,询问了一下他工作的大学院系,并和他握了握手。

离开时,我转身看到他用手背抹去唇上的汗水。我的影子总会使他的生活变得黯淡,我将是他的鬼魂。她会一直爱我吗?我儿子的脸只会让他想起我。他只能私下琢磨,自己进入的是什么样的生活?

"你怎么想的?"拉菲陪我走向前门时,问道。

"他很勇敢,但我并不羡慕他,"我说,"在自己的家庭就够难的了,还加入别人的家庭,太可怕了。"

"他搞的是跟你不同类型的心理问题吗?"

"他只是一个心理学家。这种人会说,一切都是生物学,或者说什么都是大脑问题。我打赌,他说起动物时,没有意识到你可以找某个动物来证明知识立场的正当性。你想要什么?蛇?驴?昆虫?但没有一种动物能像人类一样,会被痛苦折磨多年。"

"动物什么都不知道,"拉菲附和着,还额外补充道,"他妈的,别担心他,爸爸。你应该听他说话,我一直在打鼾。他说的东西你都说过啦,都是猜——猜——"

"猜测?"

"对,猜测。"他用牙买加口音说,"早就臭了。"

"什么?"

"名声早就臭了。很多年前就臭啦。"

我说:"现在只有做广告的人才是真正的心理学家。"

"我得告诉你,爸爸,我们要一起度假。到马来西亚。"

"你们?"

"他、我、妈妈,还有他的两个女儿。我有两个新姐姐——即使我们之间没有任何瓜葛,他们是青少年!"

"他有钱,对吗?"

"你会付出很多钱,妈妈说。这会让你伤心吗?"

"已经开始了。"

"我会告诉妈妈我不想去。"

"等你回来时,我还好好地在这里。我有米里亚姆和亨利,还有其他朋友。"

"妈妈说,我们出门时,你会喂猫吗?我不喜欢让你伤心。"他说着,头靠在我的肩膀上,像小时候那样紧紧依偎着我。"可艾略特确实有阿森纳季票。"

"这个该死的男友?这是她的宣传广告?"

"真倒霉,爸爸。阿森纳球迷无处不在。"

我告诉阿吉达这些后,她说:"我很高兴你跟我说话。我们以为我们很喜欢对方,但其实只对别人感兴趣。你想继续见我吗?"

我说,是的,只是像她一样,其实并不确信。

我不知道,多久之后我们会迫切需要谈话。

第四十四章

当拉菲、约瑟芬和艾略特去度假时,我给凯伦打了电话。我偶尔给她发邮件,但从我收到她的信以来,已经有一段时间了。原来她也是孤单一人。她的两个女儿与她们的父亲和鲁比住在一起,还有鲁比那对刚出生的双胞胎。

我们在希基酒店。她看上去很累,头上裹着头巾。

"你不喝酒啦。"我说。

"你随便点,"她说,"我付钱,我不在乎。"

"抗生素?"我说。

"你知道,"她说,"我应邀去约会。大约是我上次见你的时候——"

"你当时要去见那个人。"

"是的。"

"我去见他,在那之前是准备工作。我洗澡时,用的我最喜的法国司汤达浴凝胶,很是享受。可当我的手移过胸部,我感觉到有东西不像其他部分那样可以移动。我试图再次找到它,但找不着。

我们在沃尔西吃晚饭。他在说话,我在说话,但我脑中一直回响的却是这段话:**乳房一直在变。它们比人们想象的流动性更强。是变得更大,还是变得更小,更圆,取决于男人的手、婴儿和月经。但不会再有人碰我了。**

"我一年做一次体检。我崇拜我的医生。他来自南非,喜欢女人,喜欢我们的身体,我们的乳房。

"晚餐结束后,我单独上了辆出租车,他去别的地方喝酒,他邀请我,但是我距离太远。他最不想听到的是我的肿块。这会让他很为难,没法要我,对不对?

"第二天,我的手似乎碰到它,可以说是拍到它。

"我僵住了。我的人生追求就此结束了。我还到达我梦想的位置,就像赫本或比诺什那样的。给我一个机会,我对自己说,一会儿,一周,一年,我就会到达那里。其实我更成熟,在各方面更聪明,更加无所畏惧。

"为什么不是囊肿呢?"

"对呀。为什么不是呢?乳房X光检查全是这些东西,不算什么。乳房X光检查师还送你去做进一步的检测——超声波检查呀,逻辑绘图啊。然后,更多的医生用冰冷的盘子或温暖的、嗡嗡的探针在你身上捣弄,眼睛还盯着监测仪器——都无关紧要。

"我可能很傻,但我做了负责任的事情,预约了我那个'医生英雄'。他问我来的理由,我说没有理由,只是常规检查。我的医生喜欢每六个月看一次'他的女人',但是我设法一年看一次。我不想决定他该如何观察,让他按正常步骤来。

"如果他在例行检查中发现了什么,那好吧。如果没有,还有什么可谈的?他检查了右乳房,然后是左乳房。他的手指纤细,凉爽。他的触摸非常优雅,不是唤起性欲的那种。你觉得自己像是被天才触摸的钢琴。他们在研究它吗?

"他两只手都放在我的左乳房上。突然间,我什么也听不见,我无法呼吸。但表现自然很重要。如果他想让我患上癌症,那他就得自己去查。

"他的手离开我的胸口,拉掉一次性的白色纸袍,说:'上下都没问题,可爱的子宫,下次见。'我自由了。我通过了。'你是说,'我说,'你没有发现什么吗?'

"我不该这么说的,他停止了洗手,转身再看我一眼。他说:'我们何不再检查一遍,确定一下?你觉得你发现了什么,对不对?哪一个,左边还是右边?'

"当他说'左边'时,我脸红了。我觉得我的眼睛一下子睁大了,都有索尼巨幕影院银幕大小了。他的手立即放在左边。他在看着我,我的眼睛。'我在接近吗?给我个提示?''我什么也不说。你是医学院出身,你靠自己的努力,伙计。'他找到了。'啊。'他的手指,两只手,一次次越过那东西,移动着它,把它孤立起来,确定角度。

"他现在不是在看我。他不再是我的活泼、年长、迷人、冷静、轻浮的医生了。他在寻找癌症团队,他会把我纳入到系统中,这个系统是女人的终结。一旦你进去,你就出局了。你算不上这个世界上的女人了。

"我怎么能忍受它呢——那种没有乳房和头发的毁灭、丑陋和浩劫?我看过不同的医生,他们都有免责声明,声称不对差错负责。它可能是囊肿、导管堵塞或者一个没有癌变的肿瘤。我相信他们每一个人。可我甚至不能留住丈夫。谁来照顾我?我不能工作。谁来照顾孩子?

"我和医生争论过。我试图说服乳房外科医生不要坚持进行手术活检。她给我帮的忙,就是把事情安排得这么快。我觉得我掉进了医院的死亡陷阱。我在医院里遇到一个正在做活检的女人,她挺高兴的。她就不会有那种一无所知的焦虑感。她欣喜若狂。她不会有不知道的焦虑。

"我更不诚实。直到他们在医院告诉我,我的肿瘤相当大时,我才明白过来。"

已经开始了,我们这一代人已经开始死亡。我们一个接一个地会被死神选中:疾病,然后是死亡。葬礼比婚礼多。我想知道,谁会是下一个。

下一个死亡比我想象的来得更快,更突然。

晚餐结束后,我扶着凯伦进了一辆出租车。我步行了一会儿,看着这座城市,意识到每个人都拎着袋子,每次搭乘地铁,都有可能死亡。要是此刻就发生呢?会是人体炸弹吗?我会被杀死吗?我会介意吗?或者这是一个退出的好方法吗——突然从世界上被带走?我想起了拖鞋女人的父母。如果是拉菲,该怎么办呢?

在凯伦终于告诉我她出事之后,我大多数时间都给她打电话。就连亨利也以自己的方式表达关心。他开始为那部演员纪录片拍摄更多的素材,听闻卡伦生病的消息后,他决定完成这部纪录片。

在离他寓所不远的河畔工作室,他与米里亚姆一起排练契诃夫的戏剧。尽管焦虑导致米里亚姆不停地给我打电话,她还是欣喜若狂。在排练中,他对待她就像对待任何其他演员一样认真严肃,听她说台词,观察她,就地取材。"凭借直觉,我骨子里就一直是个演员,"她对我说,"当然喽,我的演戏天分只是从未被发现而已——直到最近。"

亨利以不同的风格,用不同的演员,来导演这些戏剧场景,然后再剪辑材料。他拿着电脑走过来,把戏剧成品拿给我看。他原以为自己完蛋了,但结果精力充沛,作品也很好。因为丽莎,我们相处得更好了。

我把丽莎的诗送给了一位来自利比亚的年轻人,我有时在附近的酒吧里遇到他。他很有事业心,办有自己的杂志和一个小出版社。虽然杂志发行量很小,他自己干发行,把书放在箱子里,挨个书店跑业务。他同意在他的杂志上刊登她的三首诗,还请她写一篇关于现代诗歌的文章。

她似乎有点不高兴,因为诗未能在《泰晤士报副刊》上发表。但我想她会欣赏这个年轻人和他的努力。她同意和他见面,帮他找书店卖书。

丽莎要求我抽出一点时间给她,我对此颇为不满。因为我在努力工作。事业正在发展。很多潜在的病人来见我,我都看不过来。上帝知道,我需要钱。所以新病人我就安排在很早的时候。

我在先后看两个病人之间会设置一个十分钟的间歇,有一天早上,就在这个经常紧张忙乱的十分钟间歇期间,玛丽亚神色担忧地走了进来,手上并没端我要的咖啡。她告诉我,阿吉达打电话来,说沃尔夫夜间死了,死在她位于索霍区的房子里。我的第一个念头是:这是我的解脱,还是我的谴责?

第四十五章

穆斯塔克的办公室找到在德国的沃尔夫妹妹,并安排将他的遗体用飞机运回德国。阿吉达已经通知穆斯塔克,沃尔夫在英国没有家人,她不想去参加葬礼。我们俩出于不同的理由,都没参加葬礼。

"天哪,亲爱的,你看起来比我更难过。"那天晚上我来的时候,她说。她坐在圣马丁巷后面一个小而安静的小私人俱乐部的沙发上。"喝点什么吧,让自己平静下来,这事儿他妈的糟糕透顶。"

"阿吉达,告诉我发生了什么事。"

她说:"我们当时已做完爱。沃尔夫起床了,他穿着穆斯塔克的睡衣,站在床尾。突然,我非常震惊,我发现他那模样酷似我父亲,简直是穆斯塔克和爸爸的混合体。

"我从来没有停止和沃尔夫谈论我自己,但我其实并不想了解他。我们在一起只是做这种激烈的事儿。有时我觉得我在利用他。并不是说他会那样看待。前不久,在他工作的俱乐部外面,一个人拿着刀向他冲来,扬言要砍他。沃尔夫逃脱了,但是他哭了。我不想看到他那样,就像个孩子似的。"她说,"你呢?你会想念他吗?"

"他这次回来,我发现他变得又穷又凶狠。"

"他不喜欢我见你。你对他很冷漠,你拒绝承认你们曾经的友谊,这让他很生气。"

"我还有很多事情要忙啊。"

"你不应该那样对人,贾马尔。"她说,"可我该和谁说话呢?我更糟糕,一直在喋喋不休地说我自己,他发病后,抱怨胸部呼吸困难,但我认为会没事的。我怎么会想不起来带他去看医生呢?"她接着说,"在等救护车的时候,他让我原谅他。我说只有上帝或牧师才能做到这一点。"

"原谅他什么?"我问。她耸了耸肩。我以为她要对我说些别的话,但她却把目光移开了。我说:"我们在这儿吃晚饭好吗?这里不是有包间吗?"

令我惊讶的是,她说:"对不起,贾马尔,我不太舒服。我要回去了。我不喜欢你看到我这副样子。"这是她的解释。她付了账单,把我留在那里。

接下来我再也没有收到她的信息。她不回我电话。我到索霍区直接去敲门时,没有任何回应,就算有,也只是员工把门开条缝,告诉我没人在家。

我担心她,但又束手无策,只好打电话给远在美国的穆斯塔克。阿吉达曾告诉他没有必要为她回到伦敦,她"没事"。她知道他和艾伦在一起,他不需要更多的死亡。

我问穆斯塔克,阿吉达是否还活着,他告诉我:"她在房子里,但大部分时间躺在床上。除了工作人员,她不见任何人。她也不跟他们说话。他们所做的就是给她送食物。你若能去看她,我会很感激,贾马尔。"

穆斯塔克通知工作人员,我要带她出去。她躺着,但见到我也没有厌烦。她让我上床躺在她旁边,搂着她,抱着她。她不想被爱抚,只是静静地、重重地躺在我的怀里。我设法让她洗澡穿衣,走到街的尽头,然后她坚持要回家。

第二天我们走得更远,但只走了一条街道,她用一把伞作为手杖。她戴着墨镜,全身黑色,一副寡妇模样。我猜她一定从哪里开到了镇静剂:医生们都很喜欢开镇静剂,没有这个处方,病人会感到失望。我喜欢与阿吉达慢慢地散步,看着餐馆和路过的人们。我们会停下来喝咖啡,吃蛋糕,但她不吃。

人们在哀悼时变得抑郁,这并不罕见。我也想知道,沃尔夫的死是否会让她想起父亲的死,以及这两起死亡是否有所联系。但我们没怎么说话,只是在索霍区转了一圈,然后她要回去睡觉了。

我们朝那房子走去,路过一家印度餐馆时,她问:"你参与杀死我父亲了吗?"

我沉默不语,但她在等着我开口。我问,"你什么时候知道的?"

"在你来看这部纪录片之后。你表现得很不安。但我怎么能确定呢?我脑子里反复想着这事。然后沃尔夫告诉我,那是在他心脏病发作之后,我想他快要死了。救护车似乎永远不来,他们找不到那条街。他说他想'忏悔'。"

"他到底说了什么?"

"他说是他出的主意,你和他还有瓦伦丁本来只是想吓唬一下爸爸,让他放过我。结果却是爸爸死了。"她安静了一会儿,然后说,"至少不是沃尔夫一人干的。否则我会崩溃的。"

"穆斯塔克知道吗?"

"我决定不告诉他。他若知道,会非常生气的。"

"他会知道吗?"

"让他知道我当时的痛苦,你们的艰难经历,对他的生活又有何益呢?他只会感到内疚。他太喜欢你了,贾马尔。你小时候帮助过他。"

"你会告诉他关于你父亲和他强暴你的事吗?"

"他似乎已经猜到了。但我还没准备好。我现在甚至不喜欢我弟弟。"

我说:"我那时真傻,没有倾听你的想法,我只是想采取行动,想当个硬汉,就像别的硬汉那样。"

她说:"我当时本该告诉穆斯塔克的。"

"阿吉达,他是你弟弟,当时还小,让他与你父亲较量,我表示怀疑。"

"我要是在遭到强暴的时候就跟你讲就好了——贾马尔,这太可怕了——我想亲手杀了他。我一直在寻思该怎么杀了他。**去哪儿买毒药?放多少剂量?会被人察觉吗?**"

她接着说:"贾马尔,别再自责了。是我鼓励你除掉他,所以是我杀了他,我父亲。当他强暴我的时候,我多希望他死一百万次。

我当时经常在想,你那天晚上是否伤了他。但我怎么能问你呢?我连想都不敢想。你还年轻,你为我不惜冒生命危险。你——他们怎么说来着?——有骑士气概。

"我曾问过你,要是你能做些什么,你是否愿意和他谈谈。但我确实警告过你,爸爸是个危险人物。但你还是义无反顾地去做了。你勇敢,鲁莽,当时太年轻了。你后悔吗?"

"我不知道。"

"我后悔!我应该用报警来威胁,阻止父亲。或者用重物打他。我不应该把你推上那个位置。我是一个弱者,但你实施了我无法实施的行动。我不能让你因为冒着生命危险救我而受到惩罚。爸爸曾经是摔跤手,他以前雇人殴打过别人。当我看到萨达姆在监狱里的照片时,我想,那就是爸爸,他现在的样子。

"如果当时我知道,我会更加谨慎。"

"贾马尔,我该怎么才能向你道歉,或者补偿你呢?"我们还能成为朋友吗?你不恨我,是吗?相隔这么多年,我们在我弟弟家见面的时候,你对我很冷漠。我欣喜若狂地看到你,你却很内敛。"

"我是紧张,"我说,"我当时不知道你对我可能会有的意义。"

"我对你没什么意义,所以你感到解脱,我看得出来。很少有什么会让我这样受伤,贾马尔。我一直在问沃尔夫:'他为什么这样冷漠?'"

我说:"穆斯塔克是不是被撇在一边?只有他不知道,永远也不会知道?"

"我没说他永远不会知道。看看再说,好吗?"她说,"在父亲强暴我那事发生期间,你知道我想要干什么吗?我幻想着我俩一起逃跑。我们坐火车到某个地方,在那里找间屋住下,在酒吧、书店或其他地方干活。我们结婚生子,永远不会再回去。你会那样做吗?"

"会的。"我说。

但我其实在想:杀人已成事实,不可能恢复。这是永远也闯不过去的关口,也永远无法遗忘。不会有任何解决之道。现在我们回到了房子。工作人员正在打扫。我们走进楼下的一个小客厅,我注意到那里有某件物品,很是眼熟,只是太不可思议了,我不能把它放在那里。

"什么?"她看了看我,问道。

"原来在这里。"我说,正是那只手,斜靠着墙边的桌子上。"终于找到了,怎么会在这里?"

"你干吗问这个?"

"这幅精彩的画属于亨利的妻子瓦莱莉所有。"

"可这是别人送给我的,"她说,"是一件礼物。"

"沃尔夫送的?"

"是的,我喜欢它,我要它永远在我面前。为了不脱离我的视线,我把这幅画在房子里移来移去。"

"恐怕他给你的并不是他自己的东西。"我说着,拿起这幅画,塞进双肩包里,画的顶端露在包外,我得用塑料袋盖住它。

"他给我的最好的东西居然是偷来的?"她边说边走过来,想把画作从我的包里抽出来。可以看出她可能想撕掉它。

"这可不是一个好主意。"我说着,紧紧抓住这幅画,从她手上抽回,重新塞回包中。可以看出我们两人正要扯碎这幅杰作。

"你怎么能这样干?"她在前门大声嚷嚷,"你总是拿走我的东西!"

在迪恩街,我上了一辆出租车,去了瓦莱莉的宅邸,一个穿制服的女佣开了门。大厅里挤满了衣冠楚楚的客人。

我放下包,从托盘里拿了一杯香槟,把那只手夹在胳膊下,就上楼加入到客人中去了。据我所见,晚宴的客人由电影界和文学圈子里的人以及政客组成,一道前来的还有他们的妻子或者丈夫。瓦莱莉似乎并不惊讶看到我或者那幅画。当她从我这儿拿走画时,她把它放在一张边桌旁,让我和大家一起吃晚饭。

还没等我坐下,她说她需要问我一些问题。我暗自叫苦,不过也看得出来,她很忙,问话时间肯定不会太久。我们站在厨房的一个角落里。"你见到了丽莎。她需要治疗吗?"

"为什么?"

和往常一样,瓦莱莉一副似乎马上就要发脾气的模样。"为了她偷我的画,"她说,"我不知道。你是医生,但别担心,还有别的事情。"她犹豫了一下。我一直在看着她,但是她不想看我。她说:"多年前,亨利和我遇到困难,但仍然在某种方式在一起,他对我说,'我们会一起度过晚年。我们会在海边找个地方聊天,吃饭,阅读,画画。'这是我一直期待的。当我想及未来,**我们**的未来,这是我唯一想到的。"

"对。"

"我们现在不年轻了。"她说,"可他和那个女人在一起。"

"我姐姐米里亚姆。"

"对,对。她确实很迷人,我敢肯定。"她说,"你真的认为他们是认真的吗？你认为会持续吗？你认识他，你是他最好的朋友。我无法问别人。"

我说："你是问我亨利是否会回到你身边？"她微微点头，似乎表示希望是她无法忍受的。我接着说："但他现在和米里亚姆在一起。他们在一起已经一年多了，我相信他们彼此相爱。"她审视着我。"你另找一个可能会更好，"我差点就说了，"你们不可能再回头了。"但我觉得这样说太假了，所以终究没说。

"我知道我不该问你。"她说，"顺便提一句，没有亨利，你在伦敦什么都不是。你本该更加感激我们才对。"她垂下眼睑，转身走了。

桌子边很拥挤。周围几乎没有地方摆放椅子。我很高兴看到亨利的儿子萨姆，他现在的女友穿着很暴露，父亲是我七十年代曾经热捧过的摇滚歌星。萨姆要走了拉菲的手机号码，他和那个唱歌像妮可的女孩想排练他们写的一些歌曲，需要一个鼓手。萨姆曾与拉菲即兴演奏，并对他作出过评价。拉菲将毫不费力地进入这个世界。

我发现自己和一群女人坐在一起，当她们听到我的职业，就开始讨论她们的梦想。不幸的是，在这种情况下，我非常像度假的医生，发现人们坚持对他说他们的病痛。

我很快就分心了，意识到自己有多么的无聊和不满。我不想回家独自一人待着，可也应付不了米里亚姆家的混乱局面。

我考虑去拜访女神，但没有心情。我意识到自己有多孤独，离别人有多远。我寻思我是想再次恋爱，也许是最后一次。在这个年龄去体验爱情，看看它与其他时候怎样不同。我还没有准备好，但很快了。

第四十六章

拉菲上新中学的前三天由他妈妈陪伴,以便让他适应新的学校环境。这所中学是米克·贾格尔推荐的。第四天,我送他去了。在那之后,十二岁的他决定甩开我们,准备独自去上学。

我俩在我那条街的尽头上了公交车。时间是七点半,我很久没这么早出过门。他颇为焦虑。"爸爸,爸爸,脱下这该死的帽子和墨镜!别说话!"他小声说。

这个小男孩似乎突然长高了,现在到我的下巴了,颈子上的领带系得很紧。我教过他打温莎结,就像我父亲教过我那样——他的黑鞋太大了,钥匙和手机用彩绳串着,挂在脖子上,就像现在每个人所做的那样。

年龄大些的男孩们已经厌倦了,皱巴巴的衬衫挂在裤子上,懒洋洋地站在公共汽车站,抽着烟,听着耳机上的音乐。不久我儿子也会如此,但现在他很害怕,在公共汽车上向我展示他的夏季项目,问我是否可行,还有树叶和岩石的照片,他在纸上画的木头,拼错的单词散落在其中。

我们穿过了哈默史密斯桥,河水满了,在清晨的阳光下,这条河闪闪发光,显得很优雅。车子沿着公交道路开向巴恩斯,沿途经过运动场、富人的房子和一个资源保护公园。在这个夏末的天气里,伦敦灿烂辉煌。大操场和附近的里士满公园使拉菲的新学校俨然是一个田园诗般的贫民窟。

在学校门口,我们停了下来。我告诉他,我多么希望自己曾在这样的学校上学。我上过的学校一直粗野,暴力频繁,教师很无望。但我当年是否真的愿意与更严酷的现实隔离开来,我倒不确定。

拉菲跑开了,他担心我会说一些重要的事情,甚至更糟的是,试图拥抱或亲吻他。"谢谢,爸爸,再见。"

为了支付拉菲的教育费用,我正在接受新病人,开始为我的《负罪感》那本书做笔记。我期待着去研究它,但不是去我记忆中又爱又憎的大英博物馆的阅览室,而是去国王十字路新建的大英图书馆。

我不再写阿吉达了,现实减轻了我对她的幻想。但我确实在一个星期六的早晨拜访过她。她还躺在床上,在一个漆黑的房间里,喝着香槟,还有别的什么。她说,香槟安抚了她的喉咙。她喉咙很痛,几乎不能说话。

我说:"你想和人谈谈吗?"

"当然,"她说,"为什么你以前没这样建议呢?我失去了什么?"

她接着说:"我几乎不可能出门。这宅子正变成地堡。此外,我有三个男人想控制我——你,我兄弟和我丈夫。我想邀请孩子们来这里待几周,也想见见我的丈夫,解释一下。但我不能与他们打交道,因为我太虚弱了。"

"我认识一个很好的女心理医生。"

"我不能要男的吗?"她说。

"还不行。"

"不,不要像你这样的骄傲孔雀,故意不说话,简直让人发疯。"

我给我的分析师朋友打电话,穆斯塔克的司机送阿吉达去进行首次会面。这位分析师是西班牙人,快七十岁了,人瘦,很优雅,头发经常改变颜色。她的书写得很好,既聪明,又有教养,是一个你知道会倾听你的女性。

这次会面后,阿吉达从车里打来电话说:"你没见过安娜的房间,那房间真是太棒了。有书籍和照片,还有一张铺着毯子的沙发。我坐在沙发上——有会儿还把脚放在上面,头靠在垫子上。但是我立刻坐起来,因为想着要是她看不见我,要是我既被动又无助,她不会爱我的。

"这种人为的爱情,难道不可怕吗?毕竟,我非常清楚,她不爱我,只是我爱她。"

我说:"这够奇怪的,我们说分析师越好,就越有可能爱上病人。"

"还有什么比这更奇怪的呢?"阿吉达说,"为生计而恋爱,就像灵魂卖淫。"她继续说道,"整个事情就像是有一把巨大的勺子在你心里搅拌。我出来时感觉很混乱,但同时也觉得自己学到了世界上最有趣和最明显的事情。"

几次会面后,阿吉达告诉我,她已开始每周去五次,如今这样做并不常见。每天都进行精神分析,被称为"古典"疗法,不过,弗洛伊德时代的维也纳是个小城,对富有的维也纳人来说到博格巷19号并不麻烦。

阿吉达说:"安娜穿着一件红夹克,我摸了一下,对她说再见和谢谢,贾马尔,那是貂皮的。"

"是的,"我说,"她有点与众不同。"

"当然,我想成为安娜那样的女人。聪明,有教养,有耐心,还有经验。一个可以和任何人交谈的女人。不过,我不认为她会做爱。不是说我认为自己会再次做爱。"

"至少你现在生活有规律了。"我说。

"是的,我早起去看她,然后我写日记记录整个经历。在下午,我可以去博物馆和画廊,或者读书。我是一个无知的傻瓜,我从来不明白为什么还有人想听我说话。"

"沃尔夫。"

"对,他对我很着迷,我说什么他都听,不管说啥他都没觉得沉闷。那是真的,不是吗?只是现在又失去了。"

我经常去看望她,和她坐在床上。她穿着黑色丝绸睡衣,会在我打瞌睡的时候弹奏音乐和喝酒。她渴望了解精神分析的历史。她问了很多问题,喜欢我和她坐在一起,甚至在她读书的时候也是如此。

"我没读过多少书。"她说,"你不记得了吗?现在告诉我吧,'愤怒的乳房'究竟是什么?"我同样喜欢这些会话,因为这些会让我回忆起我们大学时代在她家里度过的时光。

我们本可以重新开始做爱。我觉得她可能会喜欢那样。我代替不了沃尔夫,她告诉我她多么喜欢他的体魄。但有我好歹比没有好。

只是我感到非常不自在,无法朝那个方向发展,并且,与以往一样,我脑子里还有别人,这人不会放手。

第四十七章

"你曾经说过,生命是一连串的损失。"凯伦说,"让我们再说一遍,死亡是有速度的,它如何像导弹一样飞向你,还没等你瞥见,就到你跟前——轰然一声,你就没了。"

这次是我在开车,再次造访布罗姆利。在我把穆斯塔克建筑师的详细情况转述给妈妈和比莉之后,花园工作室现在已经完工。如比莉所说,今天是"正式开放",穆斯塔克是特邀嘉宾。

拉菲坐在车子后座,低头听着他的 iPod 播放器,玩他的 PSP 游戏。引起他注意的唯一办法就是戳他一下,虽然这样做有危险。

凯伦还在进行化疗,女儿们与她丈夫的新欢鲁比还有他们的双胞胎一起住。凯伦想说话,但她的声音非常轻,仿佛她是通隔墙说话似的。她感到冷,穿着一件有毛皮领子的法伊外套。她的假发又长又亮,还有静电,导致她看起来很怪异,就像是想装四十年代电影明星却故意装得不像,甚至是为了消遣而模仿女性气质。

"我以前从不明白步行的意义,但现在我喜欢步行,加入缓慢行走的人流。他们也在进行化疗,因为放射而耗尽精力,或者因为维柯丁而失去平衡。然后,我喝咖啡,吃奶油蛋挞和羊角面包,直到我再也塞不进去。

"你是对的,我是在自我逃避。这不是否认,而是自我毁灭。你告诉我要与肿瘤专家交谈,但是我讨厌在医疗系统里面,同医疗器械打交道。你坚持认为这是唯一的办法。他和我如今就像两个成年人坐在医院的咖啡馆里,我热情地爱着他,而他却向我展示他妻子和家人的照片。你说我应该直接和这些医师进行平等地对话。如果他们知道我看到我的死亡,就不会害怕我的痛苦。

"但面对现实,这是一种艺术形式。当我以为我即将死时,我想给所有人打电话,告诉他们——嘿,难道你不知道吗,你只是在游戏人生!"

我们到达时,妈妈打开门,向我们打招呼,热情地微笑着,把脸颊给我们亲吻。虽然她承认,见到拉菲,以及她所谓的拉菲的"讨厌"样子,她感到紧张,但对他还是彬彬有礼。我很高兴见到她。只是如今,我们见面,就像是遇见一个你很久以前就认识的人,现在却没有什么共同点——实际上颇为尴尬,就如同当初与和约瑟芬之间的那种感觉。

我说:"你从来都不太喜欢孩子,对不对,妈妈?"

"你把一切都给了他们,"她说,"可等他们长大了,却迫不及待地告诉自己的精神科医生有多么恨你。他们反正就是不想要你。"

"不是的。"

妈妈说:"我以为你可能把约瑟芬带来,跟我说说话呢。"

"是吗？我正在想着她,你为什么这么说?"

"我喜欢她。"

"你喜欢她?"我这么说时,妈妈领我进了房子。

"她为人最好。我想让她来瞧瞧画室,你可以让她来吗?"

"她和别人在一起了。"

"哦,别担心,叫那人走开。"

米里亚姆已经在那里了。我们都很高兴看到对方。她盯着这个地方,目光颇为疯狂,好像不明白为何她的童年突然消失了。她仍然轻易就被被妈妈激怒,对妈妈感到心烦,好像妈妈要谴责她的罪行和错误似的。但是,微醉的妈妈对每个人都微笑,那神情是对世事的洞悉和对晚辈的慈爱,而米里亚姆则紧紧抓着亨利的手臂。

米里亚姆近来在亨利那里待的时间更多。他们在讨论租一间乡村别墅。亨利重新开始工作,重启自己那份专心致志、锲而不舍的精神,试图将《唐·璜》与消费文化和名人文化联系起来,他认为剧作与那种狂暴不羁、愤世嫉俗、杀气腾腾的文化类似。他断定,唯一能做的就是在他以前支持的政客毁灭世界的时候重塑世界。

当我们端着香槟酒杯缓步来到花园的时候,我看到了一个精致的新工作室,由松树和玻璃制成,坐落在树木和灌木丛之间。艾伦已经在那里,凯伦弯腰拥抱他,还悲伤地哭了。

坐在轮椅上的艾伦裹着几条毯子,身体比凯伦更虚弱。他多日未眠,精疲力竭。鉴于过去吸过毒,他确信医生开的处方药对他败坏的身体已经毫无作用。他似乎是在凝视着雾气弥漫的宇宙。"伦敦到处都是滴答作响的炸弹,"他握着我的手喃喃地说,"我只是当中的一个,对我而言只是同性恋者之死而已。"

看到艾伦那么憔悴，我并不惊讶。可一向衣着整洁、指甲都精心护理的穆斯塔克，似乎显得身材臃肿，烦躁，邋遢，仿佛执意要陪伴情人走完这段死亡之路。假如艾伦没有先死，他俩会在几个月后结婚，因为那时会有新的法律，允许他们结成具有法律效力的夫妻关系。

穆斯塔克不停地抚摸，亲吻艾伦。剩下的时间，就站在艾伦旁边。他似乎盯着我，成功地确定我的妄想症，就像在梦中的某个人。只是在拉菲出来的时候，他才振作起来，问孩子在 iPod 上放什么音乐。

由于妈妈和比莉的朋友还没到，我吻了下阿吉达，挽着她的胳膊，说道："我们先离开一会儿，我需要和你一起去一个地方看看。"

开车过去很快。我们站在我和米里亚姆从小长大的那栋房子外面。我只记得，阿吉达去过那所房子两次，用塑料袋装着她姑妈特地做的"木豆"和"土豆"送给了妈妈。这儿如今已难以辨认，因为新添了很多房间，门廊里还有孩子们的自行车和玩具。随后我们驱车，路程很短，很快就到了阿吉达家的老宅，她自从那天收拾东西离开这里回印度后，就再也没见过这地方了。我们到那儿的时候，房主也刚到，他瞧了我们一眼，没吭声。这地方的布局没有变，我们回到车里，此刻那个车库门就像一张嘴那样张开了。

车库里面很整洁，只摆着几个盒子。我们看着房主开车进去。他从车里出来，瞥了我们一眼，走进了房子。

她看着我，我注意到了，这时我正死盯着她父亲跌倒的地方。我想做个手势——我要是天主教徒，就划十字了——但我不知道该怎么做。

"那全是真的吗？"我们开车离开时，阿吉达问，"真的发生过吗？"

"谁知道呢？"

我告诉穆斯塔克，我们去看那栋房子了，问他是否想再瞧上一眼。他暴躁地说："你干吗那样问我？我越来越不喜欢我父亲了。他是个不理解同性恋的人，他永远无法领会这种激情的爱，也体会不了这种感觉。"

令我们高兴的是，当大家济济一堂，举行揭幕仪式的时候，穆斯塔克已经决定采用女王的声音来为工作室揭幕，说这是多么伟大的事情，这两个老女孩是多么的美妙。他把一瓶香槟摔在门上，和大家一起唱起了《文森特》。

然后，我们喝了更多的香槟，吃着摆满餐桌的美味佳肴。一个醉酒的歌剧演唱者在手风琴的伴奏下，演唱了普契尼和威尔第的曲子。当歌手唱响《乞丐与荡妇》中的《我爱的人》时，一些人跳起了舞；就连艾伦也被说服从轮椅上站起来，在穆斯塔克的怀抱中蹒跚地走着舞步。

穆斯塔克和艾伦亲吻嘴唇时，母亲说："我们都在摆脱尘世的烦恼，走向另一个世界。"

"是的，"比莉说，"我们中有些人是唱着走向另一个世界的！"

后来，在我们吃蛋糕和三明治时，我再次看到了那把刀，大受惊吓，因为它竟然在无人注意的情况下挨过了这么多年再次现身。穆斯塔克看着我。"怎么了，贾马尔？你这样子好像见到鬼似的。"

我只能走开。我在工作室里发现亨利，他正在看比莉和我母亲的作品，并用米里亚姆的手机相机拍摄她们用的工具。通过窗户,可以看到米里亚姆和拉菲在一起。

"她那样子都漂亮啊,"亨利说,"对我来说稍微有点瘦。"

"我喜欢她这样,她看起来更严肃了。我们暂时不去'现场'了,但这不是所有事情的结束。"他补充说:"我不想当唐·璜。有人认为,随着两性关系的持续,利比多会减少,关系越亲密,性爱就会转淡,但我不是那种人。事实上,像我们这样类似结婚的伴侣,性关系可能会变得非常的令人满足,也非常深刻。我想他们可能会觉得这样的关系就像是乱伦,这就是人们更喜欢找陌生人的原因。你认为呢?"

"约瑟芬和我做爱时,比什么都强。"

"你想回到她身边吗?"他关心地看着我。然后笑了起来,"你在开玩笑。你疯啦。"

回来的路上,凯伦一直在车上睡觉,她这是在节省体力,准备观看卡里姆出演《我是名人……把我弄出去!》。

当拉菲在口袋里搜寻耳机的时候,我能和他说上话。

"艾略特一直在?"我问道。

"当然。"

"他在做什么?"

"什么时候干什么?"

"他在我们家的时候。"

"他和妈妈坐在一起。嫉妒吗?"

"是的。不过我高兴地指出,你也摆脱不了嫉妒的折磨,凭什么你置身事外?"我问,"除此之外呢?"

拉菲说:"他看电视,吃方便面,读报纸,坐在花园里抽烟。"

"那就和别人一样嘛。"

"什么?"随着音乐的轰然声,他问,"什么?"过了会儿,他拿出耳塞说,"穆斯塔克——就是那个歌手,他给我看了一些和弦,告诉我,他想要做什么,关于巴基佬呀,自杀呀,妄想呀这类东西,就像斯普林斯汀在美国做的那样。他想邀请我在他录制音乐时去他的办公室,向我展示一切都是如何运作的。你会带我去那儿,对不对?"

这一天让我筋疲力尽。我先是送凯伦下车,然后是拉菲。当拉菲按铃时,约瑟芬打开了门,她对我微笑着挥手。我开车离开。

但我没有回家,而是把车停了下来,打电话给阿吉达,想知道她对当天的感受。

她在电话那边咯咯地笑着。"很好玩,"她说,"我和拉菲一起走在花园里。我得告诉你,他一直在盯着我,还说:'你的眼睛很漂亮。你真的很好看。'他的眼睛闪闪发亮,他长大后会像你一样风流。"

我感到好笑,为他骄傲,但也有些恼火,甚至嫉妒。我下车回到那所房子,拉菲开门让我进屋,然后回去看电视。

约瑟芬从浴室出来,下半身围着毛巾。她在穿衣之前,让我看着她——她身材保持得很好,身上的肉没有松弛。

"你回来了。"她高兴地说。

我跟着她在楼下。她给我一杯啤酒,给我切了她自制的巧克力蛋糕。拉菲在进入他的房间玩游戏之前,仔细地审视了我们一番。

当门铃响起时,我们正在讨论她的失眠,颈部酸痛,出毛病的膝盖和粗糙的皮肤,还有其他有趣的事儿。

"他没有钥匙吗?"我问。

"还没有。"

我拉她坐到我的膝盖上。"我永远不会让你走。"我说着,把手放入她的双腿之间。

"但是你这样干过。"

"我是个傻瓜。"我吻着她的嘴,感觉到了她的回应,她的手指在我的背上。一旦约瑟芬触摸到你,就等着被她一路摸下去。"我们明天能一起吃午饭吗?"

艾略特再次按响门铃。拉菲当然纹丝不动,除非与他的切身利益相关。约瑟芬开始惊慌了。她很快说:"是不是仓促了点?"

"那我们该怎么办?"

"你带我去吃晚饭,好吗?"

"好的,我正打算问你,是否愿意和我一起去见见赛因·纳塞尔。"

在我常去的那家印度餐馆,当我们吃印度扁豆和米饭时,有个被称为"猫王自动唱机"的猫王印度模仿者,此人名叫侯赛因·纳塞尔,会重唱美国全国广播公司 1968 年的回归特辑。

"我们不能错过,"我说,"别以为穆斯林对这里的文化生活没有作出重大贡献。还有很多事我想告诉你。"

"你挺过来啦?"

"只是很勉强。"

她说:"谢谢你把自己写的文章用邮件发给我看。"

"我想把它们编辑成书。"

"该是你出版另一本书的时候了。"

我说:"我们可以将这些文章通读一遍吗?"

"乐意效劳。"她说,"为了你,我会试着让自己看起来出色一些。"

我说:"那就明天吧。"我同意七点半来接她。我再次吻了她,无法自抑。当铃声再次响起,她推开了我,我喃喃地说:"三个人跳探戈舞。"

在楼上,拉菲的门是开着的,他正在窥视,显然令他惊讶的是,他的父母不但彼此说话,而且打算一起出去。当我经过他身旁时,他害羞地向我竖起大拇指。

艾略特在门口等着,望向另一个方向。"嗨!"他说。

"嗨,艾略特,你好吗?"

"好,好。"

"假期过得好吗?"

"很好。"

"天气可好?"

"温和,但不热。"

当我与他擦身而过时,我看到拉菲的脸在窗前,两人互相眨眨眼睛。

在见米里亚姆之前,我最后一次去了十字键。

几周之后,老泼妇就要走了——无疑是去海边生活。虽然这个怕见光的场所通常人满为患,但它将被关闭,并作为一家英国美食酒馆重新开放。这里的姑娘们都在恐慌,不知道自己能否找到其他工作,她们认为自己是"舞女"——甚至是"表演者"——不是妓女。但是对于只使用来自捷克、波兰和俄罗斯的年轻女郎的新型跳舞俱乐部来说,她们太粗野了点。

我拿着报纸坐在酒吧里,看着那些男人盯着露西时那种强烈谵妄的模样。在她的休息时间,我们上楼到沃尔夫的旧房间,他所有的财产已被布希清除了。为了帮助露西学英语,我读书给她听,我近期常干这事儿,已经成了习惯——不过接下来就不这样了——我读的是我最钟爱的篇章:伊丽莎白时代的诗歌、《文明及其缺憾》,还有苏斯博士的书。

倒不是说她领会了多少,但这让我俩都笑了,我们开心地躺在那里,即使彼此不懂也无妨。

第四十八章

我现在已不再年轻,不过也没老。我已经到了这个年龄,想知道自己基于有生之年和剩下的欲望,将如何生活,将干些什么。我至少知道,自己需要工作,我想阅读,思考和写作,与朋友们和同事们一起吃饭、聊天。

拉菲很快就会成年,我想跟他和他妈妈一起旅行——假如我可以激发他俩兴趣的话——去我所爱的地方旅行,向他们展示意大利教堂,在罗马共进晚餐。我们可以去看印度的城市,巴黎的书店,赫特福德郡的运河,巴西的瀑布,巴塞罗那的博物馆。

我确信,不管爱情是温和的还是凌乱的,我都跟它没完,它也跟我没完。

我活动了一下身体,站了起来。我在椅子上出神地坐了很长时间。铃至少响了两次。玛丽亚一定是去外面购物了。

我走到门口,让病人进来。他脱下外套和鞋子,躺到沙发上。

我坐在他的脑后,这个位置他看不见我,而我可以倾听他说话。他沉默了一会儿。

我清空思绪,脑中只剩下我的呼吸和他的意识,两人同时在等待他体内的那个陌生人开始说话。

图书在版编目（CIP）数据

有话对你说/(英)哈尼夫·库雷西著；徐菊译. -- 上海：上海文艺出版社，2018（2019.2重印）
（哈尼夫·库雷西小说精品系列）
ISBN 978-7-5321-6673-2

Ⅰ.①有… Ⅱ.①哈… ②徐… Ⅲ.①长篇小说—英国—现代
Ⅳ.①I561.45
中国版本图书馆CIP数据核字(2018)第084881号

SOMETHING TO TELL YOU
Copyright © 2008, Hanif Kureishi
All rights reserved.
著作权合同登记图字：09-2017-036号

发 行 人：陈　征
责任编辑：李珊珊
封面摄影：韩　博
封面设计：朱云雁

书　　名：有话对你说
作　　者：(英)哈尼夫·库雷西
译　　者：徐　菊
出　　版：上海世纪出版集团　上海文艺出版社
地　　址：上海绍兴路7号　200020
发　　行：上海文艺出版社发行中心发行
　　　　　上海市绍兴路50号　200020　www.ewen.co
印　　刷：崇明裕安印刷厂
开　　本：890×1240　1/32
印　　张：15.25
插　　页：2
字　　数：250,000
印　　次：2018年6月第1版　2019年2月第2次印刷
Ｉ Ｓ Ｂ Ｎ：978-7-5321-6673-2/I·5319
定　　价：55.00元
告 读 者：如发现本书有质量问题请与印刷厂质量科联系　T：021-59404766